Marion Zimmer Bradley

LUCHSMOND

Marion Zimmer Bradley

LUCHSMOND

Erzählungen

Aus dem Amerikanischen
übersetzt und mit einem Essay von
V. C. Harksen

Wolfgang Krüger Verlag

Umschlaggestaltung: Manfred Walch, Frankfurt am Main
unter Verwendung einer Illustration von Jörg Schultz, Hamburg
Satz: Fotosatz Otto Gutfreund, Darmstadt
Druck und Einband: Franz Spiegel Buch, Ulm
Printed in Germany, 1987
ISBN 3-8105-2611-8

INHALT

DIE KINDER VON CENTAURUS

»... wobei die einzige Ausnahme von der vorerwähnten Politik im Fall von Megaera (Theta Centaurus IV) erfolgte, das als unabhängige Planetenregierung das volle koloniale Selbstverwaltungsrecht erhielt; eine Abweichung von der Norm, wie sie in der Geschichte des Terranischen Imperiums praktisch kein einziges Mal zuvor bekannt ist. Für diese Änderung der üblichen Handhabung gibt es zahlreiche Erklärungen, von denen die überwiegend akzeptierte lautet, daß Megaera erst wenige Jahre vor dem Ausbruch des Rigel-Prokyon-Krieges von Terra aus kolonisiert worden war, als dieser Krieg die Verbindungen im gesamten Centaurus-Sektor der Galaxie zerstörte und die Aufgabe aller Kolonien der sogenannten Darkovanischen Liga erzwang, darunter eben Megaera, Darkover, Samara und Vialles. In jenen Verlorenen Jahren, wie man sie später nannte, einer Periode von insgesamt etwa sechshundert Jahren ... ermöglichten es die Gegebenheiten der natürlichen Zuchtwahl sowie das Phänomen genetischer Abweichung und Überlebensmutation, das sich bei isolierten Bevölkerungsgruppen beobachten läßt, diesen »verlorenen« Kolonien, sich in wissenschaftlicher und sozialer Hinsicht derart fortzuentwickeln, daß ihre Rückforderung durch das Terranische Imperium zu einer unumgänglichen politischen Notwendigkeit wurde ...«

Aus J.T. Bannerton, »Ausführliche Geschichte der galaktischen Politik«, Tonband IX.

Der Amtssitz des terranischen Gesandten auf Megaera war nicht mit einem Landeplatz für die kleinen, hubschrauberartigen Flugwagen ausgestattet. Diese Nachlässigkeit, ein Akt bürokratischer Sparsamkeit vom Schreibtisch irgendeines Abteilungsleiters, weg weg auf Terra, bedeutete, daß der Gesandte und seine Gattin jedesmal, wenn sie ihre Residenz verließen, vier Treppen nach unten klettern, bis sie die selten von jemandem benutzte Straßenebene erreichten, und dann, eine Viertelmeile weiter, wieder die endlosen Wendeltreppen zur Plattform des öffentlichen Landeplatzes hinaufsteigen mußten.
Matt Ferguson fluchte gereizt, als er in einer Radspur umknickte – da kein Bürger von Centaurus, der es nur irgend vermeiden konnte, sich je zu Fuß auf den Straßen bewegte, wurden sie auch nicht in dafür geeignetem Zustand gehalten –, und nahm den Arm seiner Frau, um sie sorgsam über das holprige Pflaster zu führen.
»Paß auf, Beth«, warnte er. »Hier kann man sich mühelos das Genick brechen!«
»Und diese vielen Treppen!« Mißmutig blickte die junge Frau zu dem schwarzen Schatten der Luftlandeplattform auf, der sich wie ein dunkler Flügel über ihnen ausstreckte. Die Straße lag im grellen Schein des frühen Abends verlassen da; der rote Centaurus, eine am Horizont schwebende Scheibe, schickte schräges Licht, purpurrot und brutal, in die düstere Schlucht hinab. Die vorkragenden Häuser neigten sich finster und bedrohlich gegeneinander. Über den beiden Fergusons ballten sich schwärzliche, schwankende Schatten, und vom andern Ende der Straße blies ihnen ein heißer Wind ins Gesicht, der den eigenartig stechenden, alles durchdringenden Geruch herantrug, der die Atmosphäre von Megaera bildet. Eine seltsame Mischung, nicht einmal gänzlich unangenehm, ein harziger und moschusartiger Duft, leicht übelkeiterregend, wie ein zu lange getragenes Parfüm. Beth Ferguson dachte, daß sie sich früher oder später wohl noch an die Luft Megaeras gewöhnen würde, diese Verbindung aus Gestank und Chemie-Ausdünstungen. Für den menschlichen Stoffwechsel, so versicherte ihr Mann, harmlos. Aller-

dings war es nicht so, daß man im Lauf der Zeit weniger davon merkte; nach über einem Jahr, terranische Standardzeit, auf Megaera stach sie Beth immer noch genauso in die Nase. Beth verzog den hübschen Schmollmund. »Müssen wir denn unbedingt zu diesem Abendessen, Matt?« fragte sie und blickte ihn klagend an.

Ihr Mann setzte den Fuß auf die unterste Stufe. »Natürlich, Beth. Sei nicht kindisch«, sagte er mit mildem Vorwurf. »Bevor wir nach Megaera kamen, habe ich dir gesagt, daß mein Erfolg auf diesem Posten vor allem von meinen inoffiziellen Beziehungen abhängen wird.«

»Wenn du ein Abendessen bei den Jeth-sans inoffiziell nennst...«, begann Beth verdrießlich, aber Matt fuhr fort: »– meinen inoffiziellen Beziehungen zu den Mitgliedern der centaurischen Regierung. Das gilt für alle diplomatischen Posten in der Darkovanischen Liga, Herzchen. Rai Jeth-san hat sich große Mühe gegeben, uns beiden hier den Weg zu ebnen.« Er hielt inne, und sie stiegen schweigend ein paar Stufen hinauf. »Ich weiß, daß du nicht gern hier bist. Aber wenn ich das schaffe, weshalb man mich hierhergeschickt hat, steht uns jeder beliebige diplomatische Posten in der ganzen Galaxie offen. Ich muß den centaurischen Archonten lediglich die Idee verkaufen, daß die große Raumstation hier gebaut werden soll. Und bisher komme ich gut voran – in einem Job, den kein anderer übernehmen wollte.«

»Ich verstehe sowieso nicht, weshalb du das getan hast«, bemerkte Beth mürrisch und griff übellaunig nach ihrem Nylene-Schal, der in dem heißen, sandigen Wind hin- und herflatterte wie ein widerspenstiger Vogel.

Matt drehte sich um und steckte ihn fest. »Weil es besser war als die Arbeit als Assistent des Assistenten des Untersekretärs für terranische Angelegenheiten beim Prokonsul von Vialles. Kopf hoch, Beth. Wenn diese Raumstation gebaut wird, werde ich selber Prokonsul.«

»Und wenn nicht?«

Matt grinste. »Wird schon. Läuft alles prima. Die meisten Ge-

sandten brauchen Jahre, ehe sie sich auf einem schwierigen Posten wie Megaera auch nur annähernd zurechtfinden.« Jäh verschwand das Grinsen. »Auch das ist das Verdienst von Rai Jeth-san. Ich möchte ihn nicht kränken.«
Mit nicht besonders fester Stimme gab Beth zur Antwort: »Ich sehe das ja auch alles ein, Matt. Ich habe nur so ein Gefühl – ach, ich hasse es, dauernd so herumzujammern und über alles zu meckern ...«
Sie hatten die weite, ebene Plattform des Landeplatzes erreicht. Matt zündete die Fackel an, mit der man die Flugwagen herbeirief, und ließ sich auf eine Bank fallen. »Du hast doch gar nicht gejammert«, erklärte er liebevoll. »Ich weiß, daß dieser miese Planet kein Aufenthalt für ein terranisches Mädchen ist.« Er legte den Arm um die Taille seiner Frau. »Sicher ist es hart für dich – die nächsten anderen Terranerinnen einen halben Erdteil entfernt und unter den Frauen von Centaurus kaum Freundinnen. Ich weiß das alles. Aber Rai Jeth-sans Gattinnen waren sehr freundlich zu dir. Nethle hat dich in ihren Harfenkreis eingeführt – ich glaube nicht, daß in den letzten tausend Jahren eine Terranerin so etwas auch nur zu sehen bekommen hat, geschweige denn dort vorgestellt worden ist – und sogar Cassiana ...«
»Cassiana!« unterbrach ihn Beth und hielt eine Sekunde den Atem an. Sie fingerte an ihrem Armband herum. »Ja, Nethle ist beinahe zu lieb, aber sie ist in Klausur, und ehe ihr Kind geboren ist, sehe ich sie nicht wieder. Und Wilidh ist selber noch ein Kind. Aber Cassiana – ich kann sie nicht ausstehen! Diese – diese *Mißgeburt*! Ich habe Angst vor ihr.«
Ihr Mann runzelte die Stirn. »Und glaube nicht, daß sie das nicht weiß. Sie ist Telepathin, eine von den Rhu'ad.«
»Was immer das sein mag«, erwiderte Beth gereizt. »Irgendeine Mutantin!«
»Trotzdem ist sie freundlich zu dir gewesen. Wenn ihr Freundinnen wärt ...«
»Puh!« Beth schauderte. »Ich hätte lieber eine – eine sirianische Eidechsenfrau als Freundin!«

Matts Arm fiel herunter. Kalt erklärte er: »Also gut. Wenigstens behandle sie höflich, bitte. Die Höflichkeit gegenüber dem Archonten erstreckt sich auch auf alle seine Gemahlinnen – und auf Cassiana ganz besonders.« Er stand von der Bank auf. »Da kommt unser Flugwagen.«
Das kleine Lufttaxi senkte sich auf den Landeplatz hinunter. Matt half Beth hinein und gab dem Piloten die Adresse des Archonten. Der Flugwagen schoß wieder nach oben und schwenkte zu der weit außerhalb liegenden Vorstadt hinüber, in der der Archont wohnte. Matt saß steif auf seinem Sitz und schaute seine junge Frau nicht an. Mit mürrischem und aufsässigem Gesicht lehnte sie sich gegen die Polsterung. Sie sah aus, als würde sie gleich losheulen.
»Wenigstens werde ich in einem Monat, nach ihren eigenen blöden Gebräuchen, eine gute Ausrede haben, mich von diesen ganzen idiotischen Veranstaltungen fernzuhalten!« warf sie ihm an den Kopf. »Dann bin *ich* nämlich in Klausur!«
Auf diese Art hatte sie es ihm eigentlich nicht sagen wollen, aber das hatte er nun davon.
»Beth!« Matt fuhr ungläubig in die Höhe.
»Jawohl – ich bekomme ein Kind! Und ich werde in Klausur gehen, genau wie die albernen Frauen hier, und dann brauche ich an keinem einzigen offiziellen Bankett mehr teilzunehmen, an keiner Gewürzjagd und keinem Harfenkreis, sechs Zyklen lang! So, nun weißt du es.«
Matt Ferguson lehnte sich über den Sitz. Seine Finger preßten sich hart in ihren Arm, seine Stimme klang heiser. »Elizabeth! Schau mich an!« befahl er. »Du hast doch *versprochen* – hast du dir denn deine Verhütungsspritzen nicht geben lassen?«
»N-nein«, stotterte Beth, »ich wollte so gern – ach, Matt, ich bin so oft allein, und wir sind schon fast vier Jahre verheiratet . . .«
»O mein Gott«, sagte Matt langsam und ließ ihren Arm los. »O mein Gott«, wiederholte er und sank zurück.
»Jetzt hör doch auf damit!« tobte Beth. »Wenn ich dir so etwas erzähle!« Ihre Stimme erstickte in Schluchzen, und sie verbarg das Gesicht in ihrem Schal.

Matts Hand war grob, als er ihr mit einem Ruck den Kopf hochhob. Die graue Blässe um seinen Mund entsetzte die junge Frau.
»Du verdammter kleiner Dummkopf!« brüllte er, schluckte mühsam und senkte die Stimme. »Wahrscheinlich bin ich selber schuld«, murmelte er. »Ich wollte dir keine Angst machen – du hattest versprochen, dir die Spritzen geben zu lassen, darum habe ich dir vertraut – ich Trottel!« Er ließ sie los. »Es ist streng geheime Verschlußsache, Beth, aber genau das ist der Grund, weshalb dieser Ort nicht zur Besiedlung freigegeben ist und terranische Männer ihre Frauen nicht hierherbringen. Diese verdammte, stinkige, unnatürliche Atmosphäre! Für Männer und auch für die meisten Frauen ist sie völlig ungefährlich. Aber aus irgendeinem Grund bringt sie die weiblichen Hormone total durcheinander, sobald eine Frau schwanger wird. Seit sechzig Jahren – seitdem Terra die Gesandschaft hier eingerichtet hat – wurde kein einziges terranisches Kind lebend geboren. *Kein einziges, Beth.* Und acht von zehn Frauen, die schwanger werden – o Gott, Beth, ich habe mich auf dich verlassen!«
Sie flüsterte: »Aber... hier war doch einmal eine terranische Kolonie...«
»Sie haben sich angepaßt... vielleicht. Wir haben nie herausbekommen, warum die Frauen von Centaurus in Klausur gehen, wenn sie schwanger werden, oder warum sie die Kinder so sorgfältig verstecken.«
Er machte eine Pause und blickte auf den langsam lichter werdenden Dschungel der Dächer hinunter. Die Zeit würde nicht ausreichen, Beth alles zu erklären. Selbst wenn sie am Leben blieb – aber darüber wollte Matt nicht nachdenken. Man schickte keine verheirateten Männer auf diesen Planeten, aber nach centaurischer Sitte galt kein Lediger für einen Regierungsposten als reif genug. Er hatte Erfolg gehabt auf diesem Posten – dort, wo die Archonten Junggesellen, doppelt so alt wie er, einfach ausgelacht hatten. Aber was nützte ihm das jetzt?
»O Gott, Beth«, flüsterte er und streckte blindlings die Arme aus, um sie festzuhalten. »Ich weiß nicht, was wir tun sollen.«
Sie schluchzte leise und angstvoll an seiner Brust. »O Matt, ich

habe Angst! Können wir nicht nach Hause fahren – zurück zur Erde? Ich möchte – ich möchte nach Hause! Nach Hause . . .«

»Wie sollte das gehen?« fragte der Mann traurig. »In den nächsten drei Monaten verläßt kein Raumschiff den Planeten. Danach würdest du bereits die Explosion beim Start nicht mehr überstehen. Du würdest ja jetzt schon bei jeder Raumtauglichkeitsuntersuchung durchfallen.« Minutenlang schwieg er und hielt sie fest umklammert. Seine Augen waren voller Qual. Dann machte er eine fast sichtbare Anstrengung, sich zusammenzunehmen.

»Paß auf – gleich morgen früh bringe ich dich in die Medizinische Zentrale. Dort wird schon an dem Problem gearbeitet. Vielleicht – mach dir keine Sorgen, Liebling. Wir schaffen es schon.« Wieder versagte ihm die Stimme, und Beth, die sich verzweifelt danach sehnte, ihm glauben zu können, fand keinen Trost in seinen Worten. »Es wird schon alles gut mit dir werden«, sagte er nochmals, »nicht wahr?« Aber sie umschlang ihn und antwortete nicht. Nach langem, angestrengtem Schweigen richtete er sich ein wenig auf, ließ sie los und schaute über den Windschutz der Flugwagenkabine.

»Beth, Liebling, bring dein Gesicht in Ordnung«, drängte er sie sanft. »Wir kommen zu spät, und du kannst nicht in diesem Zustand dort erscheinen.«

Eine Minute lang saß Beth reglos da. Sie konnte einfach nicht glauben, daß er nach dem, was sie ihm gerade erzählt hatte, darauf bestehen würde, daß sie zu diesem widerlichen Abendessen mitging. Dann warf sie einen Blick auf sein verzerrtes Gesicht und begriff plötzlich, daß genau das das Allerwichtigste auf der Erde – nein, berichtigte sie sich selbst mit grimmigem Humor, das Allerwichtigste auf Theta Centaurus IV, Megaera – war, und daß sie es tun *mußte*.

»Sag ihm, er soll noch eine Minute in der Luft bleiben«, sagte sie mit zittriger Stimme, löste ihre Make-up-Dose vom Arm und begann wortlos, die zerlaufene Schminke zu erneuern.

Über dem Archonat vollführte der Flugwagen hektische Manöver, um nicht mit einem anderen, schräg heranfliegenden

Lufttaxi zusammenzustoßen. Nach einem scheinbar unmittelbar bevorstehenden Aufeinanderprall ineinander verbohrter Schraubenflügel glitt er nur Sekunden vor dem anderen auf die Landefläche. Beth kreischte, und Matt riß die Tür auf und beschimpfte den Piloten in ausgesuchtem Centaurisch.

»Ich beglückwünsche Sie zu Ihrer perfekten Beherrschung unserer Sprache«, murmelte eine weiche, sahnige Stimme, und Matt wurde dunkelrot, als er den Archonten erblickte, der unmittelbar unterhalb des Dachlandeplatzes stand. Er knurrte eine verwirrte Entschuldigung; schließlich war das nicht die Art, in der man einen offiziellen Abend begann. Der Archont verzog die Lippen zu einem buttrigen Lächeln. »Ich flehe Sie an, denken Sie nicht daran. Ich achte nicht auf Ihre Rede. Sie ist wie nicht gesprochen.« Mit dem Ausdruck ästhetischer Achtlosigkeit machte er eine Begrüßungsgebärde zu Beth, die jetzt auch ausstieg. Sie kam sich plump und ungeschickt vor. »Ich stehe, wo Sie mich nicht erwarten, nur weil ich denke, Ältere Gattin in diesem Flugwagen«, fuhr der Archont fort. Aus Höflichkeit gegenüber seinen Gästen redete er in einem verstümmelten Dialekt der galaktischen Standardsprache; Beth wünschte sich ärgerlich, er spräche Centaurisch. Sie verstand es ebensogut wie Matt. Zudem hatte sie das ungemütliche Gefühl, daß der Archont ihren Ärger spürte und sich darüber amüsierte; ein erheblicher Teil der megaerischen Bevölkerung besaß gewisse telepathische Fähigkeiten.

»Sie müssen Entschuldigung Cassiana«, erläuterte der Archont beiläufig, während er seine Gäste über den großen offenen Himmelshof führte, der den Hauptaufenthaltsort der centaurischen Häuser bildete. »Sie ging in die Stadt zu besuchen eine unserer Familien, weil sie ist Rhu'ad; muß immer bereit sein für sie, wenn gebraucht wird. Und zweite Gattin – großes Glück – in Klausur, also sie Entschuldigung auch«, fuhr er fort, als sie sich dem erleuchteten Dachhaus näherten. Beth murmelte die geziemenden Komplimente über das Kind, das Nethle erwartete. »Nun also Jüngste Gattin unsere Gastgeberin, und weil nicht gewöhnt offizielle Sitten, wir heute abend wie Barbaren.« Matt

stieß seine Frau giftig in die Rippen. »Laß das!« zischte er wütend, und mit einer Anstrengung, die ihr Gesicht purpurrot anlaufen ließ, gelang es Beth, das aufsteigende Gekicher zu unterdrücken. Natürlich gab es nichts auch nur im entferntesten Formloses im Arrangement des Raums im Dachhaus, in den sie nun geleitet wurden, ebensowenig wie in der klassischen und affektierten Haltung der weiteren Gäste. Die Frauen in ihren steifen, metallischen Gewändern warfen höflich distanzierte Blicke aufs Beths weiche Umhüllung. Ihre Begrüßung war ein kühles, melodisches Gemurmel. Vor ihren geschlitzten, feindseligen Augen empfand Beth verzweifelt, daß sie und Matt hier Eindringlinge waren, vorzeitliche Barbaren: zu groß und zu muskulös, zu sehr verbrannt von einer gelben Sonne, in grelle und ordinäre Farben gehüllt. Die Centaurien waren klein und zerbrechlich, keiner über fünf Fuß hoch, weiß gebleicht von der rotvioletten Sonne; das schaumige, blauschwarze Haar ein seltsam metallischer Heiligenschein über den steifen, nach klassischer Manier geschnittenen Gewändern. Was hatten diese Jahrhunderte aus Megaera und seiner Bevölkerung gemacht?
In ein symbolisches Kostüm gewandet saß Rai Jeth-sans jüngste Gemahlin Wilidh steif im großen Gastgeberinnen Sessel. Sie begrüßte die Gäste förmlich, bei Beth jedoch verzog sich ihr Mund zu einem beginnenden Kichern. »Oh, meine gute, kleine Freundin«, flüsterte sie in der galaktischen Standardsprache, »dieser ganze offizielle Kram bringt mich noch um! Es sind alles Cassianas Freundinnen hier, nicht meine, denn niemand hatte eine Ahnung, daß sie heute abend nicht käme. Und sie lachen über mich und strecken mir den Rücken heraus, ganz steif, so – »sie machte eine freche Handbewegung, und in ihren Topasaugen glitzerte der Schalk. »Setzen Sie sich zu mir, Beth, und erzählen Sie mir etwas ungemein Langweiliges und Ödes, denn ich sterbe fast vor Anstrengung, nicht zu lachen und dadurch Schande über mich zu bringen! Wenn Cassiana wiederkommt . . .«
Wilidhs Fröhlichkeit war ansteckend. Beth ließ sich auf dem angebotenen Sitz nieder und die beiden schwatzten im Flüsterton, wobei sie sich nach centaurischer Sitte an den Händen hielten.

Wilidh war zu jung, um die allgemeine Feindseligkeit gegenüber der Terranerin zu teilen; in vielfacher Hinsicht erinnerte sie Beth an ein eifriges Schulmädchen. Es fiel schwer, nicht zu vergessen, daß dieses muntere Kind schon genausolange verheiratet war wie Beth selbst; noch unglaublicher, daß sie bereits Mutter dreier Kinder war.
Plötzlich verfärbte sich Wilidh und stand auf, verwirrte Entschuldigungen murmelnd. »Verzeih mir, Cassiana, verzeih mir!«
Auch Beth erhob sich, aber die Ältere Gemahlin des Archonten forderte die beiden mit einer Handbewegung auf, ihre Plätze wieder einzunehmen. Cassiana war nicht für ein offizielles Abendessen gekleidet. Sie trug noch den grauen Straßenüberwurf, der faltenreich über ein einfaches Kleid aus dunklem, dünnem Stoff fiel. Ohne Schminke sah ihr Gesicht nackt und sehr müde aus. »Es ist schon gut, Wilidh. Bleib du für mich Gastgeberin, wenn es dir gefällt.« Sie lächelte Beth flüchtig zu. »Ich bedaure, daß nicht hier, Sie zu grüßen.« Ihre Antworten nahm sie mit müder Höflichkeit entgegen, schwebte an ihnen vorbei wie ein Geist, und sie sahen sie den Himmelshof überqueren und auf der breiten Treppe verschwinden, die zu den unteren, privaten Räumen des Hauses hinabführte.
Sie kehrte erst zurück, als das Festbankett serviert, verspeist und wieder abgeräumt worden war und die Dienerschaft auf leisen Sohlen mit Schalen und Körben voll exotischer Früchte und Köstlichkeiten und mit vergoldeten Bechern, in denen eisgekühlter Bergnektar perlte, durch den Saal schritt. Man hatte die Läden des Dachhauses weit geöffnet, damit die Gäste dem zuckenden Spiel der Blitze jener gewaltigen Magnetgewitter zusehen konnten, die es in Megaera fast jede Nacht gab. Sie waren von unheimlicher Schönheit, und die Centaurier wurden nie müde, sie zu beobachten, aber Beth hatte schreckliche Angst davor. Ihr waren die seltenen stillen Nächte lieber, in denen Megaeras zwei ungeheure Monde den Himmel mit gespenstisch grünem Licht erfüllten. Heute jedoch verdeckten dichte Wolken Alektos und Tisiphones Antlitz, und die gezackten Blit-

ze sprangen und warfen grelle Schatten auf die riesigen Wolkenmassen. Über den Donner hinweg klagte der grausige Lärm, der in Megaera als Musik galt, durch die geschlitzten Wände. In seinem Schatten glitt schemenhaft Cassiana herein und nahm zwischen Beth und Wilidh Platz. Minutenlang sprach sie kein Wort, sondern lauschte mit sichtlichem Genuß der Musik und ihrem Kontrapunkt, dem Donner. Cassiana war etwas älter als Beth, klein und exquisit, eine filigranzarte Frau, geformt aus vergoldetem Silber. In ihrem aschblonden Haar glänzten metallische Lichter, und Haut und Augen waren fast genauso getönt, ein cremiges Gold, mit vergoldeten Sommersprossen betupft, darüber eine Art leuchtender, perlenähnlicher Glanz . . . das unverkennbare Merkmal einer merkwürdigen Mutation, die man *Rhu'ad* nannte. Das Wort selbst bedeutete nichts weiter als *Perle;* weder Beth noch sonst jemand von der Erde kannten seinen eigentlichen Sinn.
Die Diener reichten winzige, aus Binsen vom Meer der Stürme auf eigenartige Weise geflochtene Körbchen herum. Ehrerbietig setzten sie auch den drei Frauen ein solches Körbchen vor. »Oh, *Sharigs*!« rief Wilidh mit kindlicher Begeisterung. Beth warf einen Blick in den Korb, auf die sich windende Masse kleiner, grünlicher Achtfüßler, weniger als drei Zoll lang, die sich in ihrem Nest aus scharfriechendem Seetang ringelten und miteinander kämpften, wobei sie mit den Stümpfen der Scheren, von denen sie nicht wußten, daß man sie ihnen abgehackt hatte, schwächlich aufeinander einschlugen. Der Anblick widerte Beth an, Wilidh jedoch nahm eine kleine Zange und ergriff damit eins der scheußlichen kleinen Geschöpfe; und während Beth, starr vor Entsetzen, zusah, steckte sie es im Ganzen in den Mund. Zierlich, aber mit Hochgenuß, knackten ihre scharfen kleinen Zähne die Schale; sie saugte und spuckte den leeren Panzer säuberlich in die Handfläche.
»Versuchen Sie auch eins, Beth«, schlug Cassiana freundlich vor, »sie schmecken wirklich köstlich.«
»N-nein, danke«, erwiderte Beth mit schwacher Stimme und blamierte dann plötzlich sich selbst und alles, was man ihr bei-

gebracht hatte, indem sie sich abwendete und sich ungemein ausgiebig und qualvoll mitten auf den schimmernden Fußboden erbrach. Nur ganz vage vernahm sie Cassianas erschreckten Ausruf, obwohl ein spitzes, beleidigtes Gemurmel zu ihr drang und sie wußte, daß sie in wirklich unglaublicher Weise gegen alle guten Sitten verstoßen hatte. Sie würgte hilflos und krampfhaft und fühlte Hände und Stimmen. Dann hoben sie starke und vertraute Arme auf und sie hörte Matts besorgtes »Liebes, bist du in Ordnung?«

Sie bekam mit, daß man sie über den Himmelshof und in einen weiter unten liegenden Raum trug. Mühsam schlug sie die Augen auf. Vor ihr standen Cassiana und Matt. »Ich – es tut mir so leid . . .«, flüsterte sie. Cassianas dünne Hand streichelte tröstend die ihre. »Denken Sie nicht daran«, sprach sie ihr Mut zu. »Gesandter Furr-ga-soon, Ihrer Gattin wird es bald wieder besser gehen. Sie können zu den anderen Gästen zurückkehren«, sagte sie zu ihm, sanft, aber in einem Ton, der keinen Zweifel daran ließ, daß er aufgefordert wurde, sich zu entfernen. Es gab keine höfliche Form des Protests. Matt ging, wobei er sich unschlüssig umschaute. Cassianas sonderbare Augen zeigten einen eher mitleidigen Ausdruck. »Versuchen Sie nicht zu sprechen«, mahnte sie. Beth fühlte sich viel zu übel und zu schwach, um auch nur eine Bewegung zu machen und hatte schreckliche Angst davor, mit Cassiana allein zu sein. Still lag sie auf dem großen Diwan, und die Tränen rollten ihr matt über das Gesicht. Cassiana hielt noch immer ihre Hand; in einem Anfall von kindischem Trotz zog Beth sie fort, aber die schlanken Finger schlossen sich nur noch fester um Beths Handgelenk. »Ruhig«, sagte Cassiana, nicht unfreundlich, aber in unmißverständlichem Befehlston. Minutenlang blieb sie neben Beth sitzen und sah mit starrem, eindringlichem Blick auf sie hinunter. Endlich seufzte sie und gab Beths Hand frei.

»Geht es Ihnen jetzt besser?«

»Besser? Ja – tatsächlich!« antwortete Beth erstaunt. Urplötzlich waren das Gefühl von Übelkeit und die Kopfschmerzen wie weggeblasen. Cassiana lächelte. »Das freut mich. Nein – bleiben

Sie liegen. Beth, ich glaube, Sie sollten heute abend nicht mehr im Flugwagen fahren; warum übernachten Sie nicht hier? Sie können Nethle besuchen – sie hat Sie vermißt, seit sie in Klausur ging.«

Beth hätte beinahe einen Ausruf des Erstaunens ausgestoßen. Das war ja etwas ganz Seltenes – daß man einen Fremden weiter als auf den Himmelshof und das Dachhaus, den für gesellschaftliche Veranstaltungen bestimmten Platz, in ein centaurisches Haus einlud. Dann fiel ihr jäh und erschreckend der Grund von Nethles Klausur wieder ein – und ihre eigene Angst. Nethle war eine Freundin; selbst Cassiana war freundlich zu ihr gewesen. Vielleicht konnte sie in einer weniger formellen Umgebung etwas über die seltsamen Tabus herausbekommen, die die Geburt der Kinder von Megaera umgaben, vielleicht sogar einen Weg finden, der Gefahr zu entgehen, die sie selber bedrohte ... Sie schloß die Augen und lehnte sich einen Augenblick in die Kissen zurück. Wenn es schon sonst nichts brachte, so doch einen Aufschub. Für eine kleine Weile brauchte sie sich Matts tapfer verhehlter Furcht, seinem Vorwurf nicht zu stellen ...

Als Matt mit Cassiana zurückkam, willigte er sofort ein. »Wenn es das ist, was du möchtest, Herzchen«, sagte er liebevoll. Beth sah nach oben in sein angespanntes Gesicht und bekam plötzlich Angst vor der eigenen Courage. Am liebsten hätte sie aufgeschrien: »Nein – laß mich nicht hier, nimm mich mit nach Hause!« Eine Nacht an diesem fremden Ort, allein mit den Centaurierinnen, die, so freundlich sie auch sein mochten, doch so ganz und gar andersartig waren – es kam ihr unvorstellbar schrecklich vor. Sie war kurz davor, loszuweinen. Aber Cassianas Blick, dem sie begegnete, erwies sich als wirkliche Stütze, und Beths lange Anpassung an das auf Megaera erforderliche Zeremoniell siegte über Gefühle, von denen sie selbst wußte, wie unvernünftig sie waren.

Ihr Mann beugte sich über sie und küßte sie leicht. »Ich schicke dir morgen einen Flugwagen«, versprach er.

Die unteren Räumlichkeiten eines centaurischen Hauses waren speziell für eine in sich harmonische, polygame Gesellschaft entworfen. Sie waren sorgfältig in einzelne Wohnbereiche aufgeteilt, wobei der einzige Zugang von einem Bereich zum anderen über das große, gemeinsame Treppenhaus führte, das zum Dach und zum Himmelshof hinaufging. Ungefähr ein Drittel des Gebäudes war als Wohnung für Rai Jeth-san und seine jeweilige Gefährtin abgeteilt. Das übrige gehörte den Frauen, und selbst der Archont durfte ohne besondere Aufforderung nicht dort eintreten. Tatsächlich war die polygame Gesellschaftsform Megaeras eine Rotations-Monogamie; denn obwohl Rai Jethsan drei Gattinnen besaß – die gesetzlich zulässige Höchstzahl lag bei fünf –, hatte er immer nur eine davon auf einmal, und sie lösten einander nach strengen traditionellen Regeln ab. Die überzähligen Frauen lebten zusammen und zwar immer in herzlichster Freundschaft. Zwar stand Cassiana, der Sitte gemäß, im Rang über den anderen, aber sie hingen alle drei mit größter Zärtlichkeit aneinander – etwas, das Beth zuerst wirklich erstaunt hatte, vor allem, als sie herausfand, daß es keineswegs etwas Seltenes war. Das Band zwischen den Gattinnen eines Mannes war traditionell die stärkste familiäre Bindung, weit stärker als der Zusammenhalt zwischen echten Schwestern.

Schon lange hatte Beth gemerkt, daß sie mit ihrer Ehrfurcht vor Cassiana nicht alleinstand. Cassiana gehörte zu dem eigenartigen Patriziat des Planeten. Männer und Frauen wetteiferten um das Vorrecht, den Rhu'ad zu dienen. Beth, die entspannt den geradezu sybaritischen Luxus der Frauengemächer genoß, fragte sich zum wiederholten Male: worin bestand Cassianas seltsame Macht über die Centaurier? Sie wußte, daß Cassiana zu den auf den darkovanischen Planeten seltenen Telepathen zählte, aber das reichte als Erklärung ebensowenig aus wie Cassianas eigenartige Schönheit. Es gab auf Megaera vielleicht zehntausend Frauen, die wie Cassiana waren: von sonderbarer Schönheit, auf noch sonderbarere Weise verehrt. Männliche Rhu'ad existierten nicht. Beth hatte gesehen, wie Männer und Frauen sich in spontanem Gefühlsausbruch zu Boden warfen, wenn eine der kleinen, perlfarbigen Frauen vorüberkam, aber sie hatte den Grund nie verstanden und auch nicht danach zu fragen gewagt.

Cassiana erkundigte sich: »Möchten Sie Nethle sehen, bevor Sie schlafengehen – und unsere Kinder?«

Das war nun in der Tat eine auffällige Lockerung der Tradition. Beth wußte, daß kein Terraner je ein centaurisches Kind zu Gesicht bekommen hatte. Verwundert folgte sie Cassiana in einen der unteren Räume.

Er schien voll von Kindern. Beth zählte sie. Es waren neun, das jüngste noch ein Wickelkind, das älteste etwa zehnjährig. Blasse, hübsche Kinder, wie Treibhausblüten, die man im Verborgenen züchtet. Als sie die fremde Frau sahen, drängten sie sich aneinander und flüsterten. Mit großen Augen starrten sie auf ihr fremdartiges Haar und die ungewohnte Kleidung.

»Kommt her, Schätzchen«, sagte Cassiana mit ihrer weichen, angenehmen Stimme. »Starrt nicht so.« Sie sprach centaurisch, eine weitere freundliche Geste.

Ein kleiner Junge – die anderen Kinder waren sämtlich Mädchen – zirpte mutig: »Ist sie auch eine Mutter für uns?«

Cassiana lachte: »Nein, mein Sohn. Sind drei Mütter nicht genug?«

Nethle erhob sich von einem Polsterstuhl und kam auf Beth zu. Sie streckte ihr zur Begrüßung die Hände entgegen. »Ich dachte schon, Sie hätten mich ganz vergessen! Natürlich – ihr armen Terranerinnen – nur *eine* Frau, die sich dauernd um ihren Mann kümmern muß – ich begreife gar nicht, wie ihr überhaupt je zu etwas kommt!«

Beth errötete. Nethles deutliche Anspielungen auf Beths »unglücklichen« Zustand als einzige Ehefrau brachten sie immer in Verlegenheit. Trotzdem erwiderte sie Nethles Begrüßung mit aufrichtiger Freude – Nethle Jeth-san war vielleicht die einzige Centaurierin, mit der Beth es ohne ein Gefühl unbehaglicher Abneigung aushielt.

Sie antwortete: »Sie haben mir gefehlt, Nethle«, wobei sie innerlich entsetzt darüber war, wie ihre Freundin sich verändert hatte. Seit Nethle vor Monaten in Klausur gegangen war, hatte sie eine geradezu beängstigende Verwandlung durchgemacht. Trotz der Aufblähung durch die Schwangerschaft schien Nethle an Gewicht verloren zu haben. Das kleine Gesichtchen wirkte abgemagert, die Haut war gespenstisch blaß. Ihr Gang war unsicher, und als sie Beth begrüßt hatte, setzte sie sich beinahe sofort wieder hin. Ihr fröhliches Wesen und die strahlenden Augen freilich straften die Kränklichkeit Lügen. Sie unterhielt sich leise mit Beth über Nebensächlichkeiten – ernsthafte Gespräche waren nach centaurischer Sitte so gut wie verpönt –, während sich Cassiana wie ein Kätzchen in ein Nest aus weichen Kissen kuschelte und das allerkleinste Kind auf den Arm nahm. Zwei Krabbelkinder kamen zu ihr und versuchten gleichzeitig auf ihre Knie zu klettern. Cassiana lachte und ließ sich auf den Fußboden gleiten. Die Kinder durften überall auf ihr herumklettern, sich an ihre Schulter schmiegen, an ihren Gewändern und dem kunstvoll frisierten Haar zupfen. Beth erkundigte sich – zögernd, denn sie wußte nicht, ob eine solche Frage der Höflichkeit entsprach –: »Welches sind Ihre Kinder, Cassiana?«

Cassiana blickte auf. »In gewisser Weise alle und in anderer Weise wiederum gar keins«, erwiderte sie knapp, und Beth dachte sofort, sie hätte sich unhöflich benommen. Aber Nethle legte dem einzigen kleinen Jungen die Hand auf den Kopf. »Cassiana hat keine Kinder, Beth. Sie ist Rhu'ad, und Rhu'ad-Frauen gebären keine Kinder. Das hier ist mein Sohn, und das älteste Mädchen und die Kleine mit den langen Haaren gehören auch mir. Diese dort –«, sie deutete auf die Krabbelzwillinge und das Baby auf Cassianas Schoß, »-sind Wilidhs. Die anderen stammen von Clotine. Clotine war unsere Schwester, die vor vielen Zyklen gestorben ist.«

Cassiana schob die Kinder sanft beiseite und trat zu Beth. Sie schaute zu einem der kleinen Mädchen hinüber, das in der Ecke spielte. Obwohl sie keinen Laut von sich gab, drehte das Kind sich um, rannte plötzlich auf Cassiana zu und umschlang die Rhu'ad mit beiden Armen. Cassiana umarmte sie, ließ sie dann

wieder los, und zu Beths Erstaunen kam das winzige Mädchen zu ihr, zupfte sie am Rock und kletterte auf ihren Schoß. Beth legte den Arm um sie und sah verwundert auf sie herab.
»Aber sie ist ja –« Sie brach ab, weil sie wieder nicht wußte, ob sie eine Bemerkung über die verblüffende Ähnlichkeit machen sollte oder lieber nicht. Das winzige Mädchen, das etwa vierjährig zu sein schien, hatte die gleiche perlblasse, schimmernde Haut. Ihre Haare waren wie silbriger Flaum, bleich und vornehm. Cassiana erkannte Beths Verwirrung und lachte vergnügt: »Ja, Arli ist Rhu'ad. Sie gehört mir.«
»Aber ich dachte ...«
»Ach, Cassiana, hör auf damit!« protestierte Nethle lachend. »Sie versteht es ja doch nicht!«
»Es gibt viele Dinge, die sie nicht versteht«, versetzte Cassiana unvermittelt, »aber ich denke, sie wird sie lernen müssen. Bet', Sie haben etwas entsetzlich Unvernünftiges getan. Terranerinnen können hier bei uns keine Kinder bekommen, ohne sich in große Gefahr zu begeben!«
Beth konnte nur verblüfft blinzeln. Der Selbsttest von vorgestern hatte gezeigt, daß ihre Schwangerschaft weniger als einen Monat alt war. »Wie konnten Sie das nur wissen?« fragte sie.
»Ihr armer Gatte.« Cassianas Stimme war sanft. »Ich habe seine Furcht gespürt, den ganzen Abend lang, wie grauen Nebel. Es ist manchmal wenig schön, Telepathin zu sein. Darum versuche ich immer, Menschenmengen zu vermeiden, denn ich kann nicht verhindern, daß ich in das Innere anderer Leute eindringe. Und als Ihnen dann so übel wurde, wußte ich Bescheid.«
Nethle schien zu Eis zu gefrieren. Sie erstarrte. Ihre Arme fielen herunter. »Das ist es also«, flüsterte sie fast unhörbar. Dann brach es aus ihr heraus: »Und so steht es eben mit den Frauen von der Erde! Darum werden eure Männer niemals diesen Planeten einnehmen! Solange sie uns verachten und als Eroberer kommen, können sie nicht hierbleiben, hier, wo ihre Frauen – sterben!« Ihre Augen funkelten. Sie erhob sich und stand, schwer, aufgebläht, drohend vor Beth, die Zähne gefletscht wie ein fauchendes Tier, den Arm wie zum Schlag erhoben. Cassia-

na hielt die Luft an, sprang auf und drängte Nethle mit erstaunlicher Kraft in ihren Stuhl zurück.

»Bet', sie ist außer sich – manchmal sind selbst die hiesigen Frauen . . .«

»Außer sich!« rief Nethle, die Lippen spöttisch verzogen. »Hat es nicht eine Zeit gegeben, in der unsere Frauen und ihre ungeborenen Kinder zu Hunderten starben, weil wir nicht wußten, daß die Luft Gift für uns war? Als die Frauen umkamen oder in luftdichten Kammern bleiben und Sauerstoff einatmen mußten, bis die Kinder geboren waren – und dann ließ man sie verrekken? Als die Männer ein Dutzend Frauen heirateten, um wenigstens *ein* lebendes Kind zu bekommen? Haben die Terraner uns damals geholfen, als wir sie anflehten, den Planeten zu evakuieren? Nein! Sie waren ja mit ihrem Krieg beschäftigt – sechshundert Jahre lang waren sie mit ihrem Krieg beschäftigt! Und jetzt, wo sie ihre Privatkriege beendet haben, jetzt versuchen sie, wieder nach Megaera zurückzukommen . . .«

»Nethle! Schweig!« befahl Cassiana zornig. Beth war in die Kissen gesunken, sah aber durch ihre vors Gesicht geschlagenen Hände, daß Nethles Gesicht glühte wie Feuer, eine verzerrte Maske der Wut. »Ja, ja, Cassiana . . .« Ihre Stimme war ein höhnisches Gurren. »Beth läßt sich herab, Freundschaft mit uns zu schließen – jetzt wird sie ja sehen, was mit den Frauen von Terra geschieht, die sich über unsere Gebräuche lustig machen anstatt herauszufinden, warum es sie gibt!« Die Wildheit ihrer Hysterie hämmerte auf Beth ein, als würde sie geschlagen. »Oh ja, ich habe Sie gern gehabt«, zischte sie, »aber konnten Sie sich überhaupt mit einer Centaurierin anfreunden? Denken Sie denn, ich hätte nicht gewußt, daß Sie sich über unsere Rhu'ad lustig machen? Könnten Sie so leben wie wir? Gehen Sie weg!« kreischte sie. »Weg von unserer Welt! Geht fort, geht alle fort! Laßt uns in Frieden!«

»NETHLE!« Cassiana packte die andere an den Schultern und schüttelte sie hart, bis die Wildheit aus ihrem Gesicht verschwand. Dann drückte sie Nethle in die Kissen, wo sie schluchzend liegenblieb. Cassiana sah sorgenvoll auf sie herun-

ter. »Dein Haß ist größer als ihrer. Wie kann es da je Frieden geben?«
»Immer hast du sie verteidigt«, murrte Nethle, »und dabei haßt sie dich am allermeisten!«
»Und genau darum habe ich auch die größere Verantwortung«, erwiderte Cassiana. Sie trat zu der mit einem Vorhang verschlossenen Tür am Ende des Raums. Auf ihren Ruf erschien eine Dienerin und begann unauffällig die Kinder aus dem Zimmer zu scheuchen. Sie entfernten sich gehorsam, die älteren verängstigt und verstört, mit furchtsamen Blicken auf die weinende Nethle, die kleinen nur widerwillig; sie klammerten sich an Cassiana und schmollten, als sie sie sanft durch die Tür schob. Hinter ihnen zog sie energisch den Vorhang zu, trat dann wieder zu Nethle und berührte ihre Schulter. »Hör mir zu«, sagte sie.
Beth hatte das sonderbarfe Gefühl, daß Nethle und Cassiana sich jetzt durch den unmittelbaren Austausch von Gedanken unterhielten, etwas, wovon sie ausgeschlossen war. Sie entnahm es dem wechselnden Gesichtsausdruck der beiden, ein paar leichten Bewegungen und gelegentlich einem betonten, gesprochenen Wort, das dem lautlosen Gespräch Nachdruck zu verleihen schien. Beth lief es kalt über den Rücken.
»Meine Entscheidungen sind immer endgültig«, erklärte Cassiana schließlich.
Nethle murmelte: » . . . grausam von dir . . .«
Cassiana schüttelte den Kopf. Nach langen Minuten beredten Schweigens sagte sie laut und sehr ruhig: »Nein, ich habe mich entschieden. Ich habe es für Clotine getan. Ich würde es auch für dich oder für Wilidh tun, wenn ihr so töricht wärt, das gleiche zu versuchen wie Bet'.«
Nethle fauchte: »Ich könnte gar nicht so dumm sein, daß ich versuchen würde, auf diese Art ein Kind zu bekommen!«
Cassiana brachte sie mit einer Geste zum Schweigen, erhob sich dann und ging zu Beth, die noch immer dalag und sich in die Kissen des großen Diwans kauerte. »Wenn ich, die ich Rhu'ad bin, die Gesetze nicht breche«, sagte sie, »wird es überhaupt nie

jemand wagen, und unser Planet wird in toter Tradition erstikken. Bet', wenn Sie versprechen können, mir zu gehorchen und keinerlei Fragen zu stellen, dann verspreche ich – als Rhu'ad – Ihnen dieses: Sie sollen Ihr Kind ohne Furcht bekommen, und Ihre Überlebenschancen werden« – sie zögerte einen Augenblick – »so sein wie die einer Centaurierin.«

Beth sah zu ihr auf, sprachlos, mit großen Augen. Irgendwo in einem geheimen Winkel ihres Gehirns stritten sich ein Dutzend Empfindungen, Furcht war darunter, Mißtrauen – Zorn. Aber ihr Verstand sagte ihr, daß Cassiana ihr angesichts einer Tatsache, die ihr völlig klar gewesen sein mußte, nämlich Beths Abneigung gegen sie, selbstlose Freundlichkeit entgegenbrachte. Beth begriff noch nicht, daß die Anwesenheit der Telepathin auch ihr eigenes Wahrnehmungsvermögen verstärkte, aber zum ersten Mal seit Monaten überlegte sie vernünftig und von Emotionen unbeeinflußt.

Cassiana beharrte: »Können Sie das versprechen? Können Sie vor allem versprechen, daß Sie mir keine Fragen über das stellen, was ich tun muß?«

Und Beth nickte ernst. »Ich verspreche es«, erklärte sie.

Das wäßrige, blaßrosa Sonnenlicht sah auf den weißen, sterilen, typisch terranischen Wänden, Fußböden und Einrichtungsgegenständen der Medizinischen Zentrale schwächlich und anachronistisch aus. Das weiße Bürogesicht des alten Arztes erinnerte an eine Schnecke, die nie mit der Sonne in Berührung kommt.

»Er ist schon so lange hier, daß er ein halber Centaurier geworden ist«, dachte Matt Ferguson zusammenhanglos und warf das Krankenblatt, das er in der Hand hatte, auf den Tisch. »Sie meinen, man kann nichts machen«, stellte er dann ohne Beschönigung fest.

»Das sagen wir in meinem Beruf nie«, erklärte Dr. Bonner schlicht. »So lange wir leben ... und so weiter. Aber es sieht schlecht aus. Sie hätten es ihr nie selbst überlassen dürfen, sich um die Verhütungsspritzen zu kümmern. Frauen sind in diesen

Dingen unzuverlässig – jedenfalls normale Frauen. Eine Frau muß schon verflucht unnormal sein, um Empfängnisverhütung gewissenhaft zu betreiben.« Er zog die Stirn in Falten. »Wissen Sie, das ist auch keine Frage der Anpassung. Man kann sogar beinahe sagen, daß die dritte, vierte, vierzehnte Generation eher noch anfälliger dafür ist als die erste. Der Planet macht einen so vollkommen gesunden Eindruck, daß die Frauen es einfach nicht glauben, bis sie dann wirklich schwanger sind – und dann ist es zu spät.«

»Abtreibung?« schlug Matt mit gesenktem Kopf vor. Dr. Bonner zuckte die Achseln. »Noch schlimmer. Der Operationsschock zusätzlich zu der Hormonreaktion würde sie sofort umbringen und nicht erst später.« Er stützte das Kinn in die Hände. »Was immer auch hier in der Luft liegt – es tut keinem Menschen etwas, bis dann in der Schwangerschaft diese Flut von weiblichen Hormonen freigesetzt wird. Wir haben alles versucht, sogar unsere eigene Luft hergestellt; chemisch rein, aber den Gestank bekommen wir nicht heraus, und wir schaffen es auch nicht, sie rein zu halten. Irgend etwas darin hängt mit der atomaren Struktur dieses ganzen verfluchten Planeten zusammen. Versuchstiere werden davon nicht angegriffen, also können wir nicht experimentieren. Es wirkt nur auf die menschlichen, weiblichen Schwangerschaftshormone. Wir haben sogar versucht, Frauen in luftdichte Kuppeln einzuschließen und ihnen reinen Sauerstoff zu geben, die ganzen neun Monate lang. Aber an der Reaktion ändert sich nichts. Bösartiges Erbrechen, Gewichtsverlust, Gleichgewichtsstörungen, Krämpfe – und wenn der Fötus nicht abgetrieben wird, leidet er unter Sauerstoffmangel und kommt als Mißgeburt zur Welt. Ich lebe seit vierzig Jahren auf Megaera, Matt, und habe noch nie ein lebendiges Kind entbunden.«

Matt schäumte. »Und wie machen es die Centaurier? Die haben doch Kinder!«

»Haben Sie schon einmal eines gesehen?« fragte Dr. Bonner kurz. Als Matt verneinte, fuhr er fort: »Ich auch nicht – in vierzig Jahren nicht. Vielleicht züchten die Centaurierinnen ihre Kinder im Reagenzglas – was weiß ich. Niemand hat je eine schwangere Centaurierin oder ein Kind unter etwa zehn Jahren gesehen. Aber einer von unseren Leuten hat einmal, vor zehn, zwölf Jahren, ein centaurisches Mädchen geschwängert. Natürlich warf ihre Familie sie hinaus – mitten auf die verdammte Straße. Unser Mann heiratete das Mädchen; das wollte er sowieso. Der Mann – ich werde Ihnen seinen Namen nicht verraten – brachte sie hierher zu mir. Ich dachte, vielleicht – aber es war wieder genau die gleiche Geschichte. Übelkeit, bösartiges Erbrechen – alles, was dazugehört. Sie würden nicht glauben, was wir alles versucht haben, um dieses Mädchen zu retten. Ich wußte selber nicht, daß ich soviel Phantasie besitze.« Er sah nach unten, bitter im Gedanken an den alten Mißerfolg. »Aber sie starb. Das Kind überlebte. Es ist oben auf der Station für Unheilbare.«

»*Jesus*!« Matt schauderte unwillkürlich. »Was kann ich nur tun?«

Dr. Bonners Augen waren sorgenvoll. »Schaffen Sie sie her, Matt, so schnell es geht. Wir werden das Menschenmögliche für sie versuchen.« Er stand auf und legte dem jungen Mann die Hand auf die Schulter, aber Matt bemerkte die Berührung gar nicht. Er wußte später nie, wie er aus dem Gebäude herausgekommen war, aber nachdem er taumelnd durch Straßen gelaufen war, die sich vor seinem trüben Blick verwirrten, hörte er das Sausen eines landenden Flugwagens und Cassiana Jethsans ruhige Stimme.

»Gesandter Furr-ga-soon?«

Matt hob benommen den Kopf. Sie war so ziemlich die letzte Person, der er jetzt begegnen wollte. Aber Matt Ferguson war Gesandter des Terranischen Imperiums und für diesen Posten hart gedrillt worden. Er hätte ebensowenig grob zu jemandem sein können, dem man Höflichkeit schuldete, wie er fähig gewesen wäre, sich aus einem schwebenden Flugwagen zu werfen. Darum erwiderte er mit bemühter Liebenswürdigkeit: »Ich grüße Sie, Cassiana.«

Sie gab dem Piloten ein Zeichen, das noch schwebende Lufttaxi nach unten zu bringen. »Diese Begegnung ist eine glückliche«, stellte sie gelassen fest. »Steigen Sie in den Flugwagen und begleiten Sie mich.«

Matt gehorchte, vornehmlich, weil ihm im Augenblick keine annehmbare Entschuldigung einfiel. Er kletterte hinein, und das Lufttaxi stieg wieder hinauf über die Stadt. Es schien eine lange Zeit zu vergehen, bis Cassiana sagte: »Bet' ist im Archonat. Ich habe Entdeckung gemacht von äußerstem Unglück. Verstehen Sie mich, Gesandter. Ihre Situation allerschlimmste.«

»Ich weiß«, erwiderte Matt grimmig. Plötzlich kam ihm die Abneigung seiner Frau gegen Cassiana ganz einleuchtend vor. Er war noch nie mit einer Telepathin allein gewesen, und es machte ihn ein wenig schwindlig. Im durchdringenden Blick der kleinen Frau lag eine fast körperlich wahrnehmbare Schwingung. Etwas anderes, über das Matt sich ärgerte, auch wenn er es zu verbergen suchte, war die Art, wie Cassiana die galaktische Standardsprache verstümmelte. Sie sprach sie besser als ihr Gatte, aber immer noch miserabel. Wie als Antwort auf seine unausgesprochenen Gedanken wechselte Cassiana in ihre eigene Sprache.

»Warum sind Sie nach Megaera gekommen?«

Was für eine dumme Frage, dachte Matt gereizt. Warum nahm man einen diplomatischen Posten an? »Meine Regierung hat mich geschickt.«

»Aber nicht, weil Sie etwas für Megaera – oder für uns – übrig hatten? Nicht, weil Sie hier leben wollten oder es für Sie wichtig war, daß Terraner und Centaurier sich vertragen lernten? Nicht, weil Ihnen etwas an der Raumstation lag?«

Matt hielt ehrlich erstaunt inne. »Nein«, antwortete er, »ich glaube nicht.« Dann siegte sein Ärger. »Wie *können* wir miteinander leben? Ihr Volk betreibt keine Raumfahrt. Das unsere kann hier nicht in Gesundheit und unter normalen Bedingungen existieren – auf diesem stinkenden Planeten! Was bleibt uns anderes übrig, als uns von Ihnen getrennt zu halten und Sie sich selbst zu überlassen?«

Cassiana sagte langsam: »Einst wollten wir diese Kolonie aufgeben. Aber es war Terra ganz gleichgültig, ob wir am Leben blieben oder starben. Jetzt haben sie entdeckt, daß ihr verlorener Besitz etwas wert sein könnte.«

Matt seufzte. »Die Imperialisten, die Megaera damals im Stich ließen, sind alle seit Jahrhunderten tot«, stellte er müde fest. »Heute brauchen wir, bedingt durch die politische Lage, den Kontakt zu Ihrem Planeten. Das wissen Sie. Niemand versucht Megaera auszubeuten.«

»Das weiß ich«, gab sie zu. »Und vielleicht ist es noch fünfzig anderen Leuten auf dem ganzen Planeten klar. Der Rest ist eine einzige brodelnde Masse öffentlicher Meinung, und nach unseren Antipropaganda-Gesetzen können wir daran auch nichts ändern.« Sie brach ab. »Aber ich wollte nicht mit Ihnen über Politik sprechen. Warum haben Sie Bet' hierhergebracht, Gesandter?«

Matt biß sich auf die Lippen. Unter ihren klaren Augen sagte er die Wahrheit. »Weil ich wußte, daß ein Junggeselle auf diesem Posten keine Chance hatte.«

Cassiana dachte nach. »Es ist wirklich schade. Mit ziemlicher Sicherheit wird man nach dieser Affäre die Gesandtschaft hier schließen. Kein verheirateter Mann wird mehr hierherwollen, und wir können unsererseits in einer so bedeutenden Stellung keinen Ledigen akzeptieren. Es widerspricht unseren heiligsten Traditionen, daß ein Mann, der seine Reife erreicht hat, unverheiratet bleibt. Unser einziger Einwand gegen Ihre Raumstation ist der gewaltige Zustrom nicht ehelich gebundenen Personals, das kommen wird, um sie zu bauen – Vagabunden, unverheiratete Männer, Militärpersonal – eine derartige Überflutung würde Megaera völlig durcheinanderbringen. Dagegen würden wir verheiratete Siedler, die sich hier niederlassen wollen, mit Freuden aufnehmen.«

»Sie *wissen*, daß das unmöglich ist!« rief Matt.

»Vielleicht«, versetzte Cassiana nachdenklich. »Es ist wirklich schade. Denn ganz offenkundig brauchen die Terraner Megaera, und Megaera wiederum braucht Impulse von außen. Wir fangen an zu stagnieren.« Sie schwieg eine Weile und fuhr dann fort: »Aber ich rede schon wieder von Politik. Vermutlich wollte ich sehen, ob Sie ehrlich sein können. Vielleicht ... wenn Sie schneller zornig geworden wären, weniger Wert auf höfliche Formalitäten gelegt hätten ... zornige Männer sind aufrichtige Männer. Wir lieben die Aufrichtigkeit, wir Rhu'ad.«

Matts Lächeln war bitter. »Wir werden in Höflichkeit gedrillt. Ehrlichkeit kommt an zweiter Stelle.«

»Was beweist, daß Sie für eine Gesellschaft, die zu einem beliebigen Bruchteil aus Telepathen besteht, nicht geeignet sind«, erklärte Cassiana unverblümt. »Aber darauf kommt es jetzt nicht an. Wichtig ist dies: Bet' ist in großer Gefahr, Gesandter. Ich verspreche nichts – selbst wir Centaurierinnen sterben manchmal dabei –, aber wenn Sie ihr erlauben, drei oder vielleicht vier von Ihren Monaten im Archonat zu leben, glaube ich, Ihnen zusagen zu können, daß sie es überstehen wird, und das Kind wahrscheinlich auch.«

In Matt keimte Hoffnung. »Sie meinen – sie soll in Klausur gehen?«

»Das und noch mehr«, antwortete Cassiana ernst. »Sie dürfen keinen Versuch unternehmen, sie zu sehen, und Sie müssen dafür sorgen, daß niemand von der Gesandtschaft erfährt, wo sie ist, oder warum sie nicht bei Ihnen ist. Und zwar einschließlich Ihrer persönlichen Freunde und Bekannten. Können Sie das schaffen? Wenn nicht, kann ich nichts versprechen.«

»Aber das ist unmöglich.«

Cassiana wies seinen Protest zurück. »Ihr Problem. Ich bin keine Terranerin; ich weiß nicht, *wie* Sie es arrangieren können.«

»Will denn Beth überhaupt ...«

»Im Augenblick noch nicht. Sie sind ihr Gatte, und das Leben Ihres Kindes steht auf dem Spiel. Sie können es ihr befehlen.«

»Auf Terra sehen wir die Dinge anders. Ich kann nicht ...« »Sie sind jetzt nicht auf Terra«, erinnerte Cassiana ihn kühl. »Kann ich Beth sehen, bevor ich eine Entscheidung treffe? Sie wird ja sicher auch einiges vorbereiten müssen ... ihre Sachen packen ... zum Beispiel.«

»Nein. Sie müssen sich gleich entscheiden, jetzt und hier. Vielleicht ist es schon zu spät. Und was ihre ›Sachen‹ betrifft ...« in den Perlenaugen lag milde Verachtung – »sie darf nichts von Terra um sich haben.«

»Was für ein Unsinn soll das sein?« fragte Matt. »Nicht einmal ihre Kleider?«

»Ich werde sie mit allem Nötigen versorgen«, versprach Cassiana. »Glauben Sie mir, es muß so sein. Nein – keine Entschuldigungen. Zorn ist Ehrlichkeit.«

»Hören Sie«, begann Matt, der immer noch einen annehmbaren Kompromiß erreichen wollte. »Ich möchte, daß sie erst einmal zu einem terranischen Arzt geht – die zuständigen Stellen ...«

Ohne Vorwarnung ging Cassiana in die Luft. »Ihr Terraner!« explodierte sie in einem Wutausbruch, der wie ein Schlag ins Gesicht war. »Sie idiotischer Trottel von einem Planeten wahnsinniger Paragraphenreiter! Ich habe Ihnen doch gesagt, daß niemand ein Wort davon erfahren darf! Das ist keine politische Angelegenheit – es geht um ihr *Leben* und das Leben Ihres Kindes! Was können Ihre sogenannten *zuständigen Stellen* denn für sie tun?«

»Und was können *Sie* tun?« brüllte Matt zurück. Das Protokoll ging über Bord. Der Mann und die Frau von zwei einander fremden Sternsystemen starrten sich über tausend Jahre Entwicklungsgeschichte wütend an.

Dann sagte Cassiana kalt: »Das ist die erste vernünftige Frage, die Sie gestellt haben. Als man damals unseren Planeten als nutzlos abschrieb, mußten wir uns gewisse Techniken erst aneignen, und zwar unter größten Schwierigkeiten. Ich kann Ihnen nichts Näheres darüber erzählen; es ist nicht gestattet. Wenn Ihnen diese Antwort nicht genügt, tut es mir leid. Es ist die einzige Antwort, die Sie überhaupt bekommen werden. Es hat Kriege gegeben auf Megaera, weil die Rhu'ad sich geweigert haben, dieselbe Frage zu beantworten. Man hat uns verfolgt, gesteinigt, machmal angebetet. Zwischen Wissenschaft, Religion und Politik haben wir die Antwort schließlich gefunden, aber ich habe sie nicht einmal meinem Gatten je anvertraut. Glauben Sie, ich würde sie einem – einem Bürokraten von Terra erzählen? Sie können mein Angebot ablehnen oder annehmen.«

Matt schaute über den Windschutz des Flugwagens hinab auf die verstreuten Dächer der Stadt. Eine erschreckende Unentschlossenheit quälte ihn. Er war in einer Gesellschaft aufgewachsen, in der man Verantwortung kunstvoll delegierte; etwas wie hier ging gegen seine ganze Erziehung. Wie konnte ein einzelner solch eine Entscheidung treffen? Wie sollte er Beths Abwesenheit erklären? Was würde seine Regierung sagen, wenn sie erfuhr, daß er nicht einmal die zuständigen Amtsärzte konsultiert hatte? Aber es gab im Grunde keine Wahl: Bonner hatte sehr deutlich erklärt, daß er keine Hoffnung hatte. Es gab nur eins: Cassiana zu vertrauen oder zuzusehen, wie Beth starb.
Ihr Tod würde weder schnell sein noch leicht.
»Also gut«, sagte Matt mit zusammengepreßten Lippen. »Beth – Beth mag Sie nicht; wahrscheinlich wissen Sie das – und ich – verdammt in alle Ewigkeit will ich sein, wenn ich begreife, warum Sie das alles machen! Aber ich – ich sehe keinen anderen Ausweg. Das ist vielleicht nicht sehr höflich formuliert, aber Sie haben ja selbst auf Ehrlichkeit bestanden. Also los. Tun Sie, was Sie können. Ich . . .« plötzlich versagte ihm die Stimme. Aber die kleine Rhu'ad achtete gar nicht darauf, daß er vergeblich um seine Selbstbeherrschung kämpfte. Mit dem Ausdruck distanzierter Gleichgültigkeit wies sie den Flugwagen-Piloten an, Matt vor seiner Residenz abzusetzen.
Auf der kurzen Fahrt dorthin sprach sie kein Wort mehr. Erst als der Flugwagen auf dem öffentlichen Landeplatz zum Stehen kam, hob sie den Kopf. »Vergessen Sie nicht«, erklärte sie ruhig, »Sie dürfen nicht ins Archonat kommen oder den Versuch unternehmen, Bet' zu sehen. Wenn Sie Geschäfte mit dem Archonten haben, müssen Sie ein Treffen an anderem Ort arrangieren. Das wird nicht einfach sein.«
»Cassiana – was soll ich sagen . . .«
»Sagen Sie gar nichts«, riet sie. Sie lächelte nicht, aber in den perlenfarbigen Augen lag ein Glanz. In einem weniger verschlossenen Gesicht hätte es nach freundlicher Erheiterung ausgesehen. »Manchmal sind die Männer auf diese Art ehrlicher.«

Sie ließ ihn stehen, und er starrte stumm in die Höhe, als der Flugwagen wieder in den Himmel stieg.

Als Cassiana – nicht mehr freundlich, sondern mit starrem Gesicht und unbeugsam – ihr die Nachricht brachte, daß Matt befohlen habe, sie solle dortbleiben, hatte Beth zuerst nicht daran geglaubt. Sie hatte ihre hysterischen Zweifel und ihr Entsetzen laut herausgeschrien, bis Cassiana sich umgedreht und das Zimmer verlassen hatte. Die Tür verschloß sie hinter sich. Sie kam drei Tage nicht wieder. Beth sah keinen Menschen außer einer alten Frau, die ihr das Essen brachte und taub war oder doch so tat. In dieser Zeit durchlebte Beth eine Million unterschiedlichster Empfindungen; aber als Cassiana nach den drei Tagen zurückkehrte, musterte sie Beth anerkennend.
»Ich habe Sie alleingelassen«, erläuterte sie knapp, »um zu sehen, wie Sie auf Angst und Eingesperrtsein reagieren. Hätten Sie es nicht ausgehalten, hätte ich nichts für Sie tun können. Aber ich sehe, daß Sie durchaus ruhig sind.«
Beth sah zu der Kleineren hinunter und biß sich auf die Lippen. »Ich war wütend«, gab sie zu. »Ich fand, es war unnötig, mich wie ein Kind zu behandeln. Aber ich habe mir trotzdem gedacht, daß Sie so etwas nicht ohne Grund tun würden.«
Cassianas Lächeln war nur ein Aufflackern. »Ja. Ich kann ein bißchen in Ihrem Kopf lesen – nicht viel. Ich fürchte, Sie werden auch weiterhin eine Gefangene sein, eine ganze Zeit lang. Macht Ihnen das sehr viel aus? Wir werden uns Mühe geben, es Ihnen zu erleichtern.«
»Ich werde alles tun, was Sie sagen«, versprach Beth gefaßt, und die Rhu'ad nickte. »Wirklich, ich glaube, Sie meinen es ehrlich, Bet'.«
»Das habe ich schon beim ersten Mal getan«, protestierte Beth.
»Ihr Gehirn und Ihr Verstand haben es gesagt. Aber das Denkvermögen einer Schwangeren ist nicht immer zuverlässig. Ich mußte zuerst sicher sein, daß im Fall eines Schocks ihre Gefühle nicht den Verstand im Stich lassen würden. Glauben Sie mir, es

stehen Ihnen in der Tat ein paar unliebsame Überraschungen bevor.«
Bisher freilich war nichts derartiges geschehen, obwohl Cassiana nicht im geringsten übertrieben hatte, als sie sagte, daß Beth eine Gefangene sein würde. Die Terranerin wurde in zwei Räumen des Untergeschosses in strenger Eingeschlossenheit gehalten – einer Ebene, die in centaurischen Häusern nur selten genutzt wurde – und sah niemanden außer Cassiana, Nethle und ein paar Dienerinnen. Die Zimmer waren geräumig, sogar luxuriös, und die Luft wurde mit irgendeinem Verfahren gefiltert, das zwar den typischen Geruch nicht verschwinden ließ, die Luft aber weniger übelkeiterregend und leichter atembar machte. »Diese Luft ist chemisch gesehen genauso gefährlich wie die Außenluft«, warnte Cassiana. »Glauben Sie nicht, daß Sie dadurch schon in Sicherheit sind. Aber vielleicht ist es so etwas angenehmer. Verlassen Sie diese Zimmer nicht.«
Sie hielt jedoch ihr Versprechen, Beth die Gefangenschaft zu erleichtern. Auch Nethle hatte sich von ihrem hysterischen Anfall erholt und benahm sich mit mustergültiger Herzlichkeit. Beth durfte Cassianas Bibliothek benutzen – eine der hervorragendsten Bändersammlungen des Planeten –, kam aber, nachdem sie sich ein bißchen genauer umgeschaut hatte, zu dem Schluß, daß Cassiana Bänder über einige Themen, von denen sie wohl meinte, daß die Terranerin sich nicht allzu intensiv damit befassen sollte, vorher entfernt hatte. Als Cassiana erfuhr, daß Beth die recht seltene Kunst der dreidimensionalen Malerei verstand, bat sie ihren Gast, sie darin zu unterrichten. In gemeinschaftlicher Arbeit schufen sie mehrere große Figuren. Cassiana verfügte über eine schnelle, künstlerische Einfühlsamkeit, die Beth Freude machte, und beherrschte die komplizierte Technik schon nach kürzester Zeit. Die gemeinsame Leistung lehrte alle beide vieles über einander.
Aber es gab viele Unannehmlichkeiten, die auch Cassianas Liebenswürdigkeit nicht geringer machen konnte. Mit jedem neuen Tag ging es Beth merklich schlechter. Sie litt unter Schmerzen, Übelkeit und einem schrecklichen Gefühl von Atemnot.

Dann lag sie stundenlang da und rang um jeden Atemzug. Cassiana erläuterte, daß Beths Stoffwechsel durch die Hormonallergie etwas von der Fähigkeit verloren hatte. Sauerstoff aus dem Blutkreislauf aufzunehmen. Sie bekam heftige Ausschläge, die zwar nie länger als ein paar Stunden anhielten, aber alle paar Tage wiederkehrten. Auch die sonstigen unerfreulichen Begleitumstände der ersten Schwangerschaftsmonate stellten sich ein, um ein Hundertfaches verstärkt. Und während der Magnetgewitter kam eine weitere merkwürdige Reaktion hinzu, ein Spannungsschmerz, als wäre ihr Körper eine elektrische Leitung. Sie grübelte, ob dieser Schmerz psychosomatischer oder konkret symptomatischer Natur wäre, kam aber zu keiner Lösung.

Aus irgendwelchen Gründen ging es ihr sofort besser, wenn Cassiana im Zimmer war, und als die Tage vergingen, ließ Cassiana sie fast nie mehr allein. Ein paarmal schlief sie sogar mit im Raum auf einem Feldbett, das man neben Beths Bett geschoben hatte. Eines Tages fragte Beth sie unvermittelt: »Warum geht es mir immer besser, wenn Sie bei mir sind?«

Cassiana antwortete nicht sofort. Die beiden hatten den ganzen Vormittag an einem dreidimensionalen Gemälde gearbeitet. Okulare und Pigmente waren über den ganzen Fußboden verstreut. Cassiana hob ein Okular auf und betrachtete eine Figur im Vordergrund damit, bevor sie sich zu Beth umdrehte. Dann nahm sie ihren Malkegel ab und fing an, ihn mit neuem Pigment zu füllen.

»Ich habe schon oft darüber nachgedacht, wann Sie mir diese Frage stellen würden. Der Verstand einer Telepathin beherrscht bis zu einem gewissen Grad ihren Körper – das ist eine stark vereinfachte Formulierung, aber Sie verstehen nicht genug von Psychokinese, um den Unterschied zu erkennen. Nun – wenn wir so wie heute miteinander arbeiten, ist Ihr Verstand mit meinem in einem Zustand, den wir Telepathen Schwingungsharmonie nennen. Dadurch können Sie in ganz geringem Umfang meine mentalen Projektionen empfangen, und diese wiederum wirken auf Ihren Körper ein.«

»Sie meinen, Sie beherrschen Ihren Körper durch *Denken*?«
»Das tut jeder«. Cassiana lächelte leicht. »Ja, ich weiß, was Sie meinen. Ich kann zum Beispiel Reflexe kontrollieren, die bei – bei normalen Menschen unwillkürlich sind. Genauso leicht, wie Sie einen Muskel in Ihrem Arm anspannen oder entspannen können, kann ich meinen Herzschlag beeinflussen, den Blutdruck, das Zusammenziehen der Gebärmutter« – sie unterbrach sich jäh und schloß dann – »und ich kann bei anderen Menschen grobe Reflexe beherrschen, wie zum Beispiel Erbrechen, wenn sie innerhalb des kinetischen Feldes auftreten.« Sie legte den Spinnkegel hin. »Schauen Sie mich an, ich werde Ihnen zeigen, was ich meine.«
Beth gehorchte. Nach kurzer Zeit begann Cassianas goldblasses Haar dunkler zu werden. Immer dunkler und wurde es, bis die glänzenden Wellen die Farbe von klarem Honig hatten. Cassianas Wangen schienen ihren Perlglanz zu verlieren und rosiger zu werden. Beth blinzelte und rieb sich die Augen. »Beeinflussen Sie mein Gehirn, so daß ich glaube, Ihre Haut und die Haare wechselten die Farbe?« erkundigte sie sich mißtrauisch.
»Sie überschätzen meine Kräfte! Nein, aber ich habe die ganzen latenten Pigmente meiner Haut in die Haare konzentriert. Wir Rhu'ad können in gewissen Grenzen aussehen, wie wir wollen – allerdings könnte ich beispielsweise meine Haare nicht so dunkel machen wie Ihre. In meinem Pigment ist dazu einfach nicht genügend Melanin. Auch die Farbe, die ich jetzt habe, bleibt nicht so, es sei denn, ich wollte meinen Adrenalinhaushalt auf Dauer umstellen. Das könnte ich zwar tun, aber es wäre wenig sinnvoll. Im Laufe des Tages werden mein Haar und die Haut sich jetzt wieder zur Rhu'ad-Farbe zurückverwandeln – wir behalten unsere typische Tönung, weil sie uns davor schützt, durch Zufall Schaden zu erleiden oder verletzt zu werden. Wir sind wichtig für Megaera . . .«
Erneut unterbrach sie sich abrupt, und ihr Gesicht erstarrte zu einer verschlossenen Maske. Sie setzte den Spinnkegel wieder in Gang und fing an, ein Oberflächenmuster in den Rahmen hineinzuweben.

Beth war hartnäckig. »Können Sie auch auf meinen Körper einwirken?«
»Ein bißchen«, gab Cassiana kurz zurück. »Was glauben Sie, weshalb ich soviel Zeit mit Ihnen verbringe?«
Nach dieser Abfuhr nahm auch Beth wieder den Spinnkegel zur Hand und begann, Tiefe in Cassianas Oberflächenfigur zu weben. Nach einer kleinen Weile gab Cassiana nach und lächelte. »Also gut – ich bin auch gern mit Ihnen zusammen. Zuerst war es nicht so, aber jetzt stimmt es.«
Beth lachte ein wenig beschämt. Sie hatte Cassiana nach und nach sehr liebgewonnen – nachdem sie sich mit ihrer Angewohnheit abgefunden hatte, immer auf das zu antworten, was Beth dachte anstatt auf das, was sie sagte.

Unmerklich wurden die Wochen zu Monaten. Beth hatte jede Lust verloren, aus dem Haus zu gehen, obwohl sie getreulich die leichten Bewegungsübungen ausführte, die Cassiana von ihr verlangte. Die Rhu'ad war jetzt fast ständig um sie. Auch wenn Beth viel zu krank war, um Cassiana zu beobachten, wurde es doch schließlich selbst ihr klar, daß es der Rhu'ad alles andere als gut ging. Die Veränderung war nicht eindeutig – eine Angespanntheit der Bewegungen, eine Blässe – Beth konnte sich nicht vorstellen, an was für einer Krankheit sie litt. Dennoch aber wachte Cassiana mit sorgsamer Liebe über Beth. Wäre sie Cassianas eigenes Kind, dachte Beth – die Rhu'ad hätte sie nicht fürsorglicher umhegen können.
Beth ahnte nicht, daß ihr eigener Zustand so bedrohlich war, daß der Schreck darüber selbst Cassianas Zurückhaltung gebrochen hatte. Sie konnte kaum noch einen Schritt gehen, ohne daß ihr übel wurde und ein stechender, krampfhafter Schmerz sie befiel. Ihre Nächte waren grauenvoll. Sie hatte eine vage Ahnung, daß man ihr mehrfach Sauerstoff gegeben hatte, aber selbst danach wäre sie um ein Haar erstickt. Und obwohl inzwischen der Zeitpunkt schon vorbei war, an dem das Kind sich hätte bewegen müssen, hatte sie kein Lebenszeichen gespürt.
Die meiste Zeit war sie benommen, als hätte man sie betäubt. In

ihren seltenen lichten Momenten beunruhigte es sie, daß sich Cassiana in ihrer Pflege aufrieb. Aber als sie davon zu sprechen versuchte, antwortete Cassiana nur knapp und feindselig: »Denken Sie nur an sich selbst; um mich werde ich mich kümmern, und um Sie auch.«

Einmal aber, als Cassiana sie schlafend glaubte, hörte Beth, wie sie flüsterte: »Es geht zu langsam! Ich kann nicht mehr lange warten – ich habe Angst!«

Aus der terranischen Zone drangen keine Nachrichten in die Klausur zu ihr. Sie vermißte Matt und machte sich Gedanken darüber, wie es ihm wohl gelungen war, ihre lange Abwesenheit zu verheimlichen. Aber sie verschwendete nicht viel Zeit mit solchen Grübeleien; für sie bedeutete das Leben nur noch eines: den Kampf ums Überleben, jeden Tag von neuem. Sie war schon so tief in ein dumpfes Vegetieren versunken, daß sie tatsächlich schauderte, als Cassiana sie eines Morgens fragte: »Fühlen Sie sich wohl genug, um aus dem Haus zu gehen?«

Gehorsam kleidete sie sich an, stutzte jedoch ein wenig, als Cassiana ihr eine schwere Binde entgegenstreckte. In ihren Augen stand Mitleid.

»Ich muß Ihnen die Augen verbinden. Niemand darf wissen, wo das Kail' Rhu'ad ist. Es ist zu heilig.«

Beth runzelte unwillig die Stirn. Sie fühlte sich unsagbar elend, und Cassianas geheimnisvoller Ton erfüllte sie mit ungläubigem Widerwillen. Cassiana bemerkte es, und ihre Stimme wurde milder.

Mit sanfter Überredung sagte sie: »Sie müssen es tun, Bet'. Ich verspreche Ihnen, daß ich Ihnen eines Tages alles erklären werde.«

»Aber weshalb verbinden Sie mir die Augen? Können Sie sich nicht darauf verlassen, daß ich den Mund halte, wenn es so geheim ist?«

»Vielleicht könnte ich mich darauf verlassen, vielleicht aber auch nicht«, versetzte Cassiana kalt. »Aber es gibt so viele Rhu'ad auf Megaera, und ich handle hier ganz allein auf meine eigene Verantwortung.« Plötzlich umklammerte sie Beths Hände so

fest, daß die Terranerin vor Schmerz fast aufgeschrien hätte und sagte rauh: »Auch ich kann sterben, verstehen Sie! Die Terranerinnen, die hier gestorben sind – können Sie sich denn nicht vorstellen, daß man sich bemüht hat . . .«
Ihre Stimme wurde undeutlich und brach. Plötzlich begann sie leise zu weinen.
Es war das erste Mal, seit Beth sie kannte, daß die Rhu'ad eine Gefühlsregung zeigte. Cassiana schluchzte: »Wehr dich nicht gegen mich, Bet', bitte nicht! Von deinen innersten Gefühlen mir gegenüber kann in den nächsten Tagen unser beider Leben abhängen – ich kann dich nicht erreichen, wenn du mich haßt! Versuch doch, mich nicht so zu hassen!«
»Ich hasse dich nicht, Cassiana«, flüsterte Beth entsetzt und zog die Centaurierin an sich. Sie hielt sie im Arm, fast als wollte sie sie beschützen, bis das stürmische Weinen nachließ und Cassiana ihre Beherrschung wiederfand.
Sanft löste sich die Rhu'ad aus Beths Umarmung. Ihre Stimme klang wieder reserviert. »Du solltest dich lieber selbst beruhigen«, meinte sie kurz und reichte Beth den Schal. »Verbinde dir damit die Augen. Ich verlasse mich darauf, daß du es ordentlich tust.«
Später versuchte Beth manchmal, sich an Einzelheiten dessen zu erinnern, was geschah, nachdem Cassiana ihr die Binde abgenommen hatte und sie sich in einem riesigen, gewölbten Saal von unfaßbarer Schönheit wiederfand. Die milchige Kuppel ließ einen frostigen Schimmer bleichen, wie gefilterten Lichts ins Innere dringen. Über die Wände, die hell getüncht waren und Farben, zu vage, als daß man sie hätte näher bezeichnen können, zugleich schluckten und widerspiegelten, huschten dunstige Schatten. Der Einfluß des Ortes auf die Gefühle berührte Beth nicht, er war ihr zu wesensfremd, aber sie erkannte, daß es sich ohne jeden Zweifel um einen Tempel handelte, und er flößte ihr Furcht ein. Sie hatte von einigen außerirdischen Religionen gehört und immer den Verdacht gehabt, daß auch die Rhu'ad bestimmte religiöse Funktionen ausübten. Aber die Schönheit ihrer Umgebung ließ auch sie nicht kalt, und nach und nach

wurde sie sich eines leisen Vibrierens bewußt, fast wie ein Klingen, von dem das ganze Bauwerk erfüllt war.
Cassiana flüsterte: »Das ist ein Telepathie-Dämpfer. Er schließt Schwingungen von draußen aus, damit die anderen stärker werden können.«
Das Vibrieren hatte eine beruhigende Wirkung. Beth saß still abwartend da. Cassiana sagte keinen Ton und hielt die Augen geschlossen, während ihre Lippen sich bewegten, als betete sie. Später begriff Beth, daß sie lediglich mit jemandem, der nicht sichtbar war, eine telepathische Unterredung führte. Schließlich erhob sie sich und führte Beth durch eine Tür, die sie hinter ihnen sorgfältig schloß und verriegelte.
Der innere Raum war kleiner und enthielt nichts als ein paar ungeheure Maschinen – zumindest hielt Beth sie dafür, denn sie steckten in unauffälligen Metallgehäusen und unter dem grauen Deckanstrich schauten Skalen, Kontrollschirme und Hebel hervor – sowie einige kleine Liegen, die jeweils paarweise nebeneinanderstanden. Hier warteten drei Rhu'ad, kleine, vornehme Frauen, die Beth vollständig ignorierten und nur Augen für Cassiana hatten.
Cassiana forderte Beth auf, sich auf einer der Liegen auszustrekken, verließ sie dann und trat zu den anderen Rhu'ad. Minutenlang standen sie Hand in Hand beisammen. Beth, inzwischen mit Cassianas Stimmungen vertraut, konnte ahnen, daß ihre Freundin unruhig, ja trotzig war. Die anderen machten einen genauso verstörten Eindruck; sie schüttelten den Kopf und bewegten die Hände, als wären sie zornig. Zuletzt jedoch trat ein Ausdruck des Triumphs auf Cassianas schöne Züge, und sie kam zu Beth zurück.
»Sie werden mich meinen Plan ausführen lassen. Nein, bleib liegen«, gebot sie und legte sich zu Beths Erstaunen selbst auf die Liege daneben. Diese befand sich unmittelbar unter einer der großen Maschinen; die Schaltleiste war so angebracht, daß Cassiana nach oben greifen und die Skalen und Hebel bedienen konnte. Sie machte sich auch gleich daran und vergewisserte sich, daß alles in bequemer Reichweite war; dann griff sie zu

Beth hinüber und fühlte ihren Puls. Sie runzelte die Stirn. »Viel zu schnell, viel zu schnell – du bist aufgeregt oder hast plötzlich Angst. Komm doch, und nimm einen Augenblick meine Hand.«

Gehorsam faßte Beth Cassianas ausgestreckte Finger. Sie zwang sich, alle Fragen zu unterdrücken, aber Cassiana schien sie zu fühlen. »Psst. Nicht reden, Beth. Hier, wo die Schwingungen gedämpft sind, kann ich auch deine unwillkürlichen Reaktionen kontrollieren.« Tatsächlich spürte die Terranerin nach wenigen Minuten, wie ihr Herzschlag langsamer und schließlich normal wurde und merkte, daß ihr Atem wieder ruhig und natürlich ging.

Cassiana nahm ihre Hand weg, griff nach oben und begann, eine Skala einzustellen. Die zarten Finger mühten sich um sorgfältige Genauigkeit. »Nur ruhig liegenbleiben«, warnte sie Beth. Diese jedoch hatte nicht den leisesten Wunsch, auch nur eine Bewegung zu machen. Wärme und Behagen umgaben sie angenehm. Es war nichts Greifbares, sondern eine unwägbare Schwingung, für ihre Nerven fast, aber doch nicht völlig spürbar. Zum ersten Mal seit Monaten war sie völlig beschwerdefrei. Cassiana war emsig mit den Skalen beschäftigt, drückte hier einen Knopf, ließ dort einen anderen los, drehte die Schwingung auf, bis man sie beinahe sehen konnte, dann wieder zu, bis sie in einen Ton überging. Beth fühlte sich langsam ein wenig benommen. Ihre Sinne schienen schärfer geworden zu sein; sie war sich jedes Nervs und Muskels in ihrem Körper so genau bewußt, daß sie Cassianas Gegenwart, wenige Fuß entfernt, durch die Nerven ihrer Haut *spüren* konnte. Dieses ganz bestimmte Gefühl identifizierte Cassiana so eindeutig wie ihre Stimme. Beth empfand es sogar – wie eine merkwürdige kleine Kälte –, wenn eine der anderen Rhu'ad sich der Liege näherte und dann wieder fortging.

So muß es sein, dachte sie, wenn man Telepathin ist. Cassianas Gedanken schienen ihr Gehirn zu durchdringen wie lauter winzige Nadeln: *Ja, beinahe so. Tatsächlich ist es nur die elektrische Schwingung deines Körpers, die mit meiner phasengleich eingestellt wird. Eine Art Kurzzeit-Telepathie. Jedes Lebewesen hat seine eigene, ganz persönliche Wellenlänge. Wir sind jetzt aufeinander eingestimmt. Früher mußte man so etwas telepathisch machen, das war eine entsetzliche Quälerei. Heute benutzt man die Dämpfer, das ist leicht.*

Beth schien zu schweben, schwerelos über ihrem Körper. Eine von den Rhu'ad war durch den Rand des Schwingungsfeldes gelaufen; Beth fühlte den Schock ihrer phasenungleichen Körper wie einen schmerzhaften elektrischen Schlag, der nach und nach geringer wurde, als sich die Schwingungen wieder ausglichen. Dann drang ihr ein süßlich-scharfer Geruch in die Nase, und sie erkannte mit ihrem überscharfen Wahrnehmungsvermögen, daß es der eines Betäubungsmittels war – *was hatten sie vor*? In einem Anfall von Panik begann sie sich aufzubäumen; fühlte fremde Hände, die sie beruhigten, hörte fremde Stimmen . . .

Ihr Körper explodierte in einer Million Lichtsplitter.

Der Raum, die Maschinen und die Rhu'ad waren verschwunden. Beth lag in einem niedrigen, breiten Alkoven, der in die Wand einer im übrigen leeren Kabine eingebaut war. Sie fühlte sich übel und atemlos und versuchte sich aufzusetzen. Ein entsetzlicher Schmerz durchfuhr sie, und sie blieb still liegen und versuchte, Tränen der Qual zu unterdrücken. Keuchend lag sie da und fühlte, wie das Gewicht ihres Kindes sie festhielt wie ein eiserner Schraubstock.

Als ihr Blick klarer wurde und sie wieder Einzelheiten wahrnahm, bemerkte sie auf der anderen Seite des Raumes einen zweiten Alkoven. Was sie zunächst für einen Haufen Bettzeug gehalten hatte, war der Körper einer Frau – Cassiana! Sie lag in einer Haltung totaler Erschöpfung da, Gesicht nach unten, Arme und Beine von sich gestreckt. Während Beth sie noch anschaute, dreht die Rhu'ad sich um und schlug die Augen auf; in dem weißen Gesicht wirkten sie riesengroß und blutunterlaufen. Heiser flüsterte sie: »Wie – fühlst – du – dich?«

»Ein bißchen schlecht.«

»Ich auch.« Cassiana richtete sich mühsam hoch, stand auf und wankte mit eiserner Energie zu Beth hinüber. Als sie näherkam, empfand Beth eine Art Echo der beruhigenden Schwingung, und der Schmerz ließ ein wenig nach. Cassiana setzte sich auf den Rand des Wandbettes und erklärte ruhig: »Wir sind noch nicht außer Gefahr. Es wird noch zu einer –« sie hielt inne, suchte nach dem Wort und gebrauchte schließlich die galaktische Standardsprache – »zu einer *allergischen Reaktion* kommen. Müssen ganz nah zusammenbleiben – selbes kinetisches Feld – Tage bis Reaktion abklingt und unser Körper Toleranz entwickelt für Verpflanztes –« Sie brach ab und fuhr in scharfem Centaurisch fort: »Ich habe dir doch gesagt, du sollst mir keine Fragen stellen! Du willst doch, daß dein Kind am Leben bleibt, oder nicht? Dann mach genau das, was ich dir sage! Ich – es tut mir leid, Bet' – ich will ja nicht zornig auf dich sein. Ich fühle mich auch nicht besonders wohl.«

Beth wußte schon lange, daß Cassiana niemals übertrieb, aber trotzdem hatte sie nicht geahnt, wie grauenhaft die nächsten Stunden sein würden. Nachdem sie wieder im Archonat eingetroffen waren, schien sich die Welt um sie herum einfach aufzulösen – in brennendem Fieber, Brechreiz und Schmerzen, die ihren vorherigen Krankenheitszustand im Vergleich geradezu angenehm erscheinen ließen. Cassiana, totenbleich, mit Händen so heiß wie Beths eigene, verließ sie keine Sekunde. Die beiden schienen auch nicht für einen einzigen Augenblick getrennt existieren zu können. Wenn sie einander ganz nah waren, spürte Beth ein kurzes Echo der ansteckenden Schwingung, die ihr im Raum mit den Maschinen Erleichterung verschafft hatte; aber selbst in den günstigsten Momenten war es nur schwach, und sobald Cassiana sich von ihr entfernte, und sei es nur um wenige Fuß, setzte in jedem einzelnen Nerv ihres Körpers ein unbestimmtes, allumfassendes Zittern ein, und der krampfhafte Brechreiz stieg ins Unerträgliche. Die kritische Distanz schien bei etwa zwölf Fuß zu liegen; bei diesem Abstand waren die Schmerzen fast nicht mehr auszuhalten. Stundenlang war Beth zu elend, um es zu merken, schließlich aber dämmerte ihr, daß Cassiana genau die gleichen Qualen litt. In einer

Art Grauen klammerte sie sich an Beth. Wäre es ihnen beiden nicht so dreckig gegangen, dachte Beth, hätten sie es vielleicht sogar lustig gefunden – so als hätte man einen siamesischen Zwilling. Aber es war ganz und gar nicht lustig. Es war eine Angelegenheit von grimmigem Ernst, notwendig wie das Überleben selbst.

In der Nacht schliefen sie auf schmalen, dicht aneinandergeschobenen Feldbetten. Ein halbes Dutzend Mal erwachte Beth aus unruhigem Schlaf und fand Cassianas Hand in ihre geschmiegt oder den Arm der Rhu'ad um ihre Schultern. In einem Augenblick solcher Nähe fragte sie einmal: »Leiden die Frauen hier alle so?«

Cassiana setzte sich auf und strich ihr langes, fahles Haar zurück. Ihr Lächeln war schief, und das verzerrte Gesicht sah im Flackern der grellen Blitze, die durch die Fensterläden sprangen und tanzten, bitter und beinahe alt aus. »Nein, oder ich fürchte, es würde nur wenige Kinder geben. Allerdings habe ich gehört, daß es damals, als Megaera zuerst besiedelt wurde, ziemlich schlimm war. Über die Hälfte der normalen Frauen starb. Aber wir fanden heraus, daß eine normale Frau manchmal eine Schwangerschaft überstand, wenn man sie ständig in der Nähe einer Rhu'ad hielt. Ich meine, wirklich *ständig*. Beinahe vom Augenblick der Empfängnis an durfte sie die unmittelbare Umgebung der Rhu'ad, die ihr half, nicht verlassen. Es war für alle beide eine große Einschränkung. Und wenn sie sich schon von vornherein nicht leiden konnten –!« Plötzlich kicherte Cassiana leise. »Das kannst du dir ja vorstellen – so wie du mir gegenüber empfunden hast!«

»Oh, Cassiana, *liebe* Cassiana . . .«, flehte Beth.

Cassiana lachte weiter. »Wenn sie uns nicht haßten, beteten sie uns an, und das war noch schlimmer. Aber heute – nun ja, es geht der Frau ein bißchen schlecht – es ist unangenehm – du hast ja Nethle gesehen. Aber du – wenn ich dich nicht in das Kail' Rhu'ad gebracht hätte, wärst du schon bald gestorben. Auch so habe ich beinahe zu lange gezögert, aber ich mußte warten, denn mein Kind war noch nicht . . .«

»Cassiana«, fragte Beth in plötzlichem Begreifen, »bekommst du denn auch ein Kind?«
»Natürlich!« erwiderte Cassiana ungeduldig. »Wie könnte ich dir sonst helfen?«
»Du hast gesagt, Rhu'ad würden nicht . . .«
»In der Regel stimmt das auch, es ist solch eine Zeitverschwendung«, unterbrach Cassiana sie unvorsichtig. »Verheiratete Rhu'ad dürfen nicht schwanger werden, denn jetzt während der sechs Zyklen meiner Schwangerschaft und der zwei weiteren, in denen ich mich davon erhole, kann keine andere Frau in unserer Familiengruppe ein Kind haben!« Unvermittelt kehrte ihr Zorn zurück und senkte sich wie eine schwarze Wolke über den kurzen Moment der Vertrautheit. »Warum quälst du mich mit Fragen?« fuhr sie Beth wütend an. »Du weißt, daß ich nicht antworten darf! Laß mich doch in Ruhe! Laß mich in Ruhe – laß mich in Ruhe!«
Sie schlug die Hand vors Gesicht, drehte sich zur Seite und lag stumm da, Beth den Rücken zugewandt; diese aber, die in ein unruhiges Dämmern fiel, hörte durch ihren leichten Schlaf die Laute erstickten Weinens . . .

Beth glaubte, es wäre am folgenden Tag – sie hatte inzwischen jedes Zeitgefühl verloren –, als sie mit dem unbestimmten, im ganzen Körper bohrenden Schmerz, der ihr verriet, daß sich Cassiana nicht ganz nah bei ihr befand, aus dem Schlaf auffuhr. Durch die geschlossene Tür drangen Stimmen; Cassianas Stimme, unterdrückt und protestierend, und Wilidhs hoher, kindlicher Diskant.
». . . aber so zu leiden, Cassiana, und für *sie!* Warum?«
»Vielleicht, weil ich es satt hatte, ein Monstrum zu sein?«
»Monstrum?« rief Wilidh ungläubig. »So nennst du das?«
»Wilidh, du bist noch ein Kind.« Cassianas Stimme klang unaussprechlich zärtlich. »Wenn du wärst, was ich bin, würdest du wissen, *wie* sehr wir es alle hassen. Wilidh – seit der Zeit, als ich noch jünger war als du, liegt die Last von vier Familien auf mir. Darf ich denn mein ganzes Leben lang nicht einmal, nur ein

einziges Mal, tun, was *ich* mir wünsche? Du hast selber Kinder. Kannst du nicht versuchen, mich zu verstehen?«
»Du hast Arli«, murmelte Wilidh gekränkt.
»Sie gehört nicht mir – nicht so, wie Lassa und die Zwillinge dir gehören. Weißt du denn überhaupt, wie es ist, wenn man ein Kind erwartet – und zusehen muß, wie es stirbt?« Cassianas Stimme versagte. Die Stimmen wurden leiser, undeutlich – dann ein plötzlicher Knall wie von einer Ohrfeige und Cassianas wütender Aufschrei: »Wilidh, sag mir sofort, was Nethle getan hat! Ich *bitte* dich nicht darum, ich befehle es dir!«
Beth hörte, wie Wilidh irgend etwas stammelte – dann ein furchtbarer Schrei, ein Klageruf, und Cassiana, aus deren Gesicht alle Farbe gewichen war, stieß die Tür auf und näherte sich Beth mit unsicheren Schritten. »Bet' – wach auf!«
»Ich bin wach. Was ist passiert, Cassiana?«
»Nethle – *falsche Freundin, falsche Schwester* –« Cassianas Stimme brach. Ihr Mund bewegte sich, aber es kamen keine Worte. Sie sah entsetzlich aus, elend und abgehärmt, und mußte sich mit der Hand an Beths Bettrand festhalten. »Hör zu – es sind ... Terraner hier, die nach dir suchen. Sie suchen dich schon ... seit Tagen ... dein Mann konnte nicht gut genug lügen ... und Nethle hat es gesagt ...« Sie umklammerte Beths Hand. »Du *kannst* jetzt nicht fort von hier. Sonst sterben wir vielleicht beide!« Sie verstummte, das Gesicht plötzlich ausdruckslos. Es klopfte an der Tür.
Beth lag still da. Ihre Augen brannten. Die Tür schwang weit auf. Cassiana, das steinerne, statuenstarre Abbild beleidigter Tradition, warf den beiden Eindringlingen, die die Schwelle überschritten, einen eisigen Blick zu. Seit sechshundert Jahren war kein Mann mehr in diese Gemächer vorgedrungen. Die Terraner standen unbehaglich da, wohl wissend, daß sie jede Überlieferung, jedes Gesetz, jeden Brauch des Planeten verletzten.
»Matt!« flüsterte Beth ungläubig.
In zwei Sätzen war er bei ihr, aber sie wich vor seinen Armen zurück. »Matt, du hast es versprochen!« sagte sie unsicher.

»Schätzchen, Liebling«, stöhnte Matt. »Was haben sie mit dir gemacht?« Voller Qual sah er auf ihre schmal gewordenen Wangen und berührte mit fassungslosem Entsetzen ihre Stirn. »Guter Gott, Dr. Bonner, sie brennt ja vor Fieber!« Er richtete sich auf und wirbelte zu dem anderen Mann herum. »Schaffen wir sie hier weg und reden später über alles! Sie gehört ins Krankenhaus!«

Der Arzt schob die protestierende Cassiana ohne weiteres beiseite. »Mit Ihnen beschäftige ich mich nachher, junge Frau«, zischte er durch die Zähne. Er beugte sich fachmännisch über Beth, um sich gleich darauf wieder Cassiana zuzuwenden. »Wenn diese Frau stirbt«, erklärte er langsam, »mache ich Sie persönlich dafür verantwortlich; denn Sie haben ihr die ordnungsgemäße ärztliche Versorgung verweigert. Wenn sie stirbt, schleife ich Sie vor Gericht, und wenn ich die Sache vor die Galaktische Zentralregierung auf Rigel bringen muß!«

Beth stieß Matts Hand fort. »Bitte!« flehte sie. »Du begreifst ja nicht – Cassiana ist gut zu mir gewesen, sie hat versucht –« sie setzte sich auf und zog das Nachthemd, eines von Nethle, das ihr ein wenig zu klein war, über den nackten Schultern zusammen. »Wenn sie nicht gewesen wäre . . .«

»Und warum dann diese Geheimnistuerei?« erkundigte der Doktor sich kurz. Er drückte Cassiana eine Nachrichtenkapsel in die Hand. »Hier. Das dürfte wohl genügen.« Wie im Schlaf öffnete Cassiana die Kapsel, zog den biegsamen Plastikstreifen heraus, starrte darauf, zuckte die Achseln und warf ihn zu Beth hinüber. Ungläubig las Beth Ferguson die juristischen Formulierungen. Nach dem Nominalgesetz des Terranischen Imperiums konnten diese Forderungen durchgesetzt werden. Aber etwas derartiges – gegenüber der Gemahlin des Oberarchonten von Megaera – in sprachloser Empörung öffnete sie den Mund.

Matt sagte leise: »Zieh dich an, Betty. Ich bringe dich ins Krankenhaus. Nein –« er schnitt ihren Protest ab – »sag kein Wort. Du bist jetzt nicht imstande, für dich selbst Entscheidungen zu treffen. Wenn Cassiana es wirklich gut mit dir meinen würde, wäre dieses ganze Versteckspiel nicht erforderlich.«

Cassiana umklammerte Beths freie Hand. Sie sah verzweifelt aus, wie ein Tier in der Falle. »Lassen Sie sie noch drei Tage bei mir«, versuchte sie es ein letztes Mal. »Wenn Sie sie jetzt von hier fortnehmen, stirbt sie!«
Dr. Bonner erklärte knapp: »Wenn Sie mir für diese Aussage eine umfassende Erklärung liefern können, werde ich es in Erwägung ziehen. Ich bin Mediziner. Ich halte mich für einen vernünftigen Menschen.« Cassiana schüttelte nur schweigend den Kopf. Beth, der die Tränen nahe waren, blinzelte heftig. »Cassiana! Kannst du ihnen nichts *sagen* . . .«
»Lassen Sie sie drei Tage bei mir – und ich will versuchen, die Erlaubnis zu bekommen, es Ihnen zu erzählen«, flehte Cassiana hilflos. Vor ihrem verzweifelten Blick schlug Matt die Augen nieder. »Hören Sie, Doc, vielleicht machen wir einen großen Fehler.«
»Wir ziehen die Sache nur hinaus«, erwiderte der Arzt barsch. »Kommen Sie, Mrs. Ferguson, ziehen Sie sich an. Wir bringen Sie in die Medizinische Zentrale. Wenn wir feststellen, daß diese – diese Verzögerung Ihnen wirklich nichts geschadet hat«, er drehte sich um und starrte Cassiana zornig an, »dann entschuldigen wir uns vielleicht sogar. Aber wenn Sie es uns nicht erklären können –«
Cassiana sagte bitter: »Es tut mir leid, Bet'. Wenn ich jetzt alles erzählen würde, ohne Erlaubnis, würde ich den Sonnenuntergang nicht mehr erleben, und alle, die meine Worte hören würden, ebensowenig.«
»Wollen Sie uns drohen?« fragte Matt finster.
»Ganz und gar nicht. Ich stelle lediglich eine Tatsache fest.« In Cassianas Augen lag kühle Verachtung.
Beth schluchzte hemmungslos. »Reißen Sie sich zusammen!« schnarrte Dr. Bonner. »Entweder Sie gehen mit, oder Sie werden getragen. Sie sind eine kranke Frau, Mrs. Ferguson, und Sie werden tun, was man Ihnen sagt.«
Cassiana bemerkte leise: »Lassen Sie sie wenigstens ein paar Minuten mit mir allein, während ich sie ankleide.«
Matt wollte schon den Raum verlassen, als ihm der Arzt die

Hand auf die Schulter legte. »Bleiben Sie bei Ihrer Frau! Sonst bleibe ich.«

»Laß nur«, sagte Beth müde und stieg aus dem Bett. Cassiana blieb dicht an ihrer Seite, das Gesicht voller Verzweiflung, während es der Terranerin mit Mühe gelang, sich halbwegs anzuziehen. Aber als Beth, noch immer hilflos protestierend, auf Matt gestützt dastand, fand Cassiana plötzlich wieder Worte. »Sie werden gerecht sein und erinnern«, sagte sie ganz leise, »daß ich Sie warnen. Wenn etwas geschehen, Sie nicht begreifen, dann erinnern. Bet' ...« sie sah flehend zu ihr auf, brach dann ohne Vorwarnung zusammen und fiel wie ein nasser Lappen auf das zerwühlte Bett. Die Dienerinnen, centaurische Flüche fauchend, rannten zu ihr. Beth versuchte, sich aus Matts Händen loszureißen, aber die beiden Männer schleppten sie hinaus. Es war wie Sterben. Es war, als würde sie buchstäblich in Stücke gerissen. Beth kämpfte mit Klauen und Zähnen. Auf irgendeine unterbewußte, instinktive Art wußte sie, daß sie um ihr Leben rang. Sie fühlte, wie die Kräfte sie verließen, Sekunde um Sekunde. Die Welt verschwamm in rotem Nebel, und sie sank ohnmächtig in die Arme ihres Mannes.

Zeit und Delirium zogen an ihr vorüber. Die weißen, sterilen Gerüchte der Medizinischen Zentrale umwehten sie, und der Schirm rund um ihr Bett war alles, was sie sah, wenn nicht Matt oder ein ratloser Arzt sich über sie beugten. Sie wurde betäubt, aber trotz der Beruhigungsmittel hatte sie Schmerzen und fühlte sich entsetzlich übel, und sie weinte und flehte Matt in abgerissenen Sätzen an: »Cassiana – ich mußte doch bei ihr sein – verstehst du das denn nicht ...«. Matt streichelte nur ihre Hand und flüsterte sanfte Worte. Wieder tauchte sie tief ins Delirium hinab, fühlte, wie ihr Körper brannte, während um sie herum die Gesichter, vertraute und fremde, immer mehr wurden. Einmal hörte sie, wie Matt mit einer Stimme, die überschnappte wie bei einem Jungen, brüllte: »Verdammt, es geht ihr schlechter als damals, als wir sie fanden! *Tun* Sie etwas, kann denn hier keiner etwas *tun*?«

Beth wußte, daß sie im Sterben lag, und diese Vorstellung erschien ihr angenehm. Und auf einmal, ganz unvermittelt, tauchte sie an die Oberfläche ihrer benebelten Träume und sah das bleiche, ernste Gesicht einer Rhu'ad über sich gebeugt.
Beths Augen und Kopf wurden im selben Moment vollkommen klar. Das Zimmer war bis auf sie beide leer. Rosiges Sonnenlicht und ein kühler, stechender Luftzug erfüllte die weißen Räume, und das Gesicht der Rhu'ad war farblos und fremd, aber voll zurückhaltender Freundlichkeit. Nicht nur das Zimmer, sondern das ganze Gebäude kam ihr merkwürdig still vor; keine Stimmen von weit her, keine eiligen Schritte, nichts als das ferne Summen der Flugtaxis vor den Fenstern und das leise Rascheln der Ventilatoren. Beth fühlte eine Art schläfriger, träger Behaglichkeit. Sie lächelte und sagte ohne Erstaunen: »Cassiana hat Sie geschickt.«
Die Rhu'ad flüsterte: »Ja. Auch sie ist fast gestorben, wissen Sie. Ihr Terraner seid ...« sie gebrauchte ein Wort, das in megaerischen Wörterbüchern nicht vorkam – »aber sie hat Sie nicht vergessen. Ich habe etwas Schreckliches getan, darum müssen Sie versprechen, niemandem zu erzählen, daß ich hier war. Ich habe einen Dämpfer ins Haus geschleppt und alle Schwestern auf der Etage hypnotisiert. Ich muß fort, bevor sie wieder aufwachen. Aber Sie werden jetzt gesund werden.«
Beth sagte flehend: »Aber warum nur diese ganze Geheimnistuerei? Warum können Sie nicht einfach sagen, was Sie getan haben? Ich weiß, daß hier keiner geglaubt hat, ich würde es überleben – daß es mir besser geht, müßte doch Beweis genug sein?«
»Sie würden versuchen, mich zum Sprechen zu bringen und mir dann doch nicht glauben. Aber wenn sie erst Ihr Kind gesehen haben, dann werden sie es glauben.«
»Wer sind Sie?« fragte Beth.
Die Rhu'ad lächelte schwach und nannte den Namen eines der bedeutendsten Männer von Megaera. Ihre Augen funkelten vor Vergnügen über Beths Staunen. »Sie haben lieber mich geschickt als eine Unbekannte – falls man mich doch hier findet,

würden Ihre Terraner vielleicht trotz allem zögern, einen internationalen Zwischenfall zu provozieren. Aber trotzdem habe ich nicht vor, mich von ihnen erwischen zu lassen.«
»Und was war nun eigentlich mit mir los?«
»Sie haben eine Allergie gegen das Kind entwickelt. Fremdes Gewebe – unverträgliche Blutgruppen – aber jetzt ist alles in Ordnung. Ich habe jetzt keine Zeit zu Erklärungen«, schloß die Rhu'ad ungeduldig, drehte sich ohne ein weiteres Wort um und huschte aus dem Zimmer.
Beth fühlte sich leicht und frei, körperlich wohl, ohne eine Spur von Übelkeit oder Schmerzen. Sie lehnte sich in die Kissen zurück, lächelte und spürte die leise Regung, das Lebenszeichen des Kindes in ihr. Dann setzte sie ein angemessen offiziöses Lächeln auf, als eine Schwester – eine von Dr. Bonners strengblikkenden, alten darkovanischen Helferinnen – auf Zehenspitzen eintrat, ein törichtes Gesicht machte und um die Ecke des Wandschirms spähte. Beth mußte mühsam einen spontanen Lachanfall unterdrücken, so veränderten sich die Züge der alten Dame, als sie japste: »Oh! Mrs. Ferguson! Sie sehen heute morgen ja *wirklich* besser aus! Ich – ich – ich glaube, Dr. Bonner sollte Sie einmal anschauen!« Und sie fuhr herum und rannte doch tatsächlich aus der Kabine!

»Aber was haben sie mit Ihnen *gemacht*? Sie müssen doch wissen, was sie mit Ihnen angestellt haben!« protestierte Dr. Bonner erschöpft zum hundertsten Male. »Erzählen Sie mir einfach nur, woran Sie sich erinnern. Auch wenn es Ihnen sinnlos vorkommt.«
Die Ratlosigkeit des alten Mannes tat Beth leid. Es konnte nicht angenehm für ihn sein, zugeben zu müssen, daß er versagt hatte. Sie erklärte sanft: »Ich habe Ihnen alles erzählt.« Sie hielt inne und versuchte, es in Worte zu fassen, die er akzeptieren konnte; sie hatte sich bemüht, ihm klarzumachen, in welcher Weise Cassianas körperliche Anwesenheit sie beruhigt hatte. Aber er hatte es zornig als Fieberwahn zurückgewiesen.
»Dieser Ort, an den man Sie gebracht hat. Wo war das?«

»Ich weiß nicht. Cassiana hat mir die Augen verbunden« Wieder verstummte sie. Durch den ausgedehnten geistigen Kontakt zu Cassiana war sie mit dem unterschwelligen Gefühl, an einem religiösen Ritual teilgenommen zu haben, aus dem Kail' Rhu'ad zurückgekehrt; aber diese Religion bedeutete ihr nichts, so daß sie ihre Eindrücke nur in zusammenhanglosen Bruchstücken wiedergeben konnte. »Ein großer Kuppelsaal – und ein Raum voller Maschinen ...«. Auf Dr. Bonners Wunsch beschrieb sie die Maschinen so genau, wie sie es ihrer Erinnerung nach konnte; aber er schüttelte den Kopf. Sie wollte ihm helfen und fuhr zögernd fort: »Cassiana nannte eine davon einen Telepathie-Dämpfer.«

»Sind Sie *sicher*? Diese Geräte werden auf Darkover hergestellt; ihr Export ist im allgemeinen untersagt – sogar die Darkovaner selbst sprechen ungern darüber. Der andere Apparat könnte ein Howell – C 5 – Elektropsychometer gewesen sein. Allerdings wohl ein besonders frisiertes Spezialmodell, wenn es Ihre Zellwellen mit denen einer Telepathin in Phasenharmonie bringen konnte.« Sein Blick war nachdenklich. »Was sie nur damit bezweckten? Es muß ja irrsinnig weh getan haben!«

»O nein!« Beth versuchte zu erklären, wie sie sich wirklich gefühlt hatte, aber er zuckte nur die Achseln und sah so unzufrieden aus wie zuvor. »Als ich Sie untersuchte«, sagte er und warf Matt einen Seitenblick zu, »fand ich einen Einschnitt, etwa vier Zoll lang, in der oberen rechten Leistengegend. Er war fast verheilt und man hatte ihn mit einem Kosmetiklack zusammengezogen – selbst unter der Lupe kaum zu erkennen.«

Beth kämpfte mit einer vagen Erinnerung und sagte dann: »Gerade als ich unter dem Narkosemittel einschlief, sagte eine von den Rhu'ad etwas. Es muß ein Fachausdruck gewesen sein, denn ich habe es nicht verstanden. *Aghmara kedulhi varrha*. Ergibt das für Sie irgendeinen Sinn, Dr. Bonner?«

Der weiße Kopf des Mannes bewegte sich leicht. »Die Worte bedeuten *Plazenta-Verpflanzung*. Plazenta-Verpflanzung«, wiederholte er langsam. »Sind Sie ganz sicher, daß es diese Worte waren?«

»Absolut.«
»Aber das ergibt keinen Sinn, Mrs. Ferguson. Selbst eine nur teilweise Ablösung der menschlichen Plazenta hätte zu einer Fehlgeburt geführt.«
»Und eine Fehlgeburt habe ich nun wirklich nicht gehabt.« Beth lachte und strich sich über den geschwollenen Leib.
Der alte Mann lächelte mit ihr. »Gott sei Dank!« sagte er aufrichtig. Aber seine Stimme war sorgenvoll. »Ich wünschte, ich wüßte diese Worte ganz genau.«
Beth zögerte. »Vielleicht hieß es – *Aghmarda kedulhiarra va*?«
Bonner schüttelte fast lächelnd den Kopf. »Kedulhi-Plazenta – ist schlimm genug«, meinte er. »*Kedulhiarra* – wer hat je gehört, daß man Babys verpflanzt? Nein, Sie werden es beim ersten Mal schon richtig gehört haben. Vielleicht hat man Ihnen in irgendeiner Form Plazentagewebe einer Centaurierin unter die Haut gepflanzt. Das würde sogar die Allergie erklären. Möglicherweise ist Mrs. Jeth-san als Spenderin aufgetreten.«
»Aber warum hatte sie dann die gleiche Allergie?« fragte Beth.
Dr. Bonners schwere Schultern hoben und senkten sich. »Gott weiß es. Alles, was ich sagen kann, ist, daß Sie ganz, ganz großes Glück gehabt haben, Mrs. Ferguson.« Er betrachtete sie mit unverhülltem Staunen und wandte sich dann an Matt. »Sie können Ihre Frau genausogut nach Hause holen, Gesandter. Sie ist völlig in Ordnung. Ich habe noch keine Terranerin auf Megaera gesehen, die so gesund war. Aber«, riet er Beth, »gehen Sie nicht weit von zu Hause fort. Ich werde gelegentlich vorbeikommen und nach Ihnen sehen. Es muß doch einen Grund haben, warum die Centaurierinnen sich in Klausur begeben. Wir werden es mit Ihnen ausprobieren – sinnlos, hier ein Risiko einzugehen.«
Aber Beths Krankheitszustand kehrte nicht zurück. Zufrieden in der Abgeschlossenheit der Residenz, gemütlich in ihrer Zelle wie eine Biene im Stock, bereitete sie sich gelassen auf die Geburt ihres Kindes vor. Die Natur gewährt schwangeren Frauen eine Art Betäubung, die auch Beths leise Unruhe wegen Cassiana verwischte. Matt war zärtlich mit ihr. Er weigerte sich, über

seine Arbeit zu reden, aber Beth fand angespannte Linien in seinem Gesicht und seine Stimme war müde. Nach einem weiteren Monat fragte sie ihn geradeheraus: »Stimmt etwas nicht, Matt?«

Matt zauderte und ging dann in die Luft. »Einfach alles stimmt nicht! Deine Freundin Cassiana hat uns bei Rai Jeth-san so ziemlich alles verdorben. Ich hatte auf seine Unterstützung gezählt, aber jetzt –« Er zuckte verzweifelt die Achseln. »Er sagt einfach, mit seiner verdammten Weiberstimme,« – Matts rauher Bariton hob sich zu einem dünnen, höhnischen Echo des archontischen Tonfalls, – »er sagt: Was wir wollen, ist eine friedliche Regelung. Terranische Siedler mit Frauen und Kindern nehmen wir auf, aber wir werden nicht zulassen, daß Megaera von unverheiratetem, ungebundenen Personal überschwemmt wird, das das Gleichgewicht unserer Zivilisation stören könnte.« Matt machte eine wütende Handbewegung. »Er weiß genau, daß Terraner ihre Frauen nicht mitbringen können! Zum Teufel mit diesem Ort, Betty, Raumstation und alles! Von mir aus können sie den ganzen Planeten auf die Milchstraße sprengen! Sobald unser Nachwuchs geboren ist und du wieder raumtüchtig bist, schmeiße ich dem Imperium den Job hier vor die Füße. Ich nehme irgendeine Sekretärstelle an – wahrscheinlich werden wir an den äußersten Rand der Galaxie ziehen müssen – aber wenigstens habe ich dich!« Er beugte sich nach unten und gab seiner Frau einen Kuß. »Geschieht mir recht – schließlich habe ich dich ja hierhergebracht!«

Beth umarmte ihn, meinte dann aber recht betrübt: »Matt, Cassiana hat mir das Leben gerettet. Ich kann einfach nicht glauben, daß sie den Archonten gegen dich aufhetzen würde. Wir verdienen gar nicht, was Cassiana für mich getan hat – das Imperium hat Megaera behandelt wie den letzten Dreck.«

Matt lachte betroffen. »Befaßt du dich jetzt mit Politik?«

Erregt erwiderte Beth: »Du hast doch die Vollmacht, Entschädigungen zu gewähren, nicht wahr? Warum nicht einmal, nur dieses einzige Mal, etwas Anständiges tun und nicht nach den Empfehlungen des Handbuchs für Diplomaten gehen? Du weißt, wenn du jetzt aufgibst, wird Terra die Gesandtschaft hier schließen und Megaera als Sklavenstaat unter Kriegsrecht stellen. Ja, ich weiß, die offizielle Bezeichnung lautet *Schutzsatellit*, aber es bedeutet genau dasselbe! Warum schlägst du nicht ganz formell vor, Megaera das Recht der Selbstverwaltung zu verleihen – als unabhängiger, verbündeter Regierung?«

»Um diese Würde zu erlangen«, begann Matt, »muß ein Planet einen wichtigen Beitrag zur Galaktischen Zivilisation leisten –«

»Ach, Kometenstaub!« fauchte Beth. »Die Tatsache, daß sie überlebt haben, beweist doch schon, daß sie uns wissenschaftlich einiges voraus haben!«

Matt erwiderte bedenklich: »Das Imperium würde vielleicht einem unabhängigen Pufferstaat in dieser Ecke der Galaxie zustimmen. Aber sie haben sich dem Imperium gegenüber feindselig verhalten.«

»Eine Bittschrift haben sie nach Terra geschickt, vor sechshundert Jahren«, bemerkte Beth ruhig. »Ihre Frauen starben zu Tausenden, während die Bittschrift in irgendeiner Ablage verstaubte. Ich glaube, lieber würden sie alle ein zweitesmal sterben, ehe sie die Erde um etwas bäten. Jetzt ist Terra an der Reihe, ihnen ein Angebot zu machen. Das Imperium schuldet ihnen etwas: Unabhängigkeit und Verbündetenstatus –«

»Eins steht fest: Cassiana hat dich voll zur megaerischen Politik bekehrt«, erklärte Matt säuerlich.

»Die Politik kann zum Teufel gehen!« rief Beth so hitzig, daß ihr Mann beide Augen aufriß. »Kannst du denn nicht begreifen, du Idiot, was Cassianas Tat bedeutet? Es beweist, daß Frauen von der Erde in *Sicherheit* hierherkommen können! Es bedeutet, daß wir Kolonisten als friedliche Ansiedler herschicken können. Siehst du denn nicht, du Trottel, daß hier das Schlupfloch ist, das Rai Jeth-san dir offengelassen hat? Cassiana hat bewiesen, daß sie zum Nachgeben bereit sind – jetzt ist Terra am Zug!«

Matt starrte sie völlig entgeistert an.

»So hatte ich das nicht gesehen. Aber, Liebling, ich glaube, du hast recht! Ich werde auf alle Fälle den Vorschlag machen. Der

Planet ist sowieso beinahe ein totaler Fehlschlag, die Dinge könnten gar nicht schlechter aussehen. Wir haben nichts zu verlieren – und könnten eine Menge gewinnen.«

Beths Kind wurde in der Residenz geboren. Die Medizinische Zentrale hatte keine geburtshilfliche Abteilung, und Dr. Bonner war der Auffassung, daß Beth sich zu Hause wohler fühlen würde. Es war am ersten Tag des kurzen, megaerischen Winters. Sie erwachte, munter und frisch, aus einem kurzen Dämmerschlaf und stellte die üblichen Fragen.

»Es ist ein Mädchen.« Dr. Bonners faltiges, altes Gesicht wirkte müde und beinahe zornig. »Etwas über drei Pfund nach hiesiger Schwerkraft. Versuchen Sie zu ruhen, Mrs. Ferguson.«

»Aber ist sie – ist sie – in Ordnung?« Beth haschte schwächlich nach seiner Hand. »Bitte sagen Sie es mir – bitte, lassen Sie mich sie sehen!«

»Sie ist – sie ist ...« der alte Arzt stolperte über ein Wort und Beth sah, wie er mühsam blinzelte. »Sie ist – wir geben ihr Sauerstoff. Sie ist völlig in Ordnung – eine reine Vorsichtsmaßnahme. Schlafen Sie jetzt wie ein braves Mädchen. Sie dürfen sie sehen, wenn Sie aufwachen.« Er drehte sich abrupt um und ging.

Beth kämpfte gegen die Müdigkeit an, die ihren Kopf schwer machte. »Dr. Bonner – bitte!« rief sie ihm mit schwacher Stimme nach. Die Schwester beugte sich über sie, und sie spürte den scharfen Stich einer Nadel im Arm. »Schlafen Sie, jetzt, Mrs. Ferguson. Ihr Kind ist vollkommen in Ordnung. Können Sie nicht hören, wie es quäkt?«

Beth schluchzte, »Was ist los damit? *Stimmt mit meinem Kind irgend etwas nicht*?«

Die Schwester konnte sie nicht zurückhalten. Vor soviel wildentschlossener Mutterschaft zögerte die alte Frau, machte dann kehrt und ging in die andere Ecke des Zimmers. »Also gut – wahrscheinlich wird Ihnen ein Blick nicht schaden. Sie werden besser schlafen, wenn Sie sie gesehen haben.« Sie hob etwas hoch und trat wieder an das Bett. Hungrig streckte Beth die Arme aus, und einen Augenblick später lächelte die Darkovanerin leise und legte das Kind neben sie in die Kissen.

»Hier. Sie dürfen Sie eine Minute halten. Die Männer verstehen das nicht, stimmt's?«

Beth lächelte glücklich und schlug den Deckenzipfel zurück, der das kleine Gesichtchen versteckte. Plötzlich riß sie den Mund auf und stieß einen lauten Schrei aus.

»Das ist nicht mein Kind! Es ist nicht – sie ist nicht, man kann nicht –« Panische Tränen trübten ihren Blick. Rebellisch und verstört starrte sie voller Entsetzen auf das Kind in ihrem Arm.

Der Säugling war weder rot noch runzlig. Die glatte, weiche, neue Haut war weiß – ein schimmerndes, glänzendes, *perlenfarbiges* Weiß. Die zusammengekniffenen Augen hatten die Farbe schiefrigen Silbers, und auf dem runden kleinen Köpfchen lockte sich bereits ganz dünn ein bleicher, goldgetönter Flaum. Vollkommen. Gesund. Aber – eine Rhu'ad.

Die Schwester machte einen Satz und packte das Kind, als Beth ohnmächtig umsank.

Es dauerte beinahe einen Monat, bis Beth kräftig genug war, tagsüber aufzustehen. Der Schock hatte ihren Nerven mehr als übel mitgespielt, und sie war nun wirklich sehr krank. Nur ganz allmählich beruhigte sie sich und begann ihre kleine, so vollkommene Tochter zu lieben. Aber der unbewußte Konflikt, der in ihr gärte, verlagerte sich immer tiefer in ihr Inneres und rächte sich an jedem einzelnen Nerv ihres Körpers. Das Erlebnis hatte eine verborgene Wunde zurückgelassen, die noch für jede Berührung zu empfindlich war. Sie verschanzte sich hinter der eigenen Schwäche.

Das Kind – trotz Matts Protest hatte Beth darauf bestanden, sie Cassy zu nennen – war bereits über einen Monat alt, als eines Tages ihre centaurische Dienerin ins Zimmer trat und meldete: »Die Gattin des Archonten ist zu Besuch gekommen, Frau Gesandte Furr-ga-soon.«

Beth hatte die Erinnerung so weit verdrängt, daß sie lediglich

annahm, Nethle oder Wilidh seien zu einer offiziellen Visite erschienen. Sie seufzte und stand auf, fuhr mit den nackten Füßen in Pantoffeln und schlurfte zu ihrer Kleiderwand. Sie drehte an verschiedenen Knöpfen, ließ wallende Nylene-Bahnen hervorquellen, um ihr kurzes Haushemd zu bedecken und steckte dann den Kopf in den Bürster, der automatisch ihr kurzes Haar frisierte. »Ich werde hinaufgehen. Bitte bringen Sie Cassy nach unten ins Kinderzimmer.«
Das centaurische Mädchen murmelte: »Sie hat ihr Kind – *sie hat es bei sich*.«
Beth starrte sie an wie vom Donner gerührt. Kein Wunder, daß die Dienerin so benommen ausgesehen hatte. Ein Kleinkind außerhalb des eigenen Hauses – auf Megaera?
»Dann bringen Sie sie hierher nach unten«, ordnete sie an. Aber ihr Erstaunen war um nichts geringer, als eine vertraute, leichtfüßige Gestalt, in blasse Gewänder gehüllt, wie ein Geist ins Zimmer schwebte.
»Cassiana!« sagte sie mit zitternder Stimme.
Die Rhu'ad lächelte ihr liebevoll zu, während sie einander bei den Händen faßten. Und plötzlich umschlang Beth Cassiana mit beiden Armen und brach in wildes, stürmisches Weinen aus.
»Nicht doch, nicht doch«, bettelte Cassiana, aber es war sinnlos. All die unterdrückte Angst, der zurückgedrängte Schock brachen auf einmal aus Beth hervor. Cassiana hielt sie an sich gedrückt, ungeschickt, als wäre ihr diese Art Gefühle fremd. Bemüht, Beth zu trösten, fing sie schließlich selbst an zu schluchzen.
Als sie wieder zu Atem kam und Worte fand, sagte sie: »Kannst du mir glauben, Beth wenn ich dir sage, daß ich weiß, was du empfindest? Schau, du mußt versuchen, dich zusammenzunehmen. Ich habe doch versprochen, dir alles zu erklären.«
Sie machte sich ganz sanft los und nahm aus den Armen der Dienerin ein Bündel, sorgsam in festen, durchsichtigen Kunststoff eingepackt, mit doppelten Tragegriffen. Vorsichtig öffnete sie das Paket und holte aus den Tiefen dieser pfiffigen Wiege ein

Wickelkind heraus, hob es hoch und legte es Beth in die Arme.

»Das ist mein kleiner Junge.«

Nach einer Weile sah Beth zu Cassiana auf, die fasziniert an Cassys Bettchen stand. »Er – er – er sieht aus wie –« stotterte Beth, und Cassiana nickte. »Ganz richtig. Er ist ein Terranerkind. Aber er gehört mir. Oder eigentlich – uns.« Ihre ernsten Augen ruhten fast bittend auf der anderen. »Ich habe versprochen, es zu erklären – Dhe mhári, Bet', fang nicht wieder an zu weinen . . .«

»Wahrscheinlich hätte man uns Rhu'ad umgebracht – überall außer auf Megaera«, begann Cassiana ein paar Minuten später, als sie sich auf einem gepolsterten Diwan niedergelassen hatten, die Kinder zwischen sich in die Kissen gekuschelt. »Hier aber retteten wir die Kolonie. Ich vermute, daß wir ursprünglich eine durch kosmische Strahlen entstandene Mutation waren. Damals waren wir noch ein Teil der normalen Bevölkerung. Wir hatten uns noch nicht so stark angepaßt.« Sie machte eine Pause.

»Weißt du, was eine genetische Abweichung ist? In einer isolierten Bevölkerung fangen Erbmerkmale irgendwann an, vom Normalzustand abzuweichen. Zum Beispiel so: Nehmen wir einmal an, in einer Kolonie gäbe es zu Anfang jeweils zur Hälfte blonde und braunhaarige Menschen. In einer normalen Gesellschaft würde dieses Verhältnis in etwa gleichbleiben – etwa fünfzig zu fünfzig Prozent. Nun könnte es aber in einer Generation einmal zufällig schwanken – sagen wir vierzig zu sechzig. In den folgenden Generationen könnte es sich wieder einpendeln, aber auch – weil ja nun das Gleichgewicht einmal verändert war – noch weiter abweichen, so daß es am Ende dann siebzig Prozent Blonde und nur dreißig Prozent Braune geben würde. Das ist natürlich jetzt sehr vereinfacht; aber wenn es über acht oder zehn Generationen so weitergeht und die natürliche Auslese auch noch erheblich in diese Richtung führt, dann ergibt sich ein deutlicher Rassentypus. Wir hatten Abweichungen im zweierlei Hinsicht, denn wir hatten einmal die normale Bevölkerung, zum anderen – die Rhu'ad. Unsere normalen Frauen starben, in jeder Generation mehr. Die Rhu'ad konnten gefahrlos Kinder bekommen, aber auf irgendeine Weise mußten wir den normalen Typus erhalten.«

Sie hob Cassy auf und kuschelte sie eng an sich. »Du hast sie nach mir genannt, wie?« fragte sie. »Nun gut, ich habe angefangen zu erläutern. Eine Rhu'ad ist menschlich und absolut normal, mit einer Ausnahme – irgendwann wird man das auch bei Cassy feststellen: wir haben nämlich zusätzlich zu unseren anderen Organen einen *dritten* Eierstock. Und dieser dritte Eierstock ist parthenogenetisch, das heißt, er kann sich von selbst fortpflanzen. Wir konnten also ganz und gar menschliche, normalgeschlechtige Kinder haben, männliche und weibliche, die sich entsprechend dem normalen menschlichen Typus fortpflanzten. Sie waren sogar der Giftreaktion der Luft auf ganz normale Weise unterworfen. Diese normalen Kinder wurden auf normale Weise ausgetragen, nur daß eine Rhu'ad-Mutter gegen die Hormonreaktion immun war und so ein normales Kind schützen konnte. Außerdem konnte aber eine Rhu'ad aus dem *dritten* Eier-Stock und *nach eigenem Willen* – denn wir können alle unsere Reflexe beeinflussen, auch die Empfängnis – ein Rhu'ad-Kind gebären, das dann weiblich war. Jede Rhu'ad kann sich ohne männliche Befruchtung fortpflanzen, sich selbst verdoppeln. Ich hatte niemals einen Vater. Keine Rhu'ad hat das.«

»*Ist Cassy* . . .«

Cassiana achtete nicht auf die Unterbrechung. »Aber die Mutation ist weiblich. Als nun die normalen Frauen immer weiter starben und nur die Rhu'ad Kinder haben konnten – und auch diese Kinder starben, wenn sie erwachsen wurden –, begannen wir zu fürchten, daß wir drei oder vier Generationen später schließlich in einer rein weiblichen, parthenogenetischen, Nur-Rhu'ad-Gesellschaft leben würden. Das wollte niemand. Am wenigsten die Rhu'ad selbst.« Sie hielt inne. »Wir haben sämtliche Instinkte normaler Frauen. Ich *kann* ohne männliche Befruchtung ein Kind haben«, sie sah Beth forschend an, »aber das ändert nichts an der Tatsache, daß ich – daß ich meinen Mann liebe und Kinder *von ihm* haben möchte – wie jede andere Frau auch. Vielleicht sogar noch mehr, weil ich eine Telepathin bin. Außerdem ist das auch ein emotionales Problem. Wir haben unser Teil für Megaera getan, aber wir – wir wollen Frauen sein. Keine geschlechtslosen Ungeheuer!«

Wieder machte sie eine Pause und fuhr dann, sichtlich nach Worten ringend, fort: »Die Rhu'ad sind fast vollkommen anpassungsfähig. Wir haben versucht, Rhu'ad-Keimzellen – Eier – aus unseren normalen Eierstöcke in normale Frauen zu verpflanzen. Es ist mißlungen. Darum wurde schließlich das System entwickelt, das wir heute haben. Eine Rhu'ad wird auf ganz normale Weise schwanger« – zum ersten Mal sah Beth sie leicht erröten – »und trägt ihr Kind vielleicht zwei oder drei Zyklen. In dieser Zeit entwickelt das Ungeborene eine *vorübergehende* Immunität gegen die durch die Hormonallergie ausgeschiedenen Gifte. Danach wird dieser zwei Zyklen alte Embryo in die Gebärmutter der Gastmutter eingesetzt. Die Immunität dauert so lange an, daß das Kind voll ausgetragen und dann zur Welt gebracht werden kann. Ab diesem Zeitpunkt besteht für ein männliches Kind überhaupt keine Gefahr mehr und für ein weibliches erst dann wieder, wenn das Mädchen erwachsen ist und selbst schwanger wird.

Und noch etwas: wenn eine Frau auf diese Weise ihr erstes Kind bekommen hat, beginnt sie selbst eine ganz leichte Immunität gegen die Hormonreaktion zu entwickeln. Für das zweite oder dritte und jedes weitere Kind dieser Frau genügt es dann, wenn man ihr ein etwa sechs oder sieben Tage altes befruchtetes Ei einsetzt... vorausgesetzt freilich, daß immer eine Rhu'ad in ihrer unmittelbaren Nähe ist, um die chemischen Abläufe zu stabilisieren, falls irgend etwas schiefgeht. In einer oder mehreren meiner Familien gibt es immer eine Schwangere, so daß ich Tag und Nacht verfügbar sein muß.«

»Ist das nicht ungeheuer anstrengend für dich?« fragte Beth.

»Rein körperlich nicht. Wir haben hier das eingeführt, was man überall im Imperium mit dem wertvollen Zuchtvieh betreibt:

Hyperovulation. An bestimmten Tagen eines jeden Zyklus bekommen die Rhu'ad spezielle Hormone und Vitaminpräparate, so daß wir nicht nur ein Ei abstoßen, sondern zwischen vier und zwölf. Meistens können sie ungefähr eine Woche später übertragen werden, und die Operation ist fast schmerzlos.«
»Dann sind *alle* die Kinder in deinen vier – Familien *deine* und die deines Gatten?«
»Aber nein! Kinder gehören der Frau, die sie austrägt und zur Welt bringt – und dem Mann, der die Frau liebt und sich mit ihr vereinigt.« Cassiana lachte. »Nun ja, wahrscheinlich paßt jede Gesellschaft ihre Moral ihren Bedürfnissen an. Für mich ist es ein bißchen – unanständig, wenn ein Mann nur eine Frau hat und das ganze Jahr mit ihr zusammenbleibt. Und fühlst du dich nicht schrecklich einsam, ganz ohne andere Frauen im Haus?«
Jetzt war Beth an der Reihe, rot zu werden. Dann fragte sie: »Aber du hast doch gesagt, daß diese Kinder normal sind. Cassy – Cassy ist eine Rhu'ad ...«
»O ja. Ich konnte bei dir nicht vorgehen wie bei einer Centaurierin. Du hattest keinerlei Widerstandskraft und warst zudem schon schwanger. Auch auf Megaera kommt es vor, daß Frauen manchmal auf die gewöhnliche Art schwanger werden – wir sind streng in unseren Verhütungsgesetzen, aber nichts ist hundertprozentig zuverlässig –, und wenn das passiert, sterben sie, sofern nicht eine Rhu'ad das Risiko für sie trägt, das ich für dich getragen habe. Ich habe es schon einmal vorher getan, für Clotine, aber mein Kind starb – ja, und in den drei Tagen, die du allein eingesperrt warst, ging ich zum Kail' Rhu'ad, legte mich unter einen Dämpfer und wurde schwanger. Von mir selbst ... wirklich.«
Plötzlich vereinten sich in Beths Kopf tausend kleine Andeutungen zu einem Ganzen. »Dann hast du mir es also eingepflanzt ...«
Cassiana nickte. »Richtig. Als wir zusammen im Kail' Rhu'ad waren, machten die Dämpfer uns phasengleich – damit die Wellenlänge der Zellen nicht so stark voneinander abwich, daß die

Kinder einen Schock bekamen –, und dann tauschten sie einfach die Embryos aus.«

Beth hatte es erwartet, aber dennoch traf Cassianas beiläufige Erwähnung sie wie ein Schlag. »Du hast wirklich ...«

»Ja. Mein kleiner Junge ist – wenn man allein von der Erbmasse ausgeht – dein Kind und das des Gesandten. Aber er gehört mir. Er lebt, weil ich als Rhu'ad ihn sicher austragen und seine Reaktionen auf die Hormonallergie mit der Atmosphäre stabilisieren konnte. Cassys Sicherheit war dabei niemals fraglich: ein Rhu'ad-Kind, sogar ein Rhu'ad-Embryo, ist absolut anpassungsfähig, sogar an die fremde Umgebung eines terranischen Körpers. Die ersten paar Tage waren deshalb so entscheidend, weil wir alle beide Allergien gegen das eingepflanzte Fremdgewebe entwickelten; unsere Körper wehrten sich gegen die Zufuhr einer fremden Substanzart. Aber sobald wir Gastmütter anfingen, darauf tolerant zu reagieren, konnte ich mich selbst und meinen Kleinen und auch dich stabilisieren – und als du dann so früh von mir getrennt wurdest, konnte ich sogar eine andere Rhu'ad schicken, um die Stabilisierung zu Ende zu bringen. Wegen Cassy brauchte ich mir keine Sorgen zu machen; sie paßte sich dem Vergiftungszustand, der ein anderes Kind umgebracht hätte, spielend an.«

Sie hob Cassy auf und schaukelte sie beinahe sehnsüchtig. »Du hast ein sehr ungewöhnliches Töchterchen, Bet'. Einen perfekten kleinen Schmarotzer.«

Beth sah zu Cassianas kleinem Jungen hinunter. Ja, sie konnte seinem Gesicht eine schwache Ähnlichkeit mit Matts Zügen entdecken; und doch – war das ihr Kind? Nein. Cassy, die gehörte ihr, war in ihrem Körper ausgetragen worden – sie wollte von neuem in Tränen ausbrechen.

Cassiana lehnte sich hinüber und legte den Arm um sie. »Bet'«, sagte sie ruhig, »ich komme gerade aus dem Gesandtschafts-Hauptquartier, wo ich – in vollem Einverständnis mit dem Rat der Rhu'ad – einen kompletten, wissenschaftlichen Bericht über die ganze Sache vorgelegt habe. Man hat mir auch gestattet, den terranischen Behörden zu bestätigen, daß die Frauen terranischer Siedler, die zu uns kommen, um die Raumstation zu bauen, hier in Sicherheit sind. Wir haben vorgeschlagen, nur Familien, in denen es schon Kinder gibt, als Kolonisten zuzulassen; aber wir werden darüberhinaus die Zusicherung abgeben, daß eine zufällige Schwangerschaft nicht zur Katastrophe führen muß. Als Gegenleistung wurde mir von der Galaktischen Zentrale zugesagt, daß Megaera die volle Selbstverwaltung als planetarische Regierung und Verbündeter des Imperiums erhält. Und man wird uns zur Besiedlung freigeben.«

»Das ist ja großartig!« rief Beth impulsiv. Dann wurde ihre Stimme zweifelnd: »Aber so viele von euch hassen uns.«

Die Rhu'ad lächelte. »Warte, bis erst eure Frauen kommen. Ledige Männer auf Megaera, das würde nur Ärger geben. Männer haben so viele und so unterschiedliche Urtriebe! Ein Mann aus dem Imperium, der von Terra stammt, ist ganz anders als ein Centaurier von Megaera, und ein Darkovaner aus Thendara ist wieder ganz anders – nimm zehn Männer von zehn verschiedenen Planeten, und du hast zehn verschiedene Urtriebe – die so unterschiedlich sind, daß sie einfach zu Krieg und Zerstörung führen *müssen*. Aber Frauen, in der ganzen Galaxie, terranische, darkovanische, samarranische, centaurische, rigelianische – Frauen sind überall gleich oder haben wenigstens eine gemeinsame Grundeinstellung. Ein Kind ist die Eintrittskarte für die eine große Schwesternschaft des Universums. Und der Zugang steht jeder Frau in der ganzen Galaxie frei. Wir vertragen uns dann schon.«

Beth fragte betäubt: »Und davon warst du so überzeugt, daß du dein Leben für eine Terranerin riskiert hast, die – dich haßte? Ich schäme mich, Cassiana.«

»Es war nicht allein deinetwegen«, gab Cassiana zu. »Aber du und dein Gatte, ihr wart Megaeras erste und letzte Chance, einem Hinterwäldlerdasein am Rande der Galaxie zu entkommen. Vom Augenblick unserer ersten Begegung an habe ich das alles geplant. Ich ... auch ich war zuerst keine Freundin von dir.« »Du – du konntest doch aber gar nicht wissen, daß ich schwanger werden würde.«

Cassiana schaute beschämt und verlegen drein. »Bet' – ich-ich habe alles so geplant, wie es dann auch geschehen ist. Ich bin Telepathin. Es war mein mentaler Befehl, der dich dazu gebracht hat, die die Verhütungsspritzen nicht mehr geben zu lassen.«

Beth spürte eine Aufwallung von Zorn, die so heftig war, daß sie Cassiana nicht anschauen konnte. Man hatte sie manipuliert wie eine Marionette!

Die dünne Hand der Rhu'ad berührte ihr Gelenk. »Nein. Nur ein glücklicher Zufall auf der Bahn des Schicksals. Bet' – sieh sie dir doch an . . .« Ihre freie Hand berührte die beiden Kinder, die eingeschlafen waren, aneinandergeschmiegt wie zwei kleine Tiere. »Sie sind Geschwister, in mehr als einem Sinn. Und vielleicht wirst du ja noch andere Kinder haben. Du bist jetzt eine von uns, Bet'.«

»Mein Mann . . .«

»Männer gewöhnen sich an alles, wenn ihre Frauen es akzeptieren«, erklärte ihr Cassiana. »Und deine Tochter ist eine Rhu'ad, die nun in einer terranischen Familie aufwächst. Es wird noch mehr solche geben wie sie. Eines Tages wird sie den Töchtern terranischer Familien, die hierherziehen, helfen können – solange, bis die Wissenschaft ein neues Verfahren entdeckt und jede Frau wieder ihre eigenen Kinder austragen kann – oder bis die Centaurier wieder den Platz einnehmen, der ihnen gebührt und mit den anderen Völkern in die Galaxie hinausziehen . . .«

Und Beth wußte im Herzen, daß Cassiana recht hatte.

DIE STEILE FLUT

I

Brian Kearns wußte nach seinem Schiffszeit-Chronometer und dem schwachen, fast unmerklichen Summen eines Monitorschirms beinahe auf die Sekunde genau, wann die Grenze der Schwerkraft-Toleranz erreicht war. Er gab sich noch einen Sicherheitsabstand von rund zehn Sekunden – Brian war ein praktisch denkender, methodischer junger Mann, den man zwölf Jahre lang für diese Art Arbeit ausgebildet hatte und der sie nun seit viereinhalb Jahren ausübte –, dann löste er die Riemen seiner Schwebekoje, jener freischwingenden, nestartigen Aufenthaltswiege, in der er, Augen und Ohren auf die komplizierten Kontrollinstrumente fixiert, gelegen hatte. Geduldig kroch er, Zoll um Zoll, die Wand hinunter, stemmte sich gegen einen Haltegriff und schob einen ganz bestimmten Hebel in die äußerste linke Position.

Das kaum merkbare Summen hörte auf.

Brian Kearns hatte sich soeben selbst arbeitslos gemacht. Er nahm den mit einer Kette am Logbuch befestigen Stift, hielt mit der rechten Hand die schwebende Seite nach unten und schrieb schnell und geschickt mit der linken:

»1676. Reisetag. Soeben Schalter betätigt, der den Interstellar-Antrieb abschaltet. Unsere Berechnungen haben gestimmt; anscheinend keine erkennbaren Schockwirkungen nach Ausschalten der Interstellargeräte. Wir befinden uns in vierzehnhundert Meilen Entfernung von Mars. Habe den Befehl über das Schiff um« – er sah wieder nach dem Chronometer und schrieb dann – »08:14 Uhr abgegeben. Position ...« Er fügte eine Reihe komplizierte Zahlen hinzu, kritzelte seine Initialen unter den Eintrag und nahm dann den Haken des Intercoms, den er heftig hin- und herbewegte.

Vom anderen Ende des Raumschiffs, fast eine halbe Meile entfernt, klang eine dünne, schnarrende Stimme: »Bist du das, Kearns?«

»Jawohl, Caldwell.«

»Wir stehen hier mit dem Atomantrieb bereit, Brian. Haben die Zahlen gestimmt?«

»Alle Berechnungen scheinen richtig gewesen zu sein«, antwortete Brian steif. »Der Antrieb ist genau nach Plan abgeschaltet worden.«

»Yippiii!« brüllte die Stimme aus dem Lautsprecher. Brian runzelte die Stirn und hüstelte vorwurfsvoll. Die ferne Stimme schien einen häßlichen Ausruf zu verschlucken, erkundigte sich jedoch korrekt: »Zum Befehlsempfang bereit, Kapitän Kearns?«

»Jawohl, Kapitän Caldwell«, erwiderte Brian, »das Schiff gehört dir, und zwar ab –« er unterbrach sich, schaute nochmals auf den Chronometer und schloß nach ein paar Sekunden – *»jetzt!«*

Er legte den Hörer hin und schaute sich im Hauptkontrollraum um, in dem er sich die meiste Zeit der langen Reise der *Heimwärts* aufgehalten hatte. Die ungeheuren Interstellarantriebe waren verstummt, ihr vages Summen zum Schweigen gebracht, und die metallenen Oberflächen sahen ihn mit leerer, metallischen Teilnahmslosigkeit an. Brian spürte eine seltsame Enttäuschung und Trauer, als er den Stift zuschraubte, eine bewegliche Platte über das Logbuch schob und sich am Handgriff festhielt. Im Hinterkopf grübelte er, ob er irgend etwas vergessen hätte, wenn er auch mit der aus langer Gewohnheit geborenen Sicherheit wußte, daß es nicht so war.

Es ist nicht möglich, im Zustand der Schwerelosigkeit die Achseln zu zucken; die Bewegung läßt einen quer durch die Kabine fliegen. Außerdem war Brian viel zu gut trainiert, um solche überflüssigen Verrenkungen zu machen. Nur eine Augenbraue hob sich ganz leicht und eine Art begeistertes Grinsen breitete sich über seine Züge; kurze Zeit sah er, von niemandem beobachtet, beinahe so jung aus, wie er war. Dann setzte er wieder das ernsthafte Gesicht auf, das er vor seiner Mannschaft zur Schau zu tragen pflegte, schob sich erneut zollweise an der Wand entlang zurück, schnallte methodisch seine Gummisandalen von ihrem Platz in der Schwebekoje ab, zwängte mit der Geschicklichkeit langjähriger Übung die Füße hinein und bewegte sich behende über die restliche Wandfläche, bis er das Vorderteil seines Körpers durch die ringmuskelartige Schleuse winden konnte, die zum Bugabschnitt des gewaltigen Raumschiffs führte.

Er machte eine Pause und schaute den langen, zylindrischen Korridor hinunter. Das dehnbare Zwerchfell der Schleuse umschloß seine Mitte mit festem Griff. Jetzt konnte er auch die leise Schwingung um sich herum fühlen, als weit vorn in der Spitze der *Heimwärts* die Atomraketen zu zünden begannen. Er gestattete sich ein nochmaliges Grinsen, dieses Mal voll von der geheimen Verachtung des Hyperantriebstechnikers für Raketen, so nötig sie auch sein mochten, und zog langsam den Rest seines langen, schmalen Körpers durch den Ringmuskel. Dann stieß er sich mit den Füßen hart von dem Zwerchfell ab, das sich hinter ihm sofort wieder zusammengezogen hatte, und sauste wie ein Pfeil in gerader Linie nach vorn; der gewichtlose Körper schoß den Gang hinunter wie eine Rakete. Am anderen Ende bremste er sich mit starker Hand ab und wartete einen Augenblick. Hinter ihm ertönte ein musikalisches Miauen, und die Schiffskatze Einstein – in Wirklichkeit ein centaurisches Säugetier, das weit eher einem Zwergkänguruh ähnelte – kam in schwindelerregenden Purzelbäumen durch die Luft auf ihn zugesegelt.

»Brian, fang ihn auf!« rief eine Mädchenstimme, und Brian drehte sich um, hakte eine Gummisandale in eine Schlinge und langte mit einem Rollgriff nach dem Tier. Er erwischte es bei einem der dürren Beine. Es quäkte und strampelte, um sich loszureißen, während das Mädchen besorgt rief: »Halt fest, ich komme!« Sie schwang sich den Korridor entlang und schnappte hastig das Tierchen, das sich sofort beruhigte und unter ihr Kinn kuschelte.

»Er hat durchgedreht, als die Raketen starteten«, murmelte sie entschuldigend. »Muß die Vibration oder irgend sowas sein.«

Brian grinste auf das Mädchen hinunter, das klein und schmal war. Die lockigen, blonden Haare standen wüst vom Kopf ab und ihr braver, kurzer Kittel beulte sich an den merkwürdigsten Stellen wellenförmig aus. Sie hatten alle so lange im Zustand der Schwerelosigkeit gelebt, daß ihm das gar nicht weiter auffiel; aber er sah die Unruhe in den braunen Augen – Ellinor Wade war auf Nahrungskulturen spezialisiert und wußte beinahe noch weniger über die Antriebssysteme als die centaurische Katze.

»Es ist alles in Ordnung, Ellie; vielleicht ist Einstein ein Hyperantriebstechniker. Ich habe gerade die IS-Maschinen abgestellt und Caldwell das Schiff übergeben.«

Sie flüsterte: »Dann sind wir fast da! Oh, Brian!« Ihre Augen waren ein Doppelstern, Größenordnung Nummer Eins. Er nickte. »Caldwell hat jetzt das Kommando, darum weiß ich nicht, was er vorhat; aber du solltest lieber die Ohren offenhalten und auf Anweisungen warten. In wenigen Minuten müssen wir uns anschnallen, damit er die Geschwindigkeit verringern kann, wenn er über dem Mars abbremst.«

»Brian – ich habe Angst«, hauchte Ellie und ließ die centaurische Katze schweben, während sie nach seiner Hand tastete. »Es wäre – ein zu makabrer Witz, wenn dieses alte Schiff hier zum Centaurus und wieder zurückreiste und dann in der Atmosphäre zerplatzte!«

»Entspann dich«, empfahl Brian freundlich. »Vielleicht entschließt er sich ja ohnehin, zur Erde weiterzufahren. Caldwell weiß, was er tut, Ellie. Und ich kenne die *Heimwärts*.«

»Das kann man wohl sagen.« Das Mädchen versuchte ein

Lächeln, das nicht recht zustande kam. »Du bist ja verliebt in diesen alten Schrotthaufen!«
Brian grinste entwaffnend. »Das will ich gar nicht bestreiten«, antwortete er. »Aber es ist nur eine Ersatzleidenschaft, bis ich dich unten auf der Erde habe!«
Das Mädchen errötete und wandte das Gesicht ab. Die zwölf Mitglieder der *Heimwärts*-Besatzung waren alle jung, und die engen Quartiere an Bord führten zu intensiven Bindungen; aber Männer und Frauen schliefen im Schiff sorgfältig voneinander getrennt, aus einem ausgezeichneten und praktischen Grund, der nichts mit Moral zu tun hatte. Die Reise vom Centaurus dauerte selbst mit Hypergeschwindigkeit beinahe fünf Jahre. Und bisher hat noch niemand eine Methode erfunden, wie man im Zustand der Schwerelosigkeit ein Kind zur Welt bringt.
Brian hakte seinen Gummischuh los. »Gehst du in den Aufenthaltsraum?«
»Nein ...« Sie blieb stehen. »Ich muß noch Einstein füttern, nachdem – Paula ist noch auf der Nahrungskulturstation, und wir haben dort keine Lautsprecheranlage. Ich sollte lieber hingehen und ihr sagen, daß wir uns vielleicht anschnallen müssen. Geh du schon vor, und ich sage es Paula.«
»Ich komme mit. Ich habe Hunger und möchte einen Happen essen, bevor wir hinausgehen.«
»Nein!« Die Schärfe in ihrer Stimme verblüffte ihn. »Geh schon vor in den Aufenthaltsraum, ich bringe dir etwas.«
Er starrte sie an. »Was ist denn los?«
»Nun geh schon. Paula – Paula ...« Ellie fing an zu stottern und schloß dann: »Sie zieht sich da drinnen um.«
»Was zum Teufel –« Brian, plötzlich mißtrauisch, stieß sich energisch von dem Haltegriff ab und sauste quer durch den Korridor auf die offene Schleuse zur Nahrungskulturstation zu. Ellie stieß einen wortlosen Warnruf aus, als Brian durch die Türöffnung schoß, und auf diesen Ruf hin fuhren unter Brians eindringlichem Blick zwei ineinander verschmolzene Gestalten jäh in die Höhe und auseinander. Paula Sandoval schlug die Hände vors Gesicht und versuchte ein umherschwebendes Kleidungs-

stück zu packen, während Tom Mellen aufsprang und Brian angriffslustig anfunkelte.

»Raus hier, verdammt noch mal!« brüllte er, zugleich mit Brians nadelspitzem »Was geht hier vor?«

In Paula Sandovals erregter Stimme lag blaues Vitriol. »Ich meine, du kannst *sehen*, was hier vorgeht, *Kapitän*!« Ihre schwarzen Augen überschütteten ihn mit glühendem Feuer.

»Brian!« flehte Ellie und berührte sanft zurückhaltend seine Hand. Er stieß sie so gewaltsam von sich, daß das Mädchen halb durch die Kabine flog.

In eisigem Kommandoton sagte er: »Du solltest dich besser nach vorn begeben, Paula. Caldwell wird jemanden brauchen, der seine Zahlen für ihn nachrechnet. Was dich betrifft, Mellen, so besagt das Reglement . . .«

»Das Reglement kann mich kreuzweise und du auch!« tobte Tom Mellen, ein schlaksiger junger Bursche, einiges über ein Meter achtzig groß und noch länger aussehend. »Was glaubst du eigentlich, was du hier machst – so auf den Putz zu hauen!«

»Paß auf«, begann Brian scharf und wandte sich dann abrupt zu den Mädchen um. »Paula, los, nach vorn mit dir – *das ist ein Befehl*! Tom, dieser Teil des Schiffs ist für Männer außerhalb der üblichen Essenszeiten verboten. Das ist das fünfte Mal –«

»Um genau zu sein, das sechste nach dem Logbuch des Kapitäns, und dazu kommen noch vier Mal, bei denen du mich nicht erwischt hast. Na und? Was zum Teufel bist *du* denn – ein verdammter –«

»Wir wollen hier nicht meine persönlichen Angewohnheiten diskutieren, Mister Mellen. *Sandoval*!« schrie er Paula an. »Ich habe dir etwas befohlen!«

Ellie hielt die heftig schluchzende Paula umarmt, aber das kleine, dunkelhaarige Mädchen riß sich mit flammenden Augen von ihr los. »Gib ihm noch eins von mir, Tom«, sagte sie bitter und rauschte aus der Kabine. Brian fügte ruhiger hinzu: »Du auch, Ellie. Ich werde das mit Mellen in Ordnung bringen, und zwar gleich.«

Aber Ellie rührte sich nicht vom Fleck. »Brian«, sagte sie gelassen, »der Zeitpunkt ist ganz schön idiotisch, *jetzt* so eine Vorschrift durchzusetzen.«
»Solange die *Heimwärts* sich im Weltraum befindet«, erwiderte Brian verbissen, »wird genau diese Vorschrift – und alle anderen, soweit sie grundsätzlich erforderlich sind – durchgesetzt werden.«
»Jetzt hör doch mal zu«, fing Mellen wutentbrannt zu schimpfen an. Plötzlich aber stieg ihm wütende Röte ins Gesicht, und er sprang auf und warf sich auf Brian, ehe dieser überhaupt begriff, was auf ihn zukam. »Die Atomantriebe sind an!« knirschte er. »Das heißt, daß Caldwell Kapitän ist! Seit drei Jahren warte ich auf diesen Augenblick!«
Brian wich mit einer seltsam ruckartigen Bewegung aus, und Mellen, vom Schwung seines eigenen Schlages mitgerissen, schoß über seinen Kopf weg. *»Brian! Tom!«* flehte Ellie, machte einen Satz auf sie zu und drängte ihre Füße in den Gummisandalen zwischen die beiden Männer. Mellen schob sie beiseite.
»Ich warne dich, Ellie, geh aus dem Weg«, keuchte er. »Hör zu«, begann Brian wieder, und als Mellen sich von neuem auf ihn stürzte, streckte er beide Hände aus und stieß sie hart nach vorn.
Schwung traf auf Schwung – Brian und Mellen prallten so heftig voneinander ab, daß sie sich, jeder in einer anderen Ecke der Nahrungskulturstation, die Köpfe anschlugen, und Brian, halbbetäubt, sich mühsam und benommen aufrichtete.
Mellens Gelächter, schief und ironisch, hallte in der Kabine wider.
»Schon gut, verdammt noch mal«, sagte er bitter. »Ich schätze, es hat keinen Sinn, die Sache hier und jetzt auszutragen. Aber warte nur, bis ich dich unten auf der Erde habe!«
Brian rieb sich den Schädel und blinzelte schwindlig vor sich hin. Seine Stimme klang jedoch präzise und verriet nichts von den Sternschnuppen, die sich vor seinen Augen jagten. »Bis dahin«, versetzte er kalt, »wird es keinen Grund für einen Kampf mehr geben, weil mein Kommando dann beendet ist.«

Mellen kniff die Lippen zusammen, und Ellie schaltete sich besorgt ein. »Tom, Brian hat vollkommen recht – mach doch jetzt keinen Ärger, wir sind fast zu Hause!«

»Ja, ja . . . stimmt schon . . .« Tom Mellen grinste plötzlich. Er hatte ein gutmütiges Gesicht. »He, Brian, wie ist es? Nichts nachtragen, ja?«

Brian wandte sich ab. »Warum sollte ich dir etwas nachtragen? Schließlich ist es meine Pflicht, auf Einhaltung der Vorschriften zu achten, bis die *Heimwärts* gelandet ist.«

»Verdammter Kerl!« murmelte Mellen mit unterdrückter Stimme hinter Brians starrem Rücken, und sogar Ellie sah besorgt aus. Dann machte Mellen irgendeine sinnlose Bewegung und begab sich auf den Weg zur Schiffsspitze.

»Kommt. Vermutlich wird Caldwell uns brauchen«, sagte er verbissen und bewegte sich mit schnellen, zornigen Rucken auf den vorderen Aufenthaltsraum zu.

II

Die Technik, in eine Atmosphäre hinein abzubremsen, war schon hundert Jahre lang ausgefeilt gewesen, ehe die alte *Sternwärts* mit Kurs auf Centaurus von der Erde abgehoben hatte. Trotzdem war sie für die Besatzung der *Heimwärts* neu, und die Langwierigkeit des Prozesses bedeutete für viele eine Nervenprobe. Nur Brian, in einer der Schwebekojen des Aufenthaltsraums festgeschnallt, war wirklich ruhig und strahlte auch etwas von seinem gelassenen Vertrauen auf Ellie aus, die in der Wiege daneben lag; Brian Kearns war zwölf Jahre auf der *Heimwärts* ausgebildet worden, bevor deren Reise begann.

Die gestrandete Mannschaft des ursprünglichen Raumschiffs, der *Sternwärts*, hatte vier Generationen gebraucht, um die bei der Landung zerschmetterten Hyperantriebe wieder zu reparieren und dem Boden von Theta Centaurus' viertem Planeten – Terra Zwei nannten sie ihn –, genügend Cerberum abzuringen, um eine Testbesatzung mit Nachrichten von ihrem Erfolg zur

Erde zurückzubringen. Einhundertdreißig Jahre nach ihrer eigenen Zeitrechnung. Wenn man jedoch die Zeitlücken mitrechnete, die durch die Hypergeschwindigkeiten entstanden waren, konnte es gut sein, daß auf dem Planeten, den ihre Vorfahren verlassen hatten, nach objektiver Zeitrechnung vier- oder fünfhundert Jahre verflossen waren. Ellie sah auf Brians ruhiges Gesicht, seinen Mund, der, wenn Brian sich unbeobachtet glaubte, noch immer das beharrliche Grinsen eines ganz persönlichen, ureigenen Hochgefühls trug, und dachte darüber nach, ob es ihm denn überhaupt nicht leid tat. Ellie kämpfte gegen eine Anwandlung brennenden Heimwehs. Sie dachte an ihren letzten Blick auf den kleinen, dunklen Planeten, der sich um den vierten Stern drehte. Sie hatten eine aufstrebende Kolonie von vierhundert Seelen verlassen, eine Welt, in die sie niemals zurückkehren konnten; denn nach fünf Jahren subjektiver Zeit unter Hypergeschwindigkeit war es sehr möglich, daß alle, die sie auf Terra Zwei gekannt hatten, ihr ganzes Leben bereits gelebt hatten.
Brians Gedanken dagegen gingen vorwärts und nicht zurück, und er brachte es nicht fertig, sie bei sich zu behalten.
»Bestimmt haben sie inzwischen noch eine bessere Methode entdeckt, wie man in eine Atmosphäre hinein abbremst«, überlegte er laut. »Wenn uns da unten jemand zuschaut, werden wir ihm vermutlich vorkommen wie lebende Fossilien – und das sind wir wahrscheinlich auch. In ihrer Welt werden wir so veraltet sein, daß wir uns fühlen wie die Steinzeitmenschen.«
»Ach, ich weiß nicht«, wehrte Ellie ab, »die Menschen ändern sich nicht.«
»Aber die Zivilisation«, beharrte Brian. »Zwischen der ersten Rakete zum Mond und dem Stapellauf der *Sternwärts* lagen weniger als hundert Jahre. So schnell kann eine wissenschaftliche Zivilisation fortschreiten.«
»Aber wie kannst du sicher sein, daß ihr Fortschritt auch in diese Richtung gegangen ist?« wollte Ellie wissen.
»Hast du schon mal was von Zeit-Bindung gehört?« fragte er spöttisch. »Wenn jede Generation dem Wissen ihrer Vorgänge-

rin neues hinzufügt, ist der Fortschritt etwas absolut Zwangsläufiges und Geradliniges. Als die *Sternwärts* aufbrach ...«
»Brian –«, unterbrach sie, aber es sprach hastig weiter. »Zugegeben: der Mensch hat Jahrtausende lang nur ganz wahllose Fortschritte gemacht; aber als er erst lernte, wissenschaftliche Methoden zu benutzen, dauerte es vom Düsenflugzeug bis zum Raketenraumschiff keine hundert Jahre mehr. Wenn wir uns die Zeit dazu nehmen wollten, könnten wir uns mit einem Elektronenrechner hinsetzen und alles aufaddieren und dann exakt voraussagen, was uns dort unten erwartet.«
»Mir scheint«, warf Ellie nachdenklich ein, »daß du das rein Menschliche dabei außer acht läßt. Die Besatzung der *Sternwärts* bestand ausschließlich aus Wissenschaftlern, die danach ausgesucht worden waren, daß sie sich auch untereinander vertrugen; die Terra-Zwei-Kolonie kommt wahrscheinlich einer Gesellschaft Gleicher näher als alles, was es bisher gegeben hat. Für einen Planeten mit normaler Bevölkerungsstruktur lassen sich solche Voraussagen nicht abgeben.«
»Das rein Menschliche ...«
»Wollt ihr zwei wohl aufhören?« rief Langdon Forbes wütend aus seiner Schwebekoje. »Ich strenge mich hier an, nicht raumkrank zu werden, aber so wie Kearns da über den Fortschritt tönt, hält das ja kein Mensch aus! Muß er sich denn unbedingt eine Zeit aussuchen, in der wir angeschnallt sind und ihm nicht entgehen können?«
Brian brummte etwas Unverständliches und verfiel in finsteres Schweigen. Ellie streckte, auf einmal unbeholfen, behutsame Finger nach ihm aus, aber er schob ihre Hand fort.
Unter Ellies Schwebekoje ließ sich trübseliges Klagegeheul vernehmen; Einstein lernte die Schwerkraft wieder kennen, sehr zu seinem Mißfallen. Ellie hob das mißmutige Tierchen hoch und hielt es fest. Es kuschelte sich eng an ihre Anschnallgurte.
Im Aufenthaltsraum herrschte Stille; das tiefe, stetige Vibrieren des Atomtriebwerks war mittlerweile schon so tief in ihr Unterbewußtsein eingedrungen, daß sie es nicht mehr als Geräusch empfanden. Noch immer fehlte das Gefühl von Bewegung, aber

es gab eine unangenehme, zerrende Empfindung, als das riesige Raumschiff seine weiten Bremsschleifen zog. Dabei berührte es die Atmosphäre zuerst nur für ein oder zwei Sekunden, während es in einer elliptischen Kurve schwang wie ein tollgewordener Komet; dann drang es, erst wenige Sekunden, dann eine ganze Minute, dann mehrere Minuten, in die Atmosphäre ein. In langsamen, vorsichtigen Spiralen senkte es sich nach »unten«.

»Hoffentlich hat man schon etwas erfunden, um künstliche Schwerkraft in den Raumschiffen zu erzeugen«, stöhnte Judy Keretsky, halb lachend, aus ihrer Schwebekoje, während sie kopfüber von dort hinunterschwang, wo jetzt die Decke des Aufenthaltsraums war. Das lange, lockige Haar fiel ihr als dichter Vorhang über den Kopf; als einzige der Raumschiffbesatzung trug sie keinen praktischen Kurzhaarschnitt. Vergeblich schlug sie auf die wogenden Locken ein und jammerte dabei: »Ach, mein armer Kopf! Ich werde noch ganz schwindlig hier oben!«

»Du und schwindlig! Was soll da unsere arme Katze sagen?« spottete Ellie.

»Wer ist denn überhaupt auf die Idee gekommen, das Biest mitzunehmen?« erkundigte sich ein Dritter.

»Es ist ein hochwichtiger Beitrag zur Wissenschaft«, erklärte Judy scherzend. »Warum hast du eigentlich kein Pärchen ausgesucht, Ellie?«

»Brian hat es ihr nicht erlaubt«, mokierte sich Marcia van Schreeven mit einem Unterton von Bitterkeit.

Ellie streichelte abwehrend Einsteins dunklen Pelz und erinnerte Marcia mit ihrer friedfertigen Stimme: »Einstein gehört zur dritten Generation. Wenn die Umstände günstig sind, pflanzt er sich in der ersten und zweiten von allein fort.«

»Das Tier hat's gut«, bemerkte Brian halb ernsthaft. Ellie warf ihm einen ungewöhnlich scheuen Blick zu und murmelte: »Immerhin wird Einstein auf der Erde der einzige seiner Art sein.«

»Du wirst noch viel Merkwürdigeres sehen als Einstein«,

meinte Brian lässig. »Wir haben bisher immer nur auf einem Planeten gelebt. Inzwischen hat die Erde wahrscheinlich alle Sterne in ihrem näheren Umkreis kolonisiert. Die Menschen der Erde werden Weltbürger im weitesten Sinne des Wortes sein.«

»Wo wir gerade von der Erde sprechen«, lenkte Langdon ihn mit Gewalt ab, bevor er wieder anfing, lange Vorträge zu halten, »wo auf dem Planeten wollen wir denn unser Maschinchen hier niedergehen lassen?«

»Das werden wir erst wissen, wenn wir Kontakt mit der Erdoberfläche haben«, sagte Judy ärgerlich und kämpfte weiter gegen ihr Haar. »Wir haben die Landkarte, die die *Ersten* uns mitgegeben haben, aber ich kann mir kaum vorstellen, daß der alte Raumhafen von Denver noch in Gebrauch ist; und wenn doch, hat er sich wahrscheinlich so verändert, daß wir nicht wissen, wie man dort landet – und bestimmt ist es für ein Interstellarschiff dieser Größe dort auch viel zu voll.«

»Du hast Brian zu viel zugehört«, grinste Langdon. »Wenn es nach ihm geht, ist es ein Wunder, daß wir noch nicht mit der Vorortrakete zur zweiten Galaxie zusammengestoßen sind.«

Brian achtete nicht auf dieses Durcheinander technischer Begriffe und antwortete ganz ernsthaft: »Darum habe ich ja auch vorgeschlagen, auf dem Mars zu landen. Auf dem Mars gibt es genügend Wüstenflächen, wo wir gefahrlos hätten herunterkommen können, ohne städtische Siedlungsgebiete zu beschädigen. Ich bezweifle, daß die Bevölkerung dort so zentral konzentriert ist.«

»Und warum haben wir das dann nicht gemacht?« fragte Marcia scharf, und Langdon drehte sich mit finsterem Gesicht zu ihr um. »Wir haben versucht, sie aus dem Weltraum anzufunken«, erläuterte er, »aber offenbar haben sie unsere Signale nicht empfangen. Darum haben Caldwell und Mellen beschlossen, uns zur Erde zu bringen und nicht erst Zeit darauf zu verschwenden, auf dem Mars Station zu machen und vielleicht wieder von dort starten zu müssen. Wir haben nicht genügend Brennstoff für mehr als eine Landung und einen Start.«

»Auf dem Mars hätten wir bestimmt auftanken können«, fing Brian wieder an, wurde jedoch von einem entschuldigenden Hüsteln aus dem Lautsprecher in der Mitte des Aufenthaltsraums unterbrochen.
»He, Kearns«, ertönte ein verwirrtes Krächzen. »Brian Kearns, komm doch mal eben nach vorn, ja? Kearns, komm bitte nach oben in den Bugkontrollraum, wenn du kannst.«
Brian runzelte die Stirn und schnallte mühsam die Gurte seiner Schwebekoje los. »Möchte wissen, was Mellen schon wieder will«, überlegte er laut.
»Was ist los?« quiekte Judy. »Gibt's Probleme?«
»Ach, sei doch still!« befahl Ellie. »Wenn es welche gibt, werden wie es schon erfahren.« Sie sah mit vagem Unbehagen zu, wie Brian über den Rand seiner Schwebekoje kletterte und abrupt, wenn auch nicht allzu hart, mit beiden Füßen auf dem Boden landete. »Das Gewicht liegt jetzt auf der Achse«, verkündete er mit etwas schiefem Lächeln der Allgemeinheit. »Bloß gut, daß ich nicht so weit oben wie Judy war, sonst hätte ich mir das Genick gebrochen. Irgend jemand wird sie herunterheben müssen.«
Judy quiekte von neuem auf, aber Ellie zischte sie an: »Du bleibst jetzt, wo du bist, bis wir wissen, was los ist!« Sie sah besorgt zu, wie Brian unbeholfen auf Händen und Füßen die Wand entlangkroch, die an der Hauptachse des Raumschiffs und darum »unten« lag. Er stemmte sich gegen die widerspenstige Ringmuskelschleuse – sie funktionierte nur im Zustand der Schwerelosigkeit einwandfrei – und zwängte Kopf und Schultern in den Bugkontrollraum durch.
Tom Mellen, dem die kurzen Haare senkrecht zu Berge standen, drehte sich um, als Brians Schultern sichtbar wurden. »Wir haben versucht, sie über Kurzwelle, Langwelle und UKW anzupeilen«, sagte er bedrückt, »aber sie antworten einfach nicht. Kein Schimmer von einem Signal. Was hältst du davon, Brian?«
Brian sah sich nachdenklich in der Kabine um. Paula Sandoval, vor den Navigationsinstrumenten angeschnallt, hob die nack-

ten, gebräunten Schultern und wich seinem Blick aus. Caldwell, der grauhaarige Veteran, der die Atomraketen repariert hatte, griente trotzig. Mellens Gesicht war ratlos und abweisend.

»Ich habe es schon vor dem Mars gesagt«, begann Brian, »und ich sage es jetzt noch einmal: wir verschwenden nur unsere Zeit, wenn wir sie mit den Kommunikationsgeräten hier an Bord anzupeilen versuchen. Wahrscheinlich benutzen diese Leute inzwischen etwas, das unserem Radio oder den Kurzwellen so weit überlegen ist, daß sie uns gar nicht empfangen können. Ihre Geräte sind bestimmt viel zu empfindlich, als daß wir sie mit unseren groben, pritimiven Apparaten –«

»Grob und primitiv!« Caldwell sprach nicht weiter, sichtlich um Fassung bemüht, und Mellen unterbrach heftig: »Hör zu, Kearns, es gibt nur eine ganz bestimmte Zahl von Möglichkeiten zur Übertragung elektrischer Impulse.«

»Die ersten Raumfahrer haben auch gesagt, alle Brennstoffe müßten chemisch oder atomar sein, nicht wahr?« fauchte Brian. »Und wir fahren jetzt mit Cerberum. Die Welt ist nicht einfach stehengeblieben, als die *Sternwärts* losfuhr! Ihr müßt euch endlich klarmachen, daß wir fünfhundert Jahre lang in einer Art Zeitschleife gesessen haben – wir sind hoffnungslos altmodisch!«

»Es kann ja sein ...« sagte Mellen langsam und wackelte wieder mit einem Schalter. Gereizt ließ Brian ihn einschnappen.

»Warum spielst du denn immer noch mit dem Ding herum, Tom? Wenn sie unsere Signale empfangen hätten, wäre inzwischen eine Antwort da. Hast du irgendwelche Raketen ankommen oder abheben sehen?«

»Nichts, was größer als zwölf Zentimeter sein könnte, seitdem wir uns in der Umlaufbahn befinden«, erwiderte Mellen.

Brian zog die Stirn kraus. »Wo sind wir, Paula?«

Das Mädchen warf ihm einen giftigen Blick zu, schaute jedoch auf ihre Instrumente und antwortete: »Wir kreisen in einer Höhe von vierzig Meilen. Geschwindigkeit 5,6 Meilen pro Sekunde.«

Kearns sah zu Caldwell hinüber. »Du bist der Kapitän.«

»Nur bis zu einem gewissen Grad«, meinte Caldwell langsam und erwiderte Brians ruhigen Blick. »Darum wollte ich dich auch hier oben haben. Es gibt für uns zwei Möglichkeiten. Wir können unter die Wolkenschicht gehen und dabei riskieren, daß man vielleicht auf uns schießt, während wir einen Landeplatz suchen; oder wir setzen uns zunächst auf eine Dauer-Umlaufbahn und schicken jemanden in der Landefähre nach unten.«

»Die Fähre«, entschied Brian sofort. »Kannst du dir vorstellen, wie man ein Schiff dieser Größe ohne Anweisungen von draußen herunterbringen soll? Wir wissen ja auch gar nicht, ob es vielleicht Gesetze über die Landung von Raumschiffen gibt. Die Fähre kann auf wenigen Quadratmetern aufsetzen. Und wer von uns nach unten geht, kann einen Raumhafen suchen, der für die *Heimwärts* groß genug ist und sich auch um die Beschaffung der erforderlichen Genehmigungen kümmern.«

»Du übersiehst dabei nur eins.« Mellen brachte mühsam die Worte hervor. »Vielleicht haben sie ja gar keine Raumhäfen!«

»Natürlich müssen sie welche haben, Tom«, protestierte Caldwell, »und sei es auch nur für interplanetarische Schiffe.« Und Brian fügte hinzu: »Es ist unmöglich, daß wir – daß die *Heimwärts* das einzige Interstellarschiff gewesen ist.«

»Das meine ich nicht«, wehrte sich Mellen. »Aber sicher hätte doch einer der beiden Planeten, Mars oder Erde, unsere Signale auffangen müssen. Es muß doch Leute geben, die ein Radio benutzen – ganz gleich, wofür –, auch wenn es nur am selben Ort funktioniert. Das heißt – *wenn da unten überhaupt jemand ist!*«

Brian brach in prustendes Gelächter aus. »Du meinst eine Art Weltuntergangskatastrophe?« fragte er mit übertrieben höhnischer Stimme. Mellen nahm die Frage ernst. »Irgend so etwas.«

»Es gibt einen Weg, das herauszufinden«, unterbrach Caldwell. »Willst du mit der Fähre nach unten gehen, Brian? Wir werden den Interstellar-Antrieb nicht mehr benutzen – es gibt an Bord nichts mehr für dich zu tun.«

»Ich gehe«, entgegnete Brian kurz. Er konnte seine Begeisterung kaum zurückhalten und vergaß sogar seine Abneigung gegen Mellen für einen Augenblick. »Soll ich Tom mitnehmen, damit er sich um das Radio kümmert?«

Caldwell runzelte die Stirn und meinte, halb praktisch und halb taktvoll: »Tom brauche ich hier, und Paula auch, um das Schiff herunterzubringen, wenn es soweit ist. Langdon kann das Radio in der Fähre übernehmen. Und nimm noch ein paar von den anderen mit; ganz gleich, ob Mellen recht hat oder nicht, ich bin auch der Meinung, kein Besatzungsmitglied sollte allein nach unten gehen, ehe wir genau wissen, was uns dort bevorsteht.«

Caldwells Ernst beeindruckte Brian wenig; aber er begriff, daß er ohnehin jemanden brauchen würde, der die Fähre steuerte, seine eigene Ausbildung hatte sich nur auf den Umgang mit dem komplizierten Interstellar-Antrieb erstreckt. Langdon sollte, so entschieden sie, das Radio nicht aus der Hand lassen, um die *Heimwärts* sofort in Kenntnis davon zu setzen, wenn sich irgend etwas Unvorhergesehes ereignete.

Es war dann Ellinor Wade, die die Steuerung des kleinen, düsengetriebenen Stratoflugzeugs übernahm, das als Fähre zwischen Raumschiff und Boden entworfen war und das man schon während der letzten Reparatur-Etappen der *Heimwärts* auf diese Art eingesetzt hatte. Sie ließ das kleine Flugzeug durch die dichten Wolken sinken und fragte: »Wo wollen wir landen?«

Langdon beugte sich über die sorgfältig kopierte Karte. »Judy hat hier überall herumgeschmiert«, meinte er. »Versuch es doch einmal mit Nordamerika – mittlerer Westen. Dort wurden die ersten Raketen-Abschußbasen gebaut, und wir sprechen ja auch alle irgendeine Form von Englisch.«

»Wenn die Sprache sich nicht zu sehr verändert hat«, murmelte Brian. Ellie legte nachdenklich die Stirn in Falten, während sie das schnelle kleine Düsenflugzeug in einem weiten Bogen über einer unbekannten Landmasse nach unten gleiten ließ, Brian und Langdon preßten die Hände an die Augen, als die Wolken dünner wurden, denn die plötzliche Flamme gelben Lichts traf ihre Augäpfel wie ein Dolchstoß. Die Beleuchtung im Schiff entsprach natürlich dem vertrauten, purpurnen Mittagslicht von Terra Zwei, in dem die Mannschaft ihr ganzes bisheriges Leben verbracht hatte. Ellie saß mit zusammengekniffenen Augen über dem Armaturenbrett und zischte wortlos irgend etwas Undamenhaftes.

Das Schiff tauchte über wogende Berge, und Brian atmete langsam auf, als die regelmäßige Sägezahn-Silhouette massiver Bauwerke den Horizont zerschnitt. Mürrisch sagte er: »Ich hatte schon angefangen, nachzugrübeln, ob Mellen mit seinen Atomwüsten nicht doch recht gehabt hat!«

Ellie warnte: »Nach allem, was die *Ersten* uns erzählt haben, habe ich keine Lust, in irgendeinem Großstadtflughafen stekkenzubleiben. Wir wollen eine offene Fläche suchen und dort landen.«

Sie steuerte in nördlicher Richtung von der Stadt fort und fragte: »Habt ihr irgend etwas gesehen, das an ein Transportmittel erinnert? Flugzeuge, Raketen, etwas unten am Boden?«

»Mit bloßem Auge gar nichts.« Langdon machte ein bedenkliches Gesicht. »Und es bewegt sich auch nichts, das den Radar piepen läßt. Obwohl ich ziemlich genau aufgepaßt habe.«

»Komisch . . .« murmelte Ellie.

Aus ihrer jetzigen Höhe war alles deutlich zu erkennen, und als sie im Bogen zur Landung ansetzten, wurden auch die Einzelheiten zu scharf umrissenen Miniaturen: weite, gepflügte Felder, verstreute Spielzeughäuser, Gruppen von kleinen Gebäuden. Auf den Feldern schienen Tiere zu sein.

Langdon lächelte. »Wie zu Hause«, sagte er beglückt und meinte Terra Zwei. »Eine richtige Dorfanlage, nur daß alles *grün* aussieht!«

»Das ist dieses alberne gelbe Licht«, bemerkte Ellie geistesabwesend, und Brian spottete: »Wie zu Hause! Mach dich auf einen Schock gefaßt, Langdon!«

»Vielleicht bist du es, der den Schock bekommt«, erwiderte Langdon unerwartet und spähte über Ellies Schulter nach den Instrumenten. »Hier ist ebener Boden, Ellie.«

Die Fähre setzte mit einem Ruck auf und rollte sanft aus. Langdons Finger huschten geschickt über die Radiotasten, und in abgehackten Worten gab er einen kurzen Bericht, während Brian die Tür entriegelte. Seltsame Düfte wehten in die Kabine. Die drei drängten sich im Eingang zusammen, die Augen fest gegen das durchbohrende Licht zusammengekniffen, jetzt, im letzten Augenblick, merkwürdig unwillig, den Fuß auf den fremden Boden zu setzen.

»Es ist kalt...« Ellie bibberte in ihrem dünnen Kleidchen. Langdon sah bekümmert nach unten. »Du bist in einem Kornfeld gelandet!« sagte er vorwurfsvoll. Auf Terra Zwei wurde jede Art von Nahrung noch immer mit größter Sorgfalt behandelt, mehr aus Gewohnheit als infolge wirklichen Mangels; die Macht des Menschen über den neuen Planeten stand auf schwachen Füßen, und die Kolonie ging kein Risiko ein. Die drei empfanden ein quälendes Schuldgefühl, als sie auf die geschwärzten Ährenhalme hinabblickten. Ellie packte Brian am Arm. »Da kommt jemand...« stotterte sie.

Über die gleichmäßig gepflügten Hänge ging zwischen den Reihen reifenden Weizens ein etwa dreizehnjähriger Junge. Er ging gelassen und ohne Eile. Nicht besonders hochgewachsen, machte er doch einen kräftigen Eindruck; unter dem geradegeschnittenen, dunklen Haar war das Gesicht tiefgebräunt. Er trug ein weites Hemd und in niedrigen Stiefeln steckende Hosen, alles in der gleichen warmen, tiefbraunen Farbe. Selbst Brian schwieg, als der Junge bis unten an die Fähre herantrat, stehenblieb und in die Höhe schaute, dann den dreien in der Türöffnung einen gleichgültigen Blick zuwarf und zum Heck weiterzugehen begann, wo die gewaltigen Düsen immer noch rauchten.

Hastig ließ Brian Ellies Hand fallen und kletterte nach draußen. »He! du da!« rief er und vergaß völlig die sorgfältig vorbereitete Rede, die ihm auf der Zunge gelegen hatte. »Geh lieber nicht dahinten lang, es ist gefährlich – *heiß*!«

Der Junge blieb sofort stehen, drehte sich um und schaute Brian an. Gleich darauf sagte er in etwas verwaschenem, aber durchaus verständlichem Englisch: »Ich sah den Streifen und hoffte, es wäre ein Meteor.« Er lachte, wandte sich ab und wollte fortgehen.

Brian sah verständnislos zu Ellie und Langdon auf. Der Mann sprang hinaus und half Ellie nach unten. Sie rief dem Jungen nach: »Bitte – warte doch einen Augenblick!«

Der Junge schaute sich höflich um, und vor dieser uninteressierten Wohlerzogenheit spürte Brian, wie ihm das Wort im Munde steckenblieb. Es war Langdon, der schließlich mit ausdrucksloser Stimme fortfuhr: »Wo können wir – wir haben eine Botschaft für die – die Regierung. Wo können wir ein Transportmittel – nach der Stadt bekommen?«

»Der Stadt?« Der Junge starrte ihn an. »Warum? Woher kommt ihr denn? Nach der *Stadt*?«

Brian übernahm ruhig wieder die Führung. »Wir sind von der ersten Expedition nach Centaurus, von der *Sternwärts*«, erklärte er. »Wir haben diesen Planeten vor Jahrhunderten verlassen – oder vielmehr unser Schiff verließ ihn.«

»Oh?« Der Junge lächelte freundlich. »Nun, vermutlich seid ihr dann froh, wieder hier zu sein. Dort hinter dem Berg« – er deutete mit dem Finger – »findet ihr eine Straße, die in die Stadt führt.« Wieder machte er kehrt, diesmal mit sichtlicher Entschlossenheit und begann sich zu entfernen.

Die drei Reisenden starrten einander in blanker Empörung an. Endlich machte Brian einen Schritt vorwärts und rief: »He! Komm zurück!«

Der Junge warf gereizt den Kopf in den Nacken und drehte sich wieder um. »Was wollt ihr denn jetzt noch?« erkundigte er sich.

Ellie redete besänftigend auf ihn ein. »Das hier ist nur die Landefähre unseres Schiffs. Wir müssen ... wir müssen jemanden finden, der uns sagen kann, wo wir das Raumschiff landen sollen. Du siehst ja«, sie machte eine Handbewegung zu dem vernichteten Weizen, – »daß unsere Düsen einen Teil der Ernte hier zerstört haben. Unser Raumschiff ist sehr viel größer, und wir möchten nicht noch weiteren Schaden anrichten. Vielleicht kann dein Vater ...«

Das Gesicht des Jungen, anfänglich ratlos, hatte sich bei ihren Worten aufgehellt. »Mein Vater ist zur Zeit nicht im Dorf«, antwortete er, »aber wenn ihr mit mir kommen wollt, bringe ich euch zu meinem Großvater.«
»Wenn du uns nur sagen könntest, wo der nächste Raumhafen ist?« schlug Brian vor.
Der Junge zog die Stirn in Falten. »Raumhafen?« wiederholte er. »Na gut – vielleicht kann mein Großvater euch weiterhelfen.«
Er machte von neuem kehrt und ging über das Feld voran. Langdon und Ellie folgten sogleich; Brian zauderte und sah unsicher auf die Fähre. Der Junge warf einen Blick über die Schulter. »Du brauchst dir um dein Flugzeug keine Sorgen zu machen«, rief er ihm lachend zu. »Es ist viel zu groß zum Stehlen.«
Brian erstarrte; das Benehmen des Jungen war gerade eben höhnisch genug, ihn in Abwehrstellung gehen zu lassen. Aber dann wurde ihm klar, wie sinnlos es war, sich aufzuregen, und er rannte los, um die anderen einzuholen. Als er bei ihnen ankam, sagte der Junge gerade ein wenig schmollend: »Ich dachte, ich hätte das Glück, einen gefallenen Meteor zu sehen. Ich habe noch nie auch nur einen Meteoriten gefunden.« Dann, in einem etwas verspäteten Versuch, sich an seine guten Manieren zu erinnern, fügte er höflich hinzu: »Natürlich habe ich auch noch nie ein Raumschiff gesehen.« Aber es war offenkundig, daß ein Raumschiff nur ein sehr schwacher Ersatz war.
Ellies dünnbeschuhte Füße stolperten über den unebenen Boden, und sie waren alle drei froh, als sie auf eine gebahnte Straße kamen, die sich unter niedrigen blühenden Bäumen hindurchschlängelte. Es schien keinerlei Fahrzeuge zu geben, denn die Straße war gerade so breit, daß sie zu viert nebeneinander gehen konnten. Der Junge schlug eine schnelle Gangart an und lief immer wieder, fast ohne es selbst zu merken, ein Stück voraus, um sich dann umzuschauen und absichtlich langsamere Schritte zu machen. Einmal, als er wieder weit vorn war, murmelte Langdon: »Offenbar werden die ländlichen Gemeinden von jeder Art Fahrzeugverkehr freigehalten!« Und Brian flüsterte: »Es ist unfaßbar! Entweder ist der Junge nicht ganz bei

Verstand oder selbst die Kinder sind hier so hochnäsig, daß die erste Expedition zu den Sternen ihnen nicht das Geringste bedeutet!«

»Ich wäre mir da nicht so sicher«, meinte Elsie langsam. »Hier gibt es irgend etwas, das wir nicht verstehen. Wir wollen uns nicht im voraus den Kopf darüber zerbrechen, Brian. Nehmen wir die Dinge, wie sie kommen.«

III

Muskeln, die fünf Jahre lang so gut wie ungenutzt geblieben waren, schmerzten, als die schmale Straße sich endlich in einem Dorf mit niedrigen, aneinandergeschmiegten Häusern verlor. Die Häuser schienen aus einem graugetönten Feldstein gebaut zu sein. Eine üppige Blumenfülle blühte, zu kunstvollen geometrischen Mustern geordnet, fast vor jeder Türschwelle, und kleine Gruppen von Kindern, in dunkelgelbe oder blaßrötlichgraue Kittel gekleidet, jagten einander scheinbar ziellos über die Rasenflächen und schrien dabei etwas Rhythmisches und Unmelodisches. Die meisten Häuser besaßen niedrige, mit Gattern versehene Veranden, auf denen Frauen in kurzen, hellen Kleidern zusammensaßen. Die Straße war ungepflastert, und die Frauen schienen nicht zu arbeiten; ihre leise geführte Unterhaltung klang wie ein musikalisches Summen, und die ganze Straße entlang konnten die drei Fremden jemanden singen hören. Es war eine Männerstimme, die in tiefen, eintönig steigenden und fallenden Tönen sang. Auf diesen Gesang führte der Junge sie zu, die Stufen einer Veranda hinauf, die kein Gatter hatte, sondern überdacht war, und durch eine offene Tür.

Sie traten in einen großen, hellen Raum. In zwei Wänden schienen aus Latten gezimmerte Fensterläden offenzustehen, die den Blick auf einen ordentlich angelegten Garten freigaben; an einer anderen Wand stand ein großer Kamin, in dem die Scheite still vor sich hinflackerten. Ein glänzender Kessel aus einem leichten, schimmernden Metall hing an einem Hakenkran über den Holzkloben. Es erinnerte Brian an ein Bild in einem seiner ältesten Geschichtsbücher, und er blinzelte vor soviel Anachronismus. Die übrige Ausstattung des Zimmers war ungewohnt; niedrige, gepolsterte Sitze, die an die Wand gebaut waren, an der vierten Seite ein paar geschlossene Türen. Aus einem inneren Raum kam das Singen und klang durchs ganze Haus. Es war eine volltönende Baritonstimme, die sich in tiefen, fremdartigen Harmonien hob und senkte.

»Großvater!« rief der Junge.

Der Sänger brachte eine der seltsamen Tonfolgen zuende, dann verklang das Lied und die drei Fremden vernahmen hinter der geschlossenen Tür bedächtige Schritte. Sie schwang auf, und ein hochgewachsener, alter Mann betrat den Hauptraum.

Er glich dem Jungen. Das Haar war kurzgeschoren, wuchs aber über die Wangen hinunter, während das Kinn glattrasiert war. Er trug Hemd und Hosen im gleichen, tiefen Braun, und seine Füße steckten in Pantoffeln aus besticktem Leder. Er sah stark und kraftvoll aus. Die Hände, gebräunt und knotig, waren auffallend gepflegt, wenn auch ein wenig fleckig. Er hielt sich sehr aufrecht und musterte sie mit größter Gelassenheit. Die tiefliegenden, dunklen Augen studierten sie vom geschorenen und frisierten Haar bis zu den Füßen in ihren Gummisandalen. Dann wich die gelassene Würde langsam einem fragenden Lächeln, und er ging ein paar Schritte auf sie zu. Er hatte die Stimme eines Sängers, voll und stark.

»Seid willkommen, Freunde. Ihr seid zu Hause. Destry, wer sind unsere Gäste?«

Der Junge erklärte ruhig: »Sie sind mit einem Raumschiff gelandet, Großvater, oder vielmehr mit einem Teil davon. Der Streifen am Himmel war gar kein Meteor. Sie haben gesagt, sie wollten in die Stadt. Darum habe ich sie zu dir gebracht.«

Der Mann verzog keine Miene. Brian hatte Verblüffung oder sonst eine erkennbare Gemütsregung erwartet, aber der Mann betrachtete sie ohne jede Aufregung.

»Bitte setzt euch doch«, forderte er sie höflich auf. »Ich bin Hard Frobisher, Freunde, und das ist mein Enkelsohn Destry.«

Die drei sanken in eines der gepolsterten Sofas und kamen sich ein bißchen wie Kinder in der ersten Lernperiode bei den *Ersten* vor. Nur Brian war geistesgegenwärtig genug, ihre Namen zu murmeln.

»Brian Kearns – Ellinor Wade – Langdon Forbes.«

Der Alte wiederholte die Namen und machte vor Ellie eine wohlerzogene Verbeugung, über die das Mädchen sein Erstaunen kaum verbergen konnte. Lächelnd erkundigte er sich: »Kann ich euch in irgendeiner Weise behilflich sein?«

Brian stand auf. »Der Junge hat es Ihnen noch nicht gesagt, Sir, aber wir sind von der ersten Centaurus-Expedition – von der *Sternwärts*.«

»Ach?« Ein schwacher Schimmer von Interesse zog über Hard Frobishers Gesicht. »Das war vor einer ziemlich langen Zeit, soweit mir bekannt ist. Hatten die Barbaren denn ein Mittel, das Leben über die festgesetzte Grenze hinaus zu verlängern?«

Brians Geduld hatte die festgesetzte Grenze schon lange überschritten und verließ ihn jetzt ganz unvermittelt.

»Hören Sie mir zu, Sir. Wir stammen von der ersten Expedition in den interstellaren Weltraum. Der *Ersten*. Natürlich hat keiner von *uns* mit der *Sternwärts* die Erde verlassen. Wir waren noch nicht geboren. Unsere Hypergeschwindigkeit, wenn Sie wissen, was das ist – was ich nachgerade bezweifle –, warf uns in eine Zeitlücke. Sie brauchen uns auch nicht Barbaren zu nennen. Der Antrieb des Schiffes wurde bei der Landung zerstört, und wir haben vier Generationen gebraucht, *vier Generationen*, um es wieder flugfähig zu machen, damit wir zur Erde zurückkehren konnten. Niemand von uns ist jemals auf der Erde gewesen. Wir sind Fremde hier, verstehen Sie das? Wir müssen uns durchfragen. Wir haben eine höfliche Frage gestellt. Wenn wir jetzt bitte auch eine höfliche Antwort darauf bekommen könnten –«

Hard Frobisher hob besänftigend die Hand. »Es tut mir leid«, sagte er. »Ich hatte das tatsächlich nicht verstanden. Aber was soll ich nun in der Sache tun?«

Brian bemühte sich sichtlich, nicht aus der Haut zu fahren.

»Also gut. Zunächst einmal möchten wir uns mit den zuständigen Stellen in Verbindung setzen. Dann suche ich einen Platz, an dem wir das Raumschiff landen lassen können.«
Frobisher runzelte die Stirn, und Brian verstummte.
»Offengesagt«, erklärte der Alte, »weiß ich gar nicht, an wen man sich hier wenden könnte. Im Süden gibt es jede Menge freies Land, wo ihr euer Schiff herunterbringen könntet ...«
»Aber hören Sie doch –«, begann Brian wieder, aber Langdon berührte ihn am Arm. Also fragte er nur: »Wenn Sie uns wenigstens sagen würden, wie wir Kontakt mit der Regierung aufnehmen können.«
»Hm – ja«, sagte der Alte sachlich, »in unserem Dorf gibt es drei Ortsvorsteher, aber die regeln nur die Schulstunden und erlassen Vorschriften über das Abschließen von Häusern. Ich würde sie auch ungern mit etwas so Törichtem belästigen. Ich glaube nicht, daß sie zu eurem ... nun ja, eurem Raumschiff viel zu sagen hätten.«
Diese Antwort verschlug Brian und Langdon die Sprache. Ellie, der es zumute war, als verstrickten sie sich mehr und mehr in einem riesigen Spinnennetz, fragte verzweifelt: »Könnten wir nicht woandershin gehen – vielleicht in einen größeren Ort?«
Frobisher betrachtete sie mit ehrlicher Verwirrung.
»Nach Camey geht man zu Fuß einen halben Tag«, meinte er, »und wenn ihr dort ankommt, wird man euch auch nichts anderes sagen. Wir haben nicht das Geringste dagegen, wenn ihr euer Raumschiff auf unserem Brachland landen lassen möchtet.«
Brian sträubte angriffslustig die Haare. »Eins wollen wir mal klarstellen: dort drüben liegt eine große Stadt. Dort muß es doch jemanden geben, der etwas zu sagen hat!«
»Ach, die Stadt!« Frobishers Stimme klang abweisend. »In den Städten wohnt doch seit Jahren kein Mensch mehr! Was wollt ihr dort?«
Langdon schaltete sich verdutzt ein. »Hören Sie bitte, Mr. Frobisher. Wir sind weit hergekommen, den ganzen Weg von Centaurus, um der Erde Nachrichten über unsere Expedition zu

bringen. Wir haben damit gerechnet, daß wir über das, was wir hier vorfinden würden, erstaunt sein würden – schließlich liegt der Aufbruch der *Sternwärts* lange zurück. Aber sollen wir aus dieser Verzögerungstaktik, die Sie uns gegenüber anwenden, schließen, daß es keinen Menschen gibt, der uns zuhören möchte – daß die allererste Interstellar-Expedition niemandem mehr etwas bedeutet?«

»Sollte sie das denn?« fragte Frobisher, dessen Gesicht noch verdutzter war als Langdons. »Ich kann ja noch verstehen, daß ihr persönlich jetzt in der Klemme sitzt – schließlich habt ihr einen weiten Weg hinter euch – aber wozu das Ganze? Hat es euch dort, wo ihr wart, nicht gefallen? Es gibt nur einen Grund, warum jemand von einem Ort an einen anderen zieht – und ich meine, ihr habt es übertrieben.«

Im Raum herrschte Schweigen. Hard Frobisher stand auf und sah seine Gäste unschlüssig an. Brian rechnete halb damit, daß er sich wie Destry verhalten und gleichgültig entfernen würde; aber er trat nur an den Kamin und warf einen Blick in den Kessel.

»Das Essen ist bereitet«, meinte er. »Darf ich euch einladen, mit uns zu speisen? Uneinigkeit ist eine schlechte Würze für eine gute Mahlzeit, und in einem leeren Bauch liegt keine Weisheit.«

Brian und Langdon saßen nur da und starrten Frobisher stumm an. Es war Ellie, die energisch erklärte: »Vielen Dank, Mr. Frobisher«, Brian den Ellbogen in die Rippen stieß und wütend flüsterte: »Benimm dich!«

Der Junge Destry kam und half seinem Großvater, die Speisen vom Kamin und aus einem inneren Raum zu holen. Dann führte er die Fremden zu um eine Art Tisch gruppierten Sitzen. Das Essen war für die drei ungewohnt und nicht unbedingt schmackhaft, so sehr waren sie an die kunstvoll zusammengesetzten, synthetischen Nahrungsmittel des Schiffes gewöhnt. Brian, der seine gute Laune gänzlich verloren hatte, bemühte sich kaum, seinen Widerwillen zu verhehlen, und Langdon aß lustlos. Hard und Destry futterten mit dem ungeheuchelten Appetit von Leuten, die viel an der frischen Luft sind und sprachen beim Essen nur wenig, außer um die Gäste zum Zulangen aufzufordern. Ellie, die die merkwürdigen Flüssigkeiten und halbfesten Speisen faszinierend, wenn auch seltsam fand, probierte sie mit Interesse und beruflicher Neugier und überlegte, wie sie wohl zubereitet wurden.

Es dauerte nicht sehr lange, bis Hard Frobisher Destry zunickte und der Junge aufstand und anfing, das Geschirr abzuräumen. Frobisher schob seinen Stuhl zurück und wandte sich wieder Brian zu. »Wir können jetzt über euer Problem sprechen, wenn ihr möchtet«, sagte er freundlich. »Mit vollem Magen trifft man weise Entschlüsse.« Lächelnd schaute er zu Ellie hinüber. »Es tut mir leid, daß es keine Frau in meinem Haus gibt, um dich zu unterhalten, junge Dame«, sagte er bedauernd, und Ellie schlug die Augen nieder. Auf der *Heimwärts* – und auch auf Terra Zwei – waren Männer und Frauen gleichberechtigt und niemand räumte dem anderen Geschlecht besondere Vorrechte ein. Hards höfliche Rücksichtnahme war etwas Neues, und seine selbstverständliche Annahme, daß sie an ihrem Gespräch nicht teilzunehmen hätte, eine recht unangenehme Überraschung. Langdon ballte die Fäuste, während Brian kurz davor war zu explodieren. Ellie erkannte die Situation mit einem Blick und griff sofort ein, indem sie aufstand und Destry schüchtern ansah.

»Kann ich dir helfen?« fragte sie bescheiden. Der Junge grinste.

»Na klar. Komm mit«, erwiderte er. »Nimm du das Geschirr, ich trage den Kessel.«

Frobisher lehnte sich zurück, zog einen Lederbeutel aus der Tasche und stopfte mit größter Sorgfalt eine aus Bernstein geschnittene Pfeife, was dazu führte, daß Langdon seine Vorstellungen über den hiesigen Zivilisationsgrad schnellstens revidierte. Man rauchte auch auf Terra Zwei, nur der Tabak roch anders. Die beiden jungen Männer unterdrückten Hustenanfälle und lehnten das Angebot, sich aus dem Beutel zu bedienen, ab. Stattdessen nahmen sie ihre eigenen, graugefärbten Zigaretten heraus und zogen gierig den süßlichsauren Rauch ein, um den ekelhaften Gestank der Pfeife zu übertönen. Irgendwo hinter geschlossenen Türen hörte man Wasser plätschern und den unsicheren Diskant der Knabenstimme, untermischt mit Gelächter in Ellies fröhlichem Sopran. Brian zog ein finsteres Gesicht und beugte sich vorwärts, die Hände auf die Knie gestützt.

»Passen Sie auf, Mr. Frobisher«, begann er streitsüchtig. »Ich weiß, daß Sie versuchen, gastfreundlich zu uns zu sein, aber wenn es Ihnen nichts ausmacht, würden wir gern zur Sache kommen. Wir müssen das Schiff auf die Erde bringen und danach...«

Er brach ab und starrte auf den Fußboden, wobei ihm jäh der Gedanke kam, daß er sich vielleicht in einer Art Reservation für geistig Behinderte befand. Aber nein: der Raum war, wenn auch einfach, doch geschmackvoll eingerichtet; alles war schlicht, aber nichts roh. Das Holz der Möbel war wundervoll gebeizt und poliert, und der Handwebteppich auf dem Boden paßte zu den dicken Vorhängen der Fenster mit ihren Lattenläden. Das Haus zeugte von Komfort, ja sogar von einem gewissen Luxus, und auch Frobishers Ausdrucksweise war die eines kultivierten Mannes. Nach dem, was Brian, wenn auch nur kurz, von den anderen Häusern und den Leuten, denen er begegnet war, gesehen hatte, konnte man ihn auch keineswegs als Exzentriker abtun. Destry war über das Flugzeug nicht weiter erstaunt gewesen – er hatte gewußt, was es war, aber es hatte ihm keinen Eindruck gemacht. Nein, Wilde waren die Menschen hier nicht. Aber es war alles absolut anders, als er erwartet hatte, und dieses Anderssein verwirrte ihn. Er schaute zu einem der zahlreichen Bilder auf, die überall im Zimmer hingen, und stieß dabei zum ersten Mal auf einen Hauch von Seltsamkeit: die Bilder waren meist Skizzen von Vögeln, sehr detailliert gezeichnet, aber in Farbkompositionen, die nur ein Wahnsinniger ertrug... Dann begriff Brian, daß es nur das helle, ungewohnte Licht war, das ihm die Farben bizarr scheinen ließ, und merkte zugleich, daß seine Augen brannten und tränten und er heftige Kopfschmerzen hatte. Er stützte die Stirn in die geballten Fäuste und schloß die Lider.

»Nicht, daß ihr hier nicht willkommen wärt«, meinte Frobisher nachdenklich und zog an seiner Pfeife. »Es ist uns klar, daß ihr euren Heimatplaneten nur aus einem Grund verlassen haben könnt – weil ihr euch dort unglücklich gefühlt habt. Und darum verstehen wir auch . . .«

»Das ist von allen hirnrissigen, durch nichts gerechtfertigten Behauptungen, die ich je . . .«, setzte Brian wutschnaubend an, riß sich dann aber zusammen. Wo blieb seine Vorsicht? Er und Langdon waren vom Rest der Besatzung ganz und gar abgeschnitten; sie konnten sich nicht noch leisten, hier in Schwierigkeiten zu geraten. Er rieb sich die schmerzenden Augen.

»Entschuldigen Sie, Mr. Frobisher«, sagte er müde. »Ich wollte Sie nicht kränken.«

»Du hast mich nicht gekränkt«, versicherte ihm der andere. »Und auch ich wollte dich gewiß nicht beleidigen. Irre ich mich . . .«

»Wir kommen aus einem einzigen Grund«, erläuterte Langdon. »Wir wollen den Menschen mehr von der Welt jenseits des Sonnensystems berichten. Mit anderen Worten: wir wollen zu Ende führen, was die *Ersten* begannen.«

»Und nun hat es den Anschein«, – Brians Stimme war heiser –, »als hätten wir unsere Zeit verschwendet.«

»Ja, ich fürchte, das habt ihr.« Ein neuer Klang in Frobishers Stimme ließ die beiden jungen Männer aufblicken. »Ob du es begreifst oder nicht, mir sind deine Probleme völlig klar, Brian Kearns. Ich habe eine Menge über die Bar-, Verzeihung, über die Vergangenheit gelesen.« Gedankenvoll klopfte er die Pfeife an einer vorspringenden Kaminecke aus. »Ich nehme an, es wäre euch unmöglich, in eurer restlichen Lebenszeit nach Centaurus zurückzukehren?«

Brian biß sich auf die Lippen. »In *unserer* Lebenszeit – nein, es wäre nicht unmöglich«, antwortete er. »Aber in der Lebenszeit von allen, die wir dort gekannt haben; immer angenommen, wir würden den Rückweg überhaupt schaffen. Unsere Treibstoff-

vorräte sind nicht sehr groß.« Er sah Frobisher fragend an.
»Dann weiß ich auch nicht, was ich mit euch anfangen soll«, bemerkte der Alte, und in seiner Stimme lag echte und persönliche Teilnahme. Diese freundliche Teilnahme war der Tropfen, der bei Brian das Faß zum Überlaufen brachte. Ohne sich um den warnenden Druck von Langdons Hand auf seinem Knie zu kümmern, stand er auf.
»Hören Sie, Frobisher«, sagte er erregt, »wer zum Teufel hat Sie eigentlich zu einer derartigen Entscheidung ermächtigt?«
Frobishers Miene veränderte sich nicht im geringsten. »Nun, ihr seid auf unserem Feld gelandet, und mein Enkel hat euch hierhergebracht.«
»Und da übernehmen Sie einfach die Verantwortung für alles? Regieren Sie die Erde?«
Dem Mann fiel der Unterkiefer herunter. »*Ob ich was*? . . . Ha, ha, ha!« Frobisher lehnte sich in seinen Stuhl, hielt sich die Seiten und wurde plötzlich von einem Lachanfall geschüttelt, den er nicht zurückhalten konnte. »*Ob ich regiere* . . .!« Wieder brach er in stürmisches Gelächter aus, seine Heiterkeit ließ buchstäblich die Wände wackeln, und die ungeheuren Lachsalven waren so ansteckend, daß Langdon schließlich mit einem schwachen, ratlosen Grinsen zu ihm aufsah und sogar Brians größte Wut sich ein wenig legte. »Es tut mir aufrichtig leid«, keuchte Frobisher endlich mit Tränen in den Augen. »Aber das – das ist das Komischste, was ich seit der Frühjahrsaussaat gehört habe. *Ob ich* . . . ha, ha, ha, ha! Wartet nur, bis ich das meinem Sohn – ach, es tut mir ja so leid, Kearns, ich kann nichts dafür. *Ob ich die Erde regiere*!«
Er fing wieder an zu kichern.
»Der Himmel soll mich bewahren! Ich habe schon genug Ärger damit, nur meinen Enkel zu regieren!« Das unaufhaltsame Gelächter setzte von neuem ein. Brian konnte nicht feststellen, wo der Witz war und sagte das auch.
Frobisher bezwang mit großer Mühe sein Lachen und sein Blick wurde nüchterner – wenn auch nicht viel –, als er Brian in die Augen sah. »Ihr seid zu mir gekommen«, erläuterte er, »und

somit bin ich auch für euch verantwortlich. Ich bin keiner, der sich vor einer Verantwortung drückt oder jemandem die Gastfreundschaft verweigert, aber offengestanden wünschte ich, ihr hättet euch jemanden anders ausgesucht.« Wieder gluckste er ganz leise. »Ich sehe schon, daß ihr uns hier Ärger machen werdet. Aber wenn ihr nicht auf mich hören wollt, braucht ihr euch nur an jemand anderen zu wenden; ich fürchte nur, wen immer ihr fragt, die Antwort wird die gleiche sein!« Er lächelte, und die besorgte Freundlichkeit seiner Miene ließ Brians Zorn schmelzen. Verärgerte Ratlosigkeit blieb zurück.
Gelassen fügte Frobisher hinzu: »Es gibt keinen Grund, warum das Dorf Norten nicht, so gut wie jedes andere, auch einmal so ein Problem haben sollte.« Er stand auf. »Wahrscheinlich wird sich der Rest eurer Schiffsbesatzung Sorgen um euch machen. Darf ich annehmen, daß ihr irgendein Kommunikationsgerät habt?«
Auf Langdons verärgertes Nicken hin zog Frobisher von einem Haken einen losen Mantel. »Warum benachrichtigen wir sie dann nicht? Wir können unterwegs weiterreden – es macht euch doch nichts aus, wenn ich mitkomme?«
»Ganz und gar nicht«, erwiderte Brian mit schwacher Stimme, »ganz und gar nicht.«

IV

Im Gedanken an Caldwells Mahnung, sich nicht voneinander trennen zu lassen, bestand Brian darauf, daß Ellie sie zur Fähre begleitete. Destry, anscheinend nicht daran interessiert, lehnte die Aufforderung seines Großvaters zum Mitgehen zunächst ab, überlegte es sich dann aber anders. Er rannte fort, um eine warme Jacke zu holen, zog sie aber zur allgemeinen Überraschung nicht selbst an, sondern legte sie Ellie um die Schultern. »Sie friert«, erklärte er seinem Großwater kurz und schritt ihnen, ohne einen Dank abzuwarten, auf der Straße voraus.
Die Sonne sank im Westen, und das Licht war kaum zu ertra-

gen. Brian hatte die Augen fest zugekniffen und Langdon die Stirn in tiefe Falten gezogen; Ellie hielt sich den Arm vors Gesicht. Brian zog sie an sich.

»Kopfschmerzen, Schätzchen?« fragte er liebevoll.

Sie schnitt eine Grimasse. »Was meinst du – werden wir uns je an dieses Licht gewöhnen oder wird es uns immer so gehen wie jetzt?«

Langdon bemerkte mit herabgezogenem Mundwinkel: »Vermutlich haben sich die *Ersten* unter Theta Centauri genauso mies gefühlt.«

Ellie lächelte leicht. »Die hat ja auch niemand willkommen geheißen.«

Frobisher lief mit langen, schwingenden Schritten vor ihnen her, und Brian flüsterte leise und wild: »Ich halte die ganze Geschichte immer noch für einen aufgelegten Schwindel. Oder wir befinden uns in einer Reservation für primitive Völker. So kann die ganze Welt einfach nicht sein!«

»Sei doch nicht albern«, schalt Ellie müde und rieb sich die schmerzenden Augen. »Woher sollte denn irgend jemand wissen, daß wir ausgerechnet hier landen würden?«

Einige der Frauen, die auf den Veranden saßen, begrüßten Frobisher mit freundlichen Worten, und er winkte ihnen als Antwort fröhlich zu, aber niemand beachtete die Fremden. Nur eine rundliche Frau, deren Haar überall in Lockenwürstchen vom Kopf abstand, watschelte hinunter auf die Straße und rief vergnügt: »Ich sehe, daß du Besuch hast, Hard! Wenn dein Haus zu voll ist – meins ist leer.«

Frobisher drehte sich lächelnd um. »Vielleicht müssen wir deine Gastfreundschaft in Anspruch nehmen«, sagte er. »Es kommen noch andere, und sie haben einen weiten Weg gehabt.«

Die Frau betrachtete Ellie mit scharfem weiblichem Blick und registrierte das blonde, kurzgeschorene Haar, den glatten Kunstfaserkittel unter der Knabenjacke, die gegossenen Sandalen und die nackten Beine. Dann streckte sie ihr eine dicke, warme Hand entgegen. »Habt ihr vor, euch bei uns im Dorf anzusiedeln, Liebes?« fragte sie.

»Sie haben sich noch nicht entschieden«, antwortete Frobisher unverbindlich, aber Ellie erwiderte mit schüchterner, spontaner Freundlichkeit, »Ich hoffe es sehr!« und drückte die dargebotene Hand.
»Oh, das hoffe ich auch, Liebes. Es kommt nicht oft vor, daß wir junge Nachbarn haben«, meinte die dicke Frau. »Und wenn ihr etwas braucht, du und dein Gatte (Ellie errötete über den groben, altertümlichen Ausdruck), bevor ihr euch irgendwo eingerichtet habt, dann wendet euch ganz bestimmt an uns.« Sie lächelte sie an und watschelte wieder zurück zu ihrer Tür.
Langdon bemerkte mit leiser Stimme: »Es ist, als wäre man auf Terra Zwei, nur daß alles – alles . . .«
»Es muß hier irgendeine unvorstellbare Katastrophe gegeben haben«, meinte Brian. »Ihrer Kultur nach sind sie tausend Jahre hinter der Welt zurück, von der die *Sternwärts* damals aufbrach. Selbst Terra Zwei ist ja zivilisierter, als es hier den Anschein hat! Mit Feuer kochen – und diese kleinen Dörfer – und die Städte leer . . .«
»Ach, ich weiß nicht«, warf Ellie zum Erstaunen der beiden anderen ein. »Wie mißt man Kultur? Ist es nicht möglich, daß sie Fortschritte in Richtungen gemacht haben, die wir gar nicht kennen? Vielleicht liegt der Unterschied nur im Standpunkt des Betrachters.«
Brian schüttelte verbissen den Kopf.
»Rückschritt, das ist es«, protestierte er. Ellie blieb keine Zeit mehr, ihm zu antworten, denn sie waren schon in Sichtweite der Fähre, und Frobisher verlangsamte seinen Schritt, um neben ihnen zu gehen.
»Da ist euer Flugzeug«, sagte er. »Wollt ihr euch gleich von dort mit den anderen in Verbindung setzen oder lieber zum Raumschiff zurückfliegen?«
Brian und Langdon schauten einander an. »Wir haben uns darüber noch keine Gedanken gemacht«, erklärte Langdon schließlich, »aber, Brian – ohne einen Raumschiff-Landestrahl oder wenigstens Anweisungen über Funk – wie sollen sie überhaupt nach unten kommen?«

Brian runzelte die Stirn. »Ich habe nicht viel Ahnung von Raketen«, räumte er ein, »mein Job ist der Hyperantrieb. Wie groß muß die Landefläche sein?«

Besorgt antwortete Langdon: »Paula und Caldwell zusammen sind so gut, daß sie die *Heimwärts* in Großvater Kearns Biochemielabor landen könnten, ohne auch nur ein Reagenzglas zu zerbrechen, wenn es sein müßte – aber sie brauchen einen Orientierungspunkt. Wenn sie blind heruntergehen, kann es passieren, daß sie mitten im Dorf aufsetzen.« Er machte eine Pause und erläuterte: »Das wäre, wenn sie nur nach unseren Signalen gehen und einfach allgemein in diese Richtung steuern.«

»Wenn das so ist«, schlug Brian vor, »sollten wir lieber die Fähre nehmen und wieder zum Schiff fliegen – und uns dann eine schöne große Wüste suchen, wo wir blind landen können.«

»Zum Schiff zurückzufliegen wäre bei diesem Licht ziemlich schwierig«, warf Ellie unruhig ein. »Ich schätze, daß es in weniger als einer Stunde dunkel sein wird – und ich habe das Gefühl, daß wir dann total nachtblind sein werden.«

Während sie so miteinander sprachen, hatte sich Frobisher diskret zurückgezogen. Brian zischte: »Was ist mit deinem Verstand passiert, Ellie? Du kannst doch in Richtung Sonne fliegen und dann dort oben deine Geschwindigkeit der der *Heimwärts* anpassen!«

»Aber dann würden wir vielleicht diesen Ort hier nicht wiederfinden«, bemerkte Langdon zu Brians Verwunderung, und Ellie fügte hinzu: »Wenn wir rund um den Planeten sausen – wer weiß, ob wir uns wieder hierher finden.«

»Aber um Himmels willen, wen interessiert das denn?«

»Mich«, entgegnete Langdon fest. »Nach dem, was Frobisher sagt, sieht es überall ziemlich genauso aus wie hier. Ich – irgendwie gefällt mir der alte Bursche, Brian. Es gefällt mir hier. Ich würde gern hier landen. Vielleicht siedle ich mich sogar an.«

Brian riß die Augen auf. »Bist du verrückt?«

»Ganz und gar nicht«, antwortete Langdon. »Wenn wir uns ein bißchen umsehen wollen, sobald die *Heimwärts* gelandet ist –

ausgezeichnet. Wir haben die Fähre und können uns umtun, soviel wir wollen. Für die Fähre ist auch jede Menge Treibstoff da. Aber jetzt sind wir einmal unten, also wollen wir doch unten bleiben.«
Brians Gesicht hatte etwas von seinem Selbstvertrauen verloren. Es war das erste Mal, daß ein Mitglied der Besatzung eine von ihm getroffene Entscheidung in Frage gestellt hatte, auch wenn seine Methoden vielen nicht gepaßt hatten. In einem Anfall plötzlicher, sinnloser Niedergeschlagenheit zuckte er die Achseln. »Ich bin überstimmt. Außerdem habe ich sowieso das Kommando abgegeben, sobald der Atomantrieb eingeschaltet wurde. Macht das über Radio mit Caldwell aus.«
Er stolperte von ihnen fort, auf die andere Seite der Fähre. Von innen hörte er das Stakkatobellen des Radios, kümmerte sich jedoch nicht darum, bis er plötzlich Ellie bemerkte, die dicht vor ihm stand.
Mit zärtlichem Lächeln hob sie das Gesicht zu ihm auf. Brian, eben noch von tausend ärgerlichen Gedanken hin- und hergerissen, fand Zeit, das neue Geheimnis ihres blonden Haars in der goldenen Sonne zu bestaunen. Hier unten war das Rot gedämpft, die kurzen Locken schienen aus reinem, zartem Silber zu bestehen; in dem neuen Licht wirkte sie sehr weiß und zerbrechlich, und Brian streckte impulsiv die Arme aus, um sie an sich zu ziehen. Sie erwiderte die Umarmung eifrig, umschlang ihn und sah mit einer Schlichtheit, die er nicht erwartet hatte, zu ihm hoch.
»Die Reise ist zu Ende«, sagte sie sanft. »Wir haben sehr lange auf das alles gewartet, Brian, auch wenn der Elektronenrechner sich bei dem, was wir hier unten finden würden, ein bißchen verkalkuliert hat. Gib mir einen Kuß, du Trottel.«
Seine Arme waren erstaunlich kräftig, und sie stieß einen kleinen Schrei aus. »He! ich bin nicht gewöhnt, daß ich so viel wiege; mach langsam!« protestierte sie lachend, und das Lachen verklang, als er seinen Kopf zu ihr herunterbeugte. Sie spürte die Sonne in den Augen, die körperliche Erschöpfung durch die ungewohnte Bewegung und das belastende Gefühl einer für sie

zu hohen Schwerkraft – Terra Zwei war eine kleine, leichte Welt. Brians Arme drängten, zerquetschten sie fast, und eine wilde Minute lang preßte er sie verzweifelt an sich, um sie dann jäh von sich fortzuschieben und mit heiserer Stimme zu sagen: »Wo ist Frobisher hingegangen? Verdammt noch mal, Ellie, was ich jetzt brauche, ist ein klarer Kopf. So wie es aussieht, haben wir für andere Scherze noch den Rest unseres Lebens Zeit!«

Ellie war verletzt, fühlte aber die Bitte um Hilfe, die hinter der Fassade straffer Selbstbeherrschung flehte, und zwang sich, über den unmittelbaren Augenblick hinauszudenken. »Er und Destry sind nachsehen gegangen, wieviel Korn kaputt ist.«

»Zum Teufel, wir können das Korn bezahlen. Da kommen sie ja.« Brian trat mit dem Fuß nach einem Weizenhalm, eine seltsam sinnlose Gebärde, und sagte mit merkwürdig erstickter Stimme, wobei er auf seine Zehen blickte: »Es wird Monate dauern, bis wir wieder auf dem Damm sind, nach so langer Zeit in völliger Schwerelosigkeit. Für soviel Schwerkraft sind wir ganz schlecht koordiniert. Siehst du, wie Frobisher läuft? Als gehörte ihm die Welt!« Groll und Neid trübten seine Stimme, und er brach ab, um dann erstaunt hinzuzufügen: »Oder jedenfalls soviel davon, wie er haben möchte!«

Ohne Einleitung erklärte er, als Großvater und Enkel zu ihnen traten: »Mr. Frobisher, wir würden Ihnen gern den Weizen bezahlen, den wir zerstört haben.«

»Ich hätte kein Wort darüber verloren«, gab Frobisher zurück, und zum ersten Mal lag etwas wie Respekt in seiner Stimme. »Aber es spricht für dich, daß *du* es erwähnt hast. Ich habe mehr, als ich brauche, und ihr werdet, wenn der Rest eurer Besatzung landet, viel zu tun haben. Aber wenn ihr auf einer Entschädigung besteht, dann könnt ihr in der kommenden Jahreszeit, sobald ihr euch niedergelassen habt, bei der Gemeinschaftsarbeit helfen.«

Brian verstand nicht, beschloß jedoch, dieses Thema zunächst nicht weiterzuverfolgen. Jetzt kam auch Langdon, und Brian fragte: »Was hat Caldwell gesagt?«

»Er will es versuchen, wenn wir eine Art Funkstrahl für ihn ein-

richten können«, erwiderte Langdon. »Wo sollen wir landen, Mr. Frobisher?«
Hard Frobisher begann mit einem langen Stock eine Landkarte in den Staub zu zeichnen. »Hinter dieser Anhöhe.«
»Wir bringen die Fähre dorthin«, entschied Ellie und lud ihn dann spontan ein: »Möchten Sie mitfliegen?«
Hard Frobisher betrachtete nachdenklich das Flugzeug, dann den Horizont. »Es ist nicht weit zu laufen«, antwortete er, aber Destry erklärte eifrig: »Ich glaube, ich würde sehr gern mitfliegen, Großvater.«
Der Alte lächelte besänftigend. »Die Jugend ist schnell zu begeistern, Ellinor Wade«, sagte er, und es klang fast wie eine Entschuldigung, »aber – also gut.«
Brian hatte wieder einmal Grund, sich zu wundern. Konnte ein gebildeter Mensch derart vertrauensselig sein? Selbst auf Terra Zwei, einer höchst einträchtig lebenden Kolonie, verhielt man sich bis zu einem gewissen Grade vorsichtig, und bei Fremden – woher wollten Frobisher und Destry wissen, daß man sie nicht entführte?
Es war eine unglaubliche Erleichterung, in die Fähre zurückzuklettern und das vertraute, tiefrote Licht anzuschalten. Destry reagierte mit mildem Staunen auf die Beleuchtung, während Frobisher keine Fragen stellte und auch nicht beeindruckt schien, als die Fähre senkrecht aufstieg und eine Schleife zog, ehe sie am Rande des weiten Brachlandes niederging, wo sie die *Heimwärts* landen lassen wollten. Nur an einer Stelle des ganzen Manövers zeigte Frobisher einen Anflug von Verwunderung, als nämlich Ellie die Instrumente übernahm; er starrte erst Brian, dann Langdon an, schließlich, mit unverstelltem Erstaunen, das kleine, schlanke Mädchen an den Kontrollhebeln; aber er sagte kein Wort.
Sie landeten, und Langdon stellte das Radio ein. Brian nahm es ihm aus der Hand. »Hallo? Hallo, *Heimwärts*? Hier spricht Kearns. Tom, bist du das?«
Tom Mellens heisere Stimme, sehr weit entfernt, fragte schwach: »Hatte ich recht – es gibt keine Raumhäfen?«

»Du hattest recht«, erwiderte Brian, ohne nähere Erklärungen abzugeben.

»Wir haben die Richtung eures Leitstrahls. Aber Paula sagt, wenn wir ihm folgen, landen wir genau auf der Fähre. Und wenn nicht, wie finden wir dann die Stelle, die ihr ausgesucht habt?« Tom klang ratlos. »In den letzten Sekunden beim Abbremsen ist der Rumpf gar nicht leicht zu steuern.«

»Mist!« fluchte Brian. »Wart einen Augenblick!« Er erklärte Langdon kurz die Situation. »Ich habe es ja gesagt!«

Langdon stellte grimmig fest: »Es gibt nur einen Weg. Zapf den Treibstoff aus der Fähre, damit er beim Anprall nicht explodiert, und flieg sie dann dorthin, wo die anderen landen sollen. Dann lassen wir sie auf der Fähre herunterkommen. Auf die Fähre können wir verzichten, auf unsere Leute nicht. Es wäre eine harte Landung, aber die Besatzung ist in den Schwebekojen und Caldwell in einer bruchsicheren Pilotenkanzel. Es wird keinem etwas passieren.«

»Wir brauchen die Fähre später noch«, wandte Brian hartnäckig ein.

»Also gut – hast du einen besseren Einfall?« erkundigte sich Langdon. »Wenn sie dem Strahl nicht bis zum Ende folgen und in letzter Sekunde auszuweichen versuchen, können sie sich mit Leichtigkeit um ein oder zwei Grad irren und das ganze Dorf in Brand stecken.«

»Ich finde immer noch, wir sollten uns eine ordentliche große Wüste suchen«, beharrte Brian.

Plötzlich, es hörte sich fast angewidert an, mischte Destry sich ein. »Wenn man einen Eisvogel tauchen lassen will, wirft man ihm ein Stück Brot an die Stelle, wo er tauchen soll – aber man stellt sich nicht hin und hält es fest! Wenn dein Ratio – Radio – wie heißt das Ding – also wenn der Leitstrahl von dort kommt« – er wies auf den Sender –, »warum reißt du es dann nicht einfach aus dem Flugzeug heraus, stellst es auf ein Dauersignal ein und setzt es dann dorthin, wo das Schiff landen soll? Es wird dem Raumschiff doch wohl nichts schaden, wenn es auf einem so kleinen Gegenstand niedergeht, oder?«

Brian starrte den Jungen einen Moment verblüfft an, und Langdon sperrte Mund und Nase auf.
»Destry«, bemerkte Ellie nach kurzem Schweigen, »du hast das Zeug zu einem Wissenschaftler.«
»Na gut«, meinte der Junge unbehaglich, »vielleicht taugt die Idee ja nicht viel, aber warum beschimpfst du mich dann?«
»Und ob sie etwas taugt«, unterbrach Langdon. »Ich weiß nicht, wieso mir das nicht selber eingefallen ist, es sei denn, das Licht hier hat mir den Verstand getrübt. Brian, das ist *die* Idee. Ellie, während ich Mellen benachrichtige, daß ich das Ding rausreiße, kriech du unter den Sitz und hol den Werkzeugkasten für das Radio; vielleicht muß ich ein paar Drähte neu zusammenlöten. Wahrscheinlich werden wir im Dunkeln sitzen, bis wir fertig sind; nimm lieber die kleinen Lampen mit. Los, los, fangt an!« Er betätigte den Schalter. »*Heimwärts*? Hier spricht Forbes. Tom? Paß auf, wir werden in ungefähr zwanzig Minuten einen Orientierungspunkt für euch aufgestellt haben.«
Brian und Ellie strengten sich an, den schweren Sitz zu heben; die ungewohnte Schwerkraft machte es ihnen beinahe unmöglich, ihn auch nur zu verrücken. Destry packte die eine Seite und hob sie mit Leichtigkeit, während Ellie und Brian sich über die darunter verstauten Ausrüstungsgegenstände beugten. Das Mädchen flüsterte Brian ins Ohr: »Da hast du deine Rückschrittstheorie! Der Kleine wußte genau, wovon er redete.«
Brian schnaubte. »Und gebrauchte noch einen Vergleich aus der Naturgeschichte! Es lag auf der Hand, wenn man den Zweck des Radios kannte. Wenn Langdon oder ich nur ein bißchen überlegt hätten, wären wir auch draufgekommen.«
Ellie antwortete nicht; es konnte kaum Zweck haben, Brian erneut wütend zu machen. Sie ging hinüber zu Langdon und sah zu, wie er schnell und geschickt das Radio ausbaute und neu einstellte, damit es ein selbsttätiges, gleichbleibendes Signal ausstrahlte. Er mußte die Beleuchtung der Fähre einschalten, ehe er damit fertig war, und noch bevor das improvisierte Zielfluggerät komplett war, ging die Sonne unter. Als sie in die Türöffnung der Fähre traten, blickte Langdon finster.

»Ich kann nicht die Hand vor Augen sehen«, schimpfte er und nahm eine der kleinen roten Taschenlampen, die Ellie ihm reichte. Er warf einen angewiderten Blick darauf. »Das Signal kann ich damit aufstellen, aber ich kenne doch das Gelände überhaupt nicht!« Er wies mit der Hand auf den riesigen, leeren Streifen Brachland und fügte hinzu: »Ich werde mich verirren oder das Signal an irgendeinem Abhang aufstellen.«
Destry erbot sich: »Ich kenne diese Gegend wie meine Hosentasche. Ich komme mit und suche euch eine ebene Stelle.«
»Soll ich dir helfen?« bot Brian sich an, aber Langdon schüttelte den Kopf. »Nein, danke. Hat keinen Sinn, wenn wir uns beide in dieser Finsternis verlaufen.« Er nahm das Zielfluggerät auf den Arm und entfernte sich mit Destry quer über das Feld, das für Brian und Ellie so schwarz wie Tinte aussah, in Wirklichkeit jedoch in helles Mondlicht getaucht war. Sie standen im Eingang der Fähre und starrten angestrengt auf den rötlichen, hin- und herhuschenden Schimmer von Langdons Licht. Ellie schauderte in der rauhen Wärme von Destrys Jacke. In der Dunkelheit nahm Brian sie heimlich in den Arm.
Mit bebender Stimme sagte sie: »Was wäre wohl geschehen, wenn wir auf dem Mars gelandet wären!«
Hinter ihnen zog Frobisher scharf die Luft ein. »Ihr habt wirklich Glück gehabt, daß ihr das nicht getan habt!« sagte er dankbar. »Dort hättet ihr keine drei Tage überleben können, es sei denn, ihr hättet das Schiff nicht verlassen – ich nehme doch an, daß es sich selbst versorgt?«
»O ja«, bestätigte Brian. »Aber als die *Sternwärts* aufbrach, gab es auf dem Mars doch eine ansehnliche Kolonie!«
Frobisher zuckte die Achseln. »Sie kamen alle vom Mars zurück, bevor die Raumschiffe den Verkehr einstellten. Es gibt dort jetzt überhaupt kein Wasser mehr.«
Brian murmelte: »Und dabei solltet ihr inzwischen alle Planeten besiedelt und die meisten der näher liegenden Sterne bereist haben!«
Die Stimme des Älteren verlor den gemütlichen Unterton. »Du sagst da ein paar ganz erstaunliche Sachen, Brian Kearns«, ent-

gegnete er trocken. »Du sagst nicht, daß wir die Planeten hätten besiedeln *können* – was ja durchaus zutrifft –, sondern daß wir es hätten tun *sollen.* Vielleicht verrätst du mir auch, warum? Die Planeten sind als menschliche Wohnorte nicht besonders geeignet, mit Ausnahme von diesem hier – und ich würde äußerst ungern auf einem anderen leben.«
Fast grob fragte Brian: »Sie meinen, es gibt überhaupt keine Raumfahrt mehr?«
»Allerdings«, erwiderte Frobisher langsam. »Niemand interessiert sich noch für Reisen zu den Planeten.«
»Aber . . . man hatte doch die Planeten schon längst erreicht und erobert, bevor die *Sternwärts* die Erde verließ!«
Frobisher hob die Schultern. »Die Barbaren haben vieles getan, was uns töricht vorkommt«, sagte er. »Aber warum sollte man es als *Eroberung* bezeichnen, wenn man Menschen dazu ermutigt, Welten zu bewohnen, für die sie biologisch ungeeignet sind? Ich habe viel über die Barbaren gelesen, ihren unersättlichen Egoismus, ihre müßige, kindische Neugier, ihre ständige Flucht vor der Wirklichkeit, ihre Weigerung, sich Problemen zu stellen; aber – verzeiht mir diese Worte, es liegt mir fern, euch beleidigen zu wollen – bis auf den heutigen Tag habe ich das alles nicht geglaubt!«
Ellie nahm Brians Arm, ehe er antworten konnte. »Schau mal dort hinüber. Langdon signalisiert – sie müssen den Sender aufgebaut haben«, erklärte sie und schwang in großem Bogen ihre Lampe. Es dauerte nicht lange, und Langdon und Destry tauchten aus dem Bad tintiger Schwärze auf und ließen sich in dem kleinen Tümpel rötlichen Lichts aus den Fenstern der Fähre auf den Boden fallen. »Das war's«, meinte Langdon. »Jetzt warten wir ab, bis Paula den Kurs exakt auf den Leitstrahl einstellt und Caldwell uns das Schiff genau dort herunterbringt, wo wir wollen.«
»Hoffentlich denkt jemand auch daran, sich um Einstein zu kümmern«, sagte Ellie besorgt. »Es wäre einfach schrecklich, wenn er sich in den letzten paar Sekunden der langen Reise noch das Genick bräche!«

»Judy wird auf ihn aufpassen«, tröstete Langdon, und sie warteten in der rötlichen Finsternis. Brian überdachte noch einmal alle Gründe, die er von den *Ersten* gehört hatte, weshalb es so notwendig gewesen war, überhaupt eine Raumfahrt zu entwikkeln.

»Und was war mit der Übervölkerung? Und mit der Abnahme von Nahrungsmittelvorräten und natürlichen Rohstoffen?«

Frobishers Lachen klang laut in der Dunkelheit. »Bestimmt haben nicht einmal die Barbaren damit gerechnet, auf dem Mars oder der Venus natürliche Nahrungsquellen zu finden«, grinste er. »Vielleicht hätte der Interstellarverkehr dieses Problem gelöst, aber die Kosten waren viel zu hoch. Sobald die Menschheit jedoch beschloß, mit der Verschwendung natürlicher Rohstoffe auf rein theoretische Riesenprojekte aufzuhören und diese Rohstoffe auch nicht mehr auf Nimmerwiedersehen in den Weltraum hinauszuschießen, erledigte sich die Frage ohne große Schwierigkeiten.«

»Aber was zwang die Menschen zu diesem Entschluß?« fragte Brian beinahe schüchtern.

»Das weiß ich auch nicht«, antwortete Frobisher gedankenvoll, »aber wenn eine Entscheidung wirklich nötig ist, findet sich in der Regel auch jemand, der sie trifft. Vielleicht wurde die Übervölkerung so gewaltig – und zwar im ganzen Sonnensystem, denn die Erde mußte auch noch Mars und Venus miternähren –, daß sich in einer von zwei Generationen jeder gesunde Mann und jede arbeitsfähige Frau ausschließlich der Nahrungsmittelerzeugung widmen mußten, anstatt sich mit theoretischer Astronomie, oder wie immer sie es nannten, auseinanderzusetzen. Und als sie dann dieses Problem endlich gelöst hatten, beurteilten die Leute die Wissenschaft nach dem, was sie der Menschheit Gutes brachte, und wahrscheinlich begriffen sie, daß sie ihre Rohstoffe hier auf der Erde sehr viel zweckmäßiger einsetzen konnten. Das – ich meine diese Art der Betrachtung nach Kosten und Vorteilen für die Menschheit – schaffte dann auch den Krieg ab. Es dauert gar nicht so lange, bis sich neue Einstellungen ausbreiten. Zudem war in den Jahren der Übervölkerung der größte Teil der Bürger sowieso neurotisch. Ich denke mir, daß es ja auch die damaligen Wissenschaftler den Frauen ermöglichten, die Kinder nicht zu bekommen, die sie ohnehin nicht haben wollten, und daß darum niemand Kinder hatte außer den Frauen, die noch eine gesunde Haltung dazu hatten und sich vornehmlich für Kinder interessierten. Der neurotische Todeswunsch der anderen reduzierte in nur zwei oder drei Generationen die Bevölkerung ganz erheblich. Man könnte sagen, daß die Neurotiker und Neurotikerinnen Völker-Selbstmord verübten. Ist das euer Schiff oder wieder einer von Destrys Meteoren?«

Sie kletterten eilig hinunter, in der Dunkelheit stolpernd, als das unglaubliche Röhren der Raketen ertönte und sich die *Heimwärts* brüllend auf einem einstürzenden feurigen Teleskop auf ihren Landeplatz herabsenkte. Brian, der zwischen Destry und Ellie stand, überlegte einen Augenblick – war aber zu erschöpft und viel zu aufgeregt, ihn danach zu fragen –, ob es Destry immer noch leid tat, keinen Meteor gefunden zu haben.

V

Erklärungen, gegenseitige Vorstellungen und ein Gewitter von Fragen und Antworten im Schnellfeuertempo verwandelten die Landung in ein heilloses Stimmengewirr.

»Hallo, da sind wir!«

»Wer hat sich denn dieses Zielfluggerät ausgedacht?«

»He, ich bin ja blind! Gibt's denn kein Licht auf diesem Planeten? Warum sind wir nicht der Sonne nachgefahren und dort gelandet?«

»Was, in China?«

»Verdammte Schwerkraft! Ich kann gar nicht laufen!«

»Ellie!« (Gebieterischer als die anderen Stimmen.) »Komm her und befrei mich von deiner vom Teufel gebissenen Katze!«

Ellie rannte zu Judy, die den zappelnden Einstein auf dem Arm hatte, während sie ungeschickt die Leiter hinunterstolperte.

»Nimm mir dieses Biest ab«, sagte sie ärgerlich. »Es zieht mir jedes Haar einzeln an der Wurzel aus.« Sie schob sich die dicken Locken über die Schultern zurück und jammerte: »Haare sind mit Schwerkraft noch schlimmer als ohne!«

Ellie löste die Saugfüße ihres Lieblings sanft aus Judys Löckchen, und das Tier klammerte sich an ihre Schulter, von wo es zappelnd vor wahnwitzigem Entzücken auf den Erdboden strebte. Ellie kletterte mühsam die Leiter zum Schiff hoch und dachte, wie sie sich wohl jemals wieder an die hohe Schwerkraft gewöhnen sollte. Sie drängte sich in den Aufenthaltsraum und riß von ihrer Schwebekoje einen Stoffstreifen ab, um eine Leine für Einstein daraus zu machen. Das Tierchen war zwar zahm, aber die Aussicht, wieder frei herumlaufen zu dürfen, konnte es leicht wieder zum Verwildern verleiten.

Als sie wieder hinunterstieg, hörte sie Frobishers volle Stimme. »Ich biete euch die Gastfreundschaft unseres Dorfs und meines Hauses, so lange es euch gefällt.«

Ellie stolperte auf der letzten Stufe und fiel beinahe gegen Mellen und Paula, die schweigend und in enger Umarmung am Fuß der Leiter standen. Ihre Gesichter glühten schwach im rötlichen Lichtschein aus der offenen Schiffstür. Ellie durchfuhr eine Anwandlung von Neid. Für diese beiden bedeutete die Landung nur eins. Es war ihnen gleich, was sie vorfinden würden – sie waren hier, und sie waren zusammen. Hastig wandte sie sich ab, um ihren Augenblick des Glücks nicht zu stören, aber Tom schaute zu ihr hoch und lächelte so voller Freude, daß sein hageres, gutmütiges Gesicht fast schön aussah. Paula breitete die Arme aus und umschlang Ellie, mit Katze und allem. »Es ist vorbei!« flüsterte sie selig, »wir sind da!« Aber es lag auch leise Trauer in den dunklen Augen, als sie hinzufügte: »Ich wünschte nur, es gäbe einen Weg, wie wir unsere – unsere Mütter und Väter – wissen lassen könnten, daß wir heil angekommen sind.«

»Sie werden davon überzeugt sein«, tröstete Ellie sanft.

Tom Mellen sagte mit finsterer Miene: »Was hält Kearns da schon wieder für Volksreden? Ruhig, Mädchen!«

Brian protestierte wieder einmal. »Hört doch, wir können nicht alle hier weg. Ein paar müssen auf der *Heimwärts* bleiben.
Ich schlage vor, daß wir an Bord übernachten und dann morgen ins Dorf gehen.«
»Du kannst ja bleiben, wenn du willst«, versetzte Caldwell aufsässig. »Ich habe von der *Heimwärts* für dieses Leben genug gesehen!«
Das war das Signal zu offener Rebellion. Die kleine Judy setzte die Reaktion in Gang, indem sie laut und heftig verkündete: »Wenn ich je die *Heimwärts* wieder betrete, dann nur, wenn man mich gefesselt hineinschleppt!« Und Mellen rief: »Die Reise ist vorbei, wir sind jetzt wieder Privatleute, Kearns, also hör auf, dich als Vorgesetzter aufzuspielen!« Vor soviel stürmischen Stimmen wurde die centaurische Katze wild, kratzte sich von Ellies Schulter los und taumelte mit seltsam torkelnden Schritten durch das rauhe, dunkle Gras. »Fangt ihn, fangt ihn!« schrie Ellie. Paula versuchte das Tier zu schnappen, verfehlte es jedoch, stolperte und fiel in der Dunkelheit hin. Sie blieb hysterisch lachend liegen und sah zu, wie die Katze in den Lichterkreis eintauchte. Das Tier schwankte und wackelte auf seinen dürren Beinen, wobei es Beutel und Schwanz auf das Sonderbarste verrenkte, um sich in der ungewohnten Schwerkraft im Gleichgewicht zu halten. Es schnüffelte am Gras und gab eine melodische Katzenmusik von sich, um sich dann wieder und wieder in den dunklen Halmen des Brachlandes zu wälzen wie ein verrückt gewordener Asteroid, der in wilder, regelloser Bahn durch das All taumelt.
Danach hatte Brian keine Chance mehr. Die *Heimwärts*-Besatzung, bis auf Caldwell kaum älter als Heranwachsende und ohnehin halb durchgedreht vom Nachlassen der beständigen Anspannung und dem Hochgefühl, endlich die Reise hinter sich gebracht zu haben, warf sich ins Gras, wälzte sich herum und streckte die Glieder wie Kinder und kümmerte sich keinen Deut um Brians Reden. Als es Ellie endlich geschafft hatte, den herumtorkelnden Einstein wieder einzufangen und die vom Lachen wie berauschten jungen Leute sich ein wenig beruhigt hat-

ten, wünschte sich Brian nur noch eins: sich selbst und seiner Mannschaft wenigstens einen Anschein von Würde zurückzugeben. Leichenblaß und fast sprachlos wies er Caldwell, den Ruhigsten der Gruppe, barsch an, Frobishers Gastfreundschaft im Namen der Allgemeinheit anzunehmen. Düster an die Leiter gelehnt sah er dann zu, wie sie, von Destry mit einer Laterne geführt, abzogen, immer noch ohne erkennbaren Anlaß laut lachend und einander, um nicht zu stürzen, in der Dunkelheit an den Händen haltend. Hard Frobisher, der nicht mitgegangen war, kam ruhig auf Brian zu. Spontan fragte dieser: »Hätten Sie Lust, an Bord zu kommen?«

Hard erwiderte unerwartet: »Ja, ich glaube, ich würde mir das Innere eures Schiffes gern einmal von innen ansehen.« Er stieg hinter Brian die Leiter hinauf, wobei er mit den Stufen besser fertig wurde als dieser, und folgte ihm in den Aufenthaltsraum.

Neugierig betrachtete er die Schwebekojen und die komplizierten Freizeitgeräte, inspizierte ohne viel Worte die Kabinen und brummte interessiert, als er die Nahrungskultur-Station betrat. Schließlich führte ihn Brian nach oben in die gewaltige Kabine, in der er selbst den größten Teil der Reise mit der Bedienung der unfaßbar komplizierten Interstellar-Triebwerke verbracht hatte.

Hier, angesichts der ungeheuerlichen Maschinerie, schien Frobisher endlich doch beeindruckt zu sein. Er brach sein Schweigen mit einem verwunderten: »Und du – du weißt alles über diesen – diesen ganzen Krimskrams?«

Der Interstellar-Antrieb wog über hundert Tonnen, und Brian lachte gutmütig über die Untertreibung. »Ja, ich bin Antriebstechniker. Es war eine ziemlich lange Ausbildung.«

»Man braucht bestimmt lebenslang, um das alles zu lernen!«

»Nein«, bemerkte Brian herablassend, »nur ungefähr zwölf Jahre.«

»Zwölf Jahre!« wiederholte Frobisher, »Zwölf Jahre, und dann noch wie viele – vier? – für die Reise hierher – vergeudet für einen Raum voller Maschinen!« Jetzt erst erkannte Brian voller

Unbehagen das Gefühl in seiner Stimme. Es war Mitleid. »Du armer Junge!« rief Frobisher und sagte wieder: »Du armer Junge. Sechzehn Jahre für diese Metallhebel und den anderen Unfug verschwendet! Kein Wunder, daß du –« Er brach ab, vielleicht weil er sah, wie fest Brian die Zähne zusammenbiß.
Mit leiser, tödlicher Stimme sagte Brian: »Hören Sie nicht auf! Kein Wunder, daß ich – was?«
»Daß du so neurotisch bist«, versetzte Frobisher gelassen. »Natürlich mußt du vor dir selber einen Grund haben, weshalb du dein Leben nicht fortgeworfen hast.« Er schüttelte traurig den Kopf. »Glücklicherweise bist du noch jung.«
»Dieses Schiff«, begann Brian steif, »ist die größte Errungenschaft der Menschheit. Und wenn ich doppelt so alt werde wie Sie, ich werde nie –« Er stand abrupt auf und betätigte einen Schalter. Die große Kuppel wurde durchsichtig und die ungeheuren Vergrößerungsapparate brachten die neu erblühten Sterne so nah herab, daß der alte und der junge Mann unter einer unendlichen, flammenden Galaxie aus lauter Feuer standen. »Verdammt«, sagte Brian heiser und die Stimme stockte ihm. »Mann, wir haben dieses kleine Schiff über neun Lichtjahre aus Nichts, aus Nichts – *aus Garnichts* – hierhergebracht! Wir haben Welten betreten, auf die nie zuvor ein Mensch den Fuß gesetzt hat. Sie können nicht so tun, als ob das gar nichts bedeutete! Es ist das Gewaltigste, was die Menschheit je erreicht hat – und ich hatte das Glück, dabei zu sein –« Er fing an zu stammeln, bemerkte es und verstummte.
Frobisher sah kummervoll und verlegen aus. »Armer Kerl – und wofür? Was hast du selbst davon gehabt? Was hat es dir und nicht bloß dir allein, sondern auch nur irgendeinem anderen Menschen Gutes gebracht?«
Unvermittelt brüllte Brian los: »Sie seniler, schwachsinniger alter Trottel! Ich glaube, Sie haben noch nie etwas von abstraktem Wissen gehört!«
»Es ist mir nicht völlig fremd«, antwortete Frobisher kalt und setzte, wieder mit dieser besorgten Freundlichkeit, hinzu: »Schon gut, mein Junge, wahrscheinlich glaubst du das, was

man dir beigebracht hat – aber kannst du mir nur einen einzigen Menschen nennen, jetzt oder in der Vergangenheit, dem die Reise der *Sternwärts* auf irgendeine Weise von Nutzen war – mit Ausnahme seiner persönlichen Eitelkeit? Ich fürchte, wenn du die Sache sorgfältig untersuchtest, würdest du feststellen, daß der Bau, der Start und die Unterhaltung der *Sternwärts* eine ganze Menge Leute um einiges betrogen haben.«
Fast verzweifelt sagte Brian: »Auf den einzelnen kommt es nicht an. Wissen – jede Art von Wissen – nützt der Gesamtheit des Volkes – hebt die Menschheit aus dem Schlamm des Meeresbodens – hinauf zu den Sternen.«
»In so dünner Luft kann ich nicht atmen«, bemerkte Frobisher leichthin. »Der Schlamm ist entschieden bequemer.«
»Und wo wären Sie jetzt«, fragte Brian beinahe schreiend, »wenn Ihr Urahn nicht doch vom Baumstamm heruntergeklettert wäre, obwohl er es doch da oben ganz bequem hatte?«
»Nun«, gab Frobisher zurück und schaute hinauf zu den Sternen, die oben in der Kuppel funkelten, »dann würde ich mich glückselig kratzen und am Schwanz hin- und herschaukeln. Glaubst du denn, die großen Affen hätten irgendwelchen Ehrgeiz, Menschen zu sein? Leider bin ich schon zu weit von ihnen entfernt, um mich noch in einer Baumkrone oder Höhle wohlzufühlen. Aber ich halte es für wichtig, daß jeder Mensch selbst herausfindet, mit welchem absoluten Minimum er den Zustand mühelosen Glücks zurückgewinnen kann, den er verlor, als er von den Baumwipfeln herunterstieg. Weißt du, woran das Schiff mich erinnert?«
»Nein!« fauchte Brian.
»An einen Brontosaurus.« Mehr sagte Frobisher nicht dazu, und in mürrischem Schweigen ließ Brian einen Schalter zuschnappen. Die Sterne gingen aus.
»Kommen Sie«, knurrte er. »Gehen wir nach draußen.«

In der Nacht fand Brian kaum Schlaf. Noch vor Morgengrauen schlich er in das Zimmer, in dem die sechs Frauen der Besatzung schliefen, und weckte sie auf; eine nach der anderen wickelten sie sich schlaftrunken in Decken und betraten auf Zehenspitzen den Schlafraum der Männer. Die Besatzung drängte sich zusammen und lauschte Brians leisem, heftigem Flüstern.

»Kinder, wir müssen etwas unternehmen – irgend etwas, damit wir aus diesem Irrenhaus hier wegkommen!«

»Langsam, langsam, Brian«, unterbrach Mellen. »Das sind ganz schön harte Worte, die mir überhaupt nicht gefallen. Nach dem, was wir gestern abend gehört und gesehen haben, sind die Leute hier völlig bei Verstand, nur daß sie *uns* natürlich für leicht gestört halten.«

»Und damit haben sie wahrscheinlich recht«, brummte Caldwell. »Früher hat man gesagt, Leute, die zu lang im Weltraum bleiben, drehen sowieso durch.«

Bitter bemerkte Brian: »Ihr kommt mir alle verrückt vor.«

»Ich kann es keinem vorwerfen«, schaltete Ellie sich unerwartet ein. »Was hat man schon davon, quer durch die Galaxie zu sausen? Damals, als es die Leute glücklich machte, war das ganz in Ordnung; aber hier sind die Menschen glücklicher ohne diese Dinge.«

»Natürlich hat Brian recht«, erklärte Don Isaacs, ein schweigsamer Junge, der sich mit niemandem von der Mannschaft außer Marcia richtig angefreundet und kaum je den Mund aufgemacht hatte. »Aber damit ist es ja nicht getan – denken wir doch mal praktisch. Wir sind jetzt hier. Nach Terra Zwei können wir nicht zurück. Die Leute hier unten können wir nicht ummodeln. Also sollten wir das Beste daraus machen.«

Mellen meinte kurz: »Ausgezeichnet, Don. Und noch eins: wenn Kearns weiter so eine große Klappe hat, kann es uns passieren, daß wir im hiesigen Gegenstück eines Gefängnisses landen – wegen Landfriedensbruchs oder etwas ähnlichem. Der Frieden scheint in dieser Gegend sehr hoch bewertet zu werden.«

»Aber was wollen wir tun?« wollte Brian wissen. »Wir können doch nicht einfach so hier *leben*? Oder?«

»Und warum nicht?« Paulas Stimme klang trotzig, und Judy murmelte: »Es gibt nicht soviele Apparate und Maschinen wie auf Terra Zwei, aber es ist eindeutig besser als auf dem Schiff!«

Mellen zog Paulas kleine, dämmrige Gestalt neben sich in die Höhe. »Ich weiß nicht, warum du auf die Reise mitgekommen bist, Brian«, sagte er, »ich meinerseits hatte nur einen einzigen Grund: Weil die *Ersten* mich dafür ausgebildet hatten und ein anderer hätte gehen müssen, wenn ich darum gebeten hätte, mich zu befreien. Auch wenn hier nicht unser Zuhause ist – wir werden nichts finden, was einer Heimat näher kommt. Mir gefällt es. Paula und ich werden uns ansiedeln und ein Haus bauen.«

Langdon ergänzte: »Es ist kein Geheimnis, daß Judy und ich, und Don und Marcia...«, er zögerte eine Sekunde, – »ja, und auch Brian und Ellie – schon viel länger gewartet haben, als wir wollten. In diesem Dorf gibt es ein paar hundert Menschen. Ganz bestimmt nette Leute, davon bin ich überzeugt. Ich mag diesen alten Burschen. Er erinnert mich an Urgroßvater Wade. Jedenfalls sind das fast genausoviel Leute wie auf Terra Zwei. Und ich könnte wetten, daß sie nicht die ganze Zeit damit beschäftigt sind, sich dumm und dämlich zu schuften, um synthetische Nahrungsmittel herzustellen oder den ganzen Planeten zu erforschen und zu inventarisieren!«

»Das tun sie ganz bestimmt nicht.« Ellie schob ihre Hand unter Brians Arm. »Sie sind jetzt dort, wo Terra Zwei auch ist, nur ohne den Kampf. Sie haben ihren Planeten erobert. Sie können aufhören, sich pausenlos darum zu bemühen.«

Aber Mellen murrte höhnisch: »Kearns ist untröstlich. Er wollte mechanische Computer vorfinden, die den Leuten sagen, wann sie ausspucken müssen, und Roboter, die die ganze Hausarbeit verrichten!«

»Ja...«, sagte Brian mit erstickter Stimme. »Wahrscheinlich war das so.«

Er drehte ihnen den Rücken zu und verließ das Zimmer. Hinter ihm knallte die Tür zu.

Ellie drängte sich durch die anderen hindurch und rannte hinaus in den neuen Tag. Sie bahnte sich ihren Weg durch die lang-

sam schwindende Dunkelheit, seinem davonlaufenden Schatten nach, und fand ihn endlich zusammengekauert am Fuß der Fähre. Sie kniete sich dicht neben ihn und legte die warmen Hände über seine kalten Finger.
»Brian – ach, Liebster!«
»Ellie, Ellie!« Er umschlang sie mit beiden Armen und barg den Kopf in ihrem dünnen Kleid. Das Mädchen hielt ihn wortlos fest. Wie jung er doch war, dachte sie, wie jung. Er hatte mit der Ausbildung zu seiner Arbeit angefangen, noch ehe er lesen konnte. Zwölf Jahre Training für die größte Aufgabe der Welt, die er kannte. Und nun brach plötzlich alles unter ihm zusammen.
Brian sagte bitter: »Es ist die Verschwendung, Ellie. Stell dir vor – genausogut hätten wir auf Terra Zwei bleiben können!«
»Genau das hat Frobisher auch gesagt«, berichtete Ellie ihm sanft. Sie schaute nach den sich rötenden Wolken im Osten und eine solche Woge von Heimweh überflutete sie, daß sie um ein Haar aufgeschluchzt hätte.
»Ellie – warum?« beharrte er. »Warum? Was ist es, das eine Kultur einfach aufhören, sterben, stagnieren läßt? Sie waren so kurz davor, das ganze Weltall zu erobern. *Warum haben sie aufgehört*?« Der qualvolle Ernst seiner Frage ließ Ellies Stimme ganz weich und zärtlich werden.
»Vielleicht haben sie gar nicht aufgehört, Brian. Vielleicht haben sie sich einfach in eine andere Richtung entwickelt. Für die Kultur, die wir kennen, war Raumfahrt das Richtige – oder vielleicht auch nicht. Erinnerst du dich noch an das, was die *Ersten* uns erzählten, über den russo-venusischen Krieg und die Überfälle auf den Mars? Die Leute hier ... vielleicht haben sie das erreicht, was alle Kulturen immer gesucht und nie gefunden haben.«
»Utopia!« höhnte Brian und schob sie fort.
»Nein«, sagte Ellie ganz leise und legte von neuem die Arme um ihn. »Arkadien.«
»Du bist jedenfalls noch dieselbe ... Ellie, was auch geschieht, laß *du* mich nicht auch im Stich«, bat er.

»Gewiß nicht«, versprach sie. »Nie. Sieh, Brian, die Sonne kommt. Wir sollten zurückgehen.«
»Ja, ja – schließlich stehen uns ja große Dinge bevor«, sagte er, und sein Mund war zu jung, um sich zu so bitteren Linien zu verziehen. Dann entspannten sich seine Lippen, und Brian lächelte und zog Ellie an sich.
»Aber nicht sofort...«

VI

Paula und Ellie standen auf einer Hügelkuppe in der Nähe der verlassenen *Heimwärts* und beobachteten, wie die Skelette der Häuser unten im Tal beinahe im Hinschauen wuchsen. »Das ganze Dorf ist auf den Beinen!« wunderte sich Paula. »Unser Haus wird fertig sein, bevor es Nacht ist.«
»Ich bin froh, daß es so nahe am Dorf Land für uns gab«, flüsterte Ellie. »Hast du nicht auch das Gefühl, du hättest schon immer hier gewohnt? Und das nach nur vier Monaten!«
Die Dunkelhaarige machte ein trauriges Gesicht. »Ellie, kannst du nicht irgend etwas tun, daß Brian Tom nicht dauernd so herumkommandiert? Eines Tages wird Tom hingehen und ihm eine kleben, und du weißt ja, was dann mit uns passiert!«
Ellie seufzte. »Und ich fände es schrecklich, wenn sie dann einen, egal welchen, aus dem Dorf wegschickten! Es liegt nicht allein an Brian, Paula –« Sie unterbrach sich, lächelte bekümmert und beendete den Satz: »Ich fürchte allerdings, er fängt meistens an. Natürlich will ich tun, was ich kann.«
»Brian spinnt«, stellte Paula nachdrücklich fest. »Ellie – ist es wirklich wahr, daß du und Brian weiter in der *Heimwärts* leben wollt?« Sie warf einen angewiderten Blick auf die schwarze Masse des Raumschiffs und fuhr fort: »Warum läßt du dir das bloß gefallen?«
»Ich würde mit Brian in einen ausgedienten Unterwassertank ziehen, Paula, und das würdest du auch tun, wenn es um Tom ginge«, sagte Ellie müde. »Außerdem hat Brian recht, es muß jemand aufpassen, daß das Schiff nicht in seine Be-

standteile zerlegt wird. Es hätte auch jeder von euch machen können.«
Paula murmelte: »Ich mag unser Haus lieber, vor allem jetzt –« Sie näherte ihren Mund Ellies Ohr und flüsterte etwas. Ellie umarmte sie entzückt und fragte: »Geht es dir denn auch gut, Paula?«
Die andere zögerte mit der Antwort. »Ich sage mir immer, es wäre nur Einbildung«, erwiderte sie endlich. »Dieser Planet gehörte unseren Vorfahren, unserer eigenen Rasse; mein Körper müßte sich eigentlich problemlos umstellen. Aber nachdem ich auf Terra Zwei geboren und aufgewachsen bin, wo ich nur halb soviel wog wie hier – und nach der langen Zeit der Schwerelosigkeit – ich weiß, daß es für uns alle hart ist, aber seit dem Baby... mein Körper ist ein einziger verfluchter, wahnsinniger Schmerz, Tag und Nacht!«
»Armes Kind.« Ellie legte den Arm um die Freundin. »Und ich bilde mir ein, es ginge mir schlecht, bloß weil mir bei dem Licht immer noch die Augen wehtun!«
Judy keuchte schwerfällig den Abhang hinauf. Sie hatte das schwere Haar zu einem Nackenknoten aufgesteckt und wäre in ihrem leichten Schiffskittel aus Kunststoff hübsch gewesen, hätte sie nicht die Augen so schmerzhaft gegen das strahlende Sonnenlicht zusammengekniffen. »Faulpelze!« rief sie vergnügt. »Die Männer haben Hunger!«
»In einer Minute«, rief Ellie zurück, rührte sich jedoch nicht vom Fleck. Sie fand es immer noch praktischer, das Essen in der Nahrungskulturstation der *Heimwärts* zuzubereiten, aber sie tat es nicht mehr gern. Wenn allerdings bei Anlässen wie dem heutigen die Dorfbewohner sich in Scharen versammelten und den Aufbau der fünf neuen Häuser zu einem Fest machten, war es auf diese Art leicht, fast dreihundert Menschen auf einmal zu verpflegen.
Langdon und Brian kamen mit Hard Frobisher, der ohne jede Anstrengung neben ihnen herlief, den Hügel hinauf. Langdon spähte mit halbgeschlossenen Augen nach den Frauen und tat schließlich so, als erkenne er Judy. »Ihr Frauen werdet langsam

richtig verzogen«, neckte er. »Auf Terra Zwei würdest du mit den Männern mitarbeiten, Judy!«
Judy warf den Kopf in den Nacken. »Es macht mir Spaß, mich verziehen zu lassen«, bemerkte sie schnippisch, »und ich habe genug damit zu tun, das zu lernen, was die Frauen hier tun!«
Brian Kearns' Lächeln hatte einen spöttischen Anflug. »Da habe ich ja Glück gehabt«, erklärte er säuerlich, »Ellie hatte wenigstens eine Ausbildung für diese Lebensweise. Wie steht es mit dir, Paula, bist du nicht traurig, daß du deinen Elektronenrechner nicht mehr betreuen darfst?«
Paula zuckte beredt die Achseln. »Die Frauen der *Sternwärts* entschieden sich für ein Leben als Wissenschaftlerinnen, und genau das war der Grund, weshalb man sie aussuchte. Ich habe Navigation gelernt, weil meine Großmutter ein Zyklotron reparieren konnte, bevor sie auf Terra Zwei ihre Kinder bekam. Deshalb vergieße ich keine Träne.«
»Wie wär's, wenn ihr jetzt beide herkämt und euch in Nahrungskultur unterrichten ließt«, mahnte Ellie, und die drei Frauen gingen zum Schiff. Aber am Fuß der Leiter blieb Ellie stehen. »Paula, Herzchen, du solltest nicht mehr solche Stufen steigen. Geh zurück, wir schaffen das schon«, forderte sie sie freundlich auf, und Paula drehte sich dankbar um und kehrte zu den Männern zurück.
Frobisher hatte sich hingesetzt und betrachtete die immer höher werdenden Häuser. »Ihr werdet bald ein Teil unseres Dorfes sein«, meinte er. »Ich finde, ihr seid sehr tüchtig gewesen.«
Brian nickte kurz und zustimmend. Er war nicht darauf vorbereitet gewesen, daß das Dorf als autarke Kolonie arbeitete, ganz ähnlich der Siedlung auf Terra Zwei. Die Besatzung der *Heimwärts* hatte erwartet, die komplizierte Finanzstruktur der Welt wiederzufinden, von der die *Sternwärts* einst aufgebrochen war. Aber das hiesige System schien die Einfachheit selbst. Jedermann besaß soviel Land, wie er allein bewirtschaften konnte, und was er mit eigenen Händen produzierte, gehörte ihm. Jeder griff zu, wo seine Arbeit benötigt wurde und hatte dafür seinerseits das Recht, zu nehmen, was er brauchte: Nahrung von de-

nen, die sie anbauten, Kleidung von denen, die sie anfertigten, und so fort. Alles, was über den Grundbedarf des täglichen Lebens hinausging, mußte durch Fleiß, gutes Wirtschaften und gegenseitiges Aushelfen verdient werden. Brian fand das System leicht und einleuchtend, und seine Tätigkeit machte ihm sogar Freude – ein Zimmermann in Norten hatte ihm Arbeit gegeben, und Brian, dessen Ausbildung ihn mit Werkzeugen und Maschinen vertraut gemacht hatte, gewöhnte sich ohne Schwierigkeiten daran, seine Spezialkenntnisse auf Zimmermanns- und Bauarbeiten anzuwenden. Irgendwo im Dorf wurde anscheinend immer gebaut. Brian verdiente genug, um gut zu leben.

Und doch schien das System bei aller Schlichtheit bemerkenswert ineffizient zu sein. Brian schaute auf die verstreuten Häuser hinunter und sagte: »Ich meine, es wäre doch leichter, wenn Sie irgendein zentrales Verteilsystem hätten.«

»Man hat es versucht, oft sogar«, erklärte der Alte geduldig. »Alle paar Jahre tut sich eine Gruppe von Dörfern zusammen, um Dienstleistungen auszutauschen, private Kommunikationssysteme einzurichten oder Nahrungsmittel, die nicht lokal produziert werden können, oder bestimmte Luxusgüter auszutauschen. Das bedeutet jedoch, daß man ein Tauschmittel finden und Kreditkonten führen muß und so weiter. In der Regel sind diese Nachteile soviel größer als die Vorteile, daß der Zusammenschluß nach ein paar Jahren wieder auseinanderbricht.«

»Aber es gibt kein Gesetz dagegen?« fragte Brian.

»Aber nein!« Frobishers Stimme klang entsetzt. »Was für einen Sinn hätte das? Zweck unseres ganzen Systems ist, jedem soviel Freiheit wie möglich zu lassen. Die meisten Orte sind ganz ähnlich wie Norten – maximale Annehmlichkeiten und ein Minimum an Ärger.«

Brian brummte: »Dann sollte man doch aber denken, daß Sie alle möglichen arbeitssparenden Geräte einsetzen würden. Sie kochen mit Feuer – ist es nicht leichter, Nahrungskulturen zu verwenden, wie bei uns im Schiff?«

Frobisher dachte ernsthaft über diese Frage nach. »Nun ja,

Holzfeuer gibt dem Essen einen besonders feinen Geschmack«, sagte er dann. »Die meisten Leute mögen das lieber. Und eine Köchin muß stolz auf das sein, was sie kocht, warum sollte sie es sonst überhaupt tun? Und wenn auch Nahrungskulturen vielleicht bequemer sind, für die, die faul sind und sie benutzen – es hätte ja niemand Lust, seine Zeit mit ihrer Herstellung zu vertrödeln. Ein Mann kann an einem Tag, wenn sein Nachbar ihm hilft, eine Herdstelle bauen und den Rest des Lebens darauf kochen. Um eine Nahrungskulturstation zu bauen, würde er erst einmal Jahre brauchen, bis er gelernt hätte, wie man es macht, und Dutzende von gelernten und ungelernten Arbeitern würden dann noch Monate benötigen, um sie wirklich herzustellen; und damit sie so billig wird, daß man sie auch kaufen kann, müßten Millionen davon produziert werden, was wiederum bedeutet, daß Hunderte und Tausende von Menschen zusammengepfercht werden, die sie bauen und darum keine Zeit haben, Nahrung für sich anzupflanzen oder zuzubereiten und überhaupt ein eigenes Leben zu leben. Die Kosten sind zu hoch. Es macht mehr Aufwand, als sich lohnt.«

Langdon fragte plötzlich: »Wieviel Menschen leben eigentlich zur Zeit hier auf der Erde?«

Frobisher hob die Brauen. »Ihr könnt einem auch wirklich ein Loch in den Bauch fragen! Wer weiß das schon? In ihrer Gesamtheit sind die Menschen nichts weiter als Statistiken, die niemandem etwas nützen. Menschen sind Einzelwesen. Vor ein paar Jahren hat ein Philosoph in Camey – das ist der Ort, an dem Destry geboren ist – etwas erarbeitet, was er den *kritischen Bevölkerungsfaktor* nannte: den Punkt, an dem ein Dorf zu groß wird, um noch als Selbstversorgungseinheit zu funktionieren und darum anfängt, zusammenzubrechen. Ein hübsches kleines Problem, wenn man sich für abstrakte Mathematik interessiert – ich mache mir nichts daraus.«

»Aber ich«, bemerkte Paula hinter ihm und ließ sich vorsichtig neben den Männern ins Gras gleiten. »Hört sich sehr fesselnd an.«

Frobisher musterte sie mit väterlicher Freundlichkeit. »Wenn ich das nächste Mal nach Camey gehe, kannst du mich mit Tom begleiten«, lud er sie ein. »Ich mache euch mit Tuck bekannt. Aber ich weiß nur eins: wenn ein Dorf zu groß ist, bringt es mehr Ärger als Annehmlichkeiten, und ungefähr die halbe Einwohnerschaft macht sich dann auf und gründet ein neues Dorf oder zieht an einen kleineren Ort.«

»Klingt nicht sehr praktikabel«, bemerkte Brian mit säuerlicher Skepsis.

»Es funktioniert«, antwortete Frobisher gleichmütig. »Das ist für jede Theorie der endgültige Test. Hallo, da kommt Tom. Wir schlafen hier nicht bei der Arbeit, Tom, wir warten nur darauf, daß die Frauen das Essen bringen.«

Mellen stopfte Langdon einen mit Bleistift bekritzelten Papierfetzen in die Hand. »Ist Judy hier irgendwo? Ich kann das nicht lesen – ihre Schrift ist eine Kreuzung aus Russisch und Arabisch!«

»Sie ist im Schiff, mit Kearns' Gattin«, erwiderte Frobisher, der gar nicht merkte, wie Paula bei dem Wort *Gattin* zusammenzuckte; es hatte auf Terra Zwei im Lauf der Zeit einen höchst kränkenden Beigeschmack von Unterwürfigkeit und sexueller Minderwertigkeit angenommen. Die drei Männer von der *Heimwärts* bemühten sich, den ordinären Ausdruck zu überhören, und Langdon lachte verlegen. »Ich glaube, ich kann es dir übersetzen.«

»Was habt ihr denn da?« erkundigte sich Brian, gegen seinen Willen interessiert – Judy hatte auf der *Heimwärts* als Bordelektrikerin gearbeitet, verantwortlich für die gesamte Beleuchtung, und ihre Arbeit war kompetent und erstklassig gewesen. Er spähte aus schmalen Augen auf den Zettel. Langdon runzelte die Stirn. »In diesem verflixten Sonnenlicht kann ich überhaupt nichts erkennen! Was soll es denn darstellen, Tom?«

»Kabelplan. In der *Heimwärts* sind noch rote Glühlampen, und Judy will in unserem Haus Licht legen, und in eurem auch. Hat sie euch noch nichts erzählt?«

»Ich dachte, ihr wärt alle voll auf das primitive Leben abgefahren«, knurrte Brian. Langdon schnaubte höhnisch und Mellen

ballte die Fäuste, entspannte sich dann aber wieder und grinste gemütlich.
»Das ist ein freies Land hier«, meinte er und fügte plötzlich hinzu: »Brian, es geht mich ja nichts an, aber du und Ellie – wollt ihr euch denn auch weiterhin so verflucht idiotisch benehmen? Ihr werdet einsam sein hier oben. Wir könnten morgen mit einem Haus für euch anfangen.«
»Irgendwer muß schließlich aufpassen, daß keiner das Schiff auseinandernimmt«, entgegnete Brian steif. »Und da fällt mir ein, wenn Judy irgendwelche Kabel verlegen will, soll sie besser Ersatzteile nehmen und nicht mehr versuchen, die Triebwerke auszubauen!«
Langdon lachte leise, aber Mellens Gesicht rötete sich vor Ärger. Kurzangebunden versetzte er: »Du bist nicht mehr Kapitän. Die *Heimwärts* ist nicht dein persönliches Eigentum, Brian.«
»Das weiß ich«, schnarrte Brian. »Sie gehört aber auch nicht der ganzen Besatzung. Wir verwalten sie nur treuhänderisch. Und weil hier sonst keiner genügend Verantwortungsgefühl hat, übernehme ich die Aufsicht.«
Frobisher blickte auf, als wollte er etwas bemerken, aber Paula kam ihm mit der milden Frage zuvor: »Wozu? Wir haben keinen Treibstoff; wir werden nie wieder starten.«
Brian versank von neuem in einem Alptraum. Er wehrte sich – aber er kämpfte gegen einen ungreifbaren Gegner, der ihm nicht einmal Widerstand entgegensetzte! Wenn die anderen boshaft gewesen wären, hätte es das leichter gemacht. Aber das waren sie ja nicht, sie waren nur dumm – sie konnten nicht begreifen, warum die *Heimwärts* so sorgfältig behütet werden mußte: sie war ihre einzige Verbindung zu einem zivilisierten Leben. In ein paar Jahren, dachte er grimmig, werden sie verstehen, was ich hier mache und warum. Im Augenblick ist diese Primitivität neu für sie, etwas anderes. Aber sie sind im Grunde intelligente Menschen; früher oder später bekommen sie es satt. Sie können nicht Tag für Tag so weiterleben wie die Dorfbewohner – aber wie fangen die Dorfbewohner es nur an, *daß* sie so

leben? Frobisher ist ein kultivierten Mann, Destry ein heller Junge. Wie halten sie es aus, zu leben wie nette, reinliche Tiere?
»Über welche tiefen Unwägbarkeiten sinnst du nach?« Ellie machte sich mit einer fröhlichen Grimasse über seine ernste Miene lustig und drückte ihm einen Korb in die Hand, vollgepackt mit warmen Speisen. »Langdon, Paula, Mr. Frobisher – alle Mann antreten zum Essenfassen. Komm, Destry, nimm auch einen Korb«, befahl sie und reichte ihn dem Jungen. »Bringt das alles ins Dorf. Das Essen ist fertig! Aber beeilt euch, bevor alles kalt wird.«
Brian griff geistesabwesend nach einem keksartigen Proteinkuchen und kaute darauf herum, während sie bergab gingen. Sein Verstand kreiste immer noch um sein Dauerproblem. Ellie bot ihren Korb nacheinander Destry und Frobisher an. Der alte Mann nahm höflich einen Kuchen, aber Destry schüttelte den Kopf. »Nein danke, ich mache mir nichts aus synthetischem Essen, Ellie.«
»Destry!« bemerkte sein Großvater mit unnötiger Schärfe, und Ellie murmelte: »Ich wußte gar nicht, daß du es überhaupt schon probiert hast.«
Destry stolperte über einen Felsen auf dem Weg und gebrauchte eine Reihe ungewohnter Flüche. Bis er sich aufgerappelt, den zum Glück unbeschädigten Korb wiedergeholt und sich ganz unnötigerweise für seine Ausdrücke entschuldigt hatte (er hätte sich diese Mühe sparen können, denn Ellie hatte sie noch nie gehört und wußte gar nicht, ob sie geistlicher oder weltlicher Herkunft waren), hatte Ellie ihre indirekte Frage über einer anderen vergessen.
»Bist du jemals aus Norten herausgekommen, Destry?«
»Ein paarmal. Ich habe meinen Vater nach Camey begleitet, wenn er dorthin ging, um einem anderen Mann beizubringen, wie man Teppiche webt. Er webt wundervolle Teppiche – viel besser als unsere.«
»Aha«, murmelte Ellie.
»Das letzte Mal wollte er, daß ich mitkomme, aber im Grunde ist ein Ort so ziemlich wie der andere, und außerdem mußte ich

mich um meine Gärten kümmern, darum bin ich bei Großvater geblieben. Und ich mußte ja auch ...«, Destry verstummte jäh. Sie waren jetzt an das Gelände mit den neuen Häusern gekommen, und er rief schallend »Abendbrot!« und sah zu, wie die Dorfbewohner von ihren Gerüsten und Balken schwärmten. Er nahm einen Korb und lief davon, um ihn herumzureichen.

Die Speisen aus den Nahrungskulturen der *Heimwärts* wurden verteilt und die Dorfbewohner aßen davon, mit höflichem Dank, aber ohne große Begeisterung. Nur den Kindern schienen die kunstvoll komponierten Synthetiks zu gefallen. Selbst die Besatzung der *Heimwärts* hatte anscheinend den Geschmack daran verloren. Brian, der auf einer halbfertigen Holztreppe saß und geistesabwesend kaute, verzog plötzlich das Gesicht und warf den Kuchen ins Gras. Ohne die Nahrungsmittelmaschinen, entschied er, kochte Ellie besser. Sie liebte das primitive Kochen, und er mußte zugeben, daß sie es ausgezeichnet beherrschte. Trotzdem beunruhigte es ihn. Die Nahrungskulturstation destillierte die Speisen aus rohem Kohlenstoff, Wasser und kaum meßbaren Mengen unbehandelter Chemikalien; der ganze *Anbau* von Nahrungsmitteln kam Brian verschwenderisch und unproduktiv vor. Er verschlang so viel Zeit. Natürlich, überlegte er, war es eine angenehme Arbeit, draußen an der frischen Luft, und die Leute, die sich damit beschäftigten, schienen Spaß daran zu haben. Man war nicht so eingesperrt wie bei maschineller Tätigkeit und langweilte sich auch nicht so tödlich, wie wenn man Monat für Monat nichts zu tun hatte, als hier und da einen Hebel zu verschieben und zwischen jeder Hebeleinstellung nur Filme anzuschauen und endlose, komplizierte Intelligenzspiele zu spielen. Brian war in einem ganz bestimmten, dreidimensionalen Bordspiel, das mit Hilfe eines elektronischen Computergeräts gespielt werden mußte, äußerst gut gewesen; jetzt kam ihm der sonderbar verräterische Gedanke, daß seine Geschicklichkeit nur eine Folge der Langeweile gewesen war. Wenn einem die Arbeit Spaß machte, dachte er, muß man nicht noch etwas erfinden, um sich die Freizeit zu vertreiben.

Aber meine Arbeit *hat* mir doch Spaß gemacht, sagte er sich verwirrt, ich habe gern mit dem Interstellar-Antrieb gearbeitet.
Wirklich?
Wutentbrannt fegte er die letzten Synthetikkrümel von seinem Wegwerfteller, zerknüllte das Stückchen Plastik und warf es zornig beiseite. Dann schnappte er seine Werkzeuge – den neuen Hammer, den Hobel und die Wasserwaage, die der Dorfschmied gemacht hatte, nachdem er ihm sein Hühnerhaus gedeckt und die Kellertreppe instandgesetzt hatte – und rief zu Caldwell hinüber: »Los, zurück an die Arbeit! Ich will den Fußboden verlegt haben, bevor die Sonne untergeht!«
Katzenartig lief er über die leeren Balken, hockte sich hin, wo er vorher aufgehört hatte und fing an, Bretter aneinanderzulegen und mit grimmigen Schlägen festzunageln – wütend und präzise.

VII

Noch immer erfüllte ihn verbissener Zorn, und er sprach nicht viel, als er einige Wochen später mit einem Kasten in der Hand hinunter ins Dorf ging. Die Häuser waren inzwischen fertig, sogar die Treppen, innen allerdings noch recht kärglich ausgestattet – Brian arbeitete nach Feierabend immer noch zusätzlich und half Caldwell beim Bau von Möbeln.
Bei einem noch unfertigen, zertrampelten und lehmigen Rasenstück bog er ab. Kurze Sommergrasspitzen fingen gerade an, die nasse Erde zu durchbrechen. Er klopfte grob an die Tür.
Paula, in einen losen, handgewebten Kittel gehüllt (sie wurde jetzt langsam unbeholfen und schwerfällig), öffnete. Ihr müdes Gesicht mit den zusammengekniffenen Augen entspannte sich plötzlich zu schnellem, spontanem Lächeln. Brian schämte sich; ihm war, als müßte er sich verteidigen.
»Brian – ja, Ellie ist hier, aber –« sie zögerte einen Augenblick und lud ihn dann schüchtern ein: »Möchtest du nicht ein bißchen hereinkommen? Wir sehen dich so selten.«
»Ich wollte eigentlich zu Tom«, meinte Brian unbehaglich und

folgte Paula in einen großen, rötlich beleuchteten Raum. Vor dem Kamin saßen, wie er mit größter Bestürzung erkannte, nicht nur Ellie mit Tom Mellen, sondern auch Langdon und Judy, Marcia und Don Isaacs, Destry und Hard Frobisher. Frobisher! Es kam ihm vor, als stolpere er an jeder Ecke über Hard Frobisher, als benötige die *Heimwärts*-Besatzung seine ständige Überwachung, Unterstützung und Unterweisung. Brian runzelte ärgerlich die Stirn; Frobisher benahm sich den Neuankömmlingen gegenüber wie ein selbsternannter Vormund. Dabei war es unmöglich, den alten Burschen nicht gern zu haben, selbst wenn er einen so wohlwollend fragte:

»Und was hast du da in diesem großen, interessanten Kasten, Brian Kearns?«

»Nur ein weiteres kleine Stück unserer kopflastigen Naturwissenschaft«, sagte Brian unfreundlich, öffnete den Kasten und holte verschiedene Brillen mit roten Gläsern in gebogenen Plastikgestellen heraus. Er reichte Mellen eine davon und setzte auch selbst eine auf. »Mach das Licht aus und probier, ob dir das gegen die Sonne hilft.«

Tom betrachtete die Brille sekundenlang ratlos, klemmte sich dann das Gestell hinter die Ohren und schaltete die rote Beleuchtung aus. Er trat an die Westtür und blickte in die sinkende Sonne. Dann drehte er sich um und grinste.

»Und ob das hilft! Was hast du gemacht, Brian? Einfache rote Gläser gingen doch nicht – du weißt ja, daß wir das versucht haben.«

Brian zuckte die Achseln. »Innen ist eine polarisierte Schicht. Ich konnte kein Selen finden, darum nahm ich ein bißchen Goldoxid für die rote Farbe. Ein dünner Quarzfilter . . . ach, ist doch egal. Ich hätte sie längst fertig gehabt, aber das Schleifen dauerte so elend lange.«

Langdon nahm eine Brille aus dem Kasten. »Stimmt«, meinte er langsam. »Ich erinnere mich, daß Miguel Kearns für ein paar von den alten Instrumenten der *Sternwärts* neue Linsen herstellte, als die alten kaputtgingen, und auch als wir die Instrumente für das Schiff nachbauten. Hast du ihm dabei geholfen?«

»Ein bißchen«, antwortete Brian. Er begegnete Frobishers Blick und sagte angriffslustig: »Also gut, Sie haben keine Verwendung für die Naturwissenschaft. Aber wie Sie selbst gesagt haben, ist das ein freies Land, und meine Kameraden sind mit entzündeten Augen herumgelaufen – und dagegen habe ich etwas!«

Paulas angespanntes Gesicht wurde weich, als sie die Filterbrille vor die Augen schob. Sie lächelte. »Das ist wunderbar, Brian«, sagte sie, und Ellies Gesicht glühte vor Stolz. Langdon spöttelte gutmütig: »Der alte Knabe hat *doch* menschliche Züge!« und legte Brian freundschaftlich den Arm um die Schultern. »Wann wirst du mit Ellie von deinem hohen Gipfel heruntersteigen und mit im Rudel leben?«

Brian versteifte sich, aber der anerkennende Tonfall wärmte ihn und er trat halb unwillig wieder an den Kamin und hörte Frobisher zu, der mit leisem Lachen bemerkte: »Es ist nicht die Wissenschaft als solche, gegen die wir etwas haben, sondern lediglich ihre Verwendung als Selbstzweck anstatt als Hilfsmittel. Ich habe von einem Brontosaurus gesprochen. Ich nehme an, du weißt, was das ist?«

»Wir hatten sie lebendig, auf Terra Zwei – oder zumindest etwas ähnliches. Sie sind groß, aber nicht gefährlich – sie sind zu dumm«, teilte Brian mit.

»Genau«, versetzte Frobisher. »Aber sie sind sich selber wenig nütze, stimmt's?« Er lächelte. Dann wurde seine Miene nüchtern. »Der Brontosaurus mit seiner titanischen Körpermasse hat die logische Anwendung einer Entwicklung überlebt, die ursprünglich gut und nützlich war. Die Wissenschaft«, fuhr er fort, »wurde erarbeitet, um dem Menschen das Leben zu erleichtern – und zwar dem einzelnen Menschen. Der leichte Kampfpanzer des Barbarenkriegers wurde zu eindrucksvollerer Bewaffnung weiterentwickelt – bis die Rüstung zu einer derartigen Behinderung wurde, daß man den Gepanzerten mit einem Kran aufs Pferd hieven mußte. Und wenn er herunterfiel – dann war er so gut wie erledigt. In ihrer Gesamtheit waren diese Kämpfer dem Heer von Nutzen, aber dem einzelnen machte sein Panzer zweifellos das Leben sauer. Und die Wissenschaft verschwendete soviel Zeit und Nachdenken auf *Gesamtheiten* – die Nation, die Rasse, die ganze Menschheit –, daß sie damit dem einzelnen Menschen furchtbare Lasten aufbürdete. Um dem Ungeheuer der Menschheit in ihrer Gesamtheit zu dienen, wurden sogar Kriege geführt – die die Menschheit als einzelnes Individuum in erschreckendem Umfang dezimierten. Eines Tages nun – ja, da fiel der Ritter mit seiner ganzen Rüstung herunter und kam nicht wieder hoch. Ich glaube, dieser Zusammenbruch fing schon an, bevor die *Sternwärts* uns verließ. Der Brontosaurus starb und mit ihm die unangenehmen Dinge, die ihn geschützt hatten; dafür war die Natur wieder etwas freundlicher zu den Menschen – jedenfalls zu den einzelnen. Die ›Menschheit in ihrer Gesamtheit‹ starb mehr oder weniger aus, sogar als Begriff. Die Einzelmenschen, die übrigblieben, waren so vernünftig, den ganzen unglückseligen Prozeß nicht wieder von neuem in Gang zu setzen. Die Wissenschaft nahm ihre rechtmäßige Stelle unter allen anderen Künsten und Fertigkeiten ein – anstatt sie dazu einzusetzen, einem nur hypothetischen *Ganzen* zu dienen, nutzen wir alle Künste und Wissenschaften dazu, das ganz persönliche und private Dasein des *Individuums* schöner zu machen.« Er machte eine umfassende Handbewegung. »Die Sägemühle und die Töpferei. Toms rote Beleuchtung hier drin. Und deine Brillen mit den roten Linsen, Brian. Ich glaube, der Zeitpunkt ist gekommen, daß ich dir sagen kann, wieso . . .«

Aber Brian war bereits aufgestanden und stürzte fort.

»Ich bin nicht gekommen, um mir Vorträge anzuhören!« schrie er Frobisher an und eilte zur Tür. »Da sind die Brillen, Tom. Verteil du sie. Sag allen, sie sollen sie nicht kaputtmachen; das Schleifen dauert eine Ewigkeit.«

Hinter ihm knallte die Tür zu.

Es ging ihm besser, nachdem er sich gegen Frobisher durchgesetzt hatte, aber als die Tage kamen und gingen, quälte ihn die Nutzlosigkeit seines Daseins. Mehr und mehr Zeit verbrachte er damit, giftig, aber geschickt auf Möbel einzuhämmern und daran herumzusägen. Er arbeitete inzwischen allein und fand eine gewisse Befriedigung darin, unlösbare geistige Probleme durch körperliche Aktivität zu verdrängen. Ellie wagte nie wieder, das Thema eines Wegziehens von der *Heimwärts* zur Sprache zu bringen, bis eines Abends Brian ganz gebeugt im früheren Aufenthaltsraum saß und lustlos zuschaute, wie Einstein auf den Achsträgern herumkletterte. Die Saugnäpfe der centaurischen Katze waren nicht stark genug, in dieser Schwerkraft ihr Gewicht zu tragen. Darum hatte sie einen seltsamen, auf den Hinterfüßen torkelnden Gang entwickelt, der komisch anzusehen, aber unbeholfen und für sie schmerzhaft war. Ellie, die durch den Aufenthaltsraum ging, nahm ihren Liebling hoch und streichelte ihn.

»Der arme Einstein weiß nicht, wie er damit fertigwerden soll«, bemerkte sie. »Schwerkraft hier innen, wo es sie doch gar nicht geben dürfte. In einem richtigen Haus würde er sich glücklicher fühlen.«

»Vermutlich«, versetzte Brian mißmutig. »Du wahrscheinlich auch. Aber schau, Ellie – in ein paar Jahren hätte die Mannschaft das gesamte Schiff zerlegt.«

»Na und? Warum sollten sie nicht?« fragte Ellie sachlich. Brian hob hilflos die Schultern. »Ich nehme an, früher oder später ... aber trotzdem ... eines Tages wird Terra Zwei einen zweiten Vorstoß in den Weltraum unternehmen. Die Menschen dort sind nicht in die Barbarei zurückgefallen!«

Ellie lächelte nur. »Solange wir leben, wird das nicht eintreten.«

»Du bist noch schlimmer als die anderen!« schrie Brian in jähem, wütendem Zorn. Sie antwortete nur mit einem gleichgültigen Murmeln: »Komm zum Essen.«

Brian stand finster auf und folgte ihr. Er mußte sich an einer Maschine vorbeizwängen, stolperte plötzlich über Einstein und ging in die Luft: »Es ist zu verdammt eng hier!«

Ellie erwiderte nichts, und Brian meinte schließlich: »Ich glaube auch nicht ... daß es noch zu unseren Lebzeiten passiert. Nein.«

»Und was willst du nun machen – das große Geheimnis deinen Söhnen anvertrauen?« erkundigte sich Ellie, und Brian hatte schon zu einer Antwort angesetzt, als er die trockene Ironie in ihrer Stimme erfaßte. Er hatte zwölf Jahre gebraucht, um nur die Grundregeln des Interstellarsystems zu lernen.
Grimmig konzentrierte er sich auf seine Mahlzeit, aber während er aß, wurde seine Stimmung immer weicher, und endlich blickte er auf und sagte: »Ob es Frobisher gefällt oder nicht, aus Destry mache ich noch einen Wissenschaftler. Der Junge hängt mir dauernd in den Füßen. Seitdem du mir beigebracht hast, die Fähre zu fliegen – ich habe ihn einmal mitgenommen und ihm ein paar Minuten die Instrumente überlassen; sie sind ja nicht so kompliziert.«
Er sprach mit einer gewissen Befriedigung; es war ein Punkt der Selbstachtung in seinem ständigen Kampf darum, sich Frobisher gegenüber zu behaupten. »Der Junge ist verrückt auf Flugzeuge. Er muß lauter alte Bücher gelesen haben.«
Ellie warf plötzlich ein: »Ich möchte wissen, wie Destrys Vater ist.«
Brian zog ein verächtliches Gesicht. »Er macht Teppiche.« Ellie sah nicht überzeugt aus. »Vielleicht macht er die Teppiche so, wie Frobisher diese Vögel malt, die überall im Haus hängen. Schau nur, was ich in Frobishers Bücherregal gefunden habe! Destry hat es mir auf meine Bitte hin geliehen.« Sie reichte ihm ein Buch, von Hand hübsch in roten Stoff gebunden. Brian schlug es neugierig auf und warf einen kurzen Blick auf den Namen – John D. Frobisher –, der säuberlich auf den Einband geschrieben war. Er hatte im Dorf Norten erst wenige Bücher gesehen, meistens solche mit weißen Blättern, die mit Rezepten, Musiknoten oder Tagebuchaufzeichnungen gefüllt waren – bei der Jugend des Ortes war es ein beliebter Zeitvertreib, Tagebücher zu führen.
Dieses Buch jedoch war gedruckt und enthielt viele kunstvolle, hervorragend wiedergegebene Zeichnungen, die Brian an Judys Gekritzel erinnerten, wenn sie einen Kabelplan entwarf. Er versuchte ein Stück zu lesen; aber obwohl die Sprache gar

nicht besonders technisch war, hatte Brian doch eine so extrem spezialisierte Ausbildung genossen, daß er mit den Fachausdrücken nichts anfangen konnte. Er klappte das Buch zu und fragte: »Hast du Judy das gezeigt?«

»Ja. Sie sagt, es ist eine Abhandlung über Radio und Radar, und nicht etwa ein Text für Anfänger.«

»Merkwürdig ...« murmelte Brian.

»Es gibt noch mehr Merkwürdiges«, fuhr Ellie fort. »Hast du in letzter Zeit Caldwell gesehen? Oder Marcia und Don Isaacs?«

»Wenn ich es mir recht überlege – nein. Allerdings habe ich Don noch nie viel zu Gesicht bekommen.«

»An dem Abend, als du dich mit Frobisher gestritten hast, sind sie weggegangen. Marcia hat mir gesagt, sie gingen, damit Don in einem anderen Dorf arbeiten könnte. Das sagen sie hier immer – wie bei Destrys Vater. Die Leute hier scheinen dauernd fortzugehen und wiederzukommen. Fast jeden Tag nimmt sich einer ein sauberes Hemd und ein Paar Strümpfe und macht sich aus dem Staub, einfach so die Straße entlang. Dann sieht man ihn drei oder vier Monate nicht – und plötzlich ist er wieder da, so beiläufig wie ich, wenn ich von einem Besuch bei Paula zurückkomme!«

»Und ihr Lebensstandard ...« sagte Brian sinnend. »Eigentlich durchaus komfortabel – wenn auch primitiv.«

Ellie lachte. »Ach, Brian! Wir waren doch auf Terra Zwei auch ganz glücklich und hatten weniger. Das Schiff ist übermechanisiert. Wir sind verdorben – wir haben einen Haufen künstlicher Bedürfnisse entwickelt!

»Hat dich Frobisher auch bekehrt?« fragte er mürrisch.

Sie lachte fröhlich. »Vielleicht!«

Brian starrte schweigend das Buch an. Er fühlte sich, als säße er in einer Falle. Wie ein schleichendes Gift war das, diese Versuchung nachzugeben, sich auszuruhen, zu träumen und zu schlafen – und zu sterben – hier in diesem – *Arkadien* hatte Ellie es genannt, aber ihm ging das Bruchstück eines Gedichtes im Kopf herum, das aus einem alten Buch in der Schiffsbibliothek stammte. Nicht Arkadien, dachte er halb im Traum, sondern die

Inseln der Lotusesser, die von der Giftblume kosteten und alles vergaßen, was sie zuvor gewesen waren ...
Die Worte des Dichters aus alter Zeit sangen in seinem Kopf ihr tückisches Lied. Er stand auf und nahm hinter einer Wandplatte im Aufenthaltsraum das Buch hervor. Dann saß er da, den Band auf den Knien, und die Worte der Niederlage starrten ihm ins Gesicht.

Verhaßter Himmel, dunkelblau und stumm,
gewölbt ob dunkelblauem, weitem Meer;
Tod ist des Lebens Ende; ach, warum
ist dieses Leben so von Mühsal schwer?
Laßt uns allein; schnell treibt die Zeit dahin ...

Wie konnte ein Mensch, der den Weltraum bezwungen hatte, so leben, in dieser animalischen Zufriedenheit, jahraus, jahrein? Er sann nach, ob unter den Lotusessern wohl einer gewesen sein mochte, der das Gift zurückgewiesen hatte – um dann doch davon zu essen, damit er nicht verhungerte oder weil er die Einsamkeit nicht ertrug, der einzige Mensch mit klarem Verstand inmitten einer Mannschaft zu sein, die sich ihren Träumen ausgeliefert hatte?

Laßt uns allein ... was wäre daran gut,
bekämpften wir das Böse? Soll das Frieden sein,
mit ihr zu steigen, mit der steilen Flut?
Gebt Ruh uns oder Tod, Tod oder Träumerein ... *

Brians Gesicht verfinsterte sich, und er ließ das Buch auf den Boden fallen. Am Leben in Norten war nichts Träumerisches! In den vergangenen Tagen, Wochen und Monaten hatte er so hart gearbeitet wie noch nie. Seine Hände, einst sensibel und glatt, empfindlich für das leiseste Zittern eines Hebels, waren hart, schwielig und braun geworden. Und trotzdem lag auch eine ge-

* Verse aus »Die Lotusesser« von Alfred Lord Tennyson, Vierter Gesang (A. d. Ü.)

wisse Befriedigung darin. Er mußte sich nicht mehr mit dem Ersinnen kunstreicher Freizeitaktivitäten beschäftigen, wurde nicht länger von ständiger Sorge um seine Mannschaft getrieben, mußte nicht mehr fürchten, daß die kleinste Verletzung irgendeiner Vorschrift zur Katastrophe führte. Und Ellie – er hatte Ellie – und das, wenn schon sonst nichts anderes, war Grund genug, ihn zu halten.

Aber trotzdem – er hatte den Weltraum durchmessen. Sein Körper gedieh hier unten, aber sein Gehirn schrie vor Hunger. War das wirklich so, fragte er sich selbst. Der schuldbewußte Gedanke kam ihm, daß es ihm fast soviel Freude gemacht hatte, zu sehen, wie die Augen seiner Kameraden wieder gesund wurden, als hätte er die *Heimwärts* sicher durch eine gefährliche Wolke aus radioaktivem Gas gesteuert. Vielleicht – wieder das Schuldgefühl – vielleicht sogar mehr.

Die Brillen. Aber sie konnten nicht den Rest ihres Lebens mit roten Schutzgläsern herumlaufen. Es mußte einen Weg geben, die Filter nach und nach zu verändern, vielleicht in monatlichen Abständen, damit sie sich ganz langsam an das Licht gewöhnten. Er zog einen Stift heran und kramte vergeblich nach einem losen Blatt Papier. Dann kletterte er ärgerlich nach oben in seinen alten Kontrollraum, suchte und schob endlich die bewegliche Wandplatte über dem Logbuch zurück. Seine Hände scheuten vor der Zerstörung, aber dann zuckte er die Achseln und fluchte – die Reise war beendet, das Logbuch abgeschlossen! Er riß hinten ein leeres Blatt heraus, setzte sich hin, wo er stand, auf den Rand seiner Schwebekoje, und begann schnell einen Rohentwurf für Brillen mit auswechselbaren Filtern zu zeichnen.

Die gelbe Morgendämmerung stand schon grell am Himmel, als er endlich nach unten kam. Ellie schlief in der Kabine, die lockigen Haare kreuz und quer über dem Gesicht. Leise, auf Zehenspitzen, ging er an ihr vorbei und stieg die Leiter hinab. Die Luft war kalt und klar, und er streckte sich, gähnte und bemerkte plötzlich, daß er sehr müde war.

Vor dem hellerwerdenden Himmel zeichnete sich der Umriß

eines Mannes ab, der langsam über dem Hügel sichtbar wurde. Es war Tom Mellen, der ihm zurief: »Brian, bist du das?« und mit langen Schritten auf ihn zukam. Er hatte schon lange die Shorts und Sandalen des Schiffes durch Stiefel und lange, gefärbte Hosen ersetzt und trug dazu eines seiner Uniformhemden, das er in die Hose gesteckt hatte. Die Synthetikstoffe vom Schiff waren weder strapazierfähig noch sonderlich praktisch, auch wenn sie einfach herzustellen waren, aber einigen jüngeren Frauen in Norten gefiel der hübsche, dünne Stoff, und sie hatten Bahnen davon gegen das festere und gebrauchsfähigere Material eingetauscht.

Als er sich näherte, fragte Brian: »Wo willst du denn so früh hin?«

»Ich werde eine Zeitlang in einer andern Stadt arbeiten«, erläuterte Tom beiläufig. »Ich habe einen Brief an einen von Frobishers Freunden. Ich bin hergekommen, weil ich um etwas bitten wollte. Ellie ist wohl noch nicht auf? Nein, weck sie nicht, es ist nur . . .« er zögerte ein wenig und sagte dann: »Ich wollte eigentlich Paula mitnehmen. Aber es geht ihr nicht besonders gut, und sie will nicht unter Fremden sein. Vor allem würde sie Ellie vermissen. Aber es wäre mir schrecklich, wenn sie so ganz allein . . .«

Brian unterbrach ihn: »Tom, wir ziehen hinunter ins Dorf. Ich habe . . .« Er drehte sich um und warf einen Blick auf die *Heimwärts*, und plötzlich brach der ganze angestaute Groll sich Bahn, und er schrie: »Ich habe es satt, auf diesen verdammten alten – Brontosaurus aufzupassen!«

Tom pfiff durch die Zähne. »Was ist denn in dich gefahren? Ich dachte immer, du hättest nichts anderes im Sinn, als hier eine kleine gemütliche Kulturinsel zu pflegen.« Als er Brians Gesichtsausdruck sah, wich der Hohn aus seiner Stimme und er sagte eifrig: »Brian, wenn du das wirklich meinst – warum ziehst du nicht mit Ellie zu Paula, solange ich weg bin? Ich komme zurück, bevor das Kind da ist, und dann können wir mit einem Haus für euch beide anfangen.«

Brian stand einen Moment nachdenklich da und nickte dann.

»In Ordnung. Ellie wird ganz bestimmt wollen; sie macht sich Sorgen um Paula.«
Tom schaute zu Boden. »Also gut, dann gehe ich und sage Paula, daß sie euch erwarten kann, und dann mache ich mich auf den Weg.« Er hielt inne und sagte dann leise: »Brian – damals auf dem Schiff habe ich gedacht, du spielst dich bloß als Vorgesetzter auf – wegen ...naja...wegen der Mädchen. Aber jetzt –« Wieder schwieg er und erklärte endlich verlegen: »Du weißt, daß das Kind – daß es schon gezeugt wurde, bevor wir landeten?«
»Ich hatte es mir gedacht«, erwiderte Brian kalt.
»Ich dachte, es machte nichts, weil wir ja in einem oder zwei Monaten landen würden. Nun aber – diese Veränderung der Schwerkraft macht mir Angst – wenn Paula und ich so vernünftig gewesen wären zu warten – Judy ist auch schwanger, weißt du, und sie hat keinerlei Schwierigkeiten, während Paula ...« Er verstummte und brachte schließlich heraus: »Ich glaube, ich muß mich bei dir entschuldigen, Brian.«
»Entschuldige dich lieber bei Paula«, antwortete Brian, aber er verstand, was Tom sagen wollte. Also hatte er doch endlich begriffen, daß Brians Verhalten gute Gründe gehabt hatte! Leise fügte Tom hinzu: »Ich muß mich noch für etwas anderes entschuldigen, Brian. Es liegt an mir, daß man dich hier in vieles nicht einbezogen hat. Ich hatte den Eindruck, du versuchtest immer noch, die Eingeborenen zu zivilisieren.«
»Verschwende deine Entschuldigungen nicht«, versetzte Brian eisig. Also hatte es Tom immer noch nicht richtig kapiert. »An vielem hier bin ich wirklich nicht sonderlich interessiert, und ich rechne auch damit, daß die Eingeborenen über kurz oder lang tatsächlich zivilisiert werden müssen, wie du das nennst. Und wenn es soweit ist, bin ich ja da.«
Mellens Mund wurde hart. »Frobisher hat wohl doch recht mit dir!« sagte er verbissen. »Auf Wiedersehen also.« Er streckte eher unwillig die Hand aus, die Brian ohne große Begeisterung schüttelte. Er sah zu, wie Tom den Hügel hinunterging und fragte sich, wohin er wohl reiste und warum. War das nur ein

Zeichen für die hierzulande übliche Verantwortungslosigkeit? Verantwortungsbewußtsein hatte Tom ohnehin nicht – es war eine Schande, wie er sich Paula gegenüber verhalten hatte. Und wer sollte hier nach ihr sehen? Der einheimische Medizinmann? Er zog ein finsteres Gesicht und ging hinein zu Ellie, um ihr den bevorstehenden Umzug mitzuteilen.

VIII

Paula war fast rührend dankbar für Ellies Gesellschaft, und selbst Einstein legte sich so gemütlich vor den Kamin wie nur irgendeine von den gewöhnlichen Nortener Katzen, mit denen er in ständiger Fehde lag. Brian fand einen Platz für das Haus, das er bauen wollte und errichtete mit Destrys Hilfe eine primitive Werkstatt aus Feldsteinen. Als Gegenleistung für die Unterstützung des Jungen nahm Brian ihn nachts mit in die Kuppel der *Heimwärts* und lehrte ihn die Namen und Positionen der Fixsterne. Der Junge füllte ein dickes Heft mit astronomischen Daten; Brian bot ihm an, ihm eines der Astronomiebücher zu schenken, die im Schiff doppelt vorhanden waren, aber Destry lehnte das Geschenk höflich ab. »Ich mache mir lieber selbst eins. Dann weiß ich genau, was darin steht«, erläuterte er.

Brian verbesserte mühsam seine Linsenschleifausrüstung. Die Werkstatt war im Laufe der Zeit eine Zuflucht für ihn geworden, und jetzt, nachdem er wußte, daß er an etwas arbeitete, das sich wirklich lohnte, begann die harte Schale langsam aufzubrechen, mit der er sich selbst umgeben und durch die er jede Vertrautheit mit dem Leben im Dorf von vornherein von sich ferngehalten hatte. Von dem anstrengenden Linsenschleifen erholte er sich, indem er etwas wieder aufnahm, das er seit seinen frühen Knabenjahren nicht mehr betrieben hatte: die Glasbläserei. Er stellte einen Satz bunter Flaschen für Ellie her, und als Judy sie bewunderte, schenkte er ihr auch eine Serie. Sowohl Ellie als auch Judy hatten viele Freundinnen und Freunde im Dorf, und nach ein paar Wochen stellte Brian fest, daß ihn so

viele Männer und Frauen baten, auch für sie Flaschen zu blasen, daß er seinen Hauptberuf, die Zimmermannsarbeit, mit der Glasbläserei vertauschen konnte. Es gab im Dorf einen Töpfer, der außerordentlich feine Gefäße herstellte, aber der örtliche Glasbläser war – wieder dieser ständige Satz – »zur Zeit in einem anderen Dorf beschäftigt«. Brian merkte, daß die Arbeit ihm Freude machte und Anerkennung einbrachte.
Zu Hause jedoch jagte eine Sorge die andere. Er sah Paula zwar eigentlich recht wenig, denn die Atmosphäre zwischen ihnen war immer noch etwas steif. Trotzdem machte er sich über ihre offensichtliche Schwäche Gedanken. Auch Ellie erwartete jetzt ein Kind, obwohl sie es bislang nur ihm gesagt hatte, und Paulas Zustand erfüllte ihn mit panischer Angst um Ellie.
Auf der *Heimwärts* hatte es keinen Arzt gegeben; keiner von ihnen war jemals krank gewesen. Nominell war Marcia für ihre Gesundheit zuständig gewesen, aber auch sie war im Augenblick nicht im Dorf. Nach dem wenigen, was Brian in Norten über diese Dinge erfuhr, half hier einfach jede Frau, wenn man sie darum bat. Als Brian dieses System attackierte, hatte Ellie es energisch verteidigt und behauptet, Kinder zu bekommen wäre ein natürlicher Vorgang, und das medizinische und chirurgische Brimborium, mit dem man das Ganze auf Terra Zwei umgab, reichte aus, um jede Frau von vornherein neurotisch zu machen. Brian war nicht überzeugt. Es mochte zutreffen, wenn alles normal verlief; aber Paula brauchte ganz entschieden besondere Betreuung. Er begriff nicht, wie Ellie so gleichgültig sein konnte; Paula war ihre engste Freundin.
Aber selbst Brian war nicht darauf vorbereitet, mit welcher Geschwindigkeit sich eine bloße Sorge zur Katastrophe entwickeln konnte. Am Vormittag war Paula noch wie immer gewesen: blaß und mitleiderregend schwerfällig, aber munter und helläugig. Abends war sie stiller als sonst und ging früh zu Bett. Und irgendwann in der Nacht weckte Brian Ellies Hand auf seiner Schulter und ihre angstvolle Stimme: »Brian, wach auf!«
Brian, sofort alarmiert, richtete sich auf, sah Ellies mühsam beherrschtes Gesicht und hörte den beinahe hysterischen Unter-

ton. »Es ist Paula – ich habe so etwas noch nie gesehen – heute abend war sie noch ganz in Ordnung – ach, Brian! Bitte komm!«

Brian warf einen Morgenmantel über und fragte sich, was so plötzlich passiert sein könnte. Noch bevor er den inneren Raum betrat, vernahm er Paulas leises, ununterbrochenes Stöhnen und blieb, starr vor Schrecken über ihr Gesicht, neben ihr stehen. Sie hatte jede Farbe verloren. Selbst die Lippen waren weiß und eingefallen, bis auf eine seltsame dunkle Linie, die die Ränder entstellte. Sie war immer außergewöhnlich dünn gewesen, aber jetzt schienen ihre Hände auf einmal zu Klauen geschrumpft zu sein, und als Brian eine davon berührte, war sie glühend heiß. Hastig überdachte er das wenige, das man ihn über den Zusammenhang zwischen Schwerkraft und Schwangerschaft gelehrt hatte – geradesoviel, daß er wußte, daß sich im Zustand der Schwerelosigkeit sehr leicht eine Gefahrensituation einstellen konnte. Jetzt wünschte er sich, mehr darüber gelernt zu haben, aber man hatte ihm nur soviel beigebracht, daß er von der Weisheit eines strikten, zwangsweisen Zölibats bei Raumschiffbesatzungen ganz und gar überzeugt war. Sein Verstand, vollständig auf einen begrenzten wissenschaftlichen Bereich spezialisiert, hatte nur wenige Bruchstücke dieses Wissens gespeichert. Sie schossen ihm ungeordnet und blitzartig durch den Kopf: unvollständige Placenta-Anbindung ohne den zusammenhaltenden Effekt der Schwerkraft; Hormonstörungen unter der zusätzlichen Belastung der Schwangerschaft; erhebliche Schädigung des inneren Gewebes – alles das bezog sich auf den Zustand der Schwerelosigkeit. Aber was war mit Paula, an die leichte Schwerkraft von Terra Zwei gewöhnt, deren Kind in einer schwerelosen Umgebung gezeugt war und die nun von der niederdrückenden Schwerkraft der Erde grausam bestraft wurde? Offensichtlich hatte sich etwas aus dem empfindlichen Gleichgewicht des inneren Zusammenhalts losgerissen. Brian sah auf die bewußtlose junge Frau hinab und fauchte wütend: *»Dieser verdammte, idiotische Befehlsverweigerer! Mellen!«*

»Wo ist Tom?« wisperte Paula mühsam. »Ich will Tom!« Die fiebrigen, knochigen Finger umklammerten Brians Hand, und sie flehte: »Ich will Tom!« Ihre Augen öffneten sich, aber sie starrte an Brian vorbei ins Leere. Er fühlte, wie der alte Zorn in ihm aufstieg. Er beugte sich über sie und versprach leise: »Ich hole ihn dir.«
Ellie flüsterte: »Aber ich weiß nicht, wo er hingegangen ist, Brian. Paula ist vielleicht –«
Brian richtete sich heftig auf. »Ich finde ihn, und wenn ich es aus Frobisher herausprügeln muß! Gott sei Dank, daß wir die Fähre noch haben. Und ich werde auch herauskriegen, wohin man Don und Marcia geschickt hat, jawohl, *geschickt*! Ich habe schon die ganze Zeit das Gefühl –«
»Brian!« Ellie packte seine Hand, aber er schob sie zur Seite. »Dieses eine Mal muß Frobisher auf *mich* hören! Er kann die Wissenschaft verteufeln, soviel er will. Aber wenn uns Paula unter den Händen stirbt, weil keiner auf diesem mittelalterlichen Planeten weiß, wie man ihr helfen kann, dann, beim lebendigen Gott, werde ich persönlich in ihrem gottverlassenen kleinen Utopia einen solchen Krach machen, daß Frobisher und seine Kumpane aus ihren Träumereien aufwachen und sich wieder wie normale Menschen benehmen!«
Ohne ein weiteres Wort lief er aus dem Zimmer, zog sich hastig an und verließ das Haus. Die lange unterdrückte Wut kochte in ihm und steifte ihm den Rücken, als er ins Dorf rannte. Mit einem einzigen Satz sprang er die Stufen bei Frobishers Haus hinauf und quer über die Veranda, riß, ohne anzuklopfen, die Tür auf und stürmte hinein.
»Frobisher!« brüllte er ohne weitere Begrüßung.
Erstaunte Laute aus dem Dunkel, dann Schritte, eine aufgestoßene Tür, ein Licht, das Brian in die Augen leuchtete – und Hard Frobisher, halb angezogen, der in den Hauptraum hastete. Eine zweite Tür öffnete sich und zeigte den halbnackten Destry, überrascht und wütend. Auch Frobishers Gesicht, verschwommen im Feuerschein, war überrascht, jedoch ohne Zorn, und er fragte ruhig: »Ist etwas passiert?«

Und wie immer brachte seine Ruhe Brians Wut zum Überkochen.
»Allerdings ist etwas passiert!« tobte er und trat so drohend auf Frobisher zu, daß der Alte einige Schritte zurückwich.
»Ich habe eine Frau im Haus, die aussieht, als würde sie gleich sterben«, brüllte Brian. »Und ich will wissen, wohin auf diesem vom Satan verfluchten Planeten Sie Tom geschafft haben und wo Marcia hingekommen ist! Und außerdem will ich wissen, ob es in Ihrem verdammten, rückständigen, mittelalterlichen Utopia einen anständigen Arzt gibt!«
Frobishers Miene verlor im Nu den gelassenen Ausdruck.
»Toms Gattin?«
»Und Sie sollten jetzt nicht auch noch schmutzige Reden führen!« schrie Brian. »Paula!«
»Also, wenn es dir so lieber ist, Paula Sandoval. Was fehlt ihr?«
»Ich weiß gar nicht, ob Sie es begreifen würden«, fauchte Brian, aber Frobisher sagte gleichmütig: »Ich nehme an, es ist die Schwerkraft-Krankheit. Tom hat vor seiner Abreise davon gesprochen. Wir können ihn ganz leicht erreichen. Destry!« Er sprach zu dem Jungen in der Tür. »Schnell, geh nach unten und ruf über Funk das Zentrum an. Sag ihnen, sie sollen Mellen hierher zurückfliegen, möglichst innerhalb der nächsten Stunde. Und – wo ist dein Vater, Destry? Das hört sich nach einem Fall für ihn an!«
Während sein Großvater noch redete, hatte Destry sich ins Zimmer zurückgezogen und kam fast sofort heraus. Er stopfte das Hemd in die Hosen und erwiderte schnell: »Letzte Woche war er auch im Marilla-Zentrum, aber jetzt ist er in Slayton. Von dort gibt es keinen regelmäßigen Transitflug. He, Brian – du kannst doch jetzt das kleine Flugzeug von der *Heimwärts* fliegen? Oder sollen wir Langdon holen? Sie werden Tom vom Marilla-Zentrum einfliegen, aber wir müssen los und meinen Vater holen!«
»Was zum – was zum Teufel!« fing Brian an, aber Destry eilte schon eine Treppe im Haus hinunter. Hard Frobisher legte Brian

mit Nachdruck die Hand auf die Schulter und schob ihn hinter dem Jungen her. Brian stolperte auf den Stufen und blinzelte im harten Licht einer elektrischen Bogenlampe. Auf einer Werkbank aus rohem Holz, neben Destrys Notizbüchern und verschiedenem anderem Krimskrams, wie ihn jeder Junge hat, erkannte der völlig verdutzte Brian einen Gegenstand, der unmißverständlich als Radiosender- und Empfänger auszumachen war. Und nicht etwa ein simples Modell. Destry war schon damit beschäftigt, die Kopfhörer einzustellen und mit einem Instrument, das selbstgebastelt, aber unglaublich feingearbeitet aussah, eine sorgfältige Peilung auszuführen. Er drückte eine Taste und sagte mit atemloser Stimme: »Marilla-Zentrum, bitte, Blitzgespräch 2. Klasse, persönlich. Hallo – Betty? Hast du einen Mann im Zentrum, der am Radio arbeitet? Mellen? Ja, der ist es. Hier ist Destry Frobisher aus Norten. Fliegt ihn sofort hierher, so schnell ihr könnt. Seine Frau ist krank – ja, ich weiß, aber es ist ein Sonderfall. Danke.« Eine lange Pause. »Vielen Dank nochmal, aber wir schaffen es schon. Hör zu, Betty, ich muß Slayton anrufen. Mach die Stationen frei, ja?« Wieder eine Pause, dann sagte er: »Mein Vater. Warum? Oh – danke, Betty, vielen, vielen Dank. Sag ihm, wir kämen ihn mit dem Flugzeug abholen.« Er schaltete ab, riß die Kopfhörer herunter und stand auf. Brian verlor wieder einmal die Geduld.

»Was geht hier eigentlich vor?« fragte er. *»Was habt ihr uns die ganze Zeit vorgeschwindelt?«*

»Kein Schwindel«, meinte Frobisher ohne Erregung. »Ich habe dir von Anfang an gesagt, daß auch wir die Technik nutzen, nämlich dort, wo sie hingehört. Ich habe mehrmals versucht, es dir zu erklären, aber du hast mich immer niedergebrüllt, bevor ich etwas erzählen konnte. Tom Mellen arbeitet schon seit einem Monat in einem der Zentren. Hast du dich nicht gewundert, daß er sich keine Sorgen darüber machte, von Paula fortzugehen – bei ihrem Gesundheitszustand? Er wußte, wenn ernsthafte Beschwerden aufträten, würde man ihn sofort holen.« Er drehte sich um und ging zur Treppe. »Merkst du denn nicht, daß dies das erste Mal ist, daß du überhaupt persönliche Teilnahme an jemandem oder etwas gezeigt hast? Vorher ging es dir immer nur um die wissenschaftliche Errungenschaft als Selbstzweck. Hör zu, du kannst jetzt hier stehenbleiben und Löcher in die Luft starren, oder mich ins Zentrum begleiten, um meinen Sohn zu holen, Destrys Vater, einen der geschicktesten Ärzte in der ganzen Gegend.« Als Brian noch immer stocksteif stehenblieb, gelähmt vom Ansturm der Ideen in seinem Kopf, packte Frobisher ihn drängend am Arm. »Komm zu dir, Junge!« befahl er barsch. »Ich kann ein Flugzeug fliegen, aber trotzdem würde ich mich mit deiner Düsenmaschine schwer tun. Und mitkommen muß ich, weil du den Weg nicht kennst. Destry, du bleibst für alle Fälle am Radio sitzen.«

Brian, dem vor lauter Verwirrung die Worte fehlten, stolperte mit ihm über die dunklen Felder zur Fähre. Als sie endlich dort waren, reagierte er wieder normal. Er kletterte nach vorn an die Instrumente, riet Frobisher, sich anzuschnallen, startete die Fähre und hörte ganz verständig auf Frobishers Anweisungen, wie der Ort, den er das Slayton-Zentrum nannte, anzusteuern war. Dann drehte er sich um.

»Hören Sie«, meinte er grimmig, »ich komme mir vor wie vor den Kopf geschlagen. Was wird hier eigentlich gespielt?«

Frobisher sah ebenso verwirrt aus. »Was meinst du?«

»Einfach alles . . .«

»Ach das!« Von Frobisher kam nur ein Achselzucken. »Ihr hattet doch in eurem Raumschiff Feuerlöscher, wenn ich mich recht erinnere. Habt ihr die beim Essen auf den Tisch gestellt oder sie in einer Ecke gelassen, bis sie wirklich dringend gebraucht wurden?«

»Was ich sagen will, ist – Sie haben mich im Glauben gelassen, Sie hätten hier von Technik so gut wie keine Ahnung.«

»Paß auf, Brian Kearns«, sagte Frobisher abrupt, »du hast die ganze Zeit viel zu vorschnell geurteilt. Tu das jetzt nicht schon wieder – denk nicht, daß wir dich getäuscht und unsere Zivilisation vor dir versteckt haben. Wir leben so, weil es uns gefällt.«

»Aber das Radio – Flugzeuge – Sie haben das alles, und trotzdem . . .«

Mit kaum verhülltem Widerwillen entgegnete Frobisher: »Ich sehe, daß du vom Standpunkt eines Barbaren urteilst. Zum Beispiel das Radio. Wir benutzen es in Notfällen. Die Barbaren hörten Radio, um jeder eigenen Tätigkeit aus dem Weg zu gehen – ich weiß, daß sie sogar Radio mit Bildern hatten; davor hockten sie und hörten zu und sahen sich an, wie andere Leute etwas machten, anstatt es selber zu tun. Natürlich führten sie ein ziemlich primitives Dasein . . .«
»Primitiv!« unterbrach Brian. »Sie haben hier Flugzeuge und trotzdem laufen die Leute zu Fuß!«
Ärgerlich versetzte Frobisher: »Und wieso nicht? Wohin muß man denn so eilig, solange man eine schnelle Transportmöglichkeit für wirklich dringende Fälle besitzt?«
»Aber als die *Sternwärts* aufbrach, hatten die Leute schon alle ihre eigenen, privaten Hubschrauber!«
»Privaten Kinderwagen!« schnaubte Frobisher. »Wenn ich irgendwo hingehe, laufe ich zu Fuß wie ein Mann! Törichte, primitive Barbaren, in Städten zusammengepfercht wie in großen, mechanischen Höhlen! Die Welt, in der sie lebten, bekamen sie nie zu Gesicht; sie versteckten sich hinter Glas und Stahl und betrachteten ihre eigene Welt auf Fernsehschirmen und durch Flugzeugfenster! Und um alle diese Dinge herzustellen, mußten sie in ihren Höhlen auf engstem Raum hausen und mit metallenen Schrauben und Muttern schmutzige, stinkende Arbeiten verrichten, bei denen sie nie sahen, was sie eigentlich produzierten, auf die sie nicht stolz sein und bei denen sie keine Geschicklichkeit entwickeln konnten – sie lebten wie schmutzige Tiere! Und wofür? Massenmenschen für die Massenproduktion – die Herstellung von Dingen, die man nicht braucht, um damit Geld zum Kauf anderer Dinge zu verdienen, die genausowenig erforderlich sind. Kopflastige Brontosaurier! Wer will denn so leben und solche Arbeiten tun? Wir haben ein paar Handwerker, die Flugzeuge bauen oder entwerfen, weil ihnen diese Tätigkeit besonders liegt und sie unglücklich wären, wenn sie nicht die Möglichkeit dazu hätten. Sie sind eben Mechaniker. Und ein *paar* Flugzeuge können wir auch gebrauchen. Aber es

sind nicht viele, darum heben wir sie für Anlässe auf, bei denen sie wirklich benötigt werden. Außerdem machen die meisten Leute lieber etwas Einfacheres, Dinge, die sie persönlich befriedigen. Wir zwingen sie nicht, Flugzeuge in Massen herzustellen, nur deshalb, weil das möglich ist!« Er zügelte seinen Redeschwall mit einem fast entschuldigenden Hüsteln. »Ich wollte mich hier nicht in Zorn reden. Da unten liegt das Slayton-Zentrum. Du kannst in diesem Lichter-Rechteck landen.«
Brian setzte die Fähre ohne Schwierigkeiten auf. Es war, als rollte sie über einen samtigen Teppich. Die beiden stiegen aus und gingen schweigend durch dunkles, üppiges Gras auf ein niedriges Brettergebäude aus dunklem Holz zu. Drinnen saß im warmen Glühen eines Kamins ein Mann vor einem großen Tisch, den ein fachmännisch installiertes System winziger Scheinwerfer beleuchtete, und schaute auf etwas, das wie eine große Reliefkarte aussah. Er hatte Kopfhörer auf. Als sie eintraten, blickte er auf und forderte sie mit einer Handbewegung auf zu schweigen, während er angespannt lauschte. Gleich darauf griff er ohne hinzuschauen in einen seitlich am Schreibtisch angebrachten Kasten und förderte eine große schwarze Nadel zutage, die er zielsicher in die Reliefkarte stach. »Tornado zwischen Camey und Marilla gemeldet. Also gut, häng auf und schick Robinson nach oben, damit er ihn mit einer Bombe hochjagt, bevor er die Bauernhöfe da draußen erwischt.« Er nahm den Kopfhörer ab und erkundigte sich höflich: »Und was kann ich für euch tun, meine Herren?«
»Hallo, Halleck«, sagte Hard Frobisher, trat zum Schreibtisch und schüttelte dem Mann die Hand. »Das hier ist Brian Kearns – direkt aus dem Weltraum.«
»Ach nein! Kommen bei euch da drüben immer noch welche runter? Hier bei uns kam der letzte, als mein Großvater noch lebte«, bemerkte Halleck beiläufig. »Das heißt, wenn ich es mir recht überlege, haben sie drüben in Marilla einen Mann namens Mellen, der auf der Wetterstation arbeitet. Kennst du ihn, Kearns? Freut mich, deine Bekanntschaft zu machen.«
Brian murmelte etwas Unverbindliches und blickte sich ver-

wundert um. Halleck fuhr fort: »Ich nehme an, ihr wollt Dr. Frobisher abholen. Er ist schon unterwegs. Möchtet ihr euch nicht setzen?«

»Danke.« Frobisher ließ sich in einen bequemen Sessel fallen und forderte Brian auf, in einem anderen Platz zu nehmen. Der Mann am Schreibtisch hängte seine Kopfhörer weg und trat neben Frobishers Sessel. »Schön, dich mal wieder zu sehen, Hard. Wann kommst du wieder her?«

»Einen Monat dauert es mindestens noch. Bist du dann schon weg?«

»Das will ich meinen! Ich habe ein paar gute Kühe, die demnächst kalben werden; da möchte ich zu Hause sein.«

»Diese schwarzen?« fragte Frobisher. »Treib doch mal ein paar davon nach Norten hinüber, vielleicht können wir einen Handel abschließen. Ich könnte einen guten Bullen brauchen, und wir haben ein paar neue Familien mit Kindern, die Verwendung für eine Milchkuh hätten.«

Danach versuchte Brian nicht mehr, der Unterhaltung zu folgen. Sie schien sich größtenteils um Kühe und das Glück zu drehen, das ein gemeinsamer Freund hatte, der Hühner züchtete, die Eier mit schwarzer Schale legten. Endlich erbarmte sich Frobisher Brians verständnisloser Miene. »Er war noch nie in einem Zentrum, Halleck«, erklärte er dem Fremden, der griente. »Ziemlich langweilig, was, Kearns? Ich komme immer gern hierher, wenn ich an der Reihe bin, aber dann bin ich auch immer froh, wenn ich nach Hause auf meinen Hof zurückkann.«

Brian sagte: »Ich bin ein bißchen von allem überwältigt.« Er fügte hinzu: »Ich habe gedacht, eure – eure Zivilisation wäre ohne jede Technik.«

»Aber das ist sie nicht«, erwiderte Frobisher streng. »Das ist sie ganz und gar nicht. Wir benutzen die Technik, aber wir lassen uns nicht von ihr benutzen. Die Technik, Brian Kearns, ist nicht mehr das Spielzeug mächtiger Kriegstreiber und die Sklavin eines künstlichen Lebensstandards, ausgerichtet auf eine ungesunde, neurotische Bevölkerung, die nur pausenlos amüsiert und in einer Wiege der Reizüberflutung geschaukelt sein möch-

te. Sie ist auch kein Spielball für einflußreiche Gruppierungen, sogenannte Erzieher der Menschheit, Fanatiker, Halbwüchsige, egozentrische Exhibitionisten oder faule Weiber! Die Menschen sind nicht mehr gezwungen, die Produkte einer kommerzialisierten Technik zu erwerben, um dadurch Arbeitsplätze zu schaffen und die großen Städte am Leben zu erhalten.
Jeder, der interessiert ist und Begabungen oder Fertigkeiten besitzt, die über das Alltägliche hinausgehen (was bei mehr als der Hälfte der Bevölkerung der Fall ist), verwendet jährlich ein paar Monate darauf, Arbeiten zu tun, die getan werden müssen. Das gilt nicht nur für den Bereich der Technik. Halleck hier versteht mehr von Wetterbedingungen als irgendein anderer in den Südlichen Ebenen. Ungefähr vier Monate pro Jahr hockt er da drüben oder draußen in einem Wetterflugzeug, bekämpft Tornados, bevor sie noch richtig loslegen können, betreibt Wiederaufforstung oder versucht, bei Dürreperioden zu helfen. Den Rest des Jahres lebt er wie alle anderen. Bei uns führt jedermann ein bequemes, ausgeglichenes Dasein. Der Mensch ist ein kleines Tier und braucht einen kleinen Horizont. Dieser Horizont ist ganz eindeutig begrenzt, was dazu führt, daß ein Dorf zusammenbricht und anfängt, interne Probleme zu bekommen, wenn es zu groß wird. Trotzdem müssen auch Gruppen von Menschen insgesamt eine gewissen Vorstellung von der Welt jenseits ihres Horizontes haben, damit das Entstehen falscher Ideen, von Aberglauben oder Fremdenfurcht vermieden wird. Aus diesem Grund lebt jeder zunächst einmal in Sicherheit und Ausgeglichenheit im kleinen Horizont seines Dorfes, wo er für sich selbst und zugleich für alle anderen, die er kennt, verantwortlich ist – und führt gleichzeitig, sofern er dazu fähig ist, ein größeres Leben über sein Dorf hinaus, indem er für andere arbeitet – aber immer und ausschließlich für einzelne Menschen und nicht für irgendwelche Ideale.«
Brian öffnete den Mund, um etwas zu sagen, aber Frobisher kam ihm gelassen zuvor: »Und ehe er in einem der Zentren arbeiten darf, muß er sich erst im Dorf als verantwortungsbewußt erweisen. Auch auf dich wartet ein Platz, Brian. Wie würde es

dir gefallen, einen Kurs über Mechanik im interstellaren Raum zu halten?«

»*Was?*« stieß Brian hervor. »Sie meinen – *Raumfahrt?*«

Frobisher brach in herzliches Gelächter aus. Dann sah er auf seine Uhr und sagte plötzlich: »Wahrscheinlich wird mein Sohn in wenigen Minuten hier sein; aber ich habe noch Zeit, um es dir zu erklären.«

Er wandte sich erneut Brian zu. »Zwei oder drei Monate pro Jahr«, erinnerte er. »Wissen kann man immer brauchen, ob man es nun sofort einsetzen kann oder nicht. Unsere jetzige Lebensweise wird nicht ewig dauern. Sie ist bestenfalls eine Zwischenlösung, eine Erprobungszeit, eine Art Ruhephase, in der der Mensch wieder zur Vernunft kommt, bevor er mit einem neuen Aufstieg beginnt. Wahrscheinlich wird man eines Tages wieder in den Weltraum reisen, vielleicht sogar zu den Sternen, aber wir hoffen, daß man dann ein besseres Gefühl für die Verhältnismäßigkeit der Dinge haben, die Kosten ausrechnen und sie gegen die Vorteile für den einzelnen abwägen wird.« Er machte eine kleine Pause und ergänzte dann: »Ich glaube, daß es so kommen wird.«

Nach langem Schweigen fuhr er fort: »Ich bin Historiker. Vor langer Zeit, in der Ersten Renaissance, begann der Mensch, seiner urtümlichen Vorstellung zu entwachsen, daß immer die Starken und Mächtigen überlebten, nicht aber die Besten. Dann entdeckte man, zum Unglück für Europa und zum Unglück der Roten Männer, die sogenannte Neue Welt. Es ist immer leichter, über eine neue Grenze hinaus zu fliehen und diejenigen, die sich nicht einfügen wollen, zu vertreiben als den Umgang mit den eigenen Problemen zu lernen. Als diese Grenze endlich erobert war, hatte die Menschheit eine zweite Chance, zu lernen, mit sich selbst und dem, was sie schon angerichtet hatte, fertigzuwerden. Statt dessen aber gab es Kriege und Unzuträglichkeiten aller Art, und der Mensch floh ein zweites Mal, nunmehr zu den Planeten. Aber sich selbst konnte er nicht entkommen – und eines Tages war auch an dieser Grenze der Punkt erreicht, der das Faß zum Überlaufen brachte. So ergriff er ein drittes Mal die Flucht, nämlich mit dem Aufbruch der *Sternwärts* – aber damit war er einen Schritt zu weit gegangen. Denn dann kam der große Knall. Jeder Mensch hatte jetzt die Wahl: in seinem Panzer zu sterben oder ihn abzulegen.« Er grinste. »Eine Weile, Brian, habe ich dich für einen Brontosaurus gehalten.«

Brian wischte sich die Stirn. »Ich fühle mich ziemlich ausgestorben«, brummte er.

»Nun, du kannst ja versuchen, eine Zeitlang interstellare Mechanik hier zu lehren. In der übrigen Zeit –«

»Sagen Sie«, unterbrach Brian ihn besorgt. »Ich muß doch wohl nicht sofort anfangen? Ich bin gerade dabei, einen neuen Satz Linsen für meine Kameraden herzustellen!«

Frobisher lachte herzlich und freundlich und legte ihm die Hand auf die Schulter. »Laß dir nur Zeit, mein Junge. Es werden noch Jahrhunderte vergehen, bis wir wieder eine Brücke zu den Sternen schlagen. Viel wichtiger ist es, die Augen deiner Mannschaft wieder in gute Verfassung zu bringen.« Er erhob sich unvermittelt. »Gut – hier ist ja auch John, und inzwischen wird Mellen auf dem Weg zu Paula sein.«

Brian stand schnell auf, als ein hochgewachsener, dunkelhaariger Mann in weißer Jacke den Raum betrat. Selbst in der trüben Beleuchtung war die Ähnlichkeit mit Frobisher unverkennbar; er sah aus wie ein älterer, reiferer Destry. Frobisher machte die Männer miteinander bekannt, und Dr. John Frobisher gab Brian einen schnellen, warmen Händedruck.

»Freut mich, dich kennenzulernen, Kearns. Tom Mellen hat mir von dir erzählt, als ich das letzte Mal in Marilla war. Wollen wir los?«

Während sie hinausgingen und den beleuchteten Flugplatz überquerten, unterhielt er sich leise mit seinem Vater, und ausnahmsweise hatte Brian dazu nichts zu bemerken. Seine Gedanken hatten sich noch nicht an all das Neue gewöhnt, als er die Fähre startete. Der Umschwung war zu schnell gekommen.

Plötzlich fiel ihm etwas ein, und er drehte sich um und fragte scharf: »Hören Sie – wenn Sie doch Radiosignale empfangen können – *warum hat dann niemand auf den Ruf der ›Heimwärts‹ aus dem Weltraum geantwortet?*«

Frobisher sah leicht verlegen aus. Endlich erwiderte er behutsam: »Wir benutzen eine spezielle Kurzwellenfrequenz. Eure Signale kamen auf den alten Langwellen herein und erreichten uns nur als atmosphärische Störungen.«

Aus irgendeinem Grund fühlte sich Brian ungeheuer erleichtert, eine Erleichterung, die zu befreiendem Gelächter führte.

»Ich habe Tom ja gesagt, daß unsere Radiogeräte veraltet sein würden«, sagte er mit halb erstickter Stimme.

»Ja«, antwortete Frobisher ruhig. »Veraltet – aber nur auf eine Art, mit der ihr nicht gerechnet hattet. Die ganze Besatzung der *Heimwärts* war veraltet, und wir haben euch die ganze Zeit getestet. Ich glaube, diese Phase habt ihr jetzt hinter euch. Warte einen Augenblick – flieg noch nicht nach Norten zurück. Halt dich nordwärts, nur ein paar Meilen. Ich möchte dir etwas zeigen.«

Brian protestierte. »Paula?«

John Frobisher lehnte sich nach vorn. »Mellens Gattin« – und jetzt störte Brian der ordinäre Ausdruck nicht mehr – »wird nichts geschehen. Die Schwerkraftkrankheit kommt bei uns zwar nur noch selten vor, aber jede damit verbundene Gefährdung ist längst beseitigt – noch bevor die Raumschiffe den Verkehr einstellten. Wahrscheinlich ist die junge Frau bewußtlos und alles sieht ganz fürchterlich aus, aber es besteht keine Gefahr. In einer Stunde haben wir sie wieder gesund und munter.«

Und auf irgendeine geheimnisvolle Weise verschwand Brians Angst. Die Worte sagten ihm nicht viel, aber zumindest eines hatte er bei seiner Ausbildung gelernt: einen guten Mann zu erkennen, wenn er vor ihm stand – und daß Frobisher so ein Mann war, das hörte Brian aus jeder Nuance seiner Stimme. Gehorsam lenkte er das Flugzeug nach Nordosten. Die aufgehende Sonne strömte in einer Woge von Licht über den Horizont und enthüllte in weiter Ferne eine Reihe zerstörter Gebäude, die traurig auf einen allzuflachen Streifen öden, unfruchtbaren Landes blickten, auf dem nicht das Geringste wuchs, eine gerade, ebene Fläche aus grauem Beton. Sie schien sich meilenweit zu erstrecken. Als Brian niedrig flog, konnte er das Gras sehen, das sich durch den bröckelnden Beton einen Weg nach oben bahnte, und die tristen Gebäude mit ihren leeren Fensterhöhlen erkennen, die nur der Efeu ein wenig milderte. Und dann sah er das andere: acht hohe, regelmäßige Gebilde, gerade aufgerichtet und noch immer ein wenig glänzend . . .

»In unserer Kultur gibt es nur zwei Gesetze«, begann Frobisher mit großer Ruhe. »Das erste: Kein Mensch soll einen anderen zum Sklaven machen. Und das zweite« – er hielt inne und sah Brian gerade in die Augen – »lautet: Kein Mensch soll sich selbst zum Sklaven machen. Darum haben wir diese Schiffe nie zerstört. Das war der alte Raumhafen, Brian. Sieht er sehr majestätisch aus? Möchtest du gern landen?«

Brian sah hinunter und dachte, daß es das war, was er als erstes zu sehen erwartet hatte. Und doch schien ihm etwas anderes das Größte zu sein: daß der Mensch, der dieses Monstrum geschaffen hatte, jetzt so vernünftig war, sich von seiner bedrükkenden Herrschaft zu befreien – und den Mut hatte, es trotzdem so stehen zu lassen. Denn nur was der Mensch fürchtet, das zerstört er.

»Schon gut«, sagte Brian mit fester Stimme. »Hören Sie auf, mich zu quälen. Wir wollen nach Hause – und ich meine *nach* Hause. Da wartet eine Kranke auf Sie, Doktor. Und selbst wenn es nicht gefährlich ist – sie werden sich Sorgen machen, bis sie es von *Ihnen* hören.«

Unvermittelt drehte er die Düsen auf und steuerte das Schiff nach Südosten, auf das Dorf Norten zu. Er wußte nicht, daß er die letzte Prüfung bestanden hatte. Er dachte an Paula und auch an Ellie, die auf ihn wartete und sich ängstigte. Irgendwo im Hinterkopf ahnte er, daß er eines Tages hierher zurückkommen und sich ein bißchen umsehen, vielleicht auch ein wenig traurig sein würde; man konnte den größten Teil seines Lebens nicht einfach streichen. Aber er würde nicht gleich kommen. Er hatte anderes zu tun.

Die *Heimwärts*–Fähre flog weiter in den Morgen hinein. Hinter den Menschen standen die mächtigen Symbole, kalt und gebieterisch, Versprechen und Drohung zugleich: acht gewaltige Raumschiffe, von der Spitze bis zum Heck überwuchert von grünem Moos und bedeckt mit rotem Rost.

RAUBVOGEL

Noch eine Stunde, dann konnte ich ins Raumschiff steigen. Geradeaus führte ein offenes Tor zum Raumhafen und dem weißen Wolkenkratzer, in dem das Terranische Imperium sein Hauptquartier auf Wolf hatte. Hinter mir senkte sich schon Phi Coronis über die Dächer der Kharsa – der Altstadt –, die im blutigen Sonnenuntergang dalag, gelassen und doch lebendig von vielen Geräuschen und Gerüchen – menschlichen, nichtmenschlichen und halbmenschlichen. Der stechende Weihrauchduft aus einem offenen Straßentempel ließ meine Nase zucken wie die eines Hundes, und von drinnen warf mir eine unförmige Gestalt, die nicht menschlich war, einen mürrischen grünen Blick zu. Ich wandte mich ab und betrat das Café am Tor zum Raumhafen.

Es waren nicht viele Leute da. Ein Paar pelziger Chaks lümmelte sich unter dem Spiegel am anderen Ende des Raumes. Ein oder zwei Angehörige des Raumhafenpersonals in Sturmausrüstung tranken an der Theke Kaffee, und ein Trio von Trockenstädtern, sehnige, hagere Männer in farbenprächtigen Hemdmänteln, stand an einem Wandtresen und verzehrte mit distanzierter Würde terranische Speisen. In meinem ordentlichen Straßenanzug kam ich mir auffälliger vor als die pelzigen und langschwänzigen Chaks; ein Mann von der Erde, ein Zivilist. Ich bestellte und trug mein Essen aus einer unbewußten Gewohnheit heraus ebenfalls zu einer Wandtheke, neben den Trockenstädtern, den einzigen Menschen, deren wirkliche Heimat Wolf war.

Sie waren so groß wie Erdmänner, gegerbt von der grimmigen Sonne ihrer ausgedörrten Städte aus staubigem Salzstein – den Trockenstädten, die auf dem ausgebleichten Grund von Wolfs verschwundenen Meeren liegen. Ihre Mundart klang mir sanft und vertraut in den Ohren. Ohne seine Miene oder den gemütlichen Tonfall zu ändern, hatte der eine von ihnen gerade begonnen, sich in kunstvoll gedrechselten Bemerkungen über mein Eintreten, mein Äußeres, meine Vorfahren und vermutlichen Intimgewohnheiten auszulassen, alles im farbig obszönen Dialekt der Trockenstädte genau beschrieben.
Ich beugte mich hinüber und erklärte ihm in genau der gleichen Mundart, daß ich mich zu einer zukünftigen und nicht näher festgelegten Zeit über eine Gelegenheit, seine Komplimente zu erwidern, außerordentlich freuen würde.
Der Sitte nach hätten sie sich jetzt entschuldigen und über einen Scherz lachen müssen, der sich in angemessener Form gegen sie selbst gekehrt hatte. Dann hätten wir uns gegenseitig ein Glas spendiert, und die Sache wäre erledigt gewesen. Aber so lief es nicht. Diesmal nicht.
Vielmehr fing einer der Männer zu meiner unliebsamen Überraschung an, unter der Schnalle seines Hemdmantels herumzusuchen. Ich trat zurück und merkte, daß auch meine Hand nach oben schoß und nach einem Skean-Dolch greifen wollte, den ich doch schon seit sechs Jahren nicht mehr trug. Es sah ganz nach einer Schlägerei aus.
Die Chaks in der Ecke stöhnten und schnatterten. Auf einmal fiel mir auf, daß die drei Trockenstädter gar nicht auf mich, sondern auf etwas – oder jemanden – hinter mir starrten. Unsicher schoben sie die Dolche in die Schnallen ihrer Mäntel zurück und traten ein paar Schritte nach hinten.
Dann brachen sie auseinander, machten kehrt und rannten davon. Sie *rannten* – stolperten im Laufen über Hocker und hinterließen ein Chaos umgestürzter Bänke und zerbrochenen Geschirrs in ihrem Kielwasser. Ich atmete langsam aus, drehte mich um und sah das Mädchen.
Sie war klein und hatte wellige Haare wie gesponnenes schwar-

zes Glas, von einem Geflecht aus Sternen gehalten. Ein schwarzer, gläserner Gürtel umschloß wie ineinander verschlungene Hände ihre Mitte. Das Gewand, blendend weiß, zeigte über den Brüsten eine häßlich wuchernde Stickerei, den furchtbaren Krötengott Nebran. Ihr Gesicht war ganz und gar menschlich, ganz und gar weiblich, aber in den purpurfarbenen Augen lag ein Hauch fremdartigen Schalks.

Dann trat sie zurück und stand mit einer einzigen, blitzschnellen Bewegung draußen auf der dunklen Straße. Ein Streifen Weihrauch aus dem Straußentempel trübte die Luft; irgend etwas schwankte ganz leicht, so wie am Mittag Hitzewellen über der Salzwüste aufsteigen. Dann war Nebrans Schrein leer, und nirgends auf der Straße zeigte sich ein Schimmer des Mädchens; sie war einfach nicht mehr da.

Langsam lenkte ich meine Schritte nach dem Raumhafen, schleppend, fast widerwillig. Ich versuchte, das Mädchen zu einer Erinnerung zu machen – noch so eins dieser Rätsel von Wolf, die ich niemals lösen würde.

Ich würde ohnehin auf Wolf keine Rätsel mehr lösen. Wenn das Raumschiff im Morgengrauen abhob, würde ich an Bord sein, auf dem Weg fort von Phi Coronis, der roten Sonne von Wolf.

Ich ging auf das Terranische Hauptquartier zu.

Welche Farbe die jeweilige Sonne auch haben mag – wenn man das Gebäude eines solchen Hauptquartiers betritt, ist man auf Terra. Die Verkehrsabteilung sah nach fast unverschämter Tüchtigkeit aus, überall Glas und Chrom und polierter Stahl. Ich kniff die Augen zusammen, um sie wieder an das kalte Gelb des Lichtes zu gewöhnen, und sah in einem Dutzend Spiegel, wie ich näherkam:

Ein hochgewachsener Mann mit einem Narbengesicht, gebleicht von Jahren unter einer roten Sonne. Selbst nach sechs Jahren wollte mir die ordentliche Zivilkleidung nicht recht passen, und ohne daß ich es selbst wußte, hatte ich noch immer den hageren, gebückten Gang der Trockenstädter, für die ich mich einst ausgegeben hatte. Der Büroangestellte, ein karnickelhafter Kleiner, hob höflich fragend den Kopf.

»Mein Name ist Cargill», sagte ich. »Haben Sie einen Paß für mich?«

Er starrte mich an. Ein freier Paß für ein Raumschiff ist selten, wenn man kein professioneller Raumfahrer ist, was bei mir offenkundig nicht der Fall war. »Lassen Sie mich nachsehen«, erwiderte er ausweichend und drückte Bildschirmknöpfe auf der Spiegelplatte seines Schreibtisch. »Brill, Cameron – ach ja, Cargill – sind Sie *Race* Cargill vom Geheimdienst, Sir? *Der* Race Cargill? Aber ich dachte – ich meine – alle haben doch geglaubt, Sie wären . . .«

»Sie haben geglaubt, man hätte mich schon längst erledigt, weil mein Name nie in den Nachrichten auftauchte? Ja, ich bin Race Cargill. Ich habe hier im Haus gearbeitet, sechs Jahre oben im 38. Stock, und mich an einem Schreibtisch festgehalten, mit dem jeder Buchhalter fertiggeworden wäre.«

Er sperrte Mund und Nase auf. »Sie, der Mann, der verkleidet nach Charin ging und dort DEN LIESS stellte? Die ganzen Jahre haben Sie hier oben gearbeitet? Es ist – es ist kaum zu glauben, Sir!«

Meine Lippen zuckten. Ich hatte es auch kaum glauben können, selbst als ich mittendrin war. »Der Paß?«

»Sofort, Sir.« Jetzt lag Respekt in der Stimme, trotz dieser sechs Jahre. Sechs Jahre eines langsamen Todes, seit Rakhal Sensar mich als Gezeichneten zurückgelassen hatte, seit mein Narbengesicht mich für alle alten Feinde zur sicheren Zielscheibe machte und meine Karriere als Geheimagent am Ende war.

Rakhal Sensar – meine Fäuste ballten sich mit dem alten, ohnmächtigen Haß. Und doch war Rakhal Sensar es gewesen, der mir als erster die geheimen Pfade von Wolf gezeigt hatte; der mich ein Dutzend fremde Sprachen lehrte und mir Gang und Haltung eines Trockenstädters beibrachte, eine perfekte Verkleidung, die mir zur wahren zweiten Natur geworden war. Rakhal war ein Trockenstädter aus Shainsa, der für den terranischen Geheimdienst arbeitete, seit unserer Knabenzeit mein Gefährte. Selbst heute wußte ich nicht genau, warum er eines Tages urplötzlich den furchtbaren Wutanfall gehabt hatte, der

unserer Freundschaft ein Ende setzte. Dann war er einfach verschwunden und hatte mich zurückgelassen, einen Gezeichneten, meine Brauchbarkeit für den Geheimdienst erledigt... ein verbitterter, an den Schreibtisch gefesselter Mann... und ein Einsamer – denn Juli war mit ihm gegangen.
Mit einem kleinen, surrenden Geräusch tauchte aus einem Schlitz am Schreibtisch ein Plastikkärtchen auf. Ich steckte den Paß ein und dankte dem Angestellten.
Ich ging die Treppe zum Wolkenkratzer hinunter und überquerte die riesige Fläche des Raumhafens. Ich vermied oder ignorierte das geschäftige Treiben der letzten Minuten, das Einladen, die Abfertigungsmannschaften, die neugierigen Zuschauer. Hoch über mir ragte das verhaßte Raumschiff auf.
Ein Steward führte mich in eine Kabine und schnallte mich in der Koje fest. Er zerrte an den Beschleunigungsgurten, bis mir der ganze Körper wehtat. Eine lange Nadel stach mich in den Arm – das Betäubungsmittel, das mich beim Start in sicherer Schläfrigkeit halten würde. Türen knallten, Menschen liefen hin und her und unterhielten sich voll unbestimmter Erregung auf den Gängen. Alles, was ich von Theta Centaurus, meinem Reiseziel, wußte, war, daß es eine rote Sonne hatte und der Gesandte auf Megaera einen ausgebildeten Geheimdienstmann brauchen konnte – und zwar *nicht*, um ihn an einen Schreibtisch zu fesseln. Mein Verstand begann zu wandern, und es waren ein Paar purpurfarbener Augen und Haare wie gesponnenes, schwarzes Glas, die mit mir hinabstürzten, hinab in den bodenlosen Abgrund des Schlafs...

...Jemand schüttelte mich.
»Los, kommen Sie, Cargill. Mann, wachen Sie auf!«
Meine Augen brannten. Als ich sie endlich aufbekam, sah ich zwei Männer im schwarzen Leder der Weltraum-Militärpolizei, vermischt mit der vagen Erinnerung an einen Traum. Wir befanden uns noch im Zustand der Schwerkraft. Mit einem Schlag wurde ich völlig wach, schwang die Beine aus der Koje und warf die Gurte ab, die irgend jemand bereits gelöst hatte.

»Was zum Teufel – stimmt etwas nicht mit meinem Paß?«
Er schüttelte den Kopf. »Befehl von Magnusson. Fragen Sie ihn. Können Sie gehen?«
Ich konnte, obwohl meine Füße auf den Leitern ein bißchen wacklig waren.
Ich wußte, daß es keinen Zweck hatte, zu fragen, was hier los war, Sie würden es gar nicht wissen. Ich fragte trotzdem: »Wird man das Schiff auf mich warten lassen?«
»Dieses nicht«, antwortete er.
Mein Kopf wurde schnell wieder klar, wozu das Laufen einiges beitrug. Als der Fahrstuhl in den 38. Stock emporschoß, stieg mein Zorn mit ihm. Magnusson hatte Verständnis gezeigt, als ich kündigte; er hatte selbst die Versetzung arrangiert und für den Paß gesorgt. Wie kam er jetzt dazu, mich in letzter Minute aus einem bereits startenden Raumschiff zu zerren? Ich stürmte ohne anzuklopfen in sein Büro.
»Was soll der Unsinn, Chef?«
Magnusson saß am Schreibtisch, ein gewaltiger Stier von einem Mann, der immer so aussah, als hätte er in seiner zerknautschten Uniform geschlafen. Er blickte nicht auf und antwortete nur: »Tut mir leid, Cargill – die Zeit reichte gerade noch, um Sie vom Schiff zu holen, aber nicht mehr für Erklärungen.«
Da war jemand auf dem Stuhl vor seinem Schreibtisch; eine Frau. Sie saß sehr gerade und kehrte mir den Rücken zu. Als sie meine Stimme hörte, fuhr sie herum, und ich starrte sie an und rieb mir die Augen. Dann schrie sie: »Race, *Race*! Erkennst du mich denn nicht?«
Verwirrt machte ich einen Schritt vorwärts. Schon hatte sie mit einem Satz die Entfernung zwischen uns überwunden. Die dünnen Arme umschlangen meinen Hals, und ich hob sie in die Luft.
»*Juli!*«
»Oh, Race! Ich glaubte, es wäre mein Ende, als Mac mir sagte, du reistest heute ab! Das war das einzige, das mich aufrechthielt – der Gedanke, dich wiederzusehen.« Sie schluchzte und lachte, alles auf einmal. Ich hielt meine Schwester auf Armeslänge

von mir weg und schaute auf sie hinunter. Ich sah die sechs Jahre, die uns trennten, jedes einzelne, deutlich in ihrem Gesicht geschrieben. Juli war ein hübsches Kind gewesen; sechs Jahre hatten ihre Züge zur Schönheit verfeinert. Aber die Haltung ihrer Schultern zeugte von Anspannung, und die grauen Augen hatten Schreckliches gesehen.
»Was ist passiert, Juli?« fragte ich. »Wo ist Rakhal?«
Ich fühlte, wie es sie kalt überlief, ein Schaudern aus tiefster Seele, das ich bis in die eigenen Arme hinauf spürte.
»Ich weiß nicht. Er ist fort. Und – ach, Race! Er hat Rindy mitgenommen!«
»Wer ist Rindy?«
Keine Bewegung.
»Meine Tochter, Race. Unser kleines Mädchen.«
Magnussons Stimme klang leise und rauh. »Nun, Cargill? Hätte ich Sie abfahren lassen sollen?«
»Seien Sie kein verdammter Idiot!«
»Juli, erzählen Sie Race, was Sie mir erzählt haben – bloß damit er sieht, daß Sie nicht Ihretwegen gekommen sind.«
Das wußte ich längst. Juli war stolz und hatte es immer geschafft, mit ihren eigenen Irrtümern zu leben. Hier ging es nicht einfach um die Klagen einer mißhandelten Ehefrau.
Sie sagte: »Sie haben einen großen Fehler gemacht, Mac, als Sie Rakhal aus dem Geheimdienst hinauswarfen. Er war einer der besten Männer, die Sie hatten.«
»Geschäftspolitik. Ich wußte nie, wie sein Verstand tickte.
Wissen Sie es, Juli? Selbst jetzt? Dieser Vorfall damals – Juli, haben Sie sich das Gesicht Ihres Bruders gut angeschaut?«
Juli hob den Blick und ich sah, wie sie zusammenzuckte. Ich wußte auch genau, was jetzt in ihr vorging; fast drei Jahre lang hatte ich meinen Spiegel zugedeckt gelassen. Fast tonlos flüsterte sie: »Rakhals Gesicht ist – es ist genauso schlimm.«
»Wenigstens eine erfreuliche Tatsache«, sagte ich.
Mac schaute verwundert. »Ich weiß bis heute nicht, um was es damals eigentlich ging.«
»Und Sie werden es auch nie erfahren«, antwortete ich zum dut-

zendsten Mal. »Niemand, der nicht in den Trockenstädten gelebt hat, würde es begreifen. Aber wir wollen jetzt auch nicht darüber sprechen. Rede *du*, Juli. Was führt dich her? Und was ist mit dem Kind?«

»Zuerst hat Rakhal in Shainsa als Händler gearbeitet«, begann Juli. Ich war nicht überrascht. Die Trockenstädte waren das Zentrum des terranischen Handels auf Wolf. »Rakhal fand das Benehmen des Imperiums nicht gut. Aber er versuchte sich herauszuhalten. Es gab Augenblicke – sie kamen zu ihm und wollten Informationen, Informationen, die er ihnen hätte geben können; aber er hat nie etwas erzählt.«

Mac grunzte: »Ja, ja. Der reinste Engel. Weiter.«

Juli fuhr nicht sogleich mit ihrem Bericht fort. Statt dessen fragte sie: »Stimmt es, was er mir gesagt hat – daß das Imperium immer noch eine hohe Belohnung für das funktionsfähige Modell eines Materie-Transmitters ausgesetzt hat?«

»Dieses Angebot läuft seit fünfhundert Jahren terranischer Zeitrechnung. Kommen Sie mir jetzt nur nicht damit, er hätte so ein Ding erfinden wollen.«

»Nein, das glaube ich nicht. Aber er hörte Gerüchte – er wußte etwas von einem Gerät dieser Art. Er sagte, er wollte versuchen, es zu finden – für Geld und für Shainsa. Er fing an, zu merkwürdigen Zeiten nach Hause zu kommen – mir wollte er nichts erzählen. Er war komisch zu Rindy. Ganz sonderbare Geschichte, geradezu verrückt. Er hatte ihr aus einer der Inlandstädte, Charin, glaube ich, irgendein nichtmenschliches Spielzeug mitgebracht. Es war ein unheimliches Ding, mir machte es Angst. Er unterhielt sich immer mit ihr darüber, und Rindy schwatzte lauter Unsinn von kleinen Männern und Vögeln und einem Spielzeugmacher – es hat ihn *verändert*. Es ...«

Juli schluckte trocken und rang die dürren Finger im Schoß.

»Ein unheimliches Ding – ich fürchtete mich davor, und wir hatten einen Riesenkrach. Er warf es aus dem Fenster, und Rindy wurde wach und kreischte, viele Stunden lang hat sie geschrien. Dann buddelte sie es aus irgendeinem Abfallhaufen wieder aus, sie brach sich alle Fingernägel ab, aber sie hörte

nicht auf zu graben, wir hatten keine Ahnung, wo und warum, und Rakhal war wie ein Verrückter ... »Juli nahm sich abrupt zusammen und rang sichtlich um ihre schwindende Fassung.
Sehr sanft schaltete Magnusson sich ein: »Juli, erzählen Sie Race von den Aufständen in Charin.«
»In Charin – oh. Ich vermute, daß er die Unruhen anführte; er kam mit einem Messerstich im Oberschenkel zurück. Ich fragte ihn, ob er an der anti-terranischen Bewegung beteiligt wäre, und als er nicht antworten wollte – da habe ich gedroht, ihn zu verlassen, und er sagte, wenn ich ... hierhinginge, würde ich Rindy nie wiedersehen. Am nächsten Tag war er verschwunden.«
Plötzlich brach die zurückgedrängte Hysterie sich Bahn, und Juli schaukelte auf dem Stuhl hin und her, von schrecklichem, würgendem Schluchzen geschüttelt. »Er hat Rindy mitgenommen! Ach, Race, er ist verrückt, verrückt! Ich glaube, er haßt Rindy, er hat – er hat ihre ganzen Spielsachen genommen und kaputtgemacht, jedes einzelne Spielzeug, das sie hatte, hat er zerbrochen, eins nach dem andern, zu Pulver zerstampft, jedes Spielzeug, das sie überhaupt besaß!«
»Juli, Juli, bitte ...« flehte Magnusson. Ich sah ihn erschüttert an. »Wenn wir es mit einem Wahnsinnigen zu tun haben?«
»Mac, lassen Sie mich das machen. Juli. Soll *ich* Rakhal für dich suchen?«
In ihr verwüstetes Gesicht trat ein Hoffnungsschimmer und erstarb wieder, während ich sie ansah. »Er würde dich umbringen lassen. Oder dich selber töten.«
»Du meinst, er würde es versuchen«, verbesserte ich. Ich bückte mich und zog Juli unsanft in die Höhe. Fast zornig packte ich ihre Schultern.
»Aber ich werde ihn nicht töten, hörst du? Vielleicht wird er sich das wünschen, wenn ich mit ihm fertig bin – *hörst du, Juli?* Ich werde ihn grün und blau schlagen, aber ich werde mit ihm abrechnen, wie es bei Erdenmännern üblich ist.«
Magnusson kam zu mir und löste mit Gewalt meine schweren Hände von ihren Schultern. »Okay, Cargill«, sagte er. »Dann

sind wir eben alle verrückt. Ich werde auch verrückt sein – versuchen Sie es auf Ihre Weise.«

Einen Monat später stand ich kurz vor dem Ende eines langen Trecks. In den letzten fünf Tagen hatte ich keinen Mann von der Erde und keinen Trockenstädter zu Gesicht bekommen. Charin war überwiegend eine Chak-Stadt. Menschen lebten kaum dort, und die Stadt war Kern und Mittelpunkt der Widerstandsbewegung. Ich hatte das bemerkt, bevor ich noch eine Stunde dort war.

Jetzt kauerte ich im Schatten einer Mauer und sah hinüber nach dem zigeunerhaften Schein der Feuer, die heiß und stinkend am Ende der Straße der Sechs Hirten brannten. Der schmutzige Hemdmantel, den ich seit Tagen nicht mehr gewechselt hatte, verursachte mir Hautjucken – in Gegenden, in denen keine Menschen leben, ist es weise, schäbig auszusehen, und Trokkenstädter aus den Salzländern haben ohnehin vom Wasser eine viel zu hohe Meinung, um viel davon mit Waschen zu verschwenden.

Es war ein langer und schwieriger Weg gewesen. Aber ich hatte Glück gehabt. Und wenn dieses Glück anhielt, mußte Rakhal irgendwo an einem dieser Feuer stecken, mitten in der Menge. Ein schmutziger, mit Staub gesättigter Wind wehte die Straße entlang, schwer vom üblen Dunst des Weihrauchs aus einem Straßentempel. Ich machte ein paar Schritte auf den Feuerschein zu und blieb plötzlich stehen, als ich das Geräusch rennender Füße hörte.

Irgendwo schrie ein Mädchen.

Sekunden später sah ich sie, ein Kind, dünn und barfüßig, mit einem wirren, dunklen Haarschopf, der hinter ihr herflog. Sie warf sich hin und her und versuchte mit aller Kraft, sich von dem großen, schwerfälligen Kerl, der ihr folgte, loszureißen. Seine ausgestreckte Pranke zerrte brutal an dem schmalen Handgelenk. Das Mädchen schluchzte auf, machte sich mit einem Ruck frei und sprang mir direkt in die Arme. Mit der Wildheit eines Sturms umschlang sie meinen Hals. Ich bekam

ihre Haare in den Mund, und die kleinen Hände krallten sich in meinen Rücken wie die gespreizten Krallen einer Katze. »Hilf mir doch«, weinte sie laut, »laß ihn nicht, laß ihn nicht!« Und selbst aus diesem abgehackten Schrei hörte ich, daß das Gör nicht den Jargon der Armenviertel sprach, sondern die reine, uralte Mundart von Shainsa.
Ich handelte so automatisch, als wäre dieses Kind Juli gewesen. Ich riß mir ihre Hände vom Hals, stieß sie hinter mich und warf einen drohenden Blick auf den Kerl mit den Schweinsäuglein, der auf uns zu schwankte. »Hau ab«, riet ich ihm.
Der Mann torkelte; ich roch sauren Wein und den Gestank seiner Lumpen, als er die dreckige Tatze nach dem Mädchen ausstreckte. Ich warf mich dazwischen und legte schnell die Hand an den Skean-Dolch.
»Erdenmann!« Der Mann spie das Wort aus wie Schmutz.
»Erdenmann!« Ein anderer nahm das Geheul auf. Überall auf der Straße, die eben noch leer ausgesehen hatte, gab es Bewegung und Rauschen; der Platz vor mir wimmelte plötzlich von unbestimmten Gestalten, die scheinbar aus dem Nichts aufgetaucht waren – menschlichen Gestalten und . . . anderen.
»Pack ihn, Spilkar! Verjag ihn aus Charin!«
»Erdenmann!«
Ich fühlte, wie sich meine Bauchmuskeln zu einem harten Eisklumpen verknoteten. Ich glaubte nicht, daß ich mich als Erdenmann verraten hatte – der Schlägertyp benutzte lediglich die alte Taktik von Wolf, wie man möglichst schnell einen Aufruhr provoziert –, aber trotzdem sah ich mich hastig um und suchte nach einem Fluchtweg.
»Stopf ihm den Dolch in die Därme, Spilkar!«
»Hai-ai, Erdenmann! *Hai-ai!*«
Es war dieser Ruf, der mich in Panik versetzte, das schrille, jaulende Hai-ai der Ya-Männer. Im düsteren Feuerschein konnte ich die gefiederten, krallenbewehrten Gestalten sehen, die sprangen und rauschten. Die Menge wich zur Seite.
»*Hai-ai! Hai-ai!*«
Ich wirbelte herum, hob das Mädchen hoch und floh den Weg

zurück, den ich gekommen war, nur viel schneller. Hinter mir hörte ich das jaulende Kreischen der Ya-Männer und das Rascheln ihres starren Gefieders. Ich schoß kopfüber um eine Ecke, duckte mich in eine Seitengasse und setzte das Mädchen wieder ab.

»Lauf, Kleine!«

»Nein, nein! Hier entlang!« drängte sie hastig flüsternd, und die kleinen Finger schlossen sich um mein Handgelenk wie eine Stahlfalle. Sie zerrte so heftig, daß ich nach vorn fiel, hinein in den Schutz eines Straßentempels.

»Hier!« keuchte sie, »stell dich hin – ganz dicht neben mich, dort auf den Stein!« Ich machte einen verblüfften Schritt zurück.

»Oh, frag jetzt nicht lange!« jammerte sie. »Komm her! Schnell!«

»*Hai-ai!* Erdenmann! *Da ist er!*«

Wieder umschlang das Mädchen mich jäh. Ich spürte ihren harten, kleinen Körper, der sich an mich preßte. Sie schleifte mich, zerrte mich buchstäblich zum Mittelpunkt des Schreins.

Die Welt kippte. Die Straße verschwand in einem Kegel rotierender Lichter, Sterne schossen wie irrsinnig durch den Raum, und ich stürzte abwärts, von den Armen des Mädchens fest umschlossen, fiel Hals über Kopf durch taumelnde Lichter und Schatten, die sich um uns drehten. Das Jaulen der Ya-Männer war nur noch ein unermeßlich fernes Flüstern und sekundenlang fühlte ich die gnadenlose Bewußtlosigkeit eines Sturzflugs. Blut rann mir aus der Nase, füllte meinen Mund . . .

Grelles Licht blendete mich. Ich stand, fest auf beiden Füßen, in einem kleinen Straßentempel – aber die Straße war fort. Noch immer trübten Weihrauchschwaden die Luft, und der Gott kauerte in seiner Nische wie eine Kröte; noch immer hing das Mädchen schlaff in meinen Armen, die sie fast krampfhaft festhielten. Als der Boden unter meinen Füßen wieder waagrecht wurde, stolperte ich nach vorn. Das plötzlich wiederkehrende Gewicht des Mädchens brachte mich aus dem Gleichgewicht. Blindlings griff ich nach einem Halt.

»Gib sie mir«, sagte eine Stimme an meinem Ohr, und jemand nahm mir den leichten, kraftlosen Körper des Mädchens aus den Armen. Eine Hand packte mich am Ellenbogen; unter meinen Knien fand sich ein Stuhl, in den ich dankbar versank.
»Zwischen so weit entfernten Endpunkten geht die Übertragung eben nicht so glatt«, bemerkte die Stimme. »Ich sehe schon, Miellyn ist wieder in Ohnmacht gefallen. Ein schwaches Gefäß, dieses Mädchen, aber nützlich.«
Ich spuckte Blut und versuchte, den Raum klar zu erkennen. Denn ein Raum war es, in dem ich mich befand; fensterlos, aber mit einem durchsichtigen Oberlicht, durch das in dünnen, langen Splittern rosiges Tageslicht strömte. Tageslicht – und in Charin war es Mitternacht gewesen! In ein paar Sekunden hatte ich den halben Planeten umrundet.
Von irgendwoher drang ein hämmerndes Geräusch in den Raum, ein zartes, glöckchenartiges Hämmern wie von einem Elfenamboß. Ich hob den Blick und sah einen Mann – einen Mann? –, der mich gelassen beobachtete.
Auf Wolf begegnet man allen Arten menschlichen, nichtmenschlichen und halbmenschlichen Lebens. Ich glaube, daß ich mich in allen drei Sorten wirklich gut auskenne. Aber ich hatte noch nie jemanden gesehen, der dem üblichen Menschentypus so ähnlich sah und zugleich so völlig offensichtlich kein Mensch war. Er – oder es – war groß und hager, humanoid, aber mit seltsam am Körper verteilten Muskeln. In der mageren, gebeugten Gestalt lag ein unbestimmter Anflug von etwas, das weniger als menschlich war. Wie ein Mann trug er enge Hosen und ein Hemd aus grünem Pelz, das schwellende Armmuskeln enthüllte – an Stellen, wo keine hingehörten – und eckige Abflachungen, wo es wiederum schwellende Muskeln hätte geben müssen. Die Schultern waren hoch und verwachsen, der Hals unangenehm schlangenartig und das Gesicht, nur geringfügig schmaler als das eines Menschen, war schön und arrogant und zeigte eine gewisse vorsichtige, wachsame Schalkhaftigkeit, die das am wenigsten Menschliche an ihm war.
Er bückte sich, legte den reglosen Körper des Mädchens auf eine

Art Diwan, drehte ihr den Rücken zu und hob mit einer ungeduldigen Gebärde die Hand.
All die kleinen klimpernden Hämmer verstummten, als hätte man sie abgeschaltet.
»Nun«, erklärte der Nichtmensch, »können wir uns unterhalten.«
Wie das Mädchen von der Straße sprach er ein altertümliches Shainsa, mit seinem melodischen, steigenden und fallenden Singsang. Ich fragte in derselben Sprache: »Was ist passiert? Wer bist du? Und wo bin ich?«
Der Nichtmensch kreuzte die Hände. »Gib nicht Miellyn die Schuld. Sie tat, was ihr befohlen war. Es war unbedingt erforderlich, daß du hierher kamst, und wir hatten Gründe, zu vermuten, daß du einer gewöhnlichen Aufforderung nicht Folge leisten würdest. Du warst sehr geschickt darin, unsere Überwachung zu umgehen – eine Zeitlang. Aber es hätten heute abend keine zwei Trockenstädter in Charin sein können. Du bist Rakhal Sensar?«
Rakhal Sensar!
Benommen zog ich einen Lumpen aus der Tasche und wischte mir das Blut vom Mund. Soweit ich wußte, bestand zwischen Rakhal und mir keine Ähnlichkeit; aber zum ersten Mal kam mir der Gedanke, daß eine nur flüchtige Beschreibung auf uns beide passen würde. Zwei Menschen, groß, mager, ohne besondere Haut- und Haarfarbe, mit dem Gang und der Sprechweise der Trockenstädter und den gleichen Narben quer über Gesicht und Mund – und ich hatte mich in Rakhals alten Schlupfwinkeln herumgetrieben. Der Irrtum war völlig natürlich; und natürlich oder nicht, *ich* würde ihn nicht aufklären.
»Wir wußten«, fuhr der Nichtmensch fort, »daß der Erdenmann, der auf deiner Spur ist – Cargill –, dich gefangengenommen hätte, wärst du geblieben, wo du warst. Wir wußten auch von deinem Streit mit Cargill – unter anderen Dingen –, aber wir hielten es nicht für nötig, daß du ihm in die Hände fielst.«
Ich war verwirrt. »Ich verstehe immer noch nicht. Wo genau bin ich hier?«

»Dies ist das oberste Heiligtum Nebrans.«

Nebran! Ich wußte, was Rakhal getan hätte und machte hastig die glückbringende Handbewegung, wobei ich ein paar uralte Worte stammelte.

Wie jeder Erdenmann auf Wolf war ich auf plötzlich ausdruckslose, leere Gesichter gestoßen, wenn ich den Krötengott erwähnte. Das Gerücht machte seine Spione allwissend, seine Priesterschaft so gut wie allmächtig, seine Macht eindrucksvoll.

Ich hatte nur etwa ein Zehntel von dem geglaubt, was ich gehört hatte, aber schon das war beachtlich. Nun saß ich hier in seinem Tempel, und der Apparat, der mich hierhergebracht hatte, war ganz ohne Zweifel das funktionsfähige Modell eines Materie-Transmitters.

Ein Materie-Transmitter – ein funktionsfähiges Modell – das war es, wonach Rakhal suchte.

»Und wer«, fragte ich langsam, »bist du, Herr?«

Das grüngekleidete Wesen krümmte die Schultern in einer zeremoniellen Verbeugung. »Mein Name ist Evarin. Der demütige Diener Nebrans und der deine, o Ehrenwerter«, fügte er hinzu; aber es lag nichts von Demut in seiner Haltung. »Man nennt mich den Spielzeugmacher.«

Evarin. Noch ein Name, dem das Gerücht Bedeutung zumaß; ein Hauch von Klatsch auf einem Diebesmarkt, ein auf einen abgerissenen Papierfetzen gekritzelter Name – ein leerer Ordner beim Terranischen Abwehrdienst. Ein Spielzeugmacher . . .

Das Mädchen auf dem Diwan setzte sich auf und fuhr sich mit schmalen Händen über das zerzauste Haar. »Meine armen Füße«, klagte sie, »braun und blau sind sie von den Pflastersteinen, und mein Haar ist verfilzt und voller Sand! Spielzeugmacher, ich werde keine Aufträge von dir mehr ausführen! Was war das für eine Art mich auszuschicken – *so* einen Mann zu verlocken?«

Sie stampfte mit einem nackten Füßchen auf und ich erkannte, daß sie bei weitem nicht so jung war, wie sie mir auf der Straße

vorgekommen war; wenn auch nach terranischer Anschauung unreif, hatte sie für ein Mädchen aus den Trockenstädten eine durchaus gute Figur. Ihre Lumpen fielen in anmutigen Falten um die schlanken Beine, ihr Haar war gesponnenes, schwarzes Glas, und plötzlich sah ich, was mich der Wirrwarr in der schmutzigen Straße bislang zu sehen gehindert hatte.
Das war ja das Mädchen aus dem Raumhafen-Café – das Mädchen, das den eingestickten Krötengott auf der Brust ihres Gewandes trug und die Trockenstädter zu solch wahnsinniger Flucht getrieben hatte – ganz außer sich vor Entsetzen waren sie gewesen.
Ich merkte, daß Evarin mich beobachtete und wandte mich gleichgültig ab. Mit einer gewissen betrübten Ungeduld sagte Evarin:
»Du weißt, daß es dir Spaß gemacht hat, Miellyn. Jetzt lauf und mach dich wieder hübsch.«
Sie tanzte aus dem Zimmer.
Der Spielzeugmacher hob die Hand. »Hier entlang«, bedeutete er mir und führte mich durch eine andere Tür. Das Hämmern im Hintergrund, das ich vorhin schon gehört hatte, setzte von neuem ein – hauchzarte, glöckchenartige Töne wie ein Feen-Xylophon –, als die Tür sich öffnete und wir in eine Werkstatt traten, bei der mir Märchen aus meiner halbvergessenen Kindheit auf Terra einfielen. Denn die Arbeiter waren winzige, knorrige – *Trolle*! Es waren Chaks, Chaks aus den Polarbergen, pelzig und halb menschlich, mit Hexengesichtern, aber verwandelt, zwergenhaft. Winzige Hämmer klopften auf Miniaturambosse, in einem klimpernden, klingelnden Chor musikalischen Klirrens und Pochens. Perlaugen, scharf wie Linsen auf blinkende Juwelen und allerlei Tändelkram geheftet. Geschäftige Elfen. Verfertiger von –
Spielzeug!
Evarin zuckte gebieterisch mit den verwachsenen Schultern. Ich kam wieder zu mir und folgte ihm durch die Märchenwerkstatt, wobei ich lange Blicke auf die Arbeitstische warf. Ein runzliger Kobold setzte Augen in den Kopf eines winzigen Hundes, fein-

fühlige Finger verarbeiteten kostbare Metalle zu unsichtbarem Filigran für den Halsschmuck einer zierlichen Tanzpuppe mit lebendigen Smaragdaugen. Mit der Präzision eines Uhrwerks wurden Federn aus Metall in die Flügel eines Vogelskeletts gesteckt, das nicht größer als ein Fingernagel war. Die Nase des Hundes vibrierte zart, die Vogelflügel bebten ganz leise, und die Augen der kleinen Tänzerin bewegten sich und folgten mir.
Spielzeug?
»Komm weiter«, schnarrte Evarin, und hinter uns glitt eine Tür ins Schloß. Das Klimpern und Klopfen wurde schwächer. Aber es hörte keinen Augenblick auf.
»Nun weißt du, Rakhal, warum man mich den Spielzeugmacher nennt. Ist es nicht seltsam – der Hohepriester Nebrans ein Spielzeugmacher, der Tempel des Krötengottes eine Werkstatt für Kinderspielsachen?« Evarin wartete nicht auf Antwort. Aus einem Wandschrank nahm er eine Puppe.
Sie war vielleicht so lang wie mein längster Finger, exakt wie eine Frau geformt und in der bizarren Art der Tänzerinnen von Shainsa kostümiert. Evarin berührte keinen Knopf oder Schlüssel, die ich hätte sehen können, aber als er das Figürchen auf die Füße stellte, führte es einen wirbelnden Tanz auf und warf dabei in einem vertrauten und ungemein schwierigen Takt die Arme in die Luft.
»Vielleicht bin ich – in gewisser Weise – wohlwollend«, murmelte Evarin. Er schnalzte mit den Fingern, und die Puppe sank auf die Knie und verharrte still in dieser Haltung. »Außerdem verfüge ich über die Mittel und – sagen wir – die Fähigkeit, mir meine kleinen Wünsche zu erfüllen. Das Töchterchen des Präsidenten der Handelsstädte-Vereinigung bekam kürzlich so eine Puppe zugeschickt. Wie schade, daß Paolo Arimengo so urplötzlich unter Anklage gestellt und verbannt wurde!« Der Spielzeugmacher pfiff mitleidig durch die Zähne. »Vielleicht kann eine kleine Gefährtin so wie diese – die kleine Carmela mit der neuen – Stellung – versöhnen, an die sie sich jetzt gewöhnen muß.«
Er legte die Tänzerin wieder weg und nahm eine Art Karussell

herunter. »Vielleicht interessiert dich das«, sagte er nachdenklich und ließ es sich drehen. Ich starrte gebannt auf das wechselnde Muster von Licht und Schatten, das vorüberfloß und wieder verging, zu erkennbaren Figuren verschmolz und wieder verschwamm ... Auf einmal begriff ich, was da vorging. Mühsam riß ich die Augen von dem kleinen Ding los. Hatte ich doch einen Augenblick die Kontrolle verloren?
Evarin brachte die unwiderstehliche Bewegung mit dem Finger zum Halt. »Für die Kinder wichtiger Männer stehen mehrere dieser harmlosen Spielzeuge zur Verfügung«, bemerkte er gedankenverloren, »ein wertvoller Exportartikel unserer verarmten und ausgebeuteten Welt. Leider wird ihr Absatz in gewisser Weise durch das Auftreten von Nervenzusammenbrüchen – äh – gestört. Die Kinder sind davon natürlich nicht betroffen und – äh – lieben die Sachen.« Wieder setzte er sekundenlang das hypnotische Rad in Bewegung, warf mir einen Seitenblick zu und stellte es dann sorgfältig zurück.
»Und jetzt ...
Evarins Stimme, hart mit der Seidigkeit eines Tigerfauchens, durchbrach das plötzliche Schweigen wie ein Prankenhieb – »jetzt reden wir vom Geschäft.«
Er hielt etwas in der Hand versteckt. »Wahrscheinlich wunderst du dich, daß wir dich erkannt und gefunden haben?« Eine Platte in der Wand wurde klar und durchsichtig; auf ihrer Oberfläche zuckten verwirrte Lichter, wurden dann zu Konturen, und ich begriff, daß die Platte nichts weiter als ein Bildschirm war und ich durch sie in das mir wohlbekannte Innere des Cafés zu den Drei Regenbogen hineinsah, in der kleinen terranischen Kolonie von Charin. Der Bildausschnitt wanderte langsam die lange, nach terranischer Mode gebaute Bar entlang, wo sich ein hochgewachsener Mann im Lederanzug der Raumfahrer mit einem hellhaarigen Erdenmädchen unterhielt.
Evarin sagte dicht an meinem Ohr: »Inzwischen ist Race Cargill davon überzeugt, daß du ihm ins Netz gegangen und den Ya-Männern in die Hände gefallen bist.«
Es kam mir so unerträglich komisch vor, daß meine Schultern zu

zucken begannen. Seit meiner Ankunft in Charin hatte ich mir die größte Mühe gegeben, die terranische Kolonie zu meiden. Und Rakhal, der das irgendwie herausgefunden haben mußte, hatte einfach meinen Platz dort eingenommen, indem er so tat, als wäre er ich.

Evarin schnarrte: »Cargill hatte vor, den Planeten zu verlassen. Irgend etwas hielt ihn davon ab. *Was*? Du könntest uns wirklich sehr nützlich sein, Rakhal – aber nicht, solange diese Blutfehde nicht beigelegt ist.«

Das bedurfte keiner Erklärung. Kein Wolfaner, der seinen Verstand beisammen hat, wird sich mit einem Trockenstädter, der mit einer unerledigten Blutfehde behaftet ist, in Geschäfte einlassen. Nach Gesetz und Sitte hat eine formell erklärte Blutfehde Vorrang vor allem anderen, ob öffentlicher oder privater Natur, und ist eine ausreichende und legale Entschuldigung für gebrochene Versprechen und vernachlässigte Pflichten, ja sogar für Diebstahl und Mord.

»Wir möchten diese Fehde beendet sehen, und zwar ein für alle Mal.« Evarins Stimme war leise und ohne Hast. »Und wir sind nicht darüber erhaben, das Zünglein an der Waage zu spielen. Dieser Cargill, der ein Mensch ist, kann sich für einen Trockenstädter ausgeben; er hat es bereits getan. Wir haben etwas gegen Erdenmänner, die uns auf diese Art bespitzeln können. Wenn du also deine Blutfehde zum Abschluß bringst, würdest du uns einen Dienst erweisen, für den wir dankbar wären. Sieh her.«

Er öffnete die geschlossene Hand und zeigte mir etwas Kleines, Zusammengeducktes, Regloses.

»Jedes Lebewesen sendet ein ganz charakteristisches Muster von elektrischen Nervenimpulsen aus. Wie du dir vielleicht schon gedacht hast, besitzen wir Verfahren, um diese individuellen Muster aufzuzeichnen. Dich und Cargill beobachten wir schon sehr lange. Wir hatten ausreichend Gelegenheit, dieses – *Spielzeug* auf Cargills persönliches Muster einzustellen.«

Das geduckte, leblose Ding auf seiner Handfläche bewegte sich und breitete Flügel aus. Ein gerade eben ausgeschlüpfter Vogel.

Der kleine, weiche Körper vibrierte ganz leicht; halb unter einer Halskrause aus metallischen Federn verborgen, erspähte ich einen grausamen, überlangen Schnabel. Die winzigen Fittiche überzog zarter, weniger als einen Viertelzoll langer Flaum; sie schlugen mit wütender Hartnäckigkeit gegen die Finger des Spielzeugmachers, die sie gefangenhielten.

»Dieses Ding ist nicht gefährlich – für dich. Aber wenn du auf diese Stelle drückst –«, er zeigte sie mir, »und sich Race Cargill innerhalb einer bestimmten Entfernung befindet (wobei es deine Sache ist, dich in diesem Umkreis von ihm aufzuhalten), dann wird es Cargill finden und töten. Unfehlbar, unausweichlich und unauffindbar. Die kritische Entfernung werden wir dir nicht sagen. Und wir geben dir drei Tage.«

Meinen erstaunten Ausruf tat er mit einer Handbewegung ab.

»Es ist nur gerecht, wenn ich es dir sage: es ist eine Prüfung. Im Laufe der nächsten Stunde erhält Cargill eine Warnung. Wir wollen keine Pfuscher, denen man zuviel unter die Arme greifen muß. Wir wollen auch keine Feiglinge. Wenn du versagst oder versuchst, die Prüfung zu umgehen« – in seinen Augen lag grüne, unmenschliche Bosheit –, »dann haben wir dafür einen zweiten Vogel gebaut.«

Er schwieg, aber ich glaubte die komplizierte wolfanische Unlogik zu verstehen.

»Der andere Vogel ist auf mich eingestellt?«

Mit langsamer Verachtung schüttelte Evarin den Kopf.

»Auf dich? Du bist Gefahren gewöhnt und liebst das Spiel. Nicht so etwas Einfaches! Wir haben dir drei Tage gegeben. Wenn in dieser Zeit der Vogel, den du bei dir hast, nicht getötet hat, wird der andere fliegen – und dieser wird töten. Rakhal Sensar – du hast eine Frau.«

Ja, Rakhal hatte eine Frau. Sie konnten seine Frau bedrohen. Und seine Frau war meine Schwester Juli.

Alles, was noch geschah, verblaßte dagegen. Natürlich mußte ich mit Evarin Wein trinken, das kunstvoll förmliche Ritual, ohne das keine geschäftliche Absprache auf Wolf Gültigkeit erlangt, und eine Reihe weiterer, ebenso kunstvoller Höflichkeiten und Zeremonien überstehen. Evarin unterhielt mich mit blutigen und höchst technischen Beschreibungen der Methoden, mit denen die Vögel und andere seiner höllischen *Spielzeuge* ihre Morde und sonstigen Aufgaben ausführten. Miellyn tanzte herein und störte unsere Nüchternheit, indem sie sich auf meinem Knie niederließ, an meinem Becher nippte und niedlich schmollte, weil ich ihr weniger Aufmerksamkeit widmete, als ihr ihrer Meinung nach zustand. Sie flüsterte mir sogar etwas über ein Stelldichein im Café zu den drei Regenbogen ins Ohr.

Endlich aber war alles vorbei, und ich trat durch eine Tür, die sich verdrehte und wirbelte wieder durch seltsame schwindlige Schwärze und fand mich vor einer kahlen, fensterlosen Mauer in Charin. Ich suchte meine Unterkunft, eine schmutzige Chak-Herberge, auf und warf mich auf das von Ungeziefer wimmelnde Bett.

Unglaublich, aber wahr: ich schlief.

Später ging ich hinaus in den sich rötenden Morgen. Ich holte Evarins Spielzeug aus der Tasche, lockerte an einer Stelle ein wenig die Seide und versuchte, mir über die Zwangslage, in der ich steckte, einigermaßen klarzuwerden.

Das kleine Ding lag unschuldig und still in meiner Handfläche. Es konnte mir nicht sagen, ob es auf mich eingestellt war, den echten Cargill, oder auf Rakhal, der in der terranischen Kolonie meinen Namen und Ruf benutzte. Wenn ich den Knopf drückte, würde es Rakhal vielleicht für mich erledigen, und ich wäre alle meine Sorgen los. Wenn es andererseits mich umbrachte, würde wahrscheinlich der andere, auf Juli fixierte Vogel, gar nicht erst losfliegen – was ihr das Leben retten, nicht jedoch Rindy zurückbringen würde. Und wenn ich über den von Evarin gesetzten Termin hinaus zögerte, würde einer der Vögel Juli finden und ihr einen schnellen und nicht besonders schmerzlosen Tod bescheren.

Ich verbrachte den Tag in einer Chak-Kneipe, in der ich herumhockte und wie verrückt ein Dutzend Pläne im Kopf durcheinanderwirbelte. Spielsachen, unschuldig und unheimlich. Spione, Boten. Spielzeug, das tötete – auf schreckliche Weise tötete. Spielzeug, kontrolliert vom leicht beeinflußbaren Verstand eines Kindes – *und jedes Kind hat Augenblicke, in denen es die Eltern haßt*!

Immer wieder drängte sich mir dieselbe Schlußfolgerung auf. Juli war in Gefahr, aber sie war eine halbe Welt entfernt. Rakhal dagegen befand sich hier in Charin und gab sich seelenruhig für mich aus. Ein Kind war in diese Sache verwickelt, Julis Kind, und ich hatte ein Versprechen gegeben, das auch dieses Kind betraf. Der erste Schritt war, in die terranische Kolonie von Charin hineinzukommen und mich zu überzeugen, wie es dort stand.

Charin ist eine halbmondförmig gebaute Stadt, die die kleine Kolonie der Handelsstadt rings umgibt; ein Miniatur-Raumhafen, ein Miniatur-Wolkenkratzer für das Hauptquartier und die zusammengedrängten Behausungen der Terraner, die dort arbeiten, sowie derer; die mit ihnen leben und sie versorgen.

Der Zugang von der Stadt in die Kolonie – denn Charin liegt auf feindlichem Gebiet und weit außerhalb des Einflusses der normalen terranischen Gesetzgebung – erfolgt durch ein bewachtes Tor; im Augenblick aber stand es weit offen, und die Wächter machten einen trägen und gelangweilten Eindruck. Sie trugen Schocker, sahen aber nicht so aus, als hätten sie sie je benutzt. Der eine warf seinem Kameraden mit hochgezogener Augenbraue einen Blick zu, als ich zum Tor schlurfte und um Erlaubnis nachsuchte, die terranische Zone betreten zu dürfen.

Sie erkundigten sich nach meinem Namen und dem Zweck meines Besuches. Ich nannte einen Trockenstädter-Namen, den ich benutzt hatte, als ich noch von Shainsa bis zu den Polarbergen bekannt gewesen war, und hängte eines der Losungsworte des Geheimdienstes daran. Wieder sahen sie einander an, und der eine sagte, »ja, das ist der Kerl«, und dann führten sie mich in das Schilderhaus am Tor, und einer von ihnen sprach in ein Intercom-Gerät. Hierauf brachten sie mich in das Gebäude des

Hauptquartiers und lieferten mich in einem Büro mit dem Schild »Gesandter« ab.

Offenbar war ich senkrecht in eine neue Falle gelaufen. Der eine Wächter fragte mich ganz direkt: »So weit, so gut. Was haben Sie nun wirklich in der terranischen Kolonie vor?«

»Terranische Angelegenheiten. Sie müssen einen Video-Anruf machen, um mich zu überprüfen. Verbinden Sie mich unmittelbar mit Magnussons Büro im zentralen Hauptquartier. Mein Name ist Race Cargill.«

Der Mann rührte sich nicht. Er grinste und sagte zu seinem Kameraden: »Ja, das ist der Kerl, genau der, auf den wir achten sollten.« Er legte mir die Hand auf die Schulter und drehte mich einfach um.

Sie waren zu zweit, und Weltraum-Militärpolizisten werden nicht nach ihren schönen Augen ausgesucht. Trotzdem schlug ich mich wacker, bis die Innentür aufgerissen wurde und ein Mann hereinstürmte.

»Was soll der Krach?«

Der eine Wächter hatte mich im Schwitzkasten und verdrehte mir den Arm. »Dieser Vagabund aus den Trockenstädten wollte uns überreden, ein Blitzgespräch mit Magnusson zu führen. Mit dem Chef des Geheimdienstes! Er kannte ein paar Geheimdienst-Codeworte, deshalb kam er überhaupt durchs Tor. Erinnern Sie sich, daß Cargill mitteilen ließ, vielleicht würde jemand auftauchen und sich für ihn auszugeben versuchen?«

»Ich erinnere mich.« Die Augen des Fremden waren wachsam und kalt.

Wieder packten mich die Wächter und beförderten mich im Polizeigriff zum Tor zurück. Der eine Mann stieß meinen Dolch zurück in die Schnalle, der andere gab mir einen harten Stoß, so daß ich stolperte und der Länge lang auf die rissige Straße fiel.

Eins zu null für Rakhal. Er hatte mich hereingelegt, und zwar fein säuberlich.

Die Straße war eng und krumm und wand sich zwischen doppelten Reihen verwahrloster Kieselhäuser hindurch. Ich lief stundenlang umher.

Es dämmerte bereits, als ich merkte, daß mir jemand folgte.
Zuerst war es ein Blick aus dem Augenwinkel – ein Kopf, den ich ein wenig zu oft hinter mir sah, als daß es zufällig sein konnte. Daraus entwickelte sich das Geräusch allzu hartnäckiger Schritte, die einen ungleichmäßigen Rhythmus hatten: tapp – *tapp* – tapp; tapp – *tapp* – tapp.
Mein Dolch war griffbereit, aber irgendwie ahnte ich, daß es hier um etwas ging, das sich nicht mit dem Dolch erledigen ließ.
Ich duckte mich in eine Seitenstraße und wartete auf meinen Verfolger.
Nichts.
Nach einer Weile ging ich weiter und lachte über meine eingebildete Furcht.
Etwas später setzten die leisen und beharrlichen Schritte hinter mir von neuem ein.
Ich floh eine unbekannte Straße hinunter, wo auf blumengeschmückten Balkonen Frauen saßen, deren offene Laternen von Quellen und Bächlein goldenen und orangefarbenen Feuers überflossen; ich rannte stille Straßen entlang, in denen pelzige Kinder an die Türen krochen und mit großen, goldenen Augen, die in der Dämmerung glänzten, zuschauten, wie ich vorbeilief.
Ich schlug einen Haken in eine Gasse und legte mich auf den Boden. Keine zwei Zoll neben mir sagte jemand leise: »Bist du einer der unseren, Bruder?«
Ich murmelte irgend etwas Mürrisches in derselben Mundart.
Eine Hand ergriff meinen Ellenbogen. »Dann komm hier entlang.«
Tapp*tapp*tapp. TappTAPPtapp.
Entspannt überließ ich meinen Arm der Hand, die mich führte.
Wohin man mich auch brachte, vielleicht wurde mein Verfolger dadurch abgeschüttelt. Ich warf mir eine Falte des Hemdmantels über das Gesicht und ging mit.
Dann stolperte ich über ein paar Stufen, machte einen halben Satz nach vorn und befand mich in einem schummrigen Raum, brechend voll von düsteren, menschlichen und nichtmensch-

lichen Gestalten. Die Figuren schwankten im trüben Licht und sangen dabei in einem Dialekt, mit dem ich nicht ganz vertraut war, etwas vor sich hin. Es war ein eintönig klagender Singsang, in dem ein Wort immer wiederkehrte: »*Kamaina! Kamaina!*« Zuerst kam ein hoher Ton, dann fiel es in einer Reihe fremdartiger Vierteltonfolgen bis zum tiefsten, für das menschliche Ohr noch wahrnehmbaren Ton herab. Der Lärm ließ mich zurückweichen; sogar Trockenstädter scheuen die orgiastischen Rituale von Kamaina.

Langsam gewöhnten sich meine Augen an das Dämmerlicht und ich erkannte, daß der größte Teil der Menge aus Männern der Charin-Ebenen und aus Chaks bestand; ein paar trugen die Hemdmäntel der Trockenstädter, und ich glaubte sogar einen Erdenmann zu sehen. Alle hockten vor kleinen, halbmondförmigen Tischchen und starrten angespannt auf einen flackernden Lichtschein an der Stirnseite des Raumes. An einem der Tische bemerkte ich einen leeren Platz und ließ mich darauf niedersinken, wobei ich feststellte, daß der Fußboden weich war, wie gepolstert. Auf allen Tischen brannten kleine, schmierige Pastillen, und aus ihren feurigen Kegeln mit den Aschenspitzen quoll der dampfende, schwimmende Rauch, der die Dunkelheit mit unheimlichen Farben füllte. Neben mir kniete ein unreifes Chak-Mädchen, die gefesselten Hände an den Seiten straff zurückgezurrt, die nackten Brüste von juwelenbesetzten Ringen durchbohrt; unter dem blassen, sahnigen Fell, das um ihre Spitzohren floß, war das Tiergesicht ganz und gar wahnsinnig. Auf den Tischen standen Becher und Karaffen. Eine Frau goß einen Strahl bleicher, phosphoreszierender Flüssigkeit in einen Becher und bot ihn mir an.

Ich nahm einen Schluck, dann noch einen; es schmeckte kalt und angenehm. Erst als der zweite Schluck auf meiner Zunge bitter wurde, begriff ich, was ich da gekostet hatte. Unter den auf mich gehefteten, ebenfalls phosphoreszierenden Augen der Frau tat ich, als schluckte ich und schaffte es dann irgendwie, mir das ekelhafte Gebräu vorn ins Hemd zu kippen. Selbst vor den aufsteigenden Dämpfen versuchte ich mich zu hüten, aber

ich konnte nichts anderes mehr tun. Das war *Shallavan*, die stinkende Droge, die auf jedem halbwegs ordentlichen Planeten der Galaxie geächtet war.
Die ganze Szene glich dem schlimmsten Alptraum eines Drogensüchtigen, angefacht von den Farben des schwelenden Weihrauchs, der hin- und herschwankenden Menge und ihren monotonen Rufen. Jäh flammte grelles, orchideenfarbiges Licht auf, und jemand kreischte in ekstatischer Verzückung: »*No ki na Nebran n'hai Kamaina!*«
»Kamaiiiiiina!« schrillte der hingerissene Pöbel.
Im grellen Licht stand Evarin.
Der Spielzeugmacher sah aus wie bei unserer letzten Begegnung, katzengeschmeidig, von anmutiger Fremdheit, in Wogen schwindelerregenden Purpurs gehüllt. Hinter ihm gähnte Schwärze. Ich wartete, bis das schmerzhafte Gleißen der Lichter nachließ und versuchte dann angestrengt, an ihm vorbeizuschauen. Ich erschrak in tiefster Seele.
Eine Frau stand dort, nackt bis zum Gürtel, die Hände rituell mit kleinen Ketten gefesselt, die melodisch klapperten und klirrten, als sie näherkam, steifbeinig wie in einem gefrorenen Traum. Haare wie gesponnenes Glas, in metallische Wellen gekämmt, flossen von ihrer Stirn auf die entblößten Schultern, und ihre Augen waren purpurn ...
... und die Augen in dem toten Gesicht lebten. Sie lebten und waren wahnwitzig vor Entsetzen, obwohl die Lippen sich in einem gelassenen, verträumten Lächeln kräuselten.
Miellyn.
Ich merkte, daß Evarin schon eine Zeitlang in dem Dialekt, den ich kaum verstehen konnte, gesprochen hatte. Die Arme hatte er hoch erhoben, und sein Mantel wogte von ihnen herunter und schlug kleine Wellen, als wäre er lebendig.
»Unsere Welt – eine alte Welt ... «
»*Kamaiiiiina*!« jauchzte der schrille Chor.
» – Menschen, alles Menschen, nichts als Menschen. Zu Sklaven wollen sie uns machen, uns alle – Sklaven für die Kinder des Affen ...«

Ich blinzelte und rieb mir die Augen, um sie von den Weihrauchdünsten zu befreien. Ich hoffte, daß es eine optische Täuschung war, was ich sah, ein Drogentraum. Über dem Mädchen schwebte etwas Riesiges, Schwärzliches. Sie stand ganz ruhig da und hatte die Hände über ihren Ketten gefaltet. Der Rauch kräuselte sich und schimmerte auf ihren Juwelen. Die Augen in dem stillen, gefrorenen Gesicht bewegten sich qualvoll und flehten um Hilfe.
Irgend etwas – ich kann es nur meinen sechsten Sinn nennen – warnte mich: es war jemand an der Tür. Man hatte mich, wahrscheinlich auf Befehl des Gesandten, verfolgt; mein Verfolger hatte mich hier aufgespürt, war fortgegangen und kehrte nun mit Verstärkung zurück.
Von draußen donnerte es gegen die Tür, und eine Stentorstimme brüllte: »Aufmachen! Im Namen des Terranischen Imperiums!«
Der Gesang brach in zittrigen Fetzen ab. Evarin blickte sich erschreckt und wachsam um. Irgendwo schrie eine Frau. Jäh erloschen die Lichter. In dem Raum gab es eine Panik. Ich bahnte mir mit Ellenbogen, Knien und Schultern einen Weg durch die Menge. Eine dämmrige, gähnende Leere tat sich auf, ich sah Sonnenlicht und klaren Himmel aufblitzen und wußte, daß Evarin ins *Irgendwo* getreten und verschwunden war. Das Hämmern an der Tür klang wie ein ganzes Regiment Raummilitär. Ich sprang auf das Glitzern der kleinen Sterne zu, die mir in der Dunkelheit zeigten, wo Miellyns Tiara war, trotzte dem schwarzen Grauen, das über ihr schwebte und prallte gegen erstarrtes Mädchenfleisch, kalt wie der Tod.
Ich packte sie und sprang auf die Seite. Jedes von Einheimischen errichtete Haus auf Wolf hat ein halbes Dutzend verborgene Aus- und Eingänge, und ich weiß, wo sie zu suchen sind. Ich stieß einen davon auf und stand in einer stillen, friedlichen Straße. Tief über den Dächern ging ein einsamer Mond unter. Ich stellte Miellyn auf die Füße, aber sie stöhnte und lehnte sich schlaff an mich. Ich zog den Hemdmantel aus, legte ihn um ihre nackten Schultern und nahm sie auf die Arme. Weiter unten an

der Straße gab es eine Chak-Kneipe, die ich früher gut gekannt hatte. Sie hatte einen üblen Ruf, und das Essen war noch schlechter, aber dafür war sie ruhig und die ganze Nacht geöffnet. Ich bückte mich unter dem niedrigen Balken am Eingang und trat durch die Tür.

Der Innenraum war verräuchert und stank. Ich ließ Miellyn auf eine der runden Liegen fallen, schickte den schlampigen Kellner nach zwei Schüsseln mit Nudeln und nach Kaffee, gab ihm ein paar Münzen mehr, als das Essen gekostet hätte und wies ihn an, uns alleinzulassen. Er zog die Läden herunter und ging.

Sekundenlang starrte ich auf das reglose Mädchen, zuckte dann die Achseln und machte mich daran, eine der Nudelschüsseln leerzuessen; auch mein Kopf war immer noch betäubt von den Weihrauch- und Drogendünsten, und ich wollte ihn klar haben. Ich war noch nicht sicher, was ich tun würde, aber ich hatte Evarins rechte Hand in meiner Gewalt und war entschlossen, das auszunutzen.

Die Nudeln waren fettig, aber heiß, und ich aß eine ganze Schüssel auf, bevor Miellyn sich regte, wimmerte und mit der Hand – wobei die Ketten ein melodisches, kleines Klirren ertönen ließen – nach ihren Haaren griff. Als sie merkte, daß die Falten meines Hemdmantels sie daran hinderten, machte sie eine krampfhafte Bewegung und starrte in wachsender Verwirrung bestürzt um sich.

»Du! Was bin ich . . .?«

»Es gab einen Aufruhr«, sagte ich kurz, »und Evarin hat dich sitzen lassen. Und du kannst aufhören zu denken, was du gerade denkst. Ich habe dir meinen Mantel umgelegt, weil du bis zum Gürtel nackt warst und das nicht besonders gut aussah.«

Ich hielt inne, um mir diesen Satz noch einmal zu überlegen, grinste und verbesserte mich: »Ich meine, ich konnte dich ja nicht so über die Straße schleppen; sonst sah es schon ganz gut aus.«

Zu meinem Erstaunen gab sie ein wackliges Kichern von sich.

»Wenn du bitte –« Sie hielt mir die gefesselten Hände hin. Ich lachte und zerriß die Kettenglieder. Es war nicht viel Kraft dazu erforderlich – es waren symbolische Schmuckgegenstände, keine wirklichen Fesseln. Viele Frauen auf Wolf tragen sie ständig.

Miellyn zog ihre Umhüllungen hoch und befestigte sie so, daß sie anständig bedeckt war. Dann warf sie mir meinen Hemdmantel wieder zu. »Rakhal, als ich dich dort sah ...«

»Später«. Ich schob ihr die Nudelschüssel hin. »Iß das«, befahl ich. »Du stehst immer noch unter Drogen; das Essen macht dir den Kopf klar.« Ich griff nach einem der Kaffeebecher und trank ihn mit einem einzigen Zug leer. »Was hattest du überhaupt dort zu tun?«

Ohne Vorwarnung warf sie sich über den Tisch und schlang die Arme um meinen Hals. Einen Augenblick ließ ich sie überrascht gewähren, dann griff ich zu und löste energisch ihre Hände.

»Laß das. Ich bin einmal darauf hereingefallen und mitten im Dreck gelandet.«

Ihre Finger umklammerten mich mit hartem Griff, wie im Fieber. »Bitte, o bitte hör mir zu! Hast du den Vogel noch, das *Spielzeug*? Du hast ihn noch nicht losgelassen? Tu es nicht, tu es nicht, niemals, niemals! Rakhal, du weißt nicht, wie Evarin ist und was er tut –« die Worte strömten aus ihr heraus wie ein Sturzbach, hemmungslos und verzweifelt. »Er hat so viele Männer wie dich unter seinen Einfluß gebracht – laß dich nicht auch von ihm einfangen! Sie sagen, du wärst ein anständiger Mann; du hast früher für Terra gearbeitet, die Terraner würden dir glauben, wenn du hingingst und ihnen sagtest – Rakhal, bring mich in die terranische Zone, nimm mich mit, bring mich dorthin, wo man mich vor Evarin beschützt!«

Zuerst hatte ich mich vorgebeugt, um Einwände zu machen, dann abgewartet und den endlosen Sturzbach ihrer Bitten vorüberrauschen lassen. Endlich lag sie still, erschöpft, der Kopf war auf meine Schulter gesunken, die Hände klammerten sich immer noch an mich.

Der Moschusgeruch des *Shallavan* mischte sich mit den Blumen-

düften ihrer Haare. Zuletzt sagte ich schweren Herzens: »Kind, du und dein Spielzeugmacher – ihr habt euch beide in mir geirrt. Ich bin nicht Rakhal Sensar.«
»Du bist nicht –?« Sie wich zurück und betrachtete mich erschreckt und ungläubig. »Wer dann?«
»Race Cargill. Terranischer Geheimdienst.«
Sie starrte mich an, den Mund weit aufgesperrt wie ein Kind. Dann lachte sie. Sie *lachte* – ich dachte, sie bekäme einen hysterischen Anfall und musterte sie bestürzt. Aber als ihre großen roten Augen, mit dem ganzen Schalk wolfanischer Unlogik darin, den meinen begegneten – fing ich auch an zu lachen.
»Cargill – du kannst mich zu den Terranern bringen, wo Evarin –«
»Verdammt nochmal!« explodierte ich. »Ich kann dich nirgends hinbringen, Mädchen. Ich muß Rakhal finden!« Ich zerrte das *Spielzeug* hervor und knallte es auf den schmierigen Tisch.
»Wahrscheinlich weißt du auch nicht, welchen von uns beiden das hier nun wirklich umbringen soll?«
»Ich weiß nichts über das *Spielzeug*.«
»Aber viel über den Spielzeugmacher«, versetzte ich säuerlich.
»Das habe ich gedacht. Bis gestern abend.« Sie brach in leidenschaftlichen Zorn aus. »Es ist gar keine Religion! Es ist alles nur *Tarnung*! Für Drogen und politische Intrigen und allen möglichen anderen Schmutz! Ich habe viel über Rakhal Sensar gehört. Was immer du von ihm glaubst, er ist zu anständig, um in diese Dinge verwickelt zu sein.«
In meinem Kopf begann sich das Muster zu formen. Rakhal war dem Materie-Transmitter auf der Spur gewesen und hatte sich den Zorn des Spielzeugmachers zugezogen. Jetzt wurden mir auch Evarins Worte klar: »Du warst sehr geschickt darin, unsere Überwachung zu umgehen – eine Zeitlang.« Juli hatte mir den Schlüssel dazu gegeben: *Er hat Rindys Spielsachen zerschlagen*. Es hatte sich angehört wie die Tat eines Verrückten, aber es war völlig logisch und vernünftig gewesen.
Ich sagte: »Die Reichweite dieses Dinges ist, wenn ich das rich-

tig verstehe, begrenzt. Wenn ich es in einen Stahlkasten schließe und in der Wüste fallen lasse, wird es garantiert niemandem etwas tun. Miellyn – du würdest es nicht wagen, den anderen Vogel für mich zu stehlen?«
»Warum solltest *du* dir Sorgen um Sensars Frau machen?« blitzte sie mich an.
Irgendwie war es mir wichtig, das richtigzustellen. »Sie ist meine Schwester«, erklärte ich. »Vermutlich geht es zunächst darum, Rakhal zu finden.« Ich brach ab, weil mir etwas eingefallen war. »Mit dem Monitor in der Werkstatt könnte ich Rakhal ausfindig machen. Kannst du mich wieder in den obersten Tempel bringen? Wo ist der nächste Straßenschrein?«
»Nein! O nein! Das wage ich nicht!«
Ich mußte bitten und flehen und zum Schluß sogar drohen, indem ich sie daran erinnerte, daß sie ohne mich von einer Horde unter Drogen stehender, rasender Fanatiker in Stücke gerissen worden wäre – oder noch Schlimmeres –, bevor sie endlich einwilligte, mich zu einem Transmitter zu führen. Als sie den Fuß auf das steinerne Muster setzte, zitterte sie. »*Ich* weiß, wozu Evarin fähig ist!« Dann zuckte ihr roter Mund in bebender Nekkerei. »Du mußt schon näherkommen, die Transmitter sind nur für eine Person gedacht!«
Ich beugte mich zu ihr herunter und legte den Arm um sie. »So?«
»So«, flüsterte sie und preßte sich an mich. Ein Wirbel schwindliger Dunkelheit drehte sich um meinen Kopf; die Straße verschwand, und wir waren am Ziel, jenem Raum im obersten Heiligtum, unter einem Oberlicht, das die letzten Strahlen der sinkenden Sonne nur schwach erhellten. Aus der Ferne klangen mir zarte, hämmernde Geräusche in die Ohren.
Miellyn wisperte: »Evarin ist nicht hier, aber er kann jeden Augenblick hereinspringen!« Ich achtete nicht darauf.
»Wo genau auf dem Planeten befinden wir uns eigentlich?«
Miellyn schüttelte den Kopf. »Das weiß niemand außer Evarin selber. Es gibt keine Türen hier, nur die Transmitter – wenn wir hinauswollen, springen wir einfach durch. Das Monitorgerät ist

dort drüben. Wir müssen durch die Werkstatt der Kleinen.« Sie öffnete die Tür zur Werkstatt, und wir gingen hindurch.
Jahrelang hatte ich dieses eigenartige Gefühl nicht mehr gehabt – Tausende von Augen, die mir Löcher mitten in den Rücken bohrten. Als wir endlich die Hintertür erreichten und hinter uns zumachten, sicher und wunderbar undurchsichtig, schwitzte ich. Miellyn zitterte.
»Schön ruhig«, warnte ich. »Wir müssen immer noch wieder hinaus. Wo ist der Monitor?«
Sie drückte auf die Wandplatte. »Ich weiß aber nicht, ob ich ihn genau einstellen kann. Evarin hat nie erlaubt, daß ich ihn anfasse.«
»Wie funktioniert er?«
»Das Prinzip ist das gleiche wie bei dem Materie-Transmitter. Das heißt, du kannst damit überall hinschauen, nur ohne den Sprung. Er hat eine Zielautomatik, genau wie die *Spielzeuge*. Wenn es hier Unterlagen über das Muster von Rakhals elektrischen Impulsen gibt, könnte ich – warte! Ich weiß, wie wir es machen können. Gib mir das *Spielzeug*!« Ich zog es heraus. Sie griff eilig danach und packte es aus. »Das ist ein guter, schneller Weg, um herauszufinden, wen von euch dieser Vogel töten soll!«
Ich betrachtete das kleine Vogelwesen, das so weich und unschuldig in ihrer Hand lag. »Und wenn es auf mich eingestellt ist?«
»Ich will es ja nicht in Gang setzen.« Miellyn schob die Federn zur Seite und legte einen in den Vogelkopf eingesetzten winzigen Kristall frei. »Der Gedächtniskristall. Wenn er auf deine Nervenmuster fixiert ist, siehst du dich auf dem Monitor wie in einem Spiegel. Wenn du also Rakhal siehst...«
Sie berührte mit dem Kristall die Oberfläche des Bildschirms. Kleine »Schnee«-Flocken tanzten über die hellerwerdende Wandplatte. Dann erschien plötzlich ein klares Bild, der von uns abgewandte Rücken eines Mannes mit Lederjacke. Der Mann drehte sich langsam um. Zuerst erkannte ich ein vertrautes Bild und sah dann, wie sich das Profil in eine von Narben zerfetzte

Maske verwandelte, schlimmer noch als meine eigene. Seine Lippen bewegten sich; er sprach mit jemandem außerhalb der Reichweite der Linse.
Miellyn fragte: »Ist das . . .?«
»Ja, das ist Rakhal. Verändere doch bitte die Einstellung, wenn du kannst – versuch, einen Blick aus dem Fenster zu erwischen, etwas in dieser Art. Charin ist eine große Stadt. Wenn wir irgendeine Landmarke erkennen könnten . . .«
Rakhal sprach weiter, geräuschlos, wie Fernsehen ohne Ton. Plötzlich sagte Miellyn: »Dort!« Sie hatte den Scanner in die Nähe eines Fensters gebracht. Rakhal befand sich in einem Raum, von dem aus man einen hohen Pfeiler und ein paar Streben sehen konnte, die an eine Brücke erinnerten. Ich wußte sofort, um welche Stelle es sich handelte, und Miellyn auch.
»Die Brücke des Sommerschnees in Charin. Jetzt kann ich ihn finden. Los, stell den Apparat ab, und dann schnell weg von hier.« Ich drehte dem Bildschirm schon den Rücken, als Miellyn einen erstickten Schrei ausstieß.
»Schau!«
Rakhal kehrte unserem Scanner den Rücken zu, und zum ersten Mal sahen wir, mit wem er sprach. Eine verwachsene und katzenhafte Schulter, schief, darüber ein Schlangenhals, ein schönes und arrogantes Gesicht . . .
»Evarin!« fluchte ich. »Also weiß er, daß ich nicht Rakhal bin. Wahrscheinlich hat er es die ganze Zeit gewußt. Komm, Mädchen, wir verschwinden hier.« Sie stopfte den in Seide gewikkelten Vogel in die Rocktasche, und wir rannten durch die Werkstatt. Die Werkstattür knallten wir hinter uns zu, und ich schob einen schweren Diwan als Barrikade dagegen.
Miellyn stand schon in der Nische, in der der Krötengott hockte. »Gleich hinter der Brücke des Sommerschnees ist ein Straßentempel. Halt mich, halt mich fest, es ist ein weiter Sprung!« Plötzlich ein krampfhafter Schauder und sie gefror in meinen Armen. »Evarin! Er springt! Schnell!«
Um uns drehte sich der Weltraum.
Wir landeten in einem Straßenschrein. Ich erkannte den Pfeiler,

die Brücke und die aufgehende Sonne; dann plötzlich der schwindelerregende innerliche Ruck, ein Strom eisiger Luft umpfiff uns, und wir standen da und blickten auf die von ihrem ewigen Sonnenlicht umringten Polarberge.
Wieder sprangen wir. Die ruckartige Übelkeit, die mit der Desorientierung einherging, entrang dem Mädchen ein Stöhnen. Um uns her schauderten dunkle Wolken. Ich schaute auf eine fremde Welt aus Sand und Ödland und staubverschmierten Sternen. Miellyn wimmerte: »Evarin weiß, was ich tue, er läßt uns über den ganzen Planeten springen, er kann die Instrumente aus dem Kopf bedienen ... Psychokinese ... ich kann das auch, wenigstens ein bißchen, nur habe ich nie ... oh, halt mich fest, ganz fest, ich habe es nie gewagt ...«
Und so begann eines der wunderlichsten Duelle aller Zeiten. Miellyn machte irgendeine winzige Bewegung und wir stürzten, blind und benommen, durch die Finsternis; aber mittendrin in dieser schwindligen Drehung zerrte eine neue Richtung an uns, stieß uns anderswohin – und wir erblickten wieder eine andere Straße. Im einen Augenblick waren wir in der Kharsa – ich sah ganz deutlich die Tür zum Raumhafen-Café und roch den heißen Kaffee – und Sekunden später war es greller Mittag, und über uns wogten purpurrote Baumwipfel, hoch über den Dächern vergoldeter Tempel. Wir froren und wir brannten, Mondlicht, Mittag, trübe Dämmerung, alles im furchtbaren Schwindel des Hyperraums.
Auf einmal erkannte ich den Pfeiler und die Brücke; das Glück oder ein Versehen hatte uns für eine halbe Sekunde nach Charin zurückversetzt. Schon begann die Finsternis sich wieder auf uns herabzudrehen; aber meine Reflexe sind schnell, und ich machte einen blitzschnellen Satz nach vorn. Wir schwankten und fielen, noch aneinandergeklammert, der Länge lang auf die scharfen Steine der Brücke vor dem Straßentempel; blutend und voller blauer Flecken, aber lebendig – und am Ziel!
Ich hob Miellyn auf; ihre Augen waren vor Schmerz wie betäubt. Aneinandergeschmiegt flohen wir über die Brücke des Sommerschnees. Unter unseren Füßen schwankte der Boden

wie verrückt. Als wir drüben waren, sah ich zum Brückenpfeiler auf. Nach dem Blickwinkel zu urteilen, konnte der Ort, an dem wir Rakhal gesehen hatten, nicht weit entfernt sein. Es gab in der Straße eine Weinhandlung, einen Seidenmarkt und ein kleines Wohnhaus. Ich ging hin und hämmerte an die Tür.

Stille. Ich klopfte nochmals. Von drinnen vernahm ich die schrille Frage eines Kindes, eine tiefere Stimme, die es zum Schweigen brachte, und endlich öffnete sich die Tür und gab den Blick auf ein vernarbtes Gesicht frei, das sich zum schrecklichen Zerrbild eines Grinsens verzog.

»Ich dachte mir, daß du das sein könntest, Cargill«, sagte Rakhal. »Du hast länger gebraucht, als ich erwartet hatte. Komm herein.«

Er hatte sich nicht sehr verändert – wenn man von den purpurroten, häßlichen Narben absah, die Mund, Nase und Unterkiefen entstellten. Sein Gesicht war wirklich schlimmer als meins. Als er Miellyn sah, spannte sich die Maske. Aber er trat zurück, um uns einzulassen und schloß hinter uns die Tür.

Ein kleines Mädchen im Pelzkittelchen stand da und beobachtete uns. Sie hatte Julis rote Haare und wußte offensichtlich genau, wer ich war, denn sie schaute mich ruhig und ohne Überraschung an. Hatte Juli ihr von mir erzählt?

»Rindy«, sagte Rakhal leise, »geh nach nebenan.« Das kleine Mädchen, das mich immer noch anstarrte, rührte sich nicht. Rakhal fuhr mit milder, merkwürdig gedämpfter Stimme fort: »Trägst du immer noch einen Skean-Dolch, Race?«

Ich schüttelte den Kopf. »Das ist Julis Tochter. Ich werde nicht vor ihren Augen ihren Vater töten.« Plötzlich kochte ich vor Wut. »Zum Teufel mit deiner verdammten Trockenstadt-Blutfehde und deinen blödsinnigen Ehrbegriffen und deinem schmutzigen Krötengott!«

Rakhals Stimme klang jetzt rauher. »Rindy, ich habe dir gesagt, du sollst hinausgehen.«

Ich trat einen Schritt auf die Kleine zu. »Geh nicht weg, Rindy. Ich werde sie zu Juli bringen, Rakhal. Rindy, möchtest du nicht zu deiner Mutter?« Ich streckte die Arme nach ihr aus.

Rakhal machte eine drohende Bewegung. Miellyn sprang zwischen uns und packte Rindy. Das Kind wehrte sich und wimmerte, aber Miellyn machte zwei schnelle Schritte und trug sie durch die offene Tür einfach fort.

Ganz langsam fing Rakhal an zu lachen.

»Du bist genauso dumm wie früher, Cargill. Du hast es immer noch nicht begriffen. Ich wußte, daß Juli, wenn sie nur genügend Angst hatte, sofort zu dir rennen würde. Ich dachte mir, daß dich das aus deinem Versteck herauslocken würde – du dreckiger Feigling! Sich sechs Jahre einfach in der terranischen Zone zu verstecken! Wenn du damals, als ich diese letzte große Sache eingefädelt hatte, die Courage gehabt hättest, dich mir anzuschließen, hätten wir das größte Ding gedreht, das es je auf Wolf gegeben hat!«

»Und für Evarin die Schmutzarbeit gemacht?«

»Du weißt verdammt genau, daß das mit Evarin gar nichts zu tun hatte. Es war für uns – und für Shainsa. Evarin – ich hätte mir denken können, daß er auf dich verfallen würde. Dieses Mädchen ... wenn du meine Pläne kaputtgemacht hast –« Unvermittelt riß er den Skean aus der Scheide und stürzte sich auf mich. »Sohn des Affen! Ich hätte es besser wissen müssen, statt mich auf dich zu verlassen! Aber jetzt ist Schluß mit deiner Einmischerei!«

Ich fühlte, wie der Dolch mich traf, mir Fleisch und Rippen zerschnitt. Ich taumelte zurück und stöhnte vor Schmerz. Wir rangen miteinander, und ich zwang seine Hand zurück. Meine Seite brannte wie Feuer, ich wollte Rakhal umbringen und konnte es nicht; und zugleich schäumte ich vor Wut, weil ich doch gar nicht gegen diesen Idioten kämpfen wollte – ich war ja nicht einmal wütend auf ihn.

Kreischend riß Miellyn die Tür auf. Seide flatterte, dann schoß das *Spielzeug* – ein winziger, summender, tödlicher Horror – senkrecht auf Rakhals Augen zu. Es blieb nicht einmal Zeit für einen Warnungsruf. Ich bückte mich und rannte ihm den Kopf voll in den Magen. Er ächzte, krümmte sich und ging zu Boden, so daß das heransausende *Spielzeug* ihn verfehlte. Es surrte in

getäuschter Wut, verharrte schwebend, stieß von neuem zu. Rakhal wand sich in Qualen, zog die Knie an den Leib, krallte die Hände in sein Hemd. »Du elender – ich wollte es nicht benutzen!« Er öffnete die geballte Faust und plötzlich bewegte sich ein zweites *Spielzeug* im Raum. Ein zweites, dem ersten völlig gleiches Vögelchen, das nun auf mich zusauste – im Bruchteil einer Sekunde war mir alles klar. Evarin hatte mit Rakhal die gleiche Vereinbarung getroffen wie mit mir.
Von der Tür kam der gellende Aufschrei eines Kindes.
»Pappi!«
Jäh brachen die Vögel mitten im Flug zusammen und wurden schlaff. Sie fielen wie sterbend zu Boden und blieben dort zitternd liegen. Rindy raste mit fliegenden Röckchen ins Zimmer und faßte mit jeder Hand eines der kleinen Scheusäler.
Sie stand mit tränenüberströmtem Gesichtchen da. An ihren Schläfen traten dunkle Adern wie dünne Stricke hervor. »Zerbrecht sie, *schnell*. Ich kann sie nicht länger halten!«
Rakhal riß ihr eines der *Spielzeuge* aus der kleinen Faust und zertrat es mit dem Absatz. Es schrillte und starb. Das andere kreischte wie ein lebendiger Vogel, als sein Fuß auf den winzigen Federn knirschte. Er rang mühsam nach Atem und preßte die Hände an den Bauch, dort, wo ich ihn gestoßen hatte.
»Das war ein ganz gemeiner Treffer, Cargill, aber ich denke, ich weiß, warum du das getan hast. Du –« er hielt inne und fuhr dann beschämt fort – «du hast mir das Leben gerettet. Du weißt, was das bedeutet. Hast du es mit Absicht getan?«
Ich nickte. Es bedeutete das Ende der Blutfehde. Ganz gleich, was wir einander an Unrecht zugefügt hatten, es war erledigt, jetzt und für alle Zeiten.
Er sagte: »Wir sollten dir besser den Dolch aus den Rippen ziehen, du verfluchter Idiot. Hier!« Und mit einem schnellen Ruck zog er ihn heraus. »Kaum ein halber Zoll. Die Rippe muß ihn abgelenkt haben. Nur eine Fleischwunde. Rindy?«
Sie schluchzte laut und barg ihren Kopf an seiner Schulter.
»Die anderen *Spielzeuge* ... haben dir weh getan ... wenn ich eine Wut auf dich hatte, Pappi. Nur ...« sie bohrte die Fäuste in

die roten Augen ...« ich war ja gar nicht so wütend auf dich ... auf niemanden ... nicht einmal ... auf ihn ...«
Über ihren Kopf sagte er: »Die *Spielzeuge* aktivieren den unbewußten Ärger eines Kindes über seine Eltern. Das bedeutet zugleich, daß ein Kind sie beherrschen kann, wenn auch nur für ein paar Sekunden; kein Erwachsener ist dazu imstande.«
»Juli hat mir gesagt, du hättest Rindy bedroht.«
Er lachte. »Was hätte ich denn sonst tun können, um Juli derart in Angst zu versetzen, daß sie zu dir lief? Juli ist stolz, beinahe so stolz wie du, du halsstarriger Sohn des Affen! Sie mußte erst wirklich verzweifelt sein.«
Achselzuckend wies er jede weitere Diskussion von sich. »Du hast Miellyn, die dich durch die Transmitter bringt. Geh zurück in den obersten Tempel und sag Evarin, ich wäre tot. In der Handelsstadt halten sie mich immer noch für Cargill. Ich kann dort nach Belieben ein- und ausgehen. Ich werde ein Videogespräch mit Magnusson führen, damit er Soldaten schickt, um die Straßentempel zu überwachen. Es kann sein, daß Evarin versuchen wird, über einen dieser Tempel zu entkommen.«
»Terra hat auf ganz Wolf nicht soviel Soldaten, daß sie auch nur die Straßenschreine von Charin bewachen könnten«, wandte ich ein, »und ich kann nicht mit Miellyn zurückgehen.« Ich erklärte den Grund, und Rakhal spitzte die Lippen und pfiff, als ich ihm den Kampf in den Transmittern schilderte.
»Da hast du ja mal wieder Glück gehabt! Ich bin nie nahe genug herangekommen, um wirklich zu erfahren, wie die Transmitter funktionieren, und ich wette, du hast auch keine Ahnung. Also gut – dann machen wir es auf die harte Tour. Wir stellen Evarin in seinem eigenen Tempel – wenn Rindy bei uns ist, brauchen wir uns keine Sorgen zu machen.«
Ich war entsetzt über diesen so beiläufig gemachten Vorschlag.
»Du würdest ein Kind in so etwas hineinziehen?«
»Was sollte ich sonst tun?« erkundigte Rakhal sich mit zwingender Logik. »Rindy hat Einfluß auf die *Spielzeuge*, falls Evarin sich entschließt, sein gesamtes Arsenal auf uns zu hetzen. Weder du

noch ich könnten die Dinger kontrollieren.« Er nahm Rindy wieder in den Arm und sprach leise mit ihr. Sie blickte von ihrem Vater zu mir und wieder zurück, lächelte und streckte mir die kleine Hand entgegen.

Während wir uns nach einem anderen Straßentempel umsahen (aus irgendeinem geheimnisvollen Grund wollte Miellyn nicht den benutzen, in dem wir angekommen waren), fragte ich Rakhal gerade ins Gesicht: »Arbeitest du für Terra? Oder für die Widerstandsbewegung? Oder für die Trockenstädte?«

Er schüttelte den Kopf. »Ich arbeite für mich selbst. Ich habe nur einen Wunsch, Race. Ich will, daß die Trockenstädte und das übrige Wolf eine Stimme in ihrer eigenen Regierung haben. Nach den Gesetzen des Terranischen Imperiums erhält jeder Planet, der einen wesentlichen Beitrag zur galaktischen Wissenschaft leistet, die Stellung eines unabhängigen Mitglieds im Staatenbund. Wenn ein Trockenstädter etwas so Wertvolles wie einen Materie-Transmitter entdeckt, bekommt Wolf das Recht der Selbstverwaltung. Außerdem bringt mir das eine hübsche große Belohnung und einen offiziellen Rang ein.«

Bevor ich antworten konnte, berührte mich Miellyn am Arm.

»Da ist der Tempel.«

Rakhal nahm Rindy auf den Arm, und wir drei anderen drängten uns eng aneinander. Die Straße schwankte und verschwand, und ich fühlte das nun schon gewohnte Kippen und Wirbeln der Finsternis. Rindy schrie vor Schreck und Schmerz laut auf. Dann wurde die Welt wieder gerade. Rindy weinte und betastete mit schmierigen Fäustchen ihr Gesicht. »Pappi, meine Nase blutet.«

Miellyn beugte sich zu ihr und wischte das Blut von der Stupsnase. Rakhal setzte seine Tochter auf die Füße.

»Die Chak-Werkstatt, Race. Zerschlag alles, was du siehst. Rindy, wenn uns irgend etwas angreift, halt es an – halt es ganz schnell an!«

Sie blinzelte mit großen runden Augen und nickte – ein feierliches, kleines Nicken. Wir rissen mit lauten Rufen die Tür zur Elfenwerkstatt auf. Das Klimpern der Feen-Ambosse zerklirrte in tausend Mißtönen, als ich mit dem Fuß eine Werkbank umstieß und halbfertiges *Spielzeug* in wildem Durcheinander am Boden zerbrach.

Die Chaks flohen vor uns wie Hasen. Ich zerschmetterte angefangenes *Spielzeug*, Werkzeug, Filigran und Juwelen, zerstampfte alles mit schweren Stiefeln. Eine winzige Puppe mit der Figur einer Frau stürzte sich mit schrillem Überschallgekreisch auf mich; ich setzte meinen Fuß auf sie und mahlte das Leben aus ihr heraus. Sie schrie wie eine lebendige Frau, als sie zersprang. Die blauen Augen rollten aus dem Kopf und auf den Boden, wo sie mich, noch immer voller Leben, anstarrten; ich zertrampelte die blauen Juwelen.

Ich war wie betrunken vor lauter Zerstampfen und Zerschmettern, als ich Miellyns warnenden Aufschrei hörte. Ich fuhr herum und sah Evarin in der Tür stehen. Er hob mit höhnischer Geste beide Hände, machte kehrt und rannte mit sonderbar schleifenden, unmenschlichen Schritten auf den Transmitter zu.

»Rindy«, keuchte Rakhal, »kannst du den Transmitter blockieren?«

Statt einer Antwort schrie Rindy: »Wir müssen hier weg! Das Haus stürzt ein! Es wird über uns zusammenbrechen – seht nur – seht doch das Dach!«

Gebannt von ihrem Entsetzen starrte ich nach oben und sah, wie sich in der Decke ein breiter Riß öffnete. Das Oberlicht bekam Sprünge, zerbrach, und Tageslicht drang durch die berstenden, durchscheinenden Wände. Rakhal schnappte Rindy und schützte sie mit Kopf und Schultern vor den herabfallenden Gesteinsbrocken. Ich packte Miellyns Taille, und wir rannten auf den Riß zu, der sich in der zusammenbrechenden Wand immer mehr erweiterte. Wir drängten uns gerade noch durch, ehe das Dach einstürzte und die Mauern zusammensackten. Auf einem kahlen, grasbewachsenen Hang fanden wir uns wieder. Erschüttert und voller Grauen sahen wir, wie unter uns etwas, das aussah wie ein kahler, felsiger Hügel, nach und nach einstürzte und zu staubigem Geröll zerfiel.

Miellyn schrie heiser: »Lauft! Lauft – schnell!«
Ich verstand nicht, aber ich rannte.
Dann erbebte die Erde vom Knall einer gewaltigen Explosion. Ich wurde zu Boden geschleudert, Miellyn stürzte über mich. Rakhal stolperte und sank in die Knie. Als ich wieder die Augen öffnen konnte, blickte ich nach dem Hang.
Von Evarins Versteck oder dem obersten Tempel Nebrans war nichts übriggeblieben als ein riesiges, gähnendes Loch, aus dem noch immer Rauch und schwarzer Staub emporquollen.
»Vernichtet! Alles vernichtet!« tobte Rakhal. »Die Werkstatt, die ganze Technik der *Spielzeuge*, das Geheimnis der Transmitter!« Wütend ballte er die Fäuste. »Unsere einzige Chance, etwas zu lernen!«
»Du hast Glück gehabt, lebend entkommen zu sein«, bemerkte Miellyn ruhig. »Wo sind wir?«
Ich schaute hinab und riß vor Erstaunen die Augen auf. Unter uns ausgebreitet lag die Kharsa, und gerade gegenüber erhob sich der weiße Wolkenkratzer des Terranischen Hauptquartiers vor dem großen Raumhafen. Ich deutete mit dem Finger.
»Da unten, Rakhal, kannst du deinen Frieden mit den Terranern machen- und mit Juli. Und du, Miellyn . . .«
Sie lächelte unsicher. »Ich kann doch nicht so in die terranische Zone gehen. Hast du einen Kamm? Rakhal, leih mir deinen Hemdmantel. Meine Gewänder sind zerrissen.«
»Albernes Weib, sich in so einem Augenblick deshalb Sorgen zu machen!« Rakhals Blick war mörderisch. Ich steckte ihr meinen Kamm in die Hand, und mein Blick fiel auf die Symbole, mit denen ihr Kleid über der Brust bestickt war. Plötzlich erkannte ich etwas darin.
Ich streckte den Arm aus und riß das Tuch herunter.
»Cargill!« protestierte sie wutentbrannt und bedeckte die entblößten Brüste mit den Händen. »Ist das der richtige Moment für so etwas – noch dazu vor einem Kind?«
Ich hörte sie kaum.
»Sieh dir das an!« rief ich und zerrte an Rakhals Ärmel, »sieh doch nur die Symbole, die in den Gott hineingestickt sind! Du

kannst die alten, nichtmenschlichen Schriftzeichen lesen, ich habe dich dabei beobachtet! Ich wette, dort steht die Formel für jeden, der sie entziffern kann. Sieh doch, Rakhal! Ich kann es nicht lesen, aber ich wette, es sind die Gleichungen für den Materie-Transmitter.«

Rakhal beugte sich über das zerrissene Gewand. »Ich glaube, du hast recht!« schrie er erregt und atemlos. »Es kann Jahre dauern, die Zeichen zu deuten, aber ich schaffe es! Ich schaffe es, oder der Versuch ist mein letzter!« Sein Narbengesicht sah beinahe schön aus, und ich grinste ihn an.

»Wenn Juli genug von dir übrigläßt, sobald sie herausfindet, was du mit ihr angestellt hast! Schau, Rindy schläft. Das arme Kindchen, wir sollten sie zu ihrer Mutter bringen.«

Wir gingen nebeneinander, und Rakhal meinte leise: »Wie in alten Zeiten, Race.«

Es war nicht wie in alten Zeiten, und ich wußte, daß er das auch merken würde, sobald seine Begeisterung sich etwas gelegt hatte. Ich war über meinen Hang zu Intrigen langsam hinaus und hatte so ein Gefühl, daß dieses Abenteuer auch Rakhals letztes gewesen war. Er würde, das sagte er selbst, Jahre brauchen, die Gleichungen für den Transmitter herauszubekommen. Und ich hatte außerdem eine Ahnung, als ob mein eigener, solider, gewöhnlicher Schreibtisch mir morgens durchaus angenehm vorkommen würde.

Eins freilich wußte ich inzwischen: ich würde nie von Wolf weggehen. Es war meine eigene, geliebte Sonne, die dort gerade aufging. Unten im Tal wartete meine Schwester, deren Kind ich zurückgeholt hatte. An meiner Seite ging mein Freund. Was konnte ein Mann sich noch wünschen?

Ich schaute Miellyn an und lächelte.

LUCHSMOND

Dies ist eine Geschichte, die man sich auf den einsamen Bauernhöfen am Rande der Catskill-Berge erzählt, dort, wo ich aufgewachsen bin. Es ist ein Irrtum, davon auszugehen, eine Gegend sei erschlossen und modern, nur weil breite Autostraßen eine Großstadt mit der anderen verbinden und die Fabriken saubere Arbeitsplätze anbieten, an denen man mehr Geld verdient als mit der oberflächlichen Landwirtschaft auf dem felsigen Geröllboden. Zwischen allen Bauerngehöften liegen Waldstükke, jeder Hof hat seinen eigenen Wald; und nachts gibt es Hirsche und Kaninchen und sogar Wölfe und die großen Luchse, die in einer Hungerjahreszeit bis südlich von Kanada hinabwandern. Und immer wieder bekommt ein einsames Bauernmädchen, das in der Nacht am Rande oder auch im Herzen der tiefen Wälder umherstreift, ein Kind wie Helma Lassiter . . .

Rogel Lassiter nahm abrupt die Hände von den Klaviertasten und sah erschreckt auf seine junge Frau, die auf der anderen Seite des Zimmers saß und schluchzte.
»Helma, Liebes!« sagte er reumütig, »wenn ich gewußt hätte – ich habe dich gar nicht hereinkommen hören, Herzchen. Bitte entschuldige!«
»Aber natürlich!« Helma wischte sich die Tränen ab und für einen Augenblick huschte ihr seltsames, zögerndes Lächeln über das nasse Gesicht. »Wenn ich gewußt hätte, daß du spielen wolltest, wäre ich nicht so früh nach Hause gekommen.« Sie durchquerte den Raum, und Roger breitete die Arme aus, um

sie aufzuhalten und für einen Moment fest an sich zu drücken. »War es nett bei Nell Connor?«

Sie schlug die Augen nieder. »Ich war nicht bei Nell, Roger, im Wald war es einfach zu schön. Und – heute nacht ist Vollmond.«

Er legte den Arm um ihre Mitte. »Du bist das wildeste Naturkind, das ich je gesehen habe«, murmelte, er, halb ärgerlich, halb nachsichtig, und drehte sich auf der Klavierbank um, um auf den breiten, dunklen Waldstreifen hinauszuschauen, auf die Eichen, den Ahorn und die Birken, die das Haus umgaben. Dann wandte er sich wieder zurück und betrachtete Helma.

Sie war ein erfreulicher Anblick – ein löwenblondes Mädchen, klein und zierlich, aber kraftvoll gebaut, mit sahniger Haut und dunkelgrauen Augen, die sich zu Bernstein oder einem eigenartig goldgefleckten Grün aufhellten, wenn sie zornig oder erregt war. Sie war so unglaublich geschmeidig, daß er oft darüber nachdachte, ob sie vielleicht einmal Tänzerin gewesen war. Er wußte nichts von ihrer Vergangenheit; sie sprach nie über ihre Kindheit und hatte ihm nur gesagt, daß sie mit erst vierzehn Jahren von einem Bauernhof in den Adirondacks fortgelaufen war. Dreiundzwanzig war sie gewesen, als sie einander kennengelernt hatten – eine Zufallsbekanntschaft, ein Mädchen, das man aufliest, fast – im Schwimmbad von Albany. Roger, der ein paar muntere Neffen dorthin begleitete, war von ihrer unbegreiflichen Anmut im Wasser, ihrer raschen, sauberen Schönheit zuerst angezogen, dann bezaubert gewesen; eine Seehundsfrau aus den alten Sagen hätte im Meer nicht sichtlicher zu Hause sein können. Er war erschreckt über die Veränderung gewesen, die mit ihr vorging, als sie in die Umkleidekabine gerannt und danach in einem billigen Rock und einer schäbigen Bluse wieder herausgekommen war, die Haare glatt heruntergebürstet, die Beine in formlosen Socken und Schuhen. Es war, als hätte plötzlicher Rost eine blanke Münze bedeckt. Trotzdem hatte er die lachende, glühende Nymphe aus dem Schwimmbad nicht vergessen können. Er hatte nicht viel Zeit gebraucht, um herauszufinden, wie sie auflebte, wenn sie sich im Wald, auf dem Land, befand. Nach der Hochzeit hatten sie das kleine Haus am Waldrand gebaut; eine Notwendigkeit, kein Luxus, denn in einer Stadtwohnung ließ Helma den Kopf hängen und welkte. Sie hatten das Haus mit eigenen Händen errichtet. Während es langsam aus den Fundamenten emporwuchs, hatten sie im Wald kampiert, nachts im Zelt geschlafen; und Tag für Tag hatte Helma strahlender ausgesehen, belebt von innerlicher, leuchtender Schönheit. Trotzdem hatte sie in der ersten Nacht, die sie im neuen Heim verbrachten, gemurmelt: »Ich glaube, das Zelt hat mir noch besser gefallen!« Und auch jetzt noch schlief sie, wenn es nach ihr ging, so oft wie möglich auf der offenen Veranda.

Er lächelte in die halbgeschlossenen Augen und flüsterte ihr zu, wie schon so viele Male: »Ich glaube, du bist eine halbe Waldkatze, Helma.«

»Natürlich bin ich das«, antwortete sie wie stets. »Genau das bin ich. Wußtest du das nicht?«

»Und weißt du, ich hatte einmal einen Hund, der heulte genauso, wenn ich Klavier spielte. Nicht gerade ein Kompliment für mein Spiel!«

Sie errötete ... selbst nach vier Ehejahren reagierte sie empfindlich. »Ich kann nichts dafür«, hauchte sie zum hundertsten Mal. »Es tut meinen Ohren so weh.«

Er streichelte sanft ihre Schulter. »Ach, mach dir nichts daraus, Schätzchen. Ich werde mir Mühe geben, nicht zu spielen, wenn du in der Nähe bist«, sagte er. »Aber im Ernst – ich überlege mir langsam, ob du wirklich allein so tief in den Wald gehen solltest. Bob Connor hat mir erzählt, er hätte Wölfe gehört, und neulich hat er einen Luchs geschossen. Am hellen Tage ist es vielleicht ungefährlich, aber ich wünschte wirklich, du würdest nicht auch noch nachts im Wald herumstreifen, Helma.«

Er war das Landleben eigentlich nicht gewohnt; in der Stadt geboren und aufgewachsen, hatte ihn das erste Mal, als er nachts aufwachte und sich im Bett allein fand, panischer Schrecken erfaßt. Er hatte das ganze Haus abgekämmt und gemerkt, daß es leer war; in wachsender Unruhe, die sich bis zum völligen Terror steigerte, hatte er mit einer Laterne den Wald abgesucht, laut rufend, außer sich, bis er schließlich Helma schlafend fand, in eine Kuhle mit Sommergras gekuschelt. Ein Kaninchen rannte von ihrer Seite fort, als er sich näherte.

Nach einigen Monaten hatte er sich damit abgefunden. Helma war beinahe körperlich unfähig, sich vom Wald fernzuhalten, wenn sie ihn in der Nähe hatte, ob bei Nacht oder Tag. Manchmal grübelte Roger darüber nach, ob es klug gewesen war, sie so weit von den Städten und den gepflügten Bauernhöfen am Rande der großen Autostraßen fortzubringen; vielleicht wäre sie dort unglücklich gewesen, aber weniger wild.

Er murmelte: »Vielleicht ... wenn wir ein Kind hätten ...« Er hatte es fast gehaucht, aber ihr Körper in seiner Armbeuge wurde steif, und sie löste sich von ihm. »Roger«, sagte sie flüsternd, »du weißt, daß ich nicht ...«

Mit leiser Stimme entgegnete er: »Wir haben nie groß darüber geredet, weil es dich immer so unglücklich macht. Aber jetzt denke ich, wir *müssen* darüber sprechen. Woher weißt du überhaupt, daß du keine Kinder bekommen kannst? Vielleicht sollten wir zu Doktor Clemens gehen, wenn wir Sonnabend in die Stadt fahren. Vielleicht –«

Wutentbrannt riß Helma sich los, angespannt, den Kopf in den Nacken geworfen; selbst das kurze, glatte, löwenblonde Haar schien elektrisch und lebendig zu sein und die Augen blitzten grün. Die kleinen stumpfen Hände waren zu Krallen gespreizt. »Ich will nicht!« fauchte sie ihn an. »Ich will nicht, daß irgendein Doktor an mir herumfummelt und mich anstarrt!«

»Helma!« Rogers scharfe Stimme schnitt durch ihre Hysterie wie ein Messer. Sie entspannte sich ein wenig, fuhr jedoch mit leiser, zorniger Stimme fort: »Ich habe dir nie viel von mir erzählt, nicht wahr? Ich weiß, daß ich kein Kind von dir bekommen kann – die Art Kind, die ich haben könnte, würdest du nicht wollen. Ich –« Sie sank in eine Sofaecke und verbarg verzweifelt das Gesicht in den Händen. Nach langer Zeit erst hob sie den Kopf. »Würde es dich denn so glücklich machen, wenn ich ein Baby bekäme, Roger?« fragte sie kläglich.

Der Mann konnte es nicht ertragen. Er stand auf und kam zu ihr, setzte sich neben sie auf das Sofa und zog den blonden Kopf an seine Schulter. »Nicht, wenn du es nicht willst, Helma«, meinte er sanft. »Vielleicht hast du ja ganz recht. Vielleicht...« Ihre großen, tränenlosen Augen brannten in der Dämmerung.

»Du hältst mich für wild, für eine Verrückte, die normal wäre, wenn sie nur ein Kind hätte, das sie ein bißchen ans Haus binden würde. Du möchtest, daß ich so wie die Frauen deiner Freunde bin – wie Nell Connor –, nachts im Bett schlafe und keinen Schritt weiter gehe als bis zum Hühnerhaus!« Ihre Stimme wurde immer schwächer, klagte ihn an. Sie schob ihn fort, stand auf und zog sich zur Tür zurück, in der Kehle ein leises Grollen, nicht ganz ein Wort. Vor ihrem grünen Dolchblick senkte er die Augen. »Also gut – verdammt nochmal, Helma!« brummte er. »Ich würde es begrüßen, wenn du wenigstens versuchtest, dich wie ein vernünftiger, erwachsener Mensch zu benehmen. Es gibt Zeiten, da bist du wirklich wie ein wildes Tier.«

»Das bin ich ja auch«, versetzte sie rauh, drehte sich eilig um und verließ den Raum. Der Mann hatte sich halb erhoben und sah durchs Fenster den schnellen Satz, mit dem sie Veranda und Rasen überquerte, sah, wie sie sich bückte – mit dieser verblüffenden Geschmeidigkeit – und erst eine, dann die andere Sandale löste. Sie schleuderte sie von den Füßen und rannte zur hinteren Gartentür. Mit einer einzigen, fließenden Bewegung war sie auf und darüber weg, und Roger sah das helle Gold ihres Haares und das grünbraune Karo ihres Hauskleides mit dem Wald verschmelzen wie einen Schatten; und es schnürte ihm die Kehle zu, als er zuschaute, wie sie davonglitt und in den Blättern verschwand.

Aber noch vor Tagesanbruch war sie wieder da, schlüpfte leise, barfuß, durch die Tür und huschte zu ihm ins Bett, lautlos wie eine Katze. Roger, der die ganze Nacht kein Auge zugetan hatte, fühlte ihre Nähe und wollte zu ihr, aber sie wehrte ihn ab. Roger zuckte seufzend die Achseln; auch daran war er gewöhnt. Helma konnte, wenn sie erregt war, heftig und leidenschaftlich sein wie eine junge Löwin; zu anderen Zeiten dagegen verhielt sie sich sonderbar kalt und schob oder stieß ihn fort, wenn er sie berührte, ohne daß sie in der richtigen Stimmung war. Roger hatte überlegt, daß von allen Tieren allein der zivilisierte Mensch mit seinem Trieb keinen Zyklus einhält und daß Helmas merkwürdige Wildheit wahrscheinlich weiter nichts war als ein Rückfall in ältere, vielleicht sogar sauberere Zeiten. Weil Roger, auch wenn er sich gelegentlich über sie ärgerte, seine Frau von Herzen liebte, respektierte er ihre Stimmungen. Damit handelte er klug, denn einmal, im ersten Jahr ihrer Ehe – bevor er begriffen hatte, wie tief ihr ganzes Verhalten in Helmas Natur verwurzelt war – war er weniger duldsam gewesen und hatte versucht – nur dieses einzige Mal –, sie mit Gewalt zu nehmen. Noch immer lief eine winzige weiße Linie über seine Wange, wo ihre wilden Hände ihn bis auf den Knochen zerkratzt hatten. Hinterher hatte sie wilde, verstörte Entschuldigungen geschluchzt, aber Roger hatte es nie wieder riskiert. Er wußte, daß alle Frauen bis zu einem gewissen Grade nach Perioden lebten; im übrigen stimmte es, daß sie ihn in jeder Hinsicht zufriedenstellte, wenn ihre Natur ihr erlaubte, entgegenkommend zu sein.

In den nächsten Tagen und Wochen war Helma ungewöhnlich ruhig, bedrückt und zahm. Der müßige Sommer näherte sich dem Ende; von den hilflosen Zweigen schwebten die raschelnden Septemberblätter, und die schwirrenden Herbstwinde spielten in den verlassenen Wäldern traurige Klagelieder. Tagsüber wanderte Helma über die tief im Laub begrabenen Pfade, aber kein einziges Mal lief sie bei Nacht hinaus, und Roger Lassiter begann sich zu fragen, ob sie vielleicht doch langsam seßhaft wurde. Es war ja auch, nach vier Ehejahren, wirklich an der Zeit, daß Helma anfing, glatt und zufrieden auszusehen und ihr Körper etwas von seiner harten Eckigkeit verlor. Sie arbeitete vergnügt im ganzen Haus herum. Es war immer sauber und ordentlich gewesen, jetzt aber glänzte es buchstäblich vor lauter Wasser und Seife und geschrubbten Fußböden, und Helma

selbst schien so glatt und reinlich wie eine gutgepflegte Katze. Sogar ihr schneller, tänzelnder Gang wirkte zwar so anmutig wie immer, aber doch ein klein wenig fester und zugleich gedämpfter. Und manchmal, wenn Roger abends nach Hause kam – tagsüber arbeitete er in einer Chemiefabrik –, hörte er, wie Helma sang, ein seltsames Summen in tiefer Altstimme, fast ohne Melodie, aber in glatten, klaren, rhythmischen Tonleitern steigend und fallend.
Ein lieblicher Klang.
Sie sagte ihm nie ausdrücklich, daß sie schwanger war. Roger vermutete es zwar bereits im September, vermied jedoch jede Frage. Er dachte, daß sie es ihm vielleicht selbst sagen wollte, zu einem ihr genehmen Zeitpunkt, aber sie tat es nie, und schließlich fragte er nur: »Wann?«
»Im Vorfrühling«, antwortete sie, und die grünen Augen blickten, halb sorgenvoll, in sein frohes Gesicht. Liebevoll meinte er: »Siehst du, du hattest doch unrecht, Helma. Bist du nicht glücklich darüber?«
Sie erwiderte nichts, sondern legte ihr Buch beiseite und kam zu ihm, rollte sich auf dem Teppich zu seinen Füßen zusammen und legte den Kopf mit dem dicken, kurzen, glatten Haar in seinen Schoß. Er streichelte sie wortlos, und sie lehnte sich an sein Knie und schloß die Augen. Nach einer Weile nahm sie ihr seltsames, tiefes Summen wieder auf, und er lächelte.
»Was für ein Hexengesang ist das, Helma? ich habe dich noch nie singen hören. Ich wußte gar nicht, daß du eine Note von der anderen unterscheiden kannst.«
»Das kann ich auch nicht.« Ihr Lächeln hatte etwas Spitzbübisches, Rätselhaftes. »Ich weiß nicht – ich erinnere mich, daß meine Mutter das gesungen hat, als ich noch ganz klein war.«
»Wie war deine Mutter?« fragte er, und Helma lachte leise.
»Wie ich«
»Das hätte ich sehen mögen! Und dein Vater?«
Sie zuckte die Achseln. »Ich weiß nicht. Vielleicht war er – jemand wie du. Vielleicht war er – anders. Vielleicht hatte ich gar keinen Vater. Ich kann mich jedenfalls nicht erinnern.«

Roger beharrte: »Hat deine Mutter dir denn nie etwas erzählt?«
Helma entzog ganz plötzlich ihren Kopf den streichelnden Händen ihres Mannes und blickte durch ihre Haare schräg zu ihm auf. »Du hättest meine Mutter für verrückt erklärt«, meinte sie gleichmütig. »Sie sagte, mein Vater wäre ein Luchs – eine Wildkatze, so nannte sie es.«
Roger schauderte jäh zusammen, als hätte ein eiskalter Wind das gemütliche Feuer ausgeblasen. »Red keinen Unsinn, Helma.«
Sie zuckte erneut die Achseln. »Du hast mich doch gefragt. Meine Mutter hat es immer so erzählt. Sie war verrückt, noch verrückter als ich. Sie lebte auf einem ganz abgelegenen Hof oben in den Bergen, nur mit ihrem Großvater und einer kleinen Schwester. Sie hörte immer den Geschichten der Jäger zu – von Männern und Frauen, die sich bei Vollmond in Wölfe und Wildkatzen verwandeln und nachts durch die Wälder laufen. Ich habe alte Männer heulen hören wie die grauen Waldwölfe, wenn der Schnee im Mondlicht taghell leuchtete – ich habe gesehen, wie sie mit roten Augen durch die Schatten huschten ...« »Verdammt noch mal! Du bist ja richtig gruselig heute abend!«
»Nein. Wieso? Als kleines Mädchen rannte ich immer bei den Jagdhütten herum. Ich konnte einen Pfad entlanggehen, und eine Wildkatze lief direkt über mir auf einem Ast und fauchte nicht einmal; und Kaninchen konnte ich mit bloßen Händen greifen. Ich kann es immer noch.« Ihr Lächeln war jetzt unverhüllt boshaft. »Du *glaubst* nicht an diese alten Geschichten, wie? Meine Mutter ist jeden Vollmond nachts im Wald herumgelaufen, bis sie starb. *Sie* hat gesagt, mein Vater war ein Luchs – ich habe das nicht behauptet. Glaubst du, daß ich mich irgendwann nachts in eine Wildkatze verwandle und dir die Kehle zerreiße? Eine Silberkugel nützt gar nichts, weißt du. Das ist nur ein Ammenmärchen. Nur ein eisernes Messer, ein Messer aus kaltem Eisen kann ein Wertier töten. Das sagt man jedenfalls. Eisen oder Blei. Hast du Angst vor mir?« Sie lachte, und Roger fühlte, wie sich auf seinen Armen Gänsehaut bildete, wie sie steif wur-

den und prickelten. »Um Himmels willen, hör auf damit!« Er schrie es fast.
Sie hatte sich gestrafft und von ihm gelöst.
»Tut mir leid. Du hast mich gefragt.«
In der Nacht träumte Roger Lassiter von Wanderungen durch schwarze, blattlose Wälder, und von niedrigen Ästen beobachteten ihn grüne Katzenaugen, die eine beunruhigende Ähnlichkeit mit Helmas Augen hatten. Sie kam wieder, noch ehe es dämmerte, mit zerrissenem Kleid, einen Blutfleck am Fuß, zitternd vor Kälte; schluchzend lag sie da, zusammengerollt unter gewärmten Decken, während ein erschreckter und entsetzter Roger ihre von Dornen zerkratzten Beine abwusch, Brandy zwischen die blauen Lippen zwang und zum ersten Mal in ihrer Ehe energisch wurde.
»Dieser verfluchte Unfug *muß aufhören*, Helma. Ich habe geglaubt, jetzt, wo das Baby unterwegs ist, würdest du Vernunft annehmen. Hör mir gut zu. Du gehst zum Arzt, heute noch, und wenn ich dich hintragen muß. Du bleibst nachts zu Hause, und wenn ich dich einsperren muß. Ich weiß, daß Frauen sich komisch benehmen, wenn sie schwanger sind; aber du führst dich auf wie eine total Verrückte, und das muß aufhören.«
Zum ersten Mal blieben ihre Tränen und Bitten ohne Wirkung; er löffelte heiße Milch zwischen ihre klappernden Zähne und fuhr mit schmalen Lippen fort: »Noch ein Streich wie dieser – ein einziger, Helma – und wir ziehen zurück nach Albany, wenigstens, bis das Kind da ist. Helma, wenn ich dich von einem Psychiater untersuchen lassen muß, kann es gut sein –« Er brachte die Drohung nicht über die Lippen, obwohl er es gern getan hätte. Helma würde es in einem Haus schon schwer genug haben. In einer Klinik würde akute Klaustrophobie sie mit Sicherheit umbringen.
Aber die anderen Drohungen reichten schon aus, Helma so zu erschrecken, daß sie sich fügte. Sie ging zum Arzt, wie Roger gefordert hatte, und reagierte völlig normal, als er ihr mitteilte, seiner Ansicht nach würde sie Zwillinge bekommen. Als der Winter ernsthaft einsetzte, nahm das Haus jene Atmosphäre

tiefen Friedens an, mit der nur eine glückliche Schwangere das von ihr geschaffene Heim erfüllt. Wie in allem anderen war Helma auch darin fast wie ein Tier; Roger hatte noch nie eine Frau gesehen, die so gesund und gelassen wirkte. Die Frauen seiner Freunde quengelten, waren unförmig und häßlich und neigten zu Launen und Genörgel. Zum ersten Mal konnte Roger die Fügsamkeit seiner Frau zu ihren Gunsten mit dem Verhalten anderer Frauen vergleichen.

Der Winter schlich auf leisen, schnellen Füßen daher. Es fiel viel Schnee in diesem Jahr, aber die Straßen wurden ständig gepflügt und Roger schaffte es, jeden Tag hin- und herzufahren. Wenn Helma manchmal tagsüber in den Wald ging, so erfuhr Roger es nicht; nachts verließ sie das Haus nie mehr. Das Wetter war grausam kalt. Manchmal konnten sie am Fenster zusehen, wie ein Hirsch, von den harten Zeiten kühn gemacht, aus dem Wald zum Gartentor kam; nachts heulten die Wölfe im Dunkeln, und manchmal hörten sie das wilde Fauchen eines Luchses in weiter Ferne jenseits der Abzweigung. Roger machte ein finsteres Gesicht und sprach davon, ein Gewehr anzuschaffen, aber Helma protestierte: »Wölfe sind Feiglinge. Sie greifen nichts an, das größer als ein Karnickel ist. Und ein Luchs hat noch nie jemanden belästigt, der ihn nicht vorher gereizt hätte.«

Im Februar schoß Bob Connor einen Luchs, weniger als eine Meile vom Haus der Lassiters, und schleppte ihn ihnen auf der Schulter vor die Tür, an die er so lange fröhlich hämmerte, bis sie nachschauen kamen.

»Den großen Kerl hier hab ich unten bei den Felsen an eurem Bach geschossen, Roger. Hör mal, ich hab meinen Kindern gesagt, sie sollen im Hinterhof bleiben; und wenn ich du wäre, würde ich nicht mehr nachts in den Wald gehen oder deine Frau dort rumlaufen lassen. Es gibt eine Menge von den Katzen hier in der Gegend«, fuhr er fort und warf den steifen Kadaver auf die Stufen, um seine Schulter zu entlasten. »Und sie können ziemlich unangenehm werden – Gott, Helma, was ist denn los? Paß auf, Rog!« warnte er, gerade noch rechtzeitig für Roger, um Helma aufzufangen, die in tiefer Ohnmacht zusammensank.

Sie trugen sie ins Schlafzimmer und brachten sie wieder zu sich. Sie entschuldigte sich mit unsicherer Stimme für ihr törichtes Benehmen, aber Bob, sowie er außer Hörweite war, hatte sich schwere Vorwürfe gemacht.
»Es tut mir ja so leid, Roger. Schätze, das Blut hat sie so umkippen lassen. Nell haßt es, etwas Totes zu sehen. Ich hab ja auch gewußt, daß sie was Kleines erwartet, und ich hätte mehr Verstand haben sollen, als euch hier mit einer alten, toten Wildkatze hereinzuplatzen.«
»Ich glaube nicht, daß das der Grund war«, erwiderte Roger verwirrt. »Helma war nie empfindlich gegen Blut.«
»Aber sie hat eine etwas komische Einstellung zu wilden Tieren, nicht wahr?« fragte Bob mit diskret gesenkter Stimme, und Roger gestand zerstreut ein, daß das stimmte. Er sah zu, wie Bob die Straße hinunterging und empfand etwas wie Verzweiflung, denn ihm war klar, daß Bob Connor ganz sicher sein Teil zu den – schon viel zu verbreiteten – Geschichten über Helma Lassiters »Merkwürdigkeit« beitragen würde. Aber er hatte nicht das Herz, Helma einen Vorwurf zu machen oder sie auszufragen, schon gar nicht, ihr Bob Connors letzte Worte zu wiederholen, die er in diesem so taktvoll gedämpften Ton geäußert hatte: »Ich würde sie nicht so im Wald rumrennen lassen, Roger. Ich geh ja viel raus und schieß diese Katzen und Wölfe – Prämie für Wölfe, weißt du. Ich versuch immer aufzupassen, und bei Gott – es wär mir schrecklich, wenn ich jemanden erschießen würde!«
Von diesem Tag an wurde Helma noch stiller und bedrückter und verlor selbst die nur noch sporadische Neigung, am hellen Tage durch den Wald zu wandern. Roger, unklar beunruhigt, erwischte sich dabei, wie er mit allerhand Tricks versuchte, Helma in den Garten hinauszulocken, wenigstens vor die Tür, heraus aus dem Haus, das jetzt wie ihre Höhle war. Tagsüber schlief sie viel, nachts aber wachte sie auf, um dann mit ihren sanften, schreitenden Bewegungen schlaflos von Zimmer zu Zimmer zu laufen. Wenn Roger ihr besorgte Fragen stellte, antwortete sie ausweichend: sie sei zu müde, um sich weit vom Haus zu entfernen, und die Bewegungen der Kinder in ihrem

Körper seien nachts besonders störend und machten sie ruhelos. Sie war jetzt schwerfällig und das Gesicht voller, was den breiten Wangenknochen unter ihren dichten, löwenblonden, geraden Augenbrauen einen seltsam unergründlichen, tierhaften, rätselvollen Ausdruck verlieh. Sie sprach wenig, schien jedoch, von ihrer Rastlosigkeit abgesehen, glücklich und gelassen zu sein. Roger war der Meinung, Helma versuche sich ganz bewußt ihr wildes Wesen abzugewöhnen und leide nun stumm unter den Qualen der Klaustrophobie; denn wenn sie sich unbeobachtet glaubte, schien ein sonderbar verstörter Blick in den grünen Augen zu liegen. Roger aber wußte, daß seine junge Frau einen sehr starken Willen hatte, und vermutete daher, daß sie imstande war, sich schonungslos selbst in die Pflicht zu nehmen.

Im März kamen tosende Winde und ein Schneesturm, der mit fast apokalyptischer Gewalt von den Adirondacks herunterfegte und die beiden Lassiters tagelang ans Haus fesselte. Danach begann der Schnee über Nacht zu schmelzen. Die Macht des Winters war gebrochen, die Bäche quollen über von kühlem, schmelzendem Regen und ein merkwürdig feuchtes Grün durchbrach die durchnäßte, tote Bräune des Grases. Krähen und Häher spektakelten auf frischgepflügten Feldern, und aus den Bäumen am Waldrand klang liebliches Zirpen. An den feuchten Abenden, wenn es bei Sonnenuntergang noch ein wenig hell war, schleppte Helma manchmal ihren unförmigen Körper an das Tor zum Wald und lehnte sich daran, das Gesicht von solch ergreifender Sehnsucht erfüllt, daß Roger, der sie beobachtete, ein schmerzliches Weh und tiefes Mitleid fühlte, wenn er sein wildes Geschöpf sah, das so hart an der Leine der Liebe zerrte, die er nun endlich um ihr Herz gelegt hatte. Das Tor war nie verschlossen, aber niemals berührte Helma den kleinen Riegel auch nur mit einem Finger. Roger war darüber durchaus froh, denn in den warmen Nächten hörte man jetzt oft das Fauchen und Knurren der großen Wildkatzen, und er wußte, daß die Weibchen jetzt in den Frühlingstagen ihre Jungen verteidigten.

Immer wieder fragte er sich, ob auch Helma ihr Kind so gewaltsam beschützen würde.
Er war davon ausgegangen, daß er sie, wenn die Entbindung bevorstand, ins Krankenhaus nach Albany bringen würde. Sie hatte diesem Plan nie ausdrücklich zugestimmt, andererseits aber auch keine Einwendungen erhoben, so daß Roger die Sache für ausgemacht hielt.
Eines Abends, Ende März, als sie beim Essen saßen, bemerkte Helma gelassen: »Du solltest vielleicht noch einmal nach Albany fahren und Kaffee kaufen, Roger. Ich habe heute beim Frühstück den letzten verbraucht, und wir haben keinen mehr für morgen.«
Wie viele nachgiebige und gemütliche Männer neigte auch Roger dazu, sich leicht über unwichtige Kleinigkeiten zu ärgern. Mit aller Strenge, zu der er ihr gegenüber fähig war, schimpfte er sie aus – warum hatte sie ihm das nicht beim Frühstück gesagt? Sie schaute ihn nur an, und ihr Gesicht war verschlossen und schwermütig. »Du solltest lieber gleich fahren, sonst sind die Läden alle zu, bis du da bist.«
Ruhelos wanderte sie durch das Zimmer, blieb ab und zu stehen, um irgend etwas aufzuheben und ganz genau zu mustern, mit seltsam fahrigen, streichelnden Bewegungen ihrer kleinen, eher kräftigen Finger zu betasten, dann ungeduldig wieder wegzulegen und ihr katzenhaftes Umherstreifen von neuem zu beginnen. »Du hast doch nichts dagegen, wenn ich nicht mitfahre? Ich bleibe hier und gehe – ich gehe ins Bett. Ich bin schrecklich müde.«
Roger protestierte. »Ich lasse dich ungern allein, vor allem nachts. Wenn nun plötzlich das Kind kommt?«
»In einer Stunde bist du ja wieder hier«, entgegnete Helma vernünftig.
»Um Himmelswillen, setz dich hin, du machst mich mit deinem ewigen Hin- und Hergelaufe noch ganz verrückt!« fuhr Roger sie an. »Fängst du schon wieder mit deinen dummen Streichen an?«
»Ach, Roger, bitte!« Sie brach in Tränen aus. »Ich glaube nicht,

daß ich das Durchschütteln aushalte, solange ich nicht unbedingt muß!«

Roger kam sich vor wie ein Schwein. Er wußte selbst nicht, warum er sich so aufregte, nur weil eine Frau im letzten Schwangerschaftsmonat keine Lust hatte, zwanzig Meilen in einem alten Auto über die schlechtesten Straßen im ganzen Staat New York zu fahren. Er zuckte die Achseln und ging zum Schrank, um seinen Mantel zu holen.

»Schon gut, Schätzchen«, sagte er liebevoll. »Soll ich dir Mrs. Connor holen, damit sie dir Gesellschaft leistet, während ich weg bin?«

Helma sagte mit dem Ausdruck heftigen Widerwillens: »Jetzt mach aber einen Punkt! Ich bin siebenundzwanzig Jahre alt.«

Roger umarmte sie. »Ach, schon gut, schon gut. Ich bin in einer Stunde zurück.« Er ging zur Garage, um den Wagen herauszufahren, überlegte es sich noch einmal und lief die Stufen wieder hinauf.

»Helma?«

»Ja? Ich dachte, du wärst schon fort.«

»Willst du *wirklich* nicht mitfahren oder dich bei Nell Connor absetzen lassen, solange ich weg bin? Ich kann dich doch auf dem Heimweg wieder abholen.«

Helmas helles Lachen weckte auf der unbeleuchteten Veranda abgehackte Echos. »Wer ist hier schwanger, du oder ich? Sieh zu, daß du dich auf den Weg machst, sonst mußt du in der ganzen Stadt herumfahren, bis du einen offenen Laden findest!«

Die schlammigen Straßen waren schon fast schneefrei, so daß Roger schnell in Albany war. Am Stadtrand fand er ein kleines Lebensmittelgeschäft, das die ganze Nacht geöffnet hatte. Er beschloß, dorthin zu gehen und dann sofort umzudrehen, anstatt in den Kettenladen im Stadtzentrum zu fahren, wo sie sonst einkauften. Er holte den Kaffee und eilte zum Auto. Das Wechselgeld vergaß er und merkte erst, als er schon halb wieder zu Hause war, daß es in der Tat eine Fünf-Dollar-Note gewesen war.

Es war bereits dunkel. Die Scheinwerfer des Autos fegten mit ihrem Strahl den dunklen Waldrand, und Roger malte sich aus, wie Helma, zusammengerollt wie ein Kätzchen, unter der Steppdecke lag. Aber irgendwie war dieses Bild in seinem Kopf weder recht überzeugend noch wirklich tröstlich, und er trat den Gashebel durch bis auf den Boden. Wenn ihn ein Polizist erwischte, würde er die Wahrheit sagen. Seine Frau war schwanger, und er ließ sie nach Anbruch der Dunkelheit nicht gern allein. Und wenn es wirklich soweit kam, würde er lieber ein Bußgeld bezahlen, als sie noch länger allein zu lassen.

Das Haus war finster. Nur der Widerschein seiner Scheinwerfer spiegelte sich geisterhaft in dem unbeleuchteten Fenster. Dann sah Roger, daß das Gartentor lose in den Angeln schwang und Helmas braune Schnürschuhe und zerknüllte, schmutzige Socken im Schlamm neben dem offenen Tor lagen.

Bei diesem Anblick sprengte Roger Lassiters Entsetzen die Mauer seines Unterbewußtseins und packte ihn an der Kehle. In seinem jagenden Puls hämmerte noch eine letzte, verzweifelte Hoffnung – daß Helma vielleicht gemerkt hatte, daß die Wehen einsetzten und zu den Connors gerannt war – der Weg durch den Wald war kürzer als die Straße. Wie irrsinnig sprang Roger ins Auto und ließ es wild über die ungeteerte Straße vorwärtsschleudern. Noch ehe es vor dem Bauernhof der Connors überhaupt richtig zum Halten gekommen war, riß er die Tür auf und raste zum Kücheneingang.

Durch das erleuchtete Fenster sah eines der Connor-Kinder ihn kommen und öffnete sofort die Tür.

»Mammi, da kommt Mister Lassiter!«

Nell Connors freundliches Pferdegesicht spähte über den Kopf ihres Kindes. »Roger, komm ins Haus! Was ist passiert?«

Der Mann stand da und blinzelte benommen gegen das Licht. »Ist Helma hier?«

»Helma? Aber nein, Roger! Ich habe dich vorhin vorbeifahren sehen und noch gedacht, es wäre jetzt vielleicht so weit und du brächtest sie ins Krankenhaus!«

»Sie ist fort«, sagte Roger betäubt. »Sie ist fort. Ich bin nach Albany gefahren, um ein Pfund Kaffee zu holen, und sie hat ge-

sagt, sie wäre zu müde um mitzukommen. Und als ich wiederkam, war sie einfach verschwunden. Wo ist Bob?«
»Er ist weggegangen, um Luchse zu jagen – hat gesagt, es ist Vollmond, da streifen die großen Katzen die ganze Nacht umher – o Gott, Roger!« Aus Nell Connors gutmütigem, blühendem Gesicht war alle Farbe gewichen. »Wenn nun Helma im Wald ist!« Sie warf einen Blick auf die Kinder und senkte die Stimme. »Bob hat mir letztes Jahr erzählt, daß sie manchmal in den Wäldern herumwandert und er Angst hat zu jagen. Aber er hat gedacht, diesen Winter, wo doch jetzt das Kind kommt, bleibt sie schön brav zu Hause.« Noch während sie sprach, griff sie nach einem Männer-Regenmantel, der hinter dem Ofen hing.
»Molly«, sagte sie zu dem ältesten Mädchen. »Du bringst jetzt Kenneth und Edna ins Bett. Miz Lassiter hat sich im Wald verlaufen, und ich helfe Mister Lassiter, sie zu suchen. Donny, du nimmst dir eine Laterne und kommst mit. Und Molly, wenn du die Kleinen schlafen gelegt hast, machst du jede Menge heißen Kaffee – ja, und paß auf, dann legst du ein paar Wärmflaschen in mein Bett und stellst beide Teekessel auf.« Mit gedämpfter Stimme erklärte sie: »Wenn nämlich das Kind sich angekündigt hat – Helma ist ein bißchen nervös! Vielleicht hat sie sich zu Tode erschreckt und ist einfach losgerannt und wollte hierher und hat sich verirrt, das arme Ding. Und wenn das so war und das Kind jetzt eben kommt, dann bringen wir sie zu uns. Ich habe fünf Kinder zur Welt gebracht – ich glaube, ich kann mich schon irgendwie um sie kümmern.«
»Du bist so gut –« Roger versagte die Stimme.
»Ach, Unsinn! Wozu sind Nachbarn da? Helma würde sich bestimmt auch Sorgen machen, wenn ich mich verlaufen würde.« Sie winkte ihrem Ältesten und nahm ihm die Laterne aus der Hand.
»Wir gehen den Weg hinunter, Donny. Du nimmst die Taschenlampe und läufst hinter der Scheune die hintere Weide entlang. Schrei immer laut nach deinem Vater. Und wenn du Miz Lassiter findest, dann schreist du wie verrückt und brüllst solange, bis wir dich hören, und dann kommst du wieder hierher und

holst Molly, damit sie dir hilft, Miz Lassiter ins Haus zu schaffen. Schnell jetzt.«

Nie in seinem Leben konnte Roger sich später daran erinnern, was in den nächsten Stunden eigentlich geschehen war; nur daß sie durch mondhelle Dunkelheit stapften, er mit der Laterne in der Hand, die trostlos hin- und herschwankte, und neben ihm Nell Connor mit ihrer tapferen und mutigen Stimme, die nach und nach müde und ängstlich wurde. Sie schrien »Hel-ma! Helma!«, bis ihnen vor Kälte die Lippen aufsprangen und die Kehlen heiser wurden. Dann blieben sie stehen, um auf Antwortrufe zu horchen, und Mrs. Connor stammelte: »Ich weiß nicht, wie Helma es überhaupt so weit geschafft hat, dick wie sie war!«

Sie zitterten, wenn sie im Wald ein Tier fauchen hörten, und einmal schrie Nell Connor – die ruhige Nell, die keine Nerven kannte, eine Bauersfrau ihr Leben lang, fünfzig Jahre alt – laut auf, als sie unter flach angelegten Ohren grüne Augen sah, die von einem niedrigen Ast herunterspähten. Schlimmer noch waren die Augenblicke, in denen sie den fernen Knall eines Gewehrs vernahmen und wußten, daß Bob einen Schuß abgegeben hatte. Hinter Rogers brennenden Augen stand das Bild einer Helma, die still und steif irgenwo am Wegrand lag, irrtümlich erschossen – oder, von der Geburt überrascht, unter Qualen am Boden, nicht mehr fähig, zu ihnen zu kommen, zu weit entfernt, überhaupt ihr Rufen und Schreien zu hören, oder – noch schlimmer – alles hörend und zu schwach zum Antworten. Roger verlor sich in einem finsteren Alptraum, der sich plötzlich in Nichts auflöste, als ein Schuß fiel. Sein Herz blieb stehen und fing dann schmerzhaft wieder zu schlagen an. Es war ihm, als hätte er Helma aufschreien hören – Helma schrie, gar nicht weit entfernt!

Er packte Nell am Arm.

»Hast du das gehört?«

»Vielleicht ein Käuzchen oder sowas ...«, erwiderte sie zweifelnd.

»Das ist Helma! Komm schnell!«

»Roger!« Sie griff nach ihm und hielt ihn fest. »Ich habe nichts gehört. Schön langsam! Jetzt – ich glaube, jetzt höre ich etwas – Schritte – ich glaube, es ist Bob!« Sie hob die Stimme und schrie: »Bob! Hel-ma! Hel-ma!«

Aus der Nacht kam das harte, schnappende Knallen von Gewehrfeuer ganz in der Nähe. Zwei rasch aufeinanderfolgende Schüsse, dann ein Knacken im Unterholz, und Bob Connor, der sich durch das Gebüsch drängte.

»Nell! Roger! Um Gotteswillen, was ist passiert? Ihr seht aus wie – ist etwas mit Helma?«

»Sie ist verschwunden.«

»Jesus!« sagte Bob Connor schlicht. »Wie lange sucht ihr sie schon?«

»Die ganze Nacht. Bob – eben habe ich sie schreien hören. Sie ist da drin!« Roger stammelte wie ein Irrer. »Ich habe sie gehört, und noch etwas – wie ein schreiendes Baby!«

»Ruhig, Roger, ruhig!« Bob Connor, das breite Gesicht voller Mitleid, hielt ihn am Arm fest. »Ich hab eine Katze geschossen. Ein großes Weibchen, hatte gerade Junge geworfen. Ich konnte die Kleinen nicht einfach so sterben lassen – ohne ihre Mutter –, also habe ich sie auch erschossen.«

»Es ist Helma! Da drin ist Helma, und sie stirbt! Laß mich los, verdammt noch mal, laß mich los!« Er riß sich von Bob, der ihn zurückhalten wollte, los und rannte auf das Dickicht zu. Die Connors folgten, fingen ebenfalls an zu rennen und holten ihn schließlich ein, als er sich über den Körper des toten Luchses beugte.

Es war ein großes Weibchen, noch nicht starr, von löwengoldener Farbe, mit seltsamen Augen. Die schlaffen, neugeborenen Jungen waren noch naß von Schleim, nicht abgeleckt. Roger verharrte einen Augenblick wie betäubt vor dem großen, anmutigen, stillen Körper. Dann sackte er zusammen. Bob Connor trat zu ihm, legte ihm den Arm um die Schultern und stützte ihn.

»Komm, Roger. Komm mit zurück zum Haus, du bist ja völlig erschöpft. Komm schon. Mach dir keine Sorgen. Wir werden Helma schon finden. Wenn wir zu Hause sind, trinkst du erst einmal Kaffee, und so wie du aussiehst, könnte dir ein Schluck Whisky auch nichts schaden. Komm, los. Du bist ja total am Ende, Mann.« Beim Reden drängte er Rogers schlaffe Schritte auf den Weg zurück. »Wenn wir zu Hause sind«, fuhr er beruhigend fort, »springe ich sofort ins Auto und hole die Polizei. Die sucht alles ab. Vielleicht ist Helma zu einem von den anderen Höfen gegangen. Die finden sie, Roger. Komm jetzt.«

Roger hob jäh den Kopf und sah Bob Connor mit dem leeren Blick eines Mannes, den es erwischt und der es noch nicht gemerkt hat, in die Augen.

»Es hat keinen Zweck, Bob. Helma ist tot. Ich weiß, daß sie tot ist.«

Er ließ den Kopf sinken und begann rauh zu schluchzen. Über seinem Scheitel tauschten Bob und Nell ernste, teilnahmsvolle Blicke. »Er ist völlig erschöpft. Komm, Roger, lehn dich auf mich. Na komm schon, Kumpel ...«

Und dort, wo ich aufgewachsen bin, ist die Geschichte damit zu Ende, denn Helma Lassiter kam niemals zurück. Die Leute von den Höfen fragen sich heute noch manchmal, was wohl aus dem armen verrückten Mädchen geworden ist.

Im darauffolgenden Sommer fuhr ich mit dem Fahrrad oft am Haus der Lassiters vorbei und sah dann auch Mister Lassiter. Er saß einfach da, auf der Veranda hinter dem Haus, Tag für Tag, und schaute in den Wald hinaus. Der Rasen verwilderte, und die Kaninchen hüpften in den Garten hinein, bis dorthin, wo er saß. Und mein Daddy hat mich nie wieder zum Nüssesammeln in den Wald gehen lassen, wenn er nicht dabei war – mit einem Gewehr.

VERRAT VON GEBLÜT

Jeden Abend, wenn sich Dunkelheit über das Castello di Speranza senkte, stieg die kleine Contessa Teresa hinab, um sich an ihrem Gefangenen zu weiden. Mit diesem Besuch waren gewisse Formalitäten verbunden, so zeremoniell wie die Gesten eines heidnischen Priesters, der vor dem Altar ein hohes und uraltes Ritual feiert.

Zuerst entließ sie alle ihre Bedienten, sogar den taubstummen Rondo, der ihr gehorchte wie ein guterzogener Hund. Danach – und jede Nacht verletzte sie sich dabei an dem Stahl die zarten Hände – legte sie in ihrem Gemach die Riegel vor und versperrte an allen Fenstern die Schlösser. Hätte es, verborgen hinter dem Wandbehang, irgendeinen mythischen Beobachter gegeben, so hätte er etwas Wunderliches bemerkt: auf jedem der metallenen Verschlüsse, roh und mühsam von an solche Arbeit nicht gewöhnten Händen eingekratzt, stand das Zeichen des Kreuzes.

Nun kniete die Contessa einen Augenblick vor dem eichenen Betschemel und faltete die Hände über ihrem Rosenkranz; inzwischen nichts weiter als eine Gewohnheit, denn sie hatte längst aufgehört zu beten. Der Spiegel am anderen Ende des Raumes warf nur schwach ihr Bild zurück, ein schattenhaftes Muster aus Schwarz und Weiß; die schwarzen Flechten ihres Haares im Netz aus feiner Spitze; das enge Schwarz eines Trauergewandes, über dem sich die gefalteten Finger weißer Hände kreuzten, in denen Elfenbeinperlen ruhten; das Gesicht, abge-

magert zu knochenbleichem Alabasterweiß, mit dem schwarzen Pinselstrich der Brauen.
Ein Gesicht, zur Weichheit und Liebe geschaffen, jetzt aber hart und grausam, die Augen ausdruckslos vor Haß, der sanfte Mund zu einer dünnen weißen Linie verzogen. Eine Heilige, von der doppelten Peitsche des Grams und der Rache, die sie geschworen hatte, in ein Ungeheuer aus dem tiefsten Schlund der Hölle verwandelt.
Die Contessa erhob sich und legte den Rosenkranz beiseite. Sie hob den Deckel einer geschnitzten Truhe und nahm eine dreischwänzige Geißel aus geflochtenem Leder heraus. An den Enden der Riemen waren kleine Stahlstücke befestigt, so scharf wie Rasiermesser; das Leder war geschwärzt, die Stahlplättchen waren von trüben, braunroten Flecken blind. Sie berührte den Stahl mit den Fingerspitzen und zog sie hastig zurück: der scharfe Stahl hatte ihr Blut getrunken.
Sie zuckte die Schultern und achtete nicht auf den Schmerz. Auf dem ledernen Griff der Peitsche, mit einem ungeschickten Messer roh eingeschnitten, zeigte sich ebenfalls das Kreuzzeichen.
Kein Knarren antwortete ihr, als sie den Riegel der Geheimtür in der Wandtäfelung zurückschob. Die Tür wurde stets geölt und in bestem Zustand gehalten. Eine Fackel in der erhobenen Hand, stieg sie, lautlos wie ihr eigener Schatten, die Stufen hinunter. Die Schleppe ihrer Röcke fegte frische Spinnweben zur Seite und ließ kleine Spinnen eilig in die Ritzen der Steine huschen.
Der Brackwassergeruch unterirdischer, stehender Tümpel drang ihr entgegen. Es hatte eine Zeit gegeben, da hatten ihre zarten Nüstern vor diesem Gestank geschaudert; aber diese Zeit war lange vorbei. Sie wußte selbst kaum, wie sehr sich das junge Mädchen von einst verändert hatte – vor jedem Schatten hatte sie sich gefürchtet, die zarten Finger hatten geblutet vom Kampf mit dem damals völlig verrosteten Riegel – damals, als sie zum ersten Mal, voller Verzweiflung und Entsetzen, diese Stufen hinabgeschritten war.

Sie blieb stehen und stieß einen Seufzer aus. »Warum komme ich hierher?« fragte sie fast laut, und wie ein Echo aus den modrigen Tiefen flüsterte und seufzte es: »Komm her.«
Zwei Drehungen der Wendeltreppe, dann trat sie in einen gewölbten Gang, erhellt von trübem Mondlicht, das durch tiefe, vor Jahrhunderten gebaute Schächte nach unten sickerte. Den Gang säumten Reste einer grimmigeren Zeit; die rostigen Stangen eines Flaschenzugs, die noch an den Strappado erinnerten; ein Kreuzgitter aus Metallstangen, wie eine harte Liege; das grausame, grünbronzene Starren einer Eisernen Jungfrau. Die Contessa würdigte diese Gegenstände, die sie früher einmal zum Erbeben gebracht hatten, kaum eines Blickes; heute erschienen sie ihr als vertraute Freunde. Sie spielte sogar einen Augenblick mit dem Gedanken – *das alles ließ sich wieder in Ordnung bringen* –, ehe sie um die letzte Ecke des Ganges bog, wo ein Stahlgitter vom Steinfußboden bis an die gewölbte Decke reichte. Von der Kette an ihrem Gürtel nahm die Contessa den großen Schlüssel, schloß das Gitter auf und schritt hindurch.
»Guten Abend, Contessa«, sagte der an die Wand gekettete Mann.
Die Contessa neigte das Haupt. »Auch Euch einen guten Abend, Messire«, antwortete sie mit ihrer melodischen Stimme, deren Wohlklang ihr so in Fleisch und Blut übergegangen war, daß selbst die Verwandlung von der Jungfrau in einen Teufel nichts daran ändern konnte.
Sie betrachtete den Mann vor ihr von oben bis unten. Seine Arme steckten in eisernen Manschetten, die mit langen Ketten, die durch einen festen Ring liefen, an der Wand befestigt waren. Fußfesseln aus Stahl, mit einer Kette verbunden, umschlossen seine Beine. Die Kleidung bestand nur aus einem zerlumpten weißen Hemd und blutfleckigen ledernen Reithosen; aber als er sich verbeugte, fing sich der Schein der Fackel in seinem blonden Haar und der an der Wand tanzende Schatten hatte einen Umriß wie von breiten Schwingen.
Die Frau blieb vorsichtig außer Reichweite der Kette und ließ die Augen über sein Gesicht schweifen, das dünn, scharf und von

verhaltener Sinnlichkeit war. Als er den Kopf wieder hob, begegnete sein Blick, in dem ein seltsamer Funke brannte, dem ihren. Er schauderte wie unter einem furchtbaren Schmerz. Der lange Blick war fast ein Liebesblick. Immer von neuen erschütterte die sonderbare Schönheit des Angeketteten die Contessa. Schönheit? Ein wunderliches Wort, aber es war Schönheit – die Schönheit eines ruhelosen, gefangenen Adlers, der in der wilden Verzweiflung und Qual seines unmenschlichen Hungers die Luft mit seinen Schwingen peitscht. Aber er senkte als erster den Blick, auch wenn in seiner Stimme jetzt melodischer Spott lag.

»Ihr seid schön heute abend, Madonna«, sagte er. »Ich bedaure, Euch nicht die Hand küssen zu dürfen.«

Es zuckte über ihr Gesicht wie von einem Gefühl, für das es keine Erklärung gab. »Nun«, versetzte sie abrupt. »küßt sie doch, wenn Ihr das wollt«, und sie streckte ihm die schlanken Finger, verletzt und blutend, entgegen. Es war eine Gebärde des Spottes, aber er ergriff ihre Hand, beugte sich tief darüber und berührte sie mit den Lippen. Plötzlich aber bäumte er sich auf, wie von jähem Wahnsinn ergriffen; die gefesselten Hände zerquetschten beinahe ihr Handgelenk und rissen es gierig an seine Lippen. Mit einer blitzschnellen Bewegung nahm sie die Peitsche hoch, riß die andere Hand los und schlug mit einem einzigen, brutalen Hieb zu. Sekundenlang zuckte er zurück, und schon war sie außer Reichweite. Ihre Augen flammten.

»Ich hatte es ja vergessen«, höhnte sie, »es ist Vollmond, und Ihr – hungert!«

Er stand zusammengesunken in seinen Ketten und würdigte ihren Spott keiner Antwort. Erst viel später bemerkte er ruhig: »Ja, wieder Vollmond. Sind Eure Träume nicht böse, Madonna?«

Sie erbebte, als wollte sie die Erinnerung von sich weisen, erwiderte jedoch: »Ich schätze mich glücklich, wenn Ihr kein größeres Unheil anrichten könnt, als mir böse Träume zu schicken.« Ein Anflug von Ekel verzerrte ihren Mund wie im Krampf. Sie trat plötzlich zurück und hob von neuem die Peitsche.

»Angelo Graf Fioresi!« rief sie mit hallender Stimme. »Ihr habt Euer letztes Opfer gehabt – *Vampir!*«
Sie lachte laut auf.
»Drei Monate schon halte ich Euch in Ketten und sehe Eure Stärke schwinden und Euren üblen Hunger wachsen!«
Auf einmal zerrte er wild an den Ketten, aber es war nur ein schwacher Ausbruch und bald fiel er erschöpft zurück, lehnte sich an die Wand und sank zusammen.
»Einst hättet Ihr diese Ketten sprengen können«, fuhr sie fort und lächelte in grausamen Triumph, »hätte ich nicht in jede Fessel das Kreuz geritzt. Heute, glaube ich, würden selbst gewöhnliche Ketten Euch binden.«
Auf seine Hände gestützt, richtete er sich auf.
»Madonna«, sagte er mit leiser Stimme, »mein Leben liegt in Eurer Barmherzigkeit. Ihr könnt ihm nach Belieben ein Ende setzen. Niemand könnte Euch einen Vorwurf machen, begehrtet Ihr meinen Tod. Warum aber bereitet es Euch Vergnügen, mich zu quälen?«
»Das fragt Ihr noch?« schrie sie mit hoher, gepeinigter Stimme – ein letzter Hauch des jungen Mädchens, das sie vor noch nicht drei Monaten gewesen war. »Ihr, der Ihr als Freier in dieses Schloß kamt und meinen Vater mit List täuschtet, indem Ihr Euch als den Enkel seines ältesten Freundes ausgabt? Wie oft hat er von Euch gesprochen und gesagt, in Eurer Gesellschaft fühle er sich, als sei der Freund seiner Jugend von den Toten zurückgekehrt. Er ahnte nicht, wie wahr er sprach.«
Der Graf schüttelte den Kopf.
»Nein«, versetzte er müde. »Wenn Ihr schon diese alte, traurige Geschichte wiederholen müßt, so erzählt sie richtig. Daß Wesen wie wir vom Tode auferstehen, ist nur ein Ammenmärchen. Wir sterben nicht, sondern leben ein Vielfaches der Spanne sterblicher Menschen, wenn nicht ein Unfall unser Dasein beendet oder – oder – wenn man uns zu lange unseres anderen Lebensquells beraubt.«
Ihr verzerrtes Gesicht schien in der schwachen Beleuchtung zu schwanken.

»Sei dem, wie ihm wolle. Euer alter Freund, mein Vater, wurde krank und starb. Dann starb Rico, mein Bruder – an einer verzehrenden Krankheit. Zuletzt wurde Cassilda, die Schwester, die mir Mutter war, als ich mutterlos zurückblieb, in ungeweihte Erde gelegt – und noch immer suchtet Ihr mich zum Weib zu nehmen.«

»Madonna, Ihr nennt mich ein Ungeheuer . . .«

»Könnt Ihr es bestreiten?« rief sie. »Könnt Ihr Euch einen Menschen nennen, Ihr, der Ihr in den Monaten, seit ich Euch hierherbrachte, weder Speise noch Trank berührtet?«

»Ich habe Euch zugestanden, daß ich kein Mensch von Eurer Art bin«, antwortete er mit gesenktem Kopf. »Mein Volk ist weit älter als das Eure, Madonna; vielleicht wurde es erschaffen, bevor noch Euer Gott Eurer eigenen Rasse die Herrenrechte verlieh. Wie manche Tiere ernähren wir uns, wenn wir die Jugend hinter uns gelassen haben, ausschließlich vom Blut lebendiger Wesen. Bis zu meinem dreißigsten Jahr glaubte ich, wie andere Menschen zu sein. Und doch habe ich Eure Verwandten nicht getötet, Contessa. Aber wenn ich es getan hätte – was dann? Euer ältester Bruder Stefano wurde im Duell mit dem Herrn von Monteno erschlagen, und doch sind Montenos Angehörige hier im Castello di Speranza geehrte Gäste. Ich wußte nicht« – plötzlicher Schmerz schien ihn zusammenzucken zu lassen – »als ich hierherkam, daß Eure Sippe dem Tod längst verfallen war.«

»Ihr lügt!« kreischte sie, und die Peitsche pfiff durch die Luft und traf den Mann im Gesicht und an der Brust. Er stieß einen heiseren Schrei aus, und über das Gesicht des Mädchens glitt ein teuflisches Lächeln.

»Es erfreut mein Herz, zu sehen, daß Ihr leiden könnt!« rief sie. »Leidet, wie ich gelitten habe!«

Der Peitschenhieb hatte Blut hervorspringen lassen. Mit seltsam gierigem Lächeln betrachtete sie die scharlachroten Tropfen.

»Nehmt Euch in acht, Herrin«, sagte Angelo Graf Fioresi sanft. »Ich suchte das Blut von Menschen, um nicht zu sterben; Ihr sucht es um Eures Vergnügens willen.«

Wieder hob sie die Peitsche und ließ sie dann sinken.
»Warum kann ich Euren Tod nicht begehren?« rief sie. »Warum habe ich Euch nicht gleich erschlagen? Warum kann ich Gottes holde Erde nicht von einem Wesen wie Euch befreien?«
»Und weshalb sind Eure Träume so böse«, fragte er leise, »und weshalb habt Ihr mich einst geliebt, Madonna? Euer Gott hat seinen Getreuen die Rache verboten. Warum konntet Ihr mich nicht erschlagen und seiner Rache und der Hölle überlassen – oder seiner Gnade?«
Sie drehte sich ruckartig um und floh den Gang entlang und die Wendeltreppe hinauf. Ihre Schritte hallten hart in der Nacht wider. Und Angelo, Graf Fioresi, Mann, Ungeheuer, Vampir, was immer er war, verbarg das Gesicht in den Händen und weinte.

Die Contessa riß weit die Fenster auf und zitterte, als der Nachtwind den Gestank des Verlieses aus ihrem Gewand blies; sie hätte gern gekniet, aber die Worte des Vampirs brannten in ihrem Herzen: Gott hat die Rache verboten.
Was ist aus mir geworden? fragte sie fast staunend. Sie legte sich in ihr großes Bett, aber sie fürchtete sich vor dem Einschlafen, so stark war das Grauen, das sie empfand, wenn sie an die Träume dachte, die sie heimsuchten. Sie sagte sich, es müsse sich um einen üblen Zauber des Vampirs handeln, den sie in Fesseln hielt; aber in den Vollmondnächten war das Entsetzen so furchtbar, daß sie kein Auge zu schließen wagte. Sie lag da und dachte daran, wie sie das Ungeheuer in Menschengestalt, das jetzt in ihrem Kerker lag, gefangen hatte.
Damals, als er zu ihnen gekommen war, fand man ihn stets zugegen. Zuerst hatte sie geglaubt, er wäre ein Bewerber um Cassildas Hand, denn ihre Schwester war die Ältere und Schönere; aber ihr gegenüber zeigte er nichts als eine sonderbar höfliche Freundlichkeit. Es war diese Freundlichkeit, die sie mit all dem Grauen nicht in Einklang bringen konnte. Als ihr Vater und kurz darauf ihr Bruder gestorben waren, hatte sie geweint. »Das Schicksal verfolgt mich; Ihr könnt mich nicht mehr wollen.« Er

hatte lächelnd geantwortet: »Vielleicht wird das Unglück müde werden, Euch zu quälen, wenn Ihr erst meine Gattin seid.«
Aber es war in diesen Tagen, als liege ein böser Zauber über allem, denn auch im Dorf gab es viele Todesfälle, als gehe eine geheimnisvolle Krankheit um. Zuletzt starb sogar Cassilda; aber der Priester des Schlosses, Vater Milo, verbarg ihren Leichnam vor Teresa.
An diesem Tag war Angelo zu ihr gekommen, als sie vor der Kapelle weinte – ja, jetzt erinnerte sie sich: nie hatte er sich innerhalb der Türen der Kapelle aufgehalten – und in seinem offenen und schönen Gesicht hatte etwas Trauriges gestanden, das sie für aufrichtiges Mitleid gehalten hatte. War es wirklich höllenschwarze Heuchelei gewesen?
»Teresa, Teresa, ich kann es nicht ertragen, Euch so allein zu sehen!«
Jetzt grübelte sie: Was wäre wohl geschehen, wenn sie seinen Bitten nachgegeben hätte? Hätte er die Kapelle tatsächlich betreten können? Ihre Kreuzzeichen bannten ihn; hätte er sie überhaupt heiraten können?
Hätte sie nicht sogar ihren Zweck schon erreicht, wenn sie ihn mit Hilfe eines Sakramentes gebunden hätte?
Abends hatte Vater Milo, mit verzerrtem Gesicht und vor lauter Entsetzen zitternd, sie in die Kapelle gezogen und das Kreuzzeichen über ihr gemacht. Er hatte sie auf seiner Bank Platz nehmen lassen, während er selbst vor ihr stehenblieb, die Züge voller Schmerz und Grauen. Zuerst hatte sie seiner weitschweifigen Erzählung von seltsamen Todesfällen im Dorf, von Malen an der Kehle ihres Vaters und Bruders, seiner Andeutung von einem noch gräßlicheren Geschehen in Verbindung mit Cassildas Tod, gar nicht recht zugehört. Nur langsam und ungläubig begriff sie, was er ihr mitteilen wollte: daß diese Todesfälle das Werk eines Vampirs waren!
»Aber das ist doch nur böswilliger Aberglaube!« rief sie abwehrend. Er schüttelte den Kopf.
»Nein, Teufelswerk ist es – von jemandem verrichtet, der mit dem Teufel im Bunde steht!« erwiderte Vater Milo mit blassem,

verhärmtem Gesicht. Langsam, Wort für Wort, hatte er sie überzeugt. Auch wenn sie die schrecklichen Geschichten, die er ihr dann erzählt hatte, anfänglich nur halb geglaubt hatte – daß man den Grafen in Fledermausgestalt aus den Fenstern des alten Turms hatte herausfliegen sehen und daß eine fromme Frau aus dem Dorf Leichentücher und Sarggeruch gespürt hatte, als er vorbeiging –, endlich war sie doch überzeugt, kniete vor dem Priester nieder, und leidenschaftlicher Zorn und Schreck wallten heiß in ihrem Herzen auf.

»Was können wir tun?«

Und Vater Milo hatte langsam geantwortet: »Die Bestie muß sterben.«

»Der Tod allein würde nichts nützen!« rief sie voller Qual, das Gesicht so weiß wie ihr Trauerschleier. »Ich erinnere mich – in der Nacht, bevor sie starb, kam Cassilda an mein Bett und weinte, und ich – ich wußte nicht, warum!«

Vater Milo legte ihr die Hand auf den Kopf. »Trage das, was ich dir jetzt sagen muß, mutig, meine Tochter. Cassilda starb durch eigene Hand, aus Angst vor dem gleichen Schicksal.«

Teresa schrie auf vor Schmerz. »Dann kann der Tod allein für dieses Ungeheuer nicht genügen! Er muß leiden – leiden, wie die Meinigen und ich gelitten haben!«

»Die Rache gehört Gott allein«, schalt der Priester. »Ich weiß es nicht mit Sicherheit, aber ich habe gehört, daß diese furchtbaren Geschöpfe des Teufels nicht wirklich sterben können, sondern in ihren Särgen weiterleben und sich daraus erheben, um das Blut lebendiger Wesen zu suchen. Tochter, ich muß nach Rom reisen und Dispens erbitten, damit ich mit diesem – diesem Monstrum verfahren kann, wie es erforderlich ist, um uns für immer von ihm zu befreien.«

»Ihr müßt noch heute nacht abreisen.«

»Zuerst aber müssen wir hier alles sicher machen«, antwortete der Priester, »damit er Euch nichts Böses antun oder Euch vernichten kann wie Eure Familie. Seid auf der Hut, doch zeigt keine Änderung in Eurem Benehmen, denn er darf nicht vermuten, wir wüßten, wer er ist. Wenn ich zurückkehre, können wir ihn unschädlich machen und in seinem Sarg einen wirklichen Tod sterben lassen, auf daß Gott in seiner unendlichen Barmherzigkeit ihn strafen oder ihm vergeben möge.«

Teresa bedeckte das Gesicht mit den Händen. »Ein Ungeheuer aus dem Grab – und ich liebte ihn!« flüsterte sie. »Gottes Barmherzigkeit? Ich möchte ihn auf ewig in der Hölle brennen sehen!«

Der Priester bekreuzigte sich und schüttelte traurig den Kopf. »Es betrübt mich, daß Ihr so übel redet«, sagte er tadelnd. »Könnt Ihr der Gnade Gottes Grenzen setzen?«

»Für diesen Teufel – ja!«

»Und doch hat ein großer Heiliger einst zu Satan selbst gesagt: Auch dir darf ich Gottes Gnade verheißen, so du nur darum betest. Denkt doch, Teresa: Graf Fioresi ist ein tapferer Soldat und ritterlicher Hofmann. Er hat diesen teuflischen Fluch viele Jahre getragen, und für ihn muß es die wahre Hölle sein, verstoßen vor dem Angesicht Gottes. Könnt Ihr leugnen, daß der barmherzige Gott ihm eines Tages vielleicht doch noch vergeben könnte?«

»Wenn ich das glaubte«, rief sie leidenschaftlich aus, »würde ich einen Weg finden, ihm diese Vergebung auf ewig fernzuhalten – ihn leben und leiden zu lassen, wie meine Familie und ich gelitten haben!«

Der Priester hatte schlicht erwidert: »Ihr seid überreizt, und das ist kein Wunder. Betet zu Gott, daß er Euch Eure gedankenlosen Worte verzeiht.« Er reichte ihr die Hand zum Aufstehen. »Ich muß heute nacht noch fort; kommt jetzt mit in Euer Gemach, wir müssen dort alles sicher verwahren.«

Seine Hände waren es, die dann das Zeichen des Kreuzes in alle Türen und Fenster geritzt und sie mit Weihwasser besprenkelt hatten. Die Haupttür hatte er als letzte übriggelassen, aber als er sich ihr zuwenden wollte, überfiel Teresa ein plötzliches, würgendes Entsetzen. Und hätte es ihr Leben gegolten, sie konnte es nicht ertragen, von Zaubersprüchen eingeschlossen zu sein, auch wenn es fromme Zaubersprüche waren.

»Diese Tür will ich selbst von innen mit meinem Kruzifix versiegeln«, sagte sie, und noch während sie sprach, war der Plan in ihrem Kopf vollendet.

»Vielleicht ist es besser so«, erwiderte er nachdenklich. Aus seinem Gewand zog er eine kleine Phiole. »Gebt ihm das in den Wein«, erklärte er, »und Gott möge uns vergeben, Tochter. Es wird ihn wenigstens in den ersten Tod schicken. Wenn ich aus Rom zurückkehre, werden wir den Vampir dann mit Pflock und Feuer vernichten.« Ehrfürchtig reichte er ihr einen Rosenkranz. »Ein großer Heiliger hat ihn gesegnet; es ist ein Erbstück meiner Familie. Der Rosenkranz wird ihn hindern, von den Toten aufzuerstehen, bis ich zurück bin.«

Er hatte ihr segnend die Hand auf den Kopf gelegt. »Und merkt Euch«, hatte er streng hinzugefügt, »vergeßt diese bösen Rachegedanken! Ich befehle Euch beim Heil Euer Seele, betet für die Seele dieses verlorenen Gottesschafes; betet für die Seele von Angelo Fioresi.«

Aber die Worte waren in ein hartes Herz gefallen. Sie neigte das Haupt, innerlich jedoch rief sie: »*Niemals*!«

Eigenhändig bereitete sie für die erste Wegstrecke des Priesters Speise und Trank; doch als sie ihm Lebewohl sagte und sein Zelter davonschritt, hatte sie sich umgedreht, und zum ersten Mal war ihr Lächeln grausam gewesen, als sie die kleine Phiole umklammerte. »Aber Ihr werdet nicht zurückkehren«, murmelte sie, »und *mein* ist die Rache.«

Als sie sich von der Tür abwandte, begegnete sie Graf Angelos lächelndem Blick und zwang sich, zurückzulächeln und ihm die Hand zum Kuß zu reichen.

»Warum hat der Priester uns verlassen?«

»Um die Heiratserlaubnis für uns zu besorgen«, entgegnete sie gleichmütig.

»So sind wir allein?« Er zog sie lächelnd an sich. »Möge seine Reise schnell sein.«

Aber seine Stirn hatte sich in befremdliche Falten gelegt, und Teresa bebte und schrak zurück vor seinem Kuß. »Nicht jetzt!«

In der Nacht lag sie wach. Sie fühlte sich wie die gefesselte Ziege, die man anpflockt, um den umherstreifenden Berglöwen herbeizulocken. Das bleiche Licht aus der offenen Tür lag auf ihrem Gesicht, und sie wartete auf den Schritt und auf den Schatten an dieser Tür, der so war wie von schwarzen Schwingen. Angstvoll hielt sie das Kreuz fest und dachte: Es ist wahr – der Vampir bewegt sich wie eine Katze oder ein Gespenst, auf lautlosen Füßen.

Langsam beugte sich der Schatten über sie, bis die vollen Lippen ihren Hals berührten, und als wache sie gerade erst auf, murmelte sie: »Angelo?«

»Liebste ...«

»Wartet«, hauchte sie und umklammerte das Kreuz in ihrer Hand, »die Tür ist noch offen.«

»Nicht doch«, flüsterte er und drehte sich um, aber blitzschnell war sie hingehuscht, hatte die Tür zugeschlagen und den Riegel mit dem Kruzifix vorgelegt. »Nun«, rief sie, weiß wie ihr Nachtgewand, »laßt mich sehen, ob Ihr gehen könnt, wie Ihr kamt, Angelo, Graf Fioresi – Teufel, Ungeheuer, *Mörder* – Vampir!« Sie warf sich auf ihn, das Licht in der erhobenen Hand. Er fuhr herum wie ein in die Enge getriebenes wildes Tier, sprang jäh zu den verriegelten Fenstern hinüber und zu der anderen Tür. Vergeblich.

Sie sagte mit schwankender Stimme: »Ich habe es immer nur halb geglaubt. Bis jetzt. Als ungeheuerliche Lüge erschien es mir und ist doch wahr.«

Der Graf streckte die Hände nach ihr aus. Abwehrend hob sie das Kreuz. Sie hatte erwartet, er werde sich auf sie stürzen, um sie zu ermorden, aber er rührte sich nicht. »Teresa«, flehte er, »es ist nicht so, wie Ihr denkt. Ich bitte Euch – ich flehe Euch an: hört mir zu, bevor es zu spät ist.«

Aber sie war so voller Wut und Empörung, daß sie nicht hören wollte. Sie griff nach der Peitsche und fuhr auf ihn los. Hiebe prasselten auf sein Gesicht und auf seine Schultern. Er schrie und riß ihr mit einer einzigen Bewegung den Riemen aus der Hand und schleuderte ihn zu Boden.

»Nehmt Euch in acht, Herrin«, sagte er mit gedämpfter Stimme,

»ich weiß vieles, das Ihr nicht wißt. Und ich sage Euch, Teresa, daß Ihr in diesem Augenblick in größerer Gefahr seid, als sie Euch von mir drohen könnte. Wollt Ihr mich anhören – mir nur kurze Zeit zuhören, um Eures Vaters willen, der tot im Sarge liegt?«

»Euch anhören, Ungeheuer, Mörder, Grabschänder?« kreischte sie, und ein trübes Lächeln zog über sein Gesicht.

»Das alte Märchen, daß ich aus einem Totensarg auferstehe? Nein, Herrin, ich kenne den Tod noch nicht. Und ich will auch noch nicht sterben. Doch wenn Ihr mich jetzt tötet, geratet ihr selbst in Gefahr, darum hört mich erst an.«

Wieder näherte er sich ihr, als wollte er sie packen und zwingen, seinen Worten zu lauschen; aber sie riß das Kruzifix vom Betschemel und hielt es vor sich. Er zuckte zurück, und sie sagte begierig: »Also ist zumindest dieser Aberglaube wahr?« Er wich zurück und bedeckte das Gesicht mit dem linken Arm.

»Zum Teil wahr, Teresa; ich kann Euch nicht schaden, solange Ihr dieses Symbol Eures Glaubens tragt, das Zeichen, daß Ihr unter Gottes Schutz steht. Und dennoch, zum letzten Mal flehe ich Euch an . . .«

»Wollt Ihr mich mit Worten betören?« schrie sie. Das Kruzifix in der Hand, hob sie die Peitsche vom Boden auf und ließ sie von neuem auf seine geduckte Gestalt niedersausen. »So könnt Ihr bluten und leiden?« rief sie triumphierend.

»Wie Ihr selbst«, murmelte er und sank auf die Knie. Teresa schützte sich mit dem Kreuz und schwang die Peitsche. Sie genoß jedes dumpfe Aufklatschen und auch die dünnen Blutstriemen, die nach und nach kreuzweise über seinen Körper liefen. Schließlich stand sie keuchend über ihm; blutig und bewußtlos lag er ihr zu Füßen. Mit vorsichtigen Blicken, denn sie fürchtete, die Ohnmacht könnte vorgetäuscht sein, lief Teresa zu ihrer Truhe und zerrte die schweren Ketten hervor. Ihre eigenen zarten Finger hatten mit dem Diamantring Kreuze in alle Hand- und Fußschellen geritzt. Dann ließ sie Rondo, den Taubstummen, holen und schleifte mit seiner Hilfe den Grafen die tiefe Treppe hinunter und schloß zitternd die Ketten an die Mauer

des Verlieses. Ihr war übel vor Grauen, aber zugleich erfüllte sie tiefe Befriedigung über das Gelingen ihres ersten Racheplans. Fast bewußtlos fiel sie auf das Bett.
»Reiß die Fenster auf«, befahl sie Rondo mit einer Geste, »ich werde ohnmächtig!«
Als er sich entfernt hatte, schlief sie ein, aber sie hatte böse Träume. Ihr war, als stehe sie auf und schleiche als stummes Gespenst aus dem Schloß. Wirre, schreckliche Bilder von Blut und sterbenden Gesichtern geisterten durch ihren Kopf. Sie erwachte und entdeckte, daß sie im Schlaf gewandelt war und halb aus einem der bleiverglasten Fenster lehnte.
Hat er mich behext? grübelte sie und sank im wachsenden Tageslicht auf ihr Bett und schlief.
In der Abenddämmerung erwachte sie und stieg schaudernd hinab in die Krypta; aber ihre Furcht ließ nach, als sie ihren Feind in Ketten sah. Und so gewöhnte sie sich daran, jeden Abend in die Kellergewölbe hinabzusteigen . . .

Als die Tage vergingen, dachte sie immer weniger an andere Dinge, so daß sie schließlich nur noch für den Augenblick lebte, wenn sie vor den Gefesselten trat und in seine wilden Augen blickte – die Augen eines in einen Käfig gesperrten Falken. Wenn sein Flehen ihr allzu lästig wurde, brachte sie ihn mit der grausamen Peitsche zum Schweigen, in die sie mittlerweile ebenfalls das Kreuz geschnitten hatte, damit er sie ihr nicht aus der Hand reißen konnte.
Noch immer peinigten sie die üblen Träume. Der Zauber schien sich auf das ganze Schloß auszubreiten, denn einige der Diener flohen, und andere kamen zu ihr und berichteten von Todesfällen im Dorf; aber sie verscheuchte sie wie summende Fliegen. Der Todbringer ist tief unten sicher angekettet, dachte sie; sie können diese Todesfälle nicht mehr übernatürlichen Heimsuchungen zuschreiben und nicht jedes Sterben auf diese Art erklären! Sie war ungeduldig mit ihnen und grausam, denn sie sehnte sich nur danach, hinabzusteigen und sich an ihrem Gefangenen zu weiden, um dann in ihr Gemach zurückzukehren

und dann augenblicklich den Schlaf der völligen Erschöpfung zu schlafen.
Das Volk im Dorf murrte, weil Vater Milo nicht wiederkehrte. Sie schickten alte Frauen zu ihr, die sie bitten sollten, einen neuen Priester zu suchen. »Wollt ihr mir Befehle erteilen?« schrie sie sie an und lief im Zimmer auf und ab. Als die Abordnung geflohen war, starrte sie sich entsetzt im Spiegel an und dachte: Sie werden mich für eine Wahnsinnige halten.
So kamen und gingen drei Monde, und kaum etwas änderte sich. Dann kam eine Nacht, in der Angelo sich kaum rührte, als sie ihn ansprach. Er lag anscheinend bewußtlos im Stroh und in seinen Ketten.
Endlich schlug er die Augen auf und murmelte: »Weidet Euch nur an mir, soviel Euch behagt, Madonna. Das Ende naht. Aber ich sehe wohl, wie Ihr immer tiefer und tiefer ins Verderben geratet. Um Eurer selbst willen bitte ich Euch: macht ein Ende.«
»Ei was«, spottete sie, *»der Teufel war krank, ein Mönch wollt er sein*! Soll ich Euch wirklich als Priester in Vater Milos Kapelle setzen?«
»Ich bin kein grausames Ungeheuer«, entgegnete er, »obwohl ich Euch keinen Vorwurf machen kann, wenn Ihr mich dafür haltet. Und doch, Teresa, bin ich hier sicher angekettet. Warum also sterben Eure Leute?«
Sie zuckte gleichgültig die Achseln. »Diese Leute sterben wie die Fliegen. Bin ich der Hüter ihrer Körper oder Seelen?«
Das gefesselte Geschöpf warf ihr einen sonderbar berechnenden Blick zu. »Einst hättet Ihr nicht so gesprochen. Einst wart Ihr fromm und gut.«
»Und wenn ich ein Teufel aus der Hölle wäre – wer, wenn nicht Ihr, hätte mich dazu gemacht?«
Fast lachte er. »Nein, nein – vor mir habt Ihr Euch wohl behütet; doch habt Ihr Euch nicht selbst zum Ungeheuer gemacht?«
»Schweigt!« kreischte sie. »Schweigt!« Sie ließ die Peitsche voll auf sein Gesicht niedersausen, und mit einem furchtbaren Schrei sank er zusammen. Das Blut sprang aus den zerfetzten Lippen. Sie ließ die Peitsche fallen und kniete neben ihm nieder.

»Er hat die Wahrheit gesprochen; das Ende naht«, dachte sie. »Hier soll er liegenbleiben in Ewigkeit.«
Das Kruzifix, das sie noch immer trug, pendelte hin und her und warf sonderbare Schatten auf ihren Gefangenen. Unwillkürlich kam ihr ein Einfall.
Ich habe meine Rache gehabt. Es ist noch nicht zu spät, den Haß von mir zu werfen und zu tun, was Vater Milo mich geheißen hat: sein Leiden zu enden und ihn Gottes Gnade zu überlassen. Ich brauche ihm nur das Herz zu durchbohren. Er hat gesagt, daß er nicht von den Toten auferstehen kann. Trotzdem kann ich die Totengebete für ihn beten und Buße tun. Dann werde auch ich zu Gottes Gnade zurückfinden. Und Angelo – Angelo wird zu Staub zerfallen, wie es längst hätte geschehen müssen, und seine Seele wird sich vor Gott verantworten für alle seine Missetaten.
Sie hatte das seltsame Gefühl, das Verlies wimmele von Geistern, die sie ansahen und warteten; ihr war, als stehe sie an einem Kreuzweg und warte darauf, daß man einen Verurteilten hängte oder begnadigte; und das verurteilte Opfer war sie selbst. Sie konnte den Haß von sich werfen und um Barmherzigkeit bitten, oder . . .
Ihre Lippen kräuselten sich zu einem Lächeln der schrecklichsten Grausamkeit. Niemals, niemals würde sie auf das Vergnügen verzichten, das sie hier gefunden hatte! Nein, er sollte leiden, leiden in Ewigkeit! Wer hatte Gottes Vergebung denn schon nötig? Es gab so viele, die außerhalb seines Reiches lebten!
»So ist es denn zu spät«, sagte er plötzlich. Sie schrak zurück. Aber er setzte sich auf und kam unaufhaltsam näher, packte sie mit hartem Griff und sprengte die Ketten an Händen und Fußknöcheln.
Teresa kreischte laut auf, wich angstvoll zurück und wollte aufstehen. Sie stolperte über die zu Boden gefallene Peitsche, stürzte auf die Steine und Angelo, der sich erhoben hatte, machte einen Schritt und stand nun vor ihr.
»Ich wollte Euch retten«, sagte er. »Denkt an Eure bösen Träume, Teresa. Begannen sie nicht lange, ehe ich nach Castello di

Speranza kam? Vor vielen Jahren heiratete eine Frau der Fioresi in die Sippe der Speranza; und ich wußte, daß wenigstens einer aus Eurer Familie es besitzen würde – das Geblüt meines Geschlechtes. Wäre es Rico gewesen, hätte ich ihn als Knappen in meine Dienste genommen, um über ihm zu wachen und ihn zu schützen. Ich – ich hätte Euch gerettet«, murmelte er fast unhörbar, »Euch behütet wie etwas, das kostbarer war als mein Leben. Ich habe über Euch gewacht, für Eure Sicherheit gesorgt, Euch geschützt, ohne zu ahnen, was Ihr wart, obwohl ich zu spät kam, Euren Vater zu retten ...«

Sie schrie auf vor Grauen, als sie die Bedeutung seiner Worte begriff, aber er fuhr unerbittlich fort.

»Als Rico den Tod fand, ertrug ich es nicht länger, und verzweifelt, nur auf Euren Schutz bedacht, entdeckte ich alles Cassilda. Ich – ich ahnte nicht, daß sie sich vor Entsetzen selbst das Leben nehmen würde. Ich glaubte, wir beide könnten gemeinsam über Euch wachen, bis ich Euch nach und nach erklären könnte, was Ihr wart, ohne daß Ihr Schaden davontrugt. Ihr hättet Euch damit abfinden können – nicht als mit etwas Grauenhaftem, sondern einfach als mit einer anderen Art von Leben; einer anderen Natur, die nach eigenen Gesetzen lebt, ohne Harm für andere. Nein, ich habe Eure Angehörigen nicht getötet«, sagte er. »Seit zweihundert Jahren lebe ich schon so. Seit dem Jahr, in dem ich zuerst erfuhr, was ich war, ist kein Mensch unter meiner Berührung gestorben. Ich weiß, wie man – Leben nimmt – und nicht mehr Schaden zufügt, als der Aderlaß des Baders. Ich bin weder böse noch grausam, Madonna, weil ich lebe, wie ich muß.«

Er beugte sich über sie. Sie fuhr zurück, vor Angst außer sich, und stieß ihm das Kruzifix entgegen.

»Nein«, meinte er sanft und nahm sie bei den Schultern, »es wird Euch nicht mehr schützen.«

Fast traurig fügte er hinzu: »Ich bin aufgewachsen in der Furcht vor diesem Zeichen. In meinem innersten Herzen und Hirn steht es eingegraben, daß ich keinen Menschen anrühren darf, der Gott aufrichtig um Gnade anfleht. Solange Ihr nicht ahntet, was Ihr wart, Teresa, solange Ihr in wirklicher Frömmigkeit an Eurem Glauben hingt, konnte ich das Symbol Eurer ernstlichen Überzeugung nicht überwinden. Und auch das Kreuz, das Ihr in meine Ketten ritztet, war ein Hindernis für mich, denn Ihr dachtet dabei, daß Ihr andere damit vor meiner Bosheit schützen wolltet. Jetzt aber seid Ihr selber böse geworden. Ihr habt die Lehren Eures Glaubens verworfen. Ihr könnt den Schutz Eures Gottes nicht mehr anrufen. Das Kreuz ist für Euch nur noch ein leeres Symbol, und es kann mich nicht halten.«

Er riß ihr das Kruzifix vom Hals, betrachtete es traurig und legte es beiseite.

»Vielleicht habe ich niemals eine Seele besessen«, sagte er müde, »Ihr aber, Teresa, habt die Eure fortgeworfen. Ihr seid ein solches Ungeheuer, daß Ihr selbst unter meinem Volk nicht leben könnt.«

Das Letzte, was die Contessa wahrnahm, war sein schmerzzerrissenes Gesicht, das sich in einem Purpurnebel, in den sie hineinstürzte wie in den Tod, auf sie herabsenkte.

Stunden später liefen die Dorfbewohner zusammen, um zuzuschauen, wie das Castello die Speranza in Feuersgluten einstürzte. Niemand bemerkte den stillen, von Narben entstellten Mann, der schweigend in den Wald hineinritt, gebeugt wie von langer Qual, im Sattel zusammengesunken vor Gram und Schmerzen. Er sah kein einziges Mal zurück in die lodernden Flammen, sondern ritt weiter, den Kopf tief auf dem Hals des Pferdes, und immer wieder flüsterte er: »Teresa! Teresa! Teresa!«

DIE MASCHINE

Ich hasse die Maschine.

Ja, natürlich weiß ich, daß sie das Wunder unseres Jahrhunderts ist und daß kein Mensch, vor allem aber keine Frau, heute noch unter Mangelerscheinungen leidet, wie es früher immer gewesen ist, von Anbeginn der Weltgeschichte an. Ganz sicher war es barbarisch, die Befriedigung eines so lebenswichtigen Instinktes dem ungeschickten Zufall gegenseitiger Anziehung oder rein subjektiver Gefühle zu überlassen oder sie vielleicht gar denjenigen zu verweigern, die sie am allernötigsten hatten. Jetzt erledigt das alles die Maschine. Zuverlässig überwacht sie sämtliche Reflexe, bis hin zum Rotwerden der Ohrläppchen und den schmerzlosen Zusammenziehungen der Gebärmutter, und nichts bleibt mehr dem Zufall überlassen.

Eine halbstündige Behandlung mit der Maschine zweimal im Monat, und mit allen diesen Spannungszuständen und Neurosen ist ein für allemal Schluß. Die Neo-Reichianer haben schon vor langer Zeit nachgewiesen, wie wertvoll der Vorgang war, aber erst mit Hilfe des Genies, das die Maschine erfand, konnten wir uns von jenen Mangelerscheinungen befreien, die nicht nur neurotisches Verhalten und Hysterie erzeugten, sondern auch physische Krankheitserscheinungen wie Krebs und soziale wie Krieg hervorriefen.

Trotzdem ist mir die Maschine zuwider.

Es tut mir jetzt nicht mehr weh; es hat nicht mehr wehgetan, seitdem ich ungefähr zwölf war. Der Med sagt, meine Reaktionen sind geradezu anödend normal. Und dennoch wüßte ich gern, ob alle Frauen, so wie ich, dieses stumme Entsetzen und diese Demütigung empfinden, wenn sie einem die Füße oben in die Steigbügel schnallen und die Sensoren sich wie Schlangen nach unten winden, um sich an den Stellen mit den meisten Nervenenden festzusetzen.

Ich mache mir die Mühe, das kleine Büchlein zu lesen, das einem die Meds geben, wenn man danach fragt. *Wie man die Maschine versteht.* Dabei warnt mein Med sogar davor. »Sie dürfen nicht intellektualisieren«, erklärt er mir, »geben Sie sich einfach dem körperlichen Erlebnis hin. Die Maschine ist voll durchprogrammiert und überwacht Ihre sämtlichen Reaktionen. Sie brauchen nicht zu wissen, wie oder warum sie funktioniert. Geben Sie sich ihr lediglich hin. Sie haben mehr davon.«

Trotzdem lese ich das Buch und stelle zu meinem Kummer fest, daß es nur Darstellungen von Nervenfaserbündeln und anatomische Zeichnungen enthält, die ich zu grotesk finde, um sie auch nur anzuschauen. Ich hatte mir etwas erhofft, das den Widerwillen, den Haß und die Wut erklären könnte, aber davon ist nichts zu finden, nur Geschichten von den Beschwerden, die die Frauen früherer Jahrhunderte hatten, Beschwerden, die unmittelbar auf das Fehlen der Maschine zurückzuführen sind.

Am zornigsten bin ich, wenn ich das Hauptgerät in die Hand nehmen und mir selbst einsetzen muß. Natürlich bin ich inzwischen von meinen eigenen Sekreten klebrig und auch von dem mechanischen Schmiermittel, das die Sensoren in exakt optimalen Mengen zuführen, um fehlende oder zu starke Eigenproduktion auszugleichen. Ich hasse den Geruch des mechanischen Schmiermittels, die glatte, weiche Glitschigkeit zwischen meinen Fingern. Ekelhaft, wie manche Tiere. Aber wenn ich dann erst das mechanische Eindringen programmiert habe, kann ich es nicht ertragen, das langsame, tastende Herankommen zu beobachten, das gefühllose Anschmiegen, den plötzlichen, harten Stoß, bei dem ich mich aufschreien höre wie die Frauen in den anderen Kabinen. Dann ist das Schlimmste vorbei. Ich versuche mich zu entspannen und lasse die Maschine die Reflexe überwachen, die ich nicht beherrschen und gegen die ich mich nicht wehren kann. Selbst das ist mir zuwider, diese Art, wie sie mein Bewußtsein beeinflußt, so daß ich mich winde, keuche, aufschreie, kreische wie die anderen Frauen, die ich ganz schwach hören kann, bis zu dem Augenblick, in dem es auch keine Geräusche mehr für mich gibt. Ich bin stinknormal, erklärt mir der Med. Nur ein- oder zweimal seit meinem vierzehnten Lebensjahr hat man mich präorgasmisch behandelt. Und nur ganz wenige Male habe ich versucht, der Maschine Widerstand zu leisten und probiert, abwehrend zu reagieren; und der Med sagt, daß die meisten Heranwachsenden das ein paarmal machen – einfach eine Art Experiment, eine Prüfung der eigenen Reaktionen. Schließlich, erinnert man mich, kommt es gar nicht darauf an; die Sensoren sind auf gelegentlichen Widerstand programmiert. Sie können ihn an der Spannung der Haut und dem inneren Pulsschlag messen und sind zugleich darauf eingestellt, die Manipulationen nervenreicher Stellen so lange wie nötig fortzusetzen, so daß am Ende selbst der entschlossenste Widerstand erlahmt.

Und danach sind Reaktionen und darauffolgende Entspannung so stark, daß man matt und schwach ist, zu schlapp zum Gehen; und ich empfinde es als noch größere Beschämung, daß mir ein Med sanft aus der Kabine helfen und mir ein belebendes Mittel verabreichen muß – vor den Augen der vor den Kabinen wartenden Frauenschlange. Zwölfjährige gibt es dort, verängstigt oder auch todesmutig grinsend vor der ersten Behandlung: verheiratete Frauen, die jede Woche zur Entspannungsprüfung müssen; alte Jungfern in den Wechseljahren für die häufigeren Behandlungen, die die physische und nervliche Degeneration verhindern, die gewöhnlich früher in diesem Lebensabschnitt einsetzte.

Einmal stelle ich einen Befreiungsantrag. Manchmal werden Frauen aufgrund schlechten Allgemeinzustands oder Erkrankung befreit, und ich überlege mir, ob mein Haß auf die Maschine das Zeichen für einen solchen, bisher noch ungeahnten

Zustand ist, obwohl ich doch genau weiß, wie wohltätig die Behandlungen sind. Ich absolviere sämtliche Tests, sehe zu, wie man mein Seelenleben überprüft – das macht man, indem man ein paar Behandlungen von Hand einstellt, nicht durch Sensoren. Der Gedanke an den lebendigen Monitor hinter den Instrumenten erfüllt mich mit derartiger Nervosität, daß ich mich gegen die Maschine wehre und zum ersten Mal seit meinem vierzehnten Lebensjahr eine Neuprogrammierung wegen Widerstandes und dazu eine präorgasmische Behandlung bekomme. Aber sie sagen, daß das unter den Umständen ganz üblich ist. Die Meds sind freundlich, wie alle Androiden immer freundlich sind. Hinterher zeigen sie mir die Zackenkurve jener stinknormalen Reaktionen und dann die abgeflachten Kurven von Frauen, die zu Recht befreit worden sind, die selbst nach manueller Programmierung und präorgasmischer Behandlung nicht reagieren können. Von diesen Frauen gibt es Dreikommazwei pro Tausend, sagen sie mir, und die meisten davon haben Herzfehler oder chronische Schilddrüsenunterfunktionen oder sind geistig schwerbehindert. Von Haß rede ich erst gar nicht. Was für einen Sinn hätte es, eine rein subjektive Realität zu erwähnen?

Lorn quält mich wieder, ihn zu heiraten. Mir fällt ein, daß Heirat ein gesetzlicher Befreiungsgrund ist. Ein Versuch könnte sich lohnen. Wir beantragen Heiratsgenehmigungen, lassen unsere Psychoprofile prüfen und unseren Personenstand neu eintragen, bewerben uns um gemeinsame Unterbringung. Ich gehe hin und beantrage die Befreiung wegen Heirat. Man warnt mich, daß ich alle sieben Tage zur Entspannungskontrolle antreten muß. Zu meiner entsetzten Verblüffung erfahre ich, daß es mir jederzeit freisteht, zusätzliche Sitzungen zu beantragen, bis zum gesetzlichen Maximum von dreimal pro Woche. Wieder wundere ich mich – bin ich denn tatsächlich ein Einzelfall – die einzige Frau, die diesen Ekel und Haß empfindet? Aber ich klammere mich an die Vorstellung, daß ich, solange unsere Ehe besteht, nie wieder unter die Maschine muß, vorausgesetzt natürlich, daß die Entspannung vollständig ist.

Lorn ist ungeheuer verliebt. Ich bemühe mich, seinen Eifer zu erwidern. Er ist lieb und verträglich. Ich weiß, daß die Maschine die Ehe weniger riskant gemacht hat; heutzutage muß kein Mann mehr heiraten, um die Entspannung und körperliche Erleichterung zu finden, die die Maschine ihm völlig rechtmäßig gewähren kann. Man zeigt mir Zeichnungen des Modells für Männer, damit wir beide wissen, was der andere erlebt hat. Ich erfahre auch, daß die Männlichkeit eines Mannes heute weit weniger als früher unter Druck steht, weil die Maschine ja immer da ist, um für den exakt richtigen Grad an Entspannung zu sorgen. Das Männermodell ist sogar noch grotesker, rund und sachlich, ein Beutel aus rosa Plastik, von obszöner Weichheit. Es hat weniger Hilfssensoren, weil die männlichen erogenen Zonen näher beieinander liegen.
Wir sind zusammen. Einen Augenblick überlege ich, ob ich genauso entgegenkommend auf ihn reagieren kann wie die computergesteuerten Sensoren, aber er scheint zufrieden. Ich bin erstaunt, festzustellen, daß auch Männer aufschreien und sich winden, wenn die Reflexe sie packen. Im Geruch besteht ein feiner Unterschied zu dem mechanischen Schmiermittel; aber Lorn sagt mir, daß das Einbildung ist; die chemische Zusammensetzung ist genau die gleiche und synthetische Hormone entsprechen den natürlichen exakt. Ich bin voller Zärtlichkeit. Ich bin erstaunt und erregt, als er nicht, wie die Sensoren, die ergiebigsten Nervenenden findet, aber schon die bloße Erregung läßt mich reagieren. Ich schäme mich, loszuschreien wie in der Kabine, aber ich fange an zu weinen, was ihn erschreckt. Ich sage ihm wahrheitsgemäß, daß es vor Glück ist. Ich liebe ihn. Lorn ist meine Freiheit.
Ich gehe zur Entspannungskontrolle. Der Med sagt, daß die Entspannung nicht ganz vollständig ist und empfiehlt – sie ist nicht zwangsläufig vorgeschrieben – eine Zusatzbehandlung. Ich lehne ab, und er verschreibt mir Lockerungsübungen. Das nächste Mal mit Lorn klappt es besser, obwohl ich unruhig bin. Wenn die Entspannung nicht hundertprozentig ist, steckt man mich wieder unter die Maschine. Ich weine, ich bitte ihn um ein

paar von den Nervenberührungen, auf die ich, der Computer hat es herausgefunden, am intensivsten reagiere. Er tut sein Bestes, und diesmal bin ich sicher, daß die Entspannung vollständig ist.

Ich bin rundum glücklich. Ich gehe zur Arbeit; Lorn und ich schlafen miteinander, essen miteinander und experimentieren sogar mit manuellem Kochen – Lorn findet es unhygienisch, aber ich erläutere ihm, daß die Menschheit Jahrtausende von solchen Speisen und Stoffen gelebt hat. Sie haben einen feinen, fremdartigen Geschmack, etwas anders als die synthetischen Nahrungsmittel. Er sagt, daß ich mir das auch nur einbilde. Zum ersten Mal, seit ich zwölf bin, lebe ich Woche auf Woche, ohne an den bevorstehenden Termin mit der Maschine zu denken. Ich bin glücklich.

Allerdings habe ich auch Angst vor den wöchentlichen Entspannungskontrollen. Man empfiehlt mir jedesmal eine Lockerungstherapie, auch wenn man keine Maschinenbehandlung von mir verlangt. Ich mache mir immer größere Sorgen und fange schließlich an, Lorn um Hilfe anzuflehen. Es muß klappen! Es muß!

Eine Woche kommt, in der die Zeiger der Entspannungskontrolle im roten Feld enden. Sie schicken mich in die Schlange vor den Kabinen. Ich weine die ganze Zeit, während man meine Füße in die Steigbügel schnallt. Ich schreie, ich kämpfe gegen die Maschine, ich leiste so lange Widerstand, daß ich schließlich ein Zwangsprogramm erhalte und völlig erledigt herauskomme. Ich bin zu schwach zum Gehen und kann nicht aufhören zu weinen. Ich höre erst auf, als sie mir sagen, daß ich eine positive Entspannungskontrolle nachweisen muß, bevor ich nach Hause darf und daß mein Weinen den Monitor behindert und Fehlreaktionen hervorruft. Auf dem Heimweg weine ich weiter, und Lorn ist verzweifelt. Ich weine, ich klage ihn an, ich erkläre, daß er an allem schuld ist, weil er mir die Entspannung nicht geben kann, auf die ich doch so dringend angewiesen bin. Wir liegen uns in den Armen und versöhnen uns, aber nach dem langen Fegefeuer der Kabine bin ich zu schlapp, um noch zu reagieren. Er wird zornig, bekommt dann Angst, als ich nicht imstande bin, das Weinen zu lassen. Er will einen Med rufen. Ich flehe ihn an, es nicht zu tun und ersticke mein Schluchzen. Ich schlafe ein und hasse ihn, ich will sterben, aber er ist reuig, bittet um Verzeihung und sagt, wir wollen es noch einmal versuchen.

Wir gehen jetzt sanft miteinander um, höflich. Wir versuchen, uns gemeinsam zu entspannen, und meine nächsten beiden Entspannungskontrollen sind einwandfrei. Der Med hat mir erzählt, daß anfängliche Anpassungsprobleme häufig vorkommen. Vielleicht haben wir das Schlimmste hinter uns. Ich berühre Lorn sanft und bewundere seine weiche Lebendigkeit. Ich liebe ihn. Glücklich ruhe ich in seinen Armen.

Später bittet er mich um etwas, das ich nicht über mich bringe. Ganz bestimmt gibt es doch *dort* keine Nervenenden! Aber er bettelt so lange, bis ich es versuche. Mir wird übel, ich würge, ich renne hinaus, um zu brechen. Er ist zuerst wütend, dann tut es ihm leid. Aber er fragt immer wieder danach. Endlich, als ich ablehne, erklärt er mir wütend, wenn ich mich weigere, wird er zu der Maschine gehen; und daß die Sensoren der Maschine festgestellt haben, was er braucht und daß es nichts Unzumutbares ist. Ich schreie ihn an, er soll endlich zu der Maschine gehen, und der Teufel soll ihn holen. Doch er starrt mich ganz erschreckt an, und zum Schluß liegen wir einander wieder in den Armen.

Ich glaube, er bestraft mich für meine Verweigerung. Vier Nächte lang liegt er stumm neben mir, ohne mich zu berühren. Zuerst bin ich stur und sage nichts. In der vierten Nacht beginne ich mir Sorgen zu machen. Morgen ist meine Entspannungskontrolle, und ich werde bestimmt wieder im roten Feld landen. Ich sage es ihm, und er nimmt mich liebevoll in die Arme, aber nichts passiert. Ich bin sicher, daß er zu der Maschine gegangen ist, um sich zu holen, was ich ihm verweigert habe.

So können wir nicht weitermachen! Ich bin außer mir, weiß, daß ich verspannt bin und bei der Kontrolle bestimmt versage. Ich möchte ihm Beleidigungen an den Kopf werfen. Dieses eine Mal

rufe ich das Zentrum an, gebe ihnen meine Identitätsnummer, sage, daß ich erkältet bin und die Kontrolle diese Woche ausfallen lassen muß. Sie akzeptieren die Ausrede so leicht, daß ich ganz begeistert bin. Ich werde so oft wie möglich davon Gebrauch machen.
Einige Zeit vergeht, und bisher bin ich von der Maschine noch befreit. Aber ich bin überzeugt, daß Lorn hingeht, um die ihm zustehende Zusatzbehandlung in Anspruch zu nehmen. Weil unsere Psychoprofile danach ausgesucht sind, daß die Bedürfnisse sich ergänzen, fürchte ich, daß die Zusatzbehandlung seine Energie schwächen und ihn weniger fähig machen wird, mir die Entspannung zu schaffen, die ich brauche. Ich werde immer ängstlicher. Es ist demütigend, zur Entspannungskontrolle zu gehen, wenn man weiß, daß auf der Karte eingespeichert ist, daß der Ehemann die gesetzliche Zusatzbehandlung für seine Bedürfnisse beantragt hat.
Ich bitte ihn, sich ein wenig mehr um die Nervenfasern zu kümmern, die immer für meine Hauptbedürfnisse programmiert waren. Er lehnt ab. Endlich fährt er mich an: »Entspannungskontrolle! Entspannungskontrolle! Das ist alles, woran du überhaupt denkst! Ich kann gar nicht mehr ohne Hintergedanken mit dir zusammensein!«
Ich explodiere. »Was denkst du denn, weshalb ich dich geheiratet habe? Du warst der einzige gesetzliche Befreiungsgrund, den ich finden konnte!«
Wir starren einander eisig an. Seine Stimme ist kalt.
»Möchtest du dich scheiden lassen?«
Ich zucke die Achseln. »Wozu der Aufwand? Die Wohnung ist bequem. Wenn es dir lieber ist, können wir noch ein Bett hineinstellen.«
Ich verschwende gar nicht erst Zeit darauf, zur Entspannungskontrolle zu gehen. Ich schäme mich, aber ich fülle eine Karte für die mir rechtmäßig zustehende Zusatzbehandlung aus.
Ich programmiere sie auf mechanische Penetration. Ich werde mich wehren, ich werde kämpfen. Sie werden mich präorgasmisch behandeln. Ich werde herauskommen und vor Schwäche

nicht gehen können, die Anregungsmittel genießen und mich von ihnen mit einem öffentlichen Verkehrsmittel nach Hause schicken lassen. Wegen Lorn werde ich mir keine Sorgen machen. Er hat das Recht auf Zusatzbehandlung durch die Maschine.

DER FREMDE ZAUBER

An einem Ort wie dem Diebesviertel von Alt-Gandrin gibt es nichts, was man zum Überleben nötiger brauchte als die Fähigkeit, sich aus anderer Leute Angelegenheiten herauszuhalten. Ob Raubüberfall, Vergewaltigung, Brandstiftung, Blutrache oder die merkwürdigen Geschäfte der Zauberer: ein sorgfältig gepflegtes taubes Ohr für die Probleme fremder Menschen – ganz zu schweigen von einem oder noch besser zwei blinden Augen für alles, das einen nichts angeht – ist die beste, vielleicht sogar die einzige Methode, wie man Ärger vermeidet.
Es ist kein Zufall, daß man überall in Alt-Gandrin, und auch sonst an jedem Ort unter den Zwillingssonnen, vom erblindeten Auge Keth-Kethas spricht. Ein Gott ist viel zu klug, um allzu gründlich zu prüfen, was seine Geschöpfe so anstellen.
Lythande, Söldner und Magier, wußte das ganz genau. Als der erste Schrei durch das Viertel gellte, wußte sie, obwohl ihre Schulter unwillkürlich zu zucken anfing, daß es sich gehörte, starr geradeaus zu blicken und schön in eben dieser Richtung weiterzumarschieren. Das war eine der Ursachen dafür, daß Lythande so lange überlebt hatte: sie hatte überragendes Geschick darin entwickelt, sich um ihre eigene Nase zu kümmern, und das an einem Ort, wo es gar vielfältige fremde Nasen gab, um die man sich hätte kümmern können.
Aber es lag ein gewisser Unterton in den Schreien –
Ein gewöhnlicher Raub, ja sogar eine der üblichen Vergewaltigungen hätten vielleicht diese mühsam bewahrte Schale von

Blindheit, Taubheit, der Fähigkeit, geradewegs durch etwas hindurchzusehen, nicht durchdrungen. Lythandes Hand faßte beinahe unwillkürlich den Griff des Messers an ihrer rechten Seite, des Messers mit dem schwarzen Griff, das am roten, über dem Magiergewand verknoteten Gürtel hing, riß es heraus und führte sie senkrecht in sehr viel Ärger.
Die Frau lag bereits am Boden, und es waren mindestens ein Dutzend gewesen, ein selbst für das Diebesviertel ungleiches Verhältnis. Bevor sie sie zu Fall gebracht hatten, war es ihr gelungen, wenigstens vier von ihnen zu töten; aber da waren noch mehr, die herumstanden und die Überlebenden anfeuerten. Der blaue Stern zwischen Lythandes Brauen, das Zeichen eines *Eingeweihten Pilgers*, begann zu glühen und blaue Blitze zu sprühen, im Takt mit dem blitzartigen Eindringen und Herausfahren ihrer Klinge. Zwei, dann drei der Männer sanken zu Boden, bevor sie noch erkannten, was sie getroffen hatte. Ein vierter wurde mitten in seiner abscheulichen Tätigkeit aufgespießt, mit einem einzigen Aufschrei ejakulierend und sterbend. Zwei weitere fielen und ihr Blut spritzte; dem ersten aus dem kopflosen Hals, während der andere, seitwärts niederstürzend, weil sein an der Schulter abgehackter Arm ihn aus dem Gleichgewicht brachte, verblutete, ehe er noch den Boden berührte. Die anderen gaben kreischend Fersengeld. Lythande wischte die Klinge am Mantel eines der Toten ab und beugte sich über die sterbende Frau.
Dafür, daß sie ihren Angreifern soviel Schaden zugefügt hatte, war sie klein und zart, und das hatten sie ihr heimgezahlt. Sie trug die Lederkleidung eines Schwertkämpfers; man hatte sie ihr heruntergerissen, und sie blutete am ganzen Körper, aber sie war noch nicht gebrochen. Selbst jetzt noch machte sie eine schwache Bewegung zu ihrem Schwert hin und fauchte, die zerbissenen Lippen von den entblößten Zähnen zurückgezogen.
»Warte zehn Minuten, du Vieh, und es wird mir nichts mehr ausmachen. Dann kannst du dich mit meiner Leiche vergnügen, verdammter Kerl!«
Ein schneller Blick in die Runde zeigte Lythande, daß sich kein

Mensch in Hörweite befand. Es lag außerhalb aller Möglichkeiten, daß diese Frau am Leben bleiben und sie verraten konnte. Lythande kniete nieder und bettete den Kopf der Frau sanft an ihre Brust.

»Still, still, meine Schwester. Ich werde dir nichts tun.«

Die Frau sah verwundert zu ihr auf, und ein Lächeln trat auf das sterbende Gesicht. Sie flüsterte: »Ich dachte, ich hätte die letzte Treue gebrochen – geschworen hatte ich, eher zu sterben – aber es waren zu viele für mich. Die Göttin vergibt denen nicht – die sich unterwerfen.«

Sie entglitt ihr. Lythande sagte ganz leise: »Geh in Frieden, Kind. Die Göttin verurteilt nicht...« Und dachte: *Ich würde keinen Furz in schwefliger Hölle für eine Göttin geben, die das täte.*

»Mein Schwert!« Die Frau tastete; das Sehen wurde ihr schon schwer, und Lythande legte den Griff in ihre Finger.

»Mein Schwert – entehrt –« hauchte die Frau. »Ich bin eine Laritha. Das Schwert muß zurück – in ihren Tempel. Nimm es. Schwöre –«

Die Larithae! Lythande wußte von dem Schrein jener verborgenen Göttin und dem Eid, den ihre Frauen leisteten. Jetzt konnte sie die Meuchler, die die Frau angegriffen und umgebracht hatten, wenn auch niemals entschuldigen, so doch begreifen.

Larithae waren überall Freiwild, von der Südlichen Wüste bis hin nach Falthot in den Eisbergen. Der Tempel der Göttin als Larith lag am Ende der längsten und gefährlichsten Straße im Verbotenen Land, und Lythande hatte weder Ursache noch Grund, dieser Straße zu folgen. Noch dazu war ihr dieser Weg durch ihren eigenen Schwur verboten, denn sie durfte sich niemals als Frau offenbaren, wenn sie nicht die Macht verlieren wollte, für die der Blaue Stern zwischen ihren Brauen das Zeichen war. Und nur Frauen suchten den Schrein der Larith auf, nur Frauen konnten ihn betreten.

Lythande schüttelte energisch abwehrend den Kopf.

»Mein armes Mädchen, das kann ich nicht. Ich stehe unter einem anderen Eid und diene deiner Göttin nicht. Laß ihr Schwert in Ehren in deiner Hand. Nein«, wiederholte sie und

schob die bittende Hand der anderen beiseite. »ich kann nicht, Schwester. Laß mich deine Wunden verbinden, und du selbst wirst eines Tages diese Straße wieder ziehen.«
Sie wußte, daß die Frau im Sterben lag, aber sie dachte, der Gedanke würde sie noch im Tode ablenken. Und wenn Lythande auch insgeheim und tief im Herzen die Anwandlung verfluchte, die sie dazu getrieben hatte, das alte Gesetz des Überlebens zu brechen – daß man sich nämlich um seine eigenen Angelegenheiten kümmerte –, so erschien doch keinerlei Andeutung hiervon auf ihrem harten und doch mitleidsvollen Gesicht, das sich über die sterbende Schwertkämpferin beugte.
Die Laritha war still und lächelte schwach unter Lythandes sanften Händen; sie ließ zu, daß Lythande ihre verrenkten Gliedmaßen geraderichtete und versuchte, das Blut zu stillen, das nur noch ein langsames Rinnsal war. Aber ihre Augen wurden schon stumpf und glasig. Sie umklammerte Lythandes Finger und wisperte mit einer so fadendünnen Stimme, daß Lythande nur ihrer Zauberkraft wegen noch die Worte unterscheiden konnte: »Nimm das Schwert, Schwester. Larith sei meine Zeugin, daß ich es dir ohne Verpflichtungen, ohne Eid, übergebe.«
Lythande zuckte innerlich die Achseln und flüsterte zurück: »So sei es, ohne Eid ... leg Zeugnis ab für mich in jenem dunklen Land, Schwester, und halte mich frei davon.«
Schmerz flackerte ein letztes Mal in den schon getrübten Augen auf.
»Sei frei – wenn du kannst«, hauchte die Frau und stieß mit einer letzten Bewegung den Griff des Larith-Schwertes in Lythandes Handfläche. Die verblüffte Lythande schloß instinktiv die Finger um den Griff und erkannte sofort, was sie getan hatte – es gab viele Gerüchte über Larith-Zauber, und Lythande wollte kein solches Schwert! Sie ließ es los und wollte es der Frau wieder in die Hand legen. Aber deren Finger waren im Tod festgeschlossen und wollten es nicht annehmen.
Lythande seufzte und legte die Tote sanft nieder. Was sollte sie jetzt tun? Sie hatte deutlich zu erkennen gegeben, daß sie das

Schwert nicht haben wollte; eines der wenigen Dinge, die wirklich über die Larithae bekannt waren, war, daß ihr Tempel ein Heiligtum von Schwertpriesterinnen war und kein Mann ihren Zauber berühren durfte, unter Androhung von unvorstellbar entsetzlichen Strafen. Lythande, Eingeweihter Pilger, hatte höher für den Blauen Stern bezahlt als je ein anderer Eingeweihter in der Geschichte ihres Ordens. Sie wagte es nicht, sich irgendwo im Licht von Keth oder ihrer Schwester Reth mit einem Larith-Schwert ertappen zu lassen. Das Leben von Lythandes Magie hing davon ab, daß man sie niemals als Frau erkannte.

Gewiß, dieses Schicksal war gerecht. Für mehr Jahrhunderte, als man sie an den Fingern beider Hände abzählen kann, war der Tempel des Blauen Sterns für Frauen verboten gewesen. In der ganzen Geschichte der Eingeweihten Pilger war vor Lythande kein einziges Mal eine verkleidete Frau in ihr Geheimnis eingedrungen. Und als man sie schließlich entdeckte und entlarvte, war sie mit den Mysterien des Ordens bereits so vertraut, daß sie der furchtbare Eid schützte, der den Eingeweihten Pilgern verbietet, einen der Ihren zu töten – denn sie alle verbindet der Schwur, am letzten aller Tage für das Recht und gegen das Chaos zu kämpfen. Sie konnten sie nicht töten; und da sie schon alle Geheimnisse der Ordens in sich aufgenommen hatte, konnte man sie auch nicht verbannen.

Aber das Schicksal, das ihr auferlegt wurde, hatte sie sich ahnungslos bereits selbst gewählt, als sie sich verkleidet in den Tempel des Blauen Sterns einschlich.

»Weil es dein Entschluß war, deine Weiblichkeit zu verbergen, so sollst du sie nun in Ewigkeit verhehlen«, so lautete der verhängnisvolle Spruch. »Denn an dieses Geheimnis soll deine Macht gebunden sein; an dem Tage, da ein anderer Eingeweihter des Blauen Sterns dein wahres Geschlecht laut verkündet, an diesem Tag ist deine Macht gebrochen und das Ende der Heiligkeit gekommen, die dich vor der Rache an dem, der unsere Geheimnisse gestohlen hat, schützt. So sei denn, was du sein wolltest, und bleibe es in Ewigkeit, bis zur Letzten Schlacht zwischen Recht und Chaos.«

Und so trug Lythande, zu all den anderen Gelübden, die die Freiheit des Eingeweihten Pilgers beschränkten, noch die verhängnisvolle Bürde des ewigen Verheimlichens. Niemals durfte sie sich einem Mann offenbaren und ebensowenig einer Frau, wenn sie ihr nicht Macht und Leben anvertrauen konnte. Nur dreimal hatte sie es gewagt, jemandem Vertrauen zu schenken, und von den drei Frauen waren zwei nicht mehr am Leben. Die eine war unter der Folter gestorben, als ein Rivale, ein anderer Eingeweihter des Blauen Sterns, ihr Lythandes Geheimnis zu entreißen suchte. Sie war getreu geblieben bis zum Tode.
Und die andere war vor wenigen Minuten in ihren Armen eingeschlafen. Lythande erstickte eine Verwünschung; ihr weichherziges Zugeständnis an eine Sterbende hatte ihr möglicherweise einen Fluch eingetragen, obwohl sie keinerlei Schwur abgegeben hatte. Wenn jemand sie mit einem Larith-Schwert sah, konnte sie genausogut am hellichten Tage ihr wahres Geschlecht von den Stufen des Hochtempels herunterposaunen – mitten in Alt-Gandrin!
Nun gut, dann würde sie sich eben nicht damit erwischen lassen. Das Schwert sollte im Grab der Laritha ruhen, die es ehrenvoll verteidigt hatte.
Lythande stand auf und zog die Kapuze des Magiergewandes über ihr Gesicht, so daß der Blaue Stern im Schatten lag. Nichts an ihr – hochgewachsen, mager, muskulös – verriet, daß sie etwas anderes war als ein Eingeweihter Pilger; das glatte, unbehaarte Gesicht konnte seinen Grund in der Haarlosigkeit einer Mißgeburt oder eines Weichlings haben (falls irgend jemand danach gefragt hätte – aber es fragte niemand), ebenso das fahle Haar, nach uralter Mode gerade abgeschnitten, und das schmale Falkengesicht; dies alles war kraftvoll und geschlechtslos, mit einem Unterkiefer, der für die meisten Frauen viel zu hart war. Nie hatte sie auch nur für einen einzigen Augenblick durch Wort, Tat oder Angewohnheit, noch auch durch schlichte Unaufmerksamkeit einen Hinweis darauf gegeben, daß sie etwas anderes war als Zauberer und Söldner. Unter dem Magiergewand trug sie die gewöhnliche Kleidung der Nordländer, Le-

derhosen, hohe, ungeschnürte Stiefel, ärmelloses Lederwams – dazu das spitzenbesetzte Rüschenhemd eines Stutzers. Die ringlosen Hände waren schwielig und eckig und niemals fern vom Griff der beiden Schwerter, die um ihre schmale Mitte gegürtet waren: zur Rechten die Klinge für Feinde aus Fleisch und Blut, zur Linken die Klinge für alles Magische.

Lythande nahm das Larith-Schwert und hielt es angewidert von sich fort. Irgendwie mußte sie dafür sorgen, daß die Frau und der Leichenhaufen, den sie gemeinsam produziert hatten, begraben wurden. Sie hatte phantastisches Glück gehabt, daß bis jetzt niemand vorbeigekommen war, nun aber weckte der Fetzen eines betrunkenen Liedes zwischen den alten Häusern ein rauhes Echo, und ein alkoholisierter Mann torkelte die Straße hinunter, von ein paar Zechkumpanen begleitet, die ihn stützten. Als er Lythande sah, die vor den übereinanderliegenden Körpern stand, war sein Eindruck naheliegend.

»Mord!« heulte er. »Mord und Totschlag! Ho! Wache! Wächter! Hilfe! Mörder!«

»Hör mit dem Geheul auf«, sagte Lythande, »das Opfer ist tot und die noch übrigen Angreifer sind geflohen.«

Der Mann näherte sich und starrte betrunken auf den Leichnam.

»Hübsches Mädchen noch dazu«, meinte er. »Bist du noch drangekommen, ehe sie starb?«

»Sie war schon zu weit hinüber«, erwiderte Lythande wahrheitsgemäß. »Aber sie ist eine Landsmännin von mir, und ich habe ihr versprochen, mich um ein ordentliches Begräbnis zu kümmern.« Eine Hand griff in das Magiergewand und kam golden glitzernd wieder zum Vorschein. »Wo kann ich das veranlassen?«

»Ich höre die Wachen«, bemerkte einer der Männer, der nicht so benebelt war wie seine Kumpane. Jetzt vernahm auch Lythande das Getrampel von Stiefeln auf dem Stein und das Klirren von Spießen. »Für diese Art Gold könntest du die halbe Stadt beerdigen lassen, und wenn die Leichen nicht ausreichten, würde ich dir noch ein paar dazumachen.«

Lythande warf dem Mann ein paar Münzen zu. »Also laß sie begraben, und dieses Aas mit ihr.«
»Ich werde dafür sorgen«, antwortete der am wenigsten Betrunkene, »und nicht einmal mit dir um ihr schönes Schwert knobeln; du kannst es ihrer Familie bringen.«
Lythande starrte auf das Schwert in ihrer Hand. Sie hätte schwören können, es der Toten auf die Brust gelegt zu haben, wie es sich gehörte. Nun, es war eine etwas verwirrende halbe Stunde gewesen. Sie bückte sich und legte das Schwert auf die leblose Brust. »Faßt es nicht an, es ist ein Larith-Schwert. Ich wage nicht, mir auszumalen, was die Larithae tun würden, wenn sie euch damit erwischten.«
Die Betrunkenen schraken zurück. »Ein Schänder jungfräulicher Ziegen will ich sein, wenn ich es anrühre«, sagte einer mit einer abergläubischen Gebärde. »Aber fürchtest du denn nicht den Fluch?«
Jetzt war sie doch tatsächlich so verwirrt, daß sie die Larith-Klinge von neuem aufgehoben hatte. Dieses Mal legte sie sie vorsichtig wieder auf den Körper der Laritha und sprach die Worte eines Lösungszaubers für den Fall, daß die Sterbende mit ihrer Handbewegung versucht hatte, das Schwert an sie zu binden. Dann huschte sie auf jene lautlose und unsichtbare Weise, die schon viele Leute dazu veranlaßt hatte, völlig von seiner Wahrheit überzeugt jeden Eid zu schwören, sie hätten gesehen, wie Lythande mitten aus der leeren Luft erschien oder darin verschwand, in die Schatten der Straße. Von dort aus sah sie zu und wartete, bis die Wächter fluchend erschienen waren und die Leichen zur Beerdigung fortgeschleift hatten. In dieser Stadt waren die Göttin Larith und ihr Kult nur wenig bekannt, und Lythande dachte schuldbewußt, sie hätte dafür Sorge tragen müssen, daß man die Frau und die, die sie geschändet hatten, nicht im selben Grab bestattete. Andererseits – und wenn schon? Sie waren alle tot und konnten die Letzte Schlacht gegen das Chaos gemeinsam abwarten; es konnte sie nicht weiter kümmern, was aus ihren Leichen wurde, oder wenn doch, dann konnten sie es den Richtern erzäh-

len, welche es auch sein mochten, die sie hinter dem Tor des Todes erwarteten.

Diese Geschichte handelt nicht von den Geschäften, die Lythande nach Alt-Gandrin geführt hatten. Aber als diese am nächsten Tag abgeschlossen waren und die Söldner-Magierin aus einem gewissen Haus im Viertel der Kaufleute trat und noch ein paar Münzen in die dafür vorgesehenen Falten des Magiergewandes steckte, wobei sie sich betrübt an die erschöpften Vorräte an Zauberkräutern und -steinen in den Beuteln und Säckchen erinnerte, die sonst an merkwürdigen Stellen dieses Magiergewandes verstaut zu sein pflegten, merkte Lythande, höchst unangenehm überrascht, daß ihre Finger an einen seltsamen Gegenstand aus Metall stießen, der an ihrem Gürtel hing – unter dem Gewand. Es war das Larith-Schwert, und außerdem war es noch mit einem völlig fremdartigen Knoten befestigt, den aufzuknüpfen ihren Fingern große Mühe machte und der eindeutig nicht von ihr stammte.

»Chaos und Höllenfeuer!« fluchte Lythande. »Hinter diesem Larith-Zauber steckt doch mehr, als ich dachte!«

Der verfluchte Einfall, der sie dazu gebracht hatte, sich in anderer Leute Angelegenheiten zu mengen, hatte ihr, so schien es wenigstens, jetzt auch die Last eines fremden Zaubers auferlegt. Viel schlimmer noch, ihr Lösungszauber hatte in der Tat nicht funktioniert. Jetzt mußte sie starke Magie einsetzen, die nicht versagte, und dazu brauchte sie erst einmal einen sicheren Ort.

Sie hatte in Alt-Gandrin keinen festen Schlupfwinkel, und das Geschäft, das sie hergebracht hatte, wenngleich wichtig und gut bezahlt, war nicht von der Sorte, die viele Freunde schafft oder große Dankbarkeit hervorruft. Sie war reich beschenkt worden, weit über das hinaus, was sie selbst für ihren Dienst verlangt hatte; aber spräche sie nun an derselben Tür vor, hinter der sie gezaubert hatte, um Geister und Gespenster zu verscheuchen, so wäre sie dort, darüber gab sie sich keiner Täuschung hin, wohl kaum sonderlich gern gesehen. Was also sollte sie tun? Ein Eingeweihter Pilger zauberte nicht auf der Straße wie ein wandernder Gaukler!

Eine gemeine Schenke? Gewiß, irgendein schützendes Dach mußte sie finden, ehe Reths brennendes Auge hinter dem Horizonte versank; sie trug viel Gold bei sich und hatte wenig Lust, es in den nächtlichen Straßen des Diebesviertels zu verteidigen. Außerdem mußte sie ihre Vorräte an Zauberkräutern ergänzen und einen Platz finden, an dem sie sich ausruhen, essen und trinken konnte, ehe sie sich auf den Weg nach Norden machte, zum Schrein der Göttin als Larith ...

Lythande stieß eine laute Verwünschung aus, so zornig, daß ein auf der Straße Vorübergehender sich umdrehte und sie empört anstarrte. Nordwärts zu Larith? Fing das in Ewigkeit verdammte Hexenschwert schon wieder an, ihre Gedanken zu beeinflussen? Er war stark, dieser Zauber; aber sie würde nicht zu Larith reisen, nein, bei der Letzten Schlacht, sie würde *nicht* nach Norden ziehen, sondern nach Süden, weit fort von jenem verfluchten Tempel der Larith! *Nicht solange es noch einen einzigen Zauber im Vorrat eines Eingeweihten Pilgers gibt – ich werde es nicht tun*!

Verhüllt von ihrem Magiergewand wanderte sie lautlos über den Markt, fand eine Bude, wo magische Kräuter verkauft wurden und handelte kurz darum; nur kurz, denn das Gesetz der Magie verlangt, daß alles, was zu ihrer Ausübung nötig ist, ohne Feilschen erstanden werden muß, weil Gold im Dienste der magischen Künste nicht mehr wert ist als Unrat. Leider aber, überlegte Lythande unfroh, war diese Tatsache unter den Kräuterhändlern und Zauberkerzenmachern auf dem Markt von Gandrin nur allzu sichtlich bekannt, was dazu führte, daß ihre Preise vom lediglich Unverschämten ins Unfaßliche gestiegen waren. Lythande machte einer Frau an einem der Stände deshalb einige kurze Vorhaltungen.

»Komm, komm – vier Drittel für eine Handvoll Dunkelblatt?«

»Und woher soll ich wissen, ob das Gold, das du mir gibst, nicht aus Kupfer oder noch Schlimmerem herbeigezaubert ist?« fragte die Kräuterfrau. »Vergangenen Mond verkaufte ich an einen aus deinem Orden ein volles Quart Traumwurzel und Blutblatt, gar geräuchert in einem Feuer aus Hasel und Zauberwurz, und dieser Schänder jungfräulicher Ziegen bezahlte mich mit zwei Rundstücken Gold – sagte er jedenfalls. Aber als der Mond wechselte, sah ich sie mir noch einmal an, und es war nichts als eine Handvoll Gerste, mit Zauberwurz zusammengeklebt – und roch ärger als Teufelsfürze! So etwas rechne ich mit, wenn ich meine Preise mache, Zauberer!«

»Derartige Menschen bringen den Namen *Magier* in Unehre«, stimmte Lythande ernsthaft zu und wünschte im Geheimen, dieser Zauber wäre ihr bekannt. Es gab betrügerische Gastwirte, die man wirklich besser mit Gerstenkörnern bezahlte, und das Korn wäre dabei immer noch mehr wert als ihre Dienste. Die Zauberkerzenmacherin schaute Lythande an, als habe sie noch weiteres auf dem Herzen. Lythande hob fragend die Brauen.

»Ich würde dir den Kram für die Hälfte geben, wenn du mir einen Zauber zeigtest, mit dem ich echtes Gold von falschem unterscheiden kann, Zauberer.«

Lythande blickte sich um und fand an einem Nachbarstand die Kristalle, die sie suchte. Sie nahm einen davon in die Hand.

»Der Kristall, den man *Blau-Zeth* nennt, ist ein Prüfstein für alles Magische«, erklärte sie. »Falsches Gold hat keinen echten Goldschimmer, und andere Dinge, die so verhext worden sind, daß sie wie Gold aussehen, werden dir ihr wahres Gesicht zeigen, jedoch nur, wenn du dreimal mit den Augen zwinkerst und zwischen dem zweiten und dem dritten Zwinkern daraufschaust. Das Band an deinem Arm, gute Frau!«

Die Frau schob das Armband über die rundliche Hand; Lythande nahm es und betrachtete es durch den *Blau-Zeth*-Kristall.

»Wie du deutlich erkennen kannst«, sagte sie, »ist dieses Armband« – und fuhr zu ihrem eigenen Erstaunen fort – »falsches Gold: poliertes Topfblech!«

Die Frau kniff die Augen zusammen und zwinkerte dem Armband zu. »Ha! Dieser Schänder jungfräulicher Ziegen!« heulte sie. »In den Arsch werde ich ihn treten, von hier bis zum Fluß! Der und seine Geschichten von seinem Onkel, dem Goldschmied!«

Lythande verbiß sich ein Lächeln, nur ihre Mundwinkel zuckten ganz leicht. »Habe ich Unfrieden zwischen dir und deinem Gatten oder Liebhaber gestiftet, o gute Frau?«

»Das wäre er wohl gern, kein Zweifel – Gatte oder Liebhaber«, knurrte die Frau und schleuderte das billige Armband verächtlich auf die Erde.

»Nun schau dir etwas an, von dem ich weiß, daß es echtes Gold ist«, fuhr Lythande fort und nahm eine der Münzen, die sie der Frau hingelegt hatte. »Echtes Gold sieht *so* aus.« Die Frau folgte ihrem Wink und beugte sich hinunter, um den Goldschimmer der Münze zu betrachten. »Das, was kein Gold ist, nimmt entweder die blaue Farbe des *Zeth*-Kristalls an, oder –«, sie griff nach einer Kupfermünze, machte eine Handbewegung und das Kupfer leuchtete in täuschendem Goldglanz auf; sie schob es unter den Kristall –»wenn du dreimal zwinkerst und zwischen dem zweiten und dem dritten Mal daraufschaust, kannst du erkennen, woraus es wirklich besteht.«

Die erfreute Marktfrau kaufte am Nachbarstand eine Handvoll *Blau-Zeth*-Kristalle und erklärte dann: »Nimm die Kräuter, eine Gabe für eine Gabe.« Mißtrauisch fügte sie hinzu: »Was verlangst du sonst noch für deinen Zauber? Denn wahrlich, er ist unbezahlbar?«

»Allerdings ist er unbezahlbar«, stimmte Lythande zu. »Ich verlange lediglich von dir, daß du drei anderen Menschen davon erzählst und ihnen das Versprechen abnimmst, daß sie es ihrerseits wieder jeweils drei Personen weitersagen. Betrügerische Zauberer schaden unserem Ruf sehr und machen es einem ehrlichen Magier schwer, für seinen Lebensunterhalt genügend zu verdienen.«

Natürlich würde etwas, das neun Merktweiber wußten, schon bald in der ganzen Stadt bekannt sein. Die *Blau-Zeth*-Händler würden Vorteile davon haben, wenn auch nicht mehr, als sie verdienten.

»Und doch sind die Magier vom Blauen Stern sonst ehrlich, soweit ich bisher mit ihnen zu tun hatte«, sagte die Frau und steckte die *Blau-Zeth*-Kristalle in ihre geräumige und nicht allzu rein-

liche Tasche. »Von dem, der letzten Neumond Zauberwurz bei mir gekauft hat, bekam ich gutes Gold.«
Lythande erstarrte und wurde ganz still, nur der Blaue Stern auf ihrer brauenlosen Stirn begann ganz leicht zu funkeln und zu glühen. »Kennst du seinen Namen? Ich wußte nicht, daß ein Bruder meines Ordens sich zu dieser Jahreszeit in Alt-Gandrin aufgehalten hat.«
Natürlich hatte das weiter nichts zu bedeuten. Aber wie alle Eingeweihten Pilger war auch Lythande ein Einzelgänger und hätte es lieber gesehen, wenn ihr bei ihren Geschäften in Alt-Gandrin kein anderer nachspioniert hätte. Das machte ihre Aufgabe noch dringlicher; um keinen Preis durfte man sie mit dem Larith-Schwert sehen, damit das Geheimnis ihres Geschlechtes gewahrt blieb. In Gandrin wußten nur wenige davon, denn die Larithae kamen nur selten so weit nach Süden, aber im Norden war es wohlbekannt, daß nur eine einzige Frau ein Larith-Schwert berühren, damit umgehen oder es gar im Kampf führen durfte.
»Wenn ich es mir recht überlege«, sagte Lythande, »habe ich dir, wie du selbst sagst, einen unschätzbaren Dienst erwiesen; erweise du mir einen Gegendienst.«
Die Frau zögerte sekundenlang, was ihr Lythande nicht übelnahm. Es ist ganz allgemein gesprochen niemals klug, sich in die Privatangelegenheiten von Zauberern verstricken zu lassen, schon gar nicht dann, wenn ein Zauberer von den funkelnden Blitzen des Blauen Sterns glüht. Die Frau betrachtete finster das unechte Goldarmband und knurrte: »Was brauchst du?«
»Zeige mir, wo ich eine sichere Unterkunft für die Nacht finde, einen Ort, an dem ich magische Dinge tun kann – und sorge dafür, daß mich niemand beobachtet.«
Nach einer Weile erklärte die Frau unwillig: »Ich bin keine Gastwirtin und habe keinen Schankraum und keine große Küche zum Fleischbraten. Aber dann und wann vermiete ich mein oberes Zimmer, wenn der Mieter nüchtern und ordentlich ist. Und mein Sohn – neunzehn ist er und hat ein Kreuz wie ein Stier – kann mit einer Keule unten stehen und jeden fernhalten, der

dich bespitzeln will. Ich lasse dir das Zimmer für ein halbes Goldstück.«

Ein halbes Goldstück? Das war noch unverschämter als der Preis, den sie für das Beutelchen Zauberwurz verlangt hatte. Aber gerade jetzt wagte Lythande nicht zu feilschen.

»Abgemacht – aber dazu gehört noch eine anständige Mahlzeit, die ich allein im Zimmer einnehmen möchte.«

Die Frau erwog, noch etwas aufzuschlagen, aber im grellen Schein des Blauen Sterns antwortete sie schnell: »Ich werde nach der Garküche um die Ecke schicken und dir gebratenes Geflügel und einen Honigkuchen holen lassen.«

Lythande nickte und dachte an das Schwert der Larith, das sie unter dem Magiergewand ungeschnallt hatte. Wenn sie erst allein war, konnte sie ihren besten Lösungszauber anwenden, das Schwert am Flußufer vergraben und so schnell wie möglich südwärts reisen.

»Bei Sonnenuntergang werde ich dort sein«, schloß sie.

Als Reths Purpurgesicht hinter dem Horizont verschwamm, sperrte Lythande sich in dem Zimmer im Oberstock ein. Sie war entsetzlich hungrig und durstig – zu dem Dutzend oder mehr Gelübden, die die Macht eines Eingeweihten Pilgers banden, gehörte auch das Verbot, vor den Augen eines anderen Mannes zu essen oder zu trinken. Das Verbot erstreckte sich nicht auf Frauen, aber Lythande rechnete immer damit, daß sich ja auch andere Menschen verkleiden konnten wie sie das tat, eine Möglichkeit, gegen die sie sich mit unaufhörlicher Wachsamkeit und Selbstdisziplin gewappnet hatte; sie wäre jetzt buchstäblich außerstande gewesen, vor anderen einen Bissen Brot oder einen Schluck Wasser zu sich zu nehmen, es sei denn bei ihren ganz wenigen zuverlässigen Vertrauten, von denen auch nur eine einzige wußte, daß Lythande eine Frau war. Diese jedoch war weit fort, in einer Stadt am anderen Ende der Welt, und Lythande hatte in größerer Nähe niemanden, dem sie trauen konnte.

Vor Stunden war es ihr gelungen, auf einem verlassenen Platz einen Schluck Wasser aus einem öffentlichen Brunnen zu trinken. Sie hatte schon mehrere Tage nichts weiter zu sich genommen als ein paar Bissen Dörrobst, die sie im Schutz der Dunkelheit dem kleinen Vorrat entnommen hatte, den sie in den Taschen des Magiergewandes aufbewahrte. Der seltene Luxus einer warmen Mahlzeit, bei der sie sicher sein durfte, wirklich allein zu sein, hätte sie fast die Beherrschung verlieren lassen. Bevor sie jedoch etwas anrührte, prüfte sie alle Schlösser und suchte die Wände nach verborgenen Gucklöchern ab, durch die man sie hätte beobachten können. Sie wußte, daß das wenig wahrscheinlich war, aber seit vielen Jahren hatte Lythandes Überleben von eben dieser schonungslosen Wachsamkeit abgehangen.

Dann trank sie aus dem Wassereimer, wusch sich gründlich und setzte ein wenig Wasser zum Heißwerden auf das gute Feuer, das im Zimmer brannte. Sie rasierte sich vorsichtig die Augenbrauen, eine Maske, die sie beibehalten hatte, seitdem sie langsam zu alt aussah, als daß man sie noch für einen bartlosen Knaben hätte halten können. Rasierzeug und Seife ließ sie absichtlich am Kamin liegen, wo man es sehen konnte. Wenn es unbedingt erforderlich war, konnte Lythande für kurze Zeit die Illusion eines Bartes hervorrufen und beschmierte dann auch gelegentlich, um die Täuschung noch zu verstärken, ihr Gesicht mit Schmutz; aber das war eine mühsame Sache, die scharfe Aufmerksamkeit verlangte und auf die sie sich nie völlig zu verlassen wagte. Darum rasierte sie sich lieber die Augenbrauen, weil sie davon ausging, die Leute würden vermuten, daß ein Mann, der sich die Brauen schor, wohl auch den Bart scheren müßte.

Als sie Schritte auf der Treppe hörte, schlüpfte sie wieder in das Magiergewand. Die Kräuterfrau schnaufte die letzten Stufen hinauf und trat durch die geöffnete Tür. Sie setzte das dampfende Tablett auf den Tisch, murmelte, »ich leere dir das aus« und griff nach der Schüssel mit dem seifigen Wasser und dem Schmutzeimer. »Mein Sohn steht mit der Keule auf der Treppe; niemand wird dich hier stören, Magier.«

Trotzdem untersuchte Lythande, sobald sie wieder allein war, ganz genau, ob der Riegel auch wirklich zu und der Raum noch immer frei von Spitzellöchern und Zaubersprüchen war; wer konnte wissen, was die Kräuterfrau mit hereingebracht hatte? Es gab durchaus Zauberkerzenmacherinnen, die sich ein wenig mit Hexenkünsten befaßten. Außerdem hatte die Frau erwähnt, sie hätte einen anderen Eingeweihten des Blauen Sterns gesehen; und Lythande hatte Feinde unter ihnen. Angenommen, die Kräuterfrau stünde im Sold von Rabben Halbhand oder Beccolo – oder... Lythande schlug sich diese unfruchtbaren Gedankenspiele aus dem Sinn. Der Duft des gebratenen Geflügels und des frischen Brotes war in ihrem ausgehungerten Zustand geradezu schwindelerregend, aber mit vollem Magen läßt sich kein Zauber wirken. Darum verbannte sie den Duft in einen entfernten Winkel ihres Bewußtseins und zog das Schwert der Larith hervor.

Es fühlte sich warm an unter ihrer Berührung, und ein leichtes Prickeln erinnerte Lythande daran, daß starke Magie in ihm verborgen war.

Sie warf eine Prise eines bestimmten Krautes ins Feuer, atmete den kräftigen Duft ein und konzentrierte alle ihre Macht auf einen einzigen Zauberspruch. Unter ihren Füßen zitterte der Boden, als das Wort der Macht verhallte, und sie vernahm ein leises, fernes Grollen wie von einstürzenden Mauern und Türmen – oder was es nur ein Sommergewitter in der Ferne?

Sie strich mit der Hand leicht über das Schwert und achtete dabei sorgsam darauf, es nicht zu berühren. Von der Magie der Larithae wußte sie im Grunde wenig; bei Lythande, dem Eingeweihten Pilger, konnte sich das auch nicht anders verhalten; und auch als sie noch das Leben einer Frau geführt hatte, war sie nie tiefer in diese Dinge eingedrungen als jeder beliebige Vorübergehende. Sie hatte den Eindruck, als wäre der Zauber, der in dem Schwert gesteckt hatte, verschwunden; vielleicht nicht wirklich gebannt, aber in einen Schlaf versetzt.

Sie opferte eines der sauberen Hemden aus ihrem Gepäck und wickelte das Schwert sorgfältig hinein. Das Hemd war ein gutes Stück aus schwerer Seide, die aus der mauerumgürteten, uralten Stadt Jumathe stammte. Dort pflegte eine eigene Kaste von

Frauen die Seidenwürmer; Frauen, die man schon als Kinder geblendet hatte, um ihre Finger zartfühlender zu machen, wenn es darum ging, die Seide von den Kokons zu wickeln. Sagen rankten sich um die Lieder, die sie sangen; und Lythande war einmal bei ihnen gewesen, gekleidet wie eine Frau, mit einem Mantel, der den Blauen Stern verdeckte. Sie war dankbar gewesen für die Blindheit der Frauen, denn so konnte sie in ihrer natürlichen Stimme zu ihnen reden; sie hatte ihnen die Lieder ihrer nordischen Heimat vorgesungen und dann dem gelauscht, was sie für sie sangen, und sie hatten sie nur für eine fahrende Sängerin gehalten. Die Aufseherin jedoch, die sehen konnte, war mißtrauisch gewesen und hatte sie schließlich beschuldigt, ein verkleideter Mann zu sein. Sich als Mann aber bei den blinden Frauen einzuschleichen war ein Verbrechen, das mit einer besonders unangenehmen Todesart bestraft wurde – und Lythande hatte ihre ganze Zauberkunst gebraucht, sich aus dieser Klemme herauszuwinden. Aber das ist eine andere Geschichte.

Lythande wickelte also das Schwert in ihr Hemd. Sie bedauerte, auf das Kleidungsstück verzichten zu müssen, denn sie besaß es schon lange; der Gedanke erschreckte sie, wieviele Jahre es schon her war, daß sie im Haus der blinden Seidenraupenhüterinnen von Jumathe ihre Lieder gesungen hatte! Aber ein Zauber dieser Art forderte ein wirkliches Opfer, und sie hatte weiter nichts, das aufzugeben ihr auch nur das Geringste bedeutet hätte. Also packte sie das Schwert ein, band es mit der Schnur zu, die sie im Rauch der Kräuter gebeizt hatte und verknotete alles mit dem magischen neunfachen Knoten.

Dann legte sie das Paket beiseite und setzte sich hin, um im Gefühl einer gut erledigten Aufgabe das gebratene Geflügel und das frische Brot zu verspeisen.

Als das Haus zur Ruhe gekommen war und der Sohn der Kräuterfrau seine Keule beiseitegelegt und sich zu Bett begeben hatte, schlüpfte Lythande lautlos wie ein Schatten die Stufen hinab. Sie mußte das Schloß verzaubern, damit es nicht knarrte, während ein weiterer, kleinerer Zauber jeden Vorübergehenden glauben machte, daß der zurückgezogene Riegel, das offene Vorhängeschloß und die geöffnete Tür fest versperrt und verriegelt waren. Das Seidenbündel unter dem Arm, schlich sie schweigend zum Flußufer hinunter. Dort, im trüben Licht des kleineren Mondes, grub sie ein Loch und legte das Bündel hinein. Dann sagte sie noch einmal einen Zauberspruch und schritt davon, ohne sich umzusehen.

Auf dem Rückweg zum Haus der Kräuterhändlerin war ihr, als folge ihr etwas durch die Straßen. Sie drehte sich um, aber es war nur ein Schatten. Sie glitt durch die offene Tür, die immer noch aussah, als sei sie fest und sicher verschlossen, sperrte sie von innen zu und huschte zurück in ihr Zimmer, alles so lautlos wie ein Mäuschen in der Wand.

Das Feuer war bis auf die Kohlen herabgebrannt. Lythande setzte sich an den Kamin und entnahm ihrem Mantelsack eine kleine Menge süßer Kräuter ohne alle magischen Eigenschaften, rollte sie zu einem schmalen Röhrchen und setzte sie in Brand. Sie war so entspannt, daß sie nicht einmal ihren Feuerring dazu benutzte, sondern sich vorbeugte und das Röhrchen an der letzten Glut des Feuers entzündete. Sie lehnte sich zurück, sog den duftenden Rauch ein und ließ ihn langsam durch die Nasenlöcher entweichen. Als sie das Röhrchen bis auf einen kleinen Rest aufgeraucht hatte, zog sie die schweren Stiefel aus, wickelte sich eng in das Magiergewand und dann in die Decke der Kräuterfrau und legte sich schlafen.

Noch vor Morgengrauen würde sie sich erheben und wie durch Zauber verschwinden. Sie würde die Tür von innen verriegelt lassen – es gab keinen besonderen Grund dafür, aber ein Magier mußte immer ein bißchen geheimnisvoll sein, und wenn sie das Haus ganz normal über die Treppe verließ, würde die Wirtin vielleicht glauben, auch Magier seien eigentlich weiter nichts Besonderes, wenn sie gute Mahlzeiten verspeisten, sich wuschen, rasierten und volle Schmutzeimer hinterließen wie gewöhnliche Sterbliche. Wenn darum Lythande gegangen war, würde der Raum völlig sauber und unberührt aussehen, das Bettzeug ohne Falte, kein Stäubchen Asche im Kamin, und die

Tür noch immer von innen zugesperrt, als hätte nie ein Mensch das Zimmer verlassen.
Außerdem war es so wesentlich amüsanter.
Jetzt aber wollte sie ein paar Stunden in Frieden schlafen und dankbar sein, daß ihre Dummheit, die sie in einen fremden Zauber verstrickt hatte, auf so gute Art ein Ende gefunden hatte. Und kein Hauch trübte ihren Schlummer, der sie hätte ahnen lassen, daß die ganze Sache überhaupt noch nicht richtig angefangen hatte.

Die letzten umherstreifenden Gauner hatten sich in ihre Schlupfwinkel und Löcher verzogen, und das rote Auge Keths war noch geblendet von der Nacht, als Lythande durch das Südtor aus Alt-Gandrin herausschlich. Es gab zwei Gründe, weshalb sie die südliche Straße gewählt hatte: im wohlhabenden Seehafen Gwennane fand sich für Söldner oder Magier stets etwas zu tun, und außerdem wollte sie sichergehen, daß sie nach ihrem radikalen Lösungszauber wirklich nichts mehr nach Norden zum Tempel der Larith zog.
Der kleinste der Monde war verblaßt und untergegangen, und es war in der schwarzdunklen Stunde, in der die Morgendämmerung noch nicht einmal als Verheißung am Himmel steht. Das Tor war verschlossen und verriegelt, und der schläfrige Wächter, den Lythande mit ruhiger Stimme ersuchte, es zu öffnen, knurrte, daß er das Tor um diese Zeit nicht einmal für den obersten Autarchen von Gandrin aufschließen würde, ganz zu schweigen von irgendeinem Taugenichts, der hier herumstrolchte, wenn alle anderen anständigen und weniger anständigen Leute im Bett waren oder es wenigstens sein sollten.
Hinterher erinnerte er sich daran, daß der Stern zwischen den Knochenvorsprüngen, wo Lythandes Brauen hätten sein müssen, angefangen hatte, zu funkeln und blaue Blitze zu sprühen, und er konnte niemals erklären, wie es dazu gekommen war, daß er ganz demütig das Tor geöffnet und danach wieder geschlossen hatte. »Denn«, so erklärte er ernsthaft, »ich habe ja nie gesehen, wie dieser Kerl im Magiergewand durchs Tor ging;

gar nichts habe ich gesehen; unsichtbar hat er sich gemacht!« Und weil Lythande in Alt-Gandrin kaum bekannt war, erfuhr er auch nie, daß das eben ihre Art war.

Als das Tor sich hinter ihr schloß, seufzte Lythande erleichtert und begann in der Dunkelheit kräftig auszuschreiten, mit langen, weiten, lautlosen Schritten. Auf diese Art brachte die Eingeweihte Pilgerin mehrere Meilen hinter sich, bevor eine schwache Röte am Himmel verriet, wo Keths Auge durch die Morgenwolken starren würde. Reth würde ein paar Stunden später folgen. Lythande marschierte weiter und legte eine beachtliche Strecke zurück, bis sie irgendetwas Unbestimmtes zu stören anfing, sie wußte nicht recht, was. Irgend etwas stimmte nicht ...

Allerdings stimmte etwas nicht. Keth ging ganz richtig auf – aber zu ihrer Rechten, und das war *nicht*, wie es sein sollte; sie hatte die von Alt-Gandrin südwärts führende Straße eingeschlagen, und jetzt eilte sie mit schnellen Schritten nach Norden – auf den Schrein der Larith zu.

Und dabei konnte sie sich gar nicht erinnern, so oft die Richtung gewechselt zu haben, daß sie sich geirrt haben und im Dunkeln nach der falschen Seite gelaufen sein konnte. Und trotzdem mußte sie es getan haben. Sie hielt mitten im Schritt inne, machte kehrt, bis die Sonne dort war, wo sie hingehörte, nämlich zu Lythandes Linken, und begann stetig südwärts zu wandern.

Aber nur wenig später spürte sie das Prickeln in Schienbeinen und Gesäß und das kalte Flammenglühen des Blauen Sterns zwischen den Brauen, die ihr verrieten, daß sich ein Zauber um sie spann. Und die Sonne schien rechts von ihr – und sie stand unmittelbar vor den Toren von Alt-Gandrin.

»NEIN!« sagte Lythande laut. »Verdammung und Chaos!« Die Worte irritierten ein Grüppchen von Milchfrauen, die ihre Kühe zum Markt trieben. Sie glotzten die hochgewachsene, geschlechtslose Gestalt an und tuschelten, aber Lythande achtete nicht auf ihr Geschwätz. Sie wollte sich abwenden und stellte fest, daß sie doch tatsächlich wieder durch das Tor trat, hinein nach Alt-Gandrin.

Durch das Südtor übrigens – auf dem Weg nach Norden.
Aber das ist doch lächerlich, dachte Lythande. *Ich habe selbst das Schwert vergraben und mit meinem stärksten Zauber festgebannt*!
Aber ihr Mantelsack war merkwürdig ausgebeult. Lythande stieß einen gemeinen Gossenfluch aus, riß den Mantelsack auf und entdeckte genau das, was sie im Augenblick, als sie jenen sonderbar prickelnden Krampf gespürt hatte, der ihr verriet, daß ein Zauber in der Luft lag, zu entdecken befürchtet hatte: ganz oben in ihrem Gepäck, unordentlich hineingestopft, lag das weiße Seidenhemd. Es war mit Flußufererde beschmiert, und durch es hindurch stach – als wollte es, dachte sie mit Schaudern, versuchen, sich herauszubohren – das Larith-Schwert.
Lythande hatte nicht umsonst eine so lange Zeit unter den Zwillingssonnen überlebt – jede Hysterie war ihr fremd. Die Eingeweihten des Blauen Sterns verfügten über starke Zauberkräfte; aber jeder Magier wußte, daß er früher oder später einem stärkeren Zauber begegnen würde. Im Augenblick empfand sie eher Wut als Furcht. Von ganzem Herzen verfluchte sie die spontane Regung des Mitleids für eine Sterbende; die sie dazu gebracht hatte, sich der anderen zu offenbaren. Aber was geschehen war, war geschehen. Sie hatte das Larith-Schwert, und es hatte ganz den Anschein, dachte Lythande mit einem Anflug von Galgenhumor, als würde sie es behalten, bis sie einen Zauber fand, der wirklich stark genug war, sie davon zu befreien.
War sie überhaupt fähig, ein wirklich grundlegendes magisches Duell durchzustehen? Es würde Aufsehen erregen, und irgendwo in den Mauern von Alt-Gandrin hielt sich, wenn die Aussage der Kräuterfrau stimmte, ein anderer Eingeweihter des Blauen Sterns auf. Wenn sie anfing, wirklich mächtige Magie anzuwenden – der Lösungszauber war bereits ein Risiko gewesen –, würde sie früher oder später die Aufmerksamkeit jenes anderen Eingeweihten Pilgers erregen, wer immer er sein mochte. Bei dem Pech, das sich anscheinend an ihre Fersen geheftet hatte, konnte es einer ihrer ärgsten Feinde im Orden sein – Rabben Halbhand, Beccolo, oder . . .

Lythande verzog das Gesicht. So bitter es sie auch ankam, eine Niederlage eingestehen zu müssen – der sicherste Weg war wohl doch der nach Norden, dem Wunsch des Larith-Schwertes gemäß. Das heißt natürlich – wenn es ihr gelang, einmal dort angekommen, das Schwert auch irgendwie in Lariths Tempel zurückzubefördern. Sie hatte ja ohnehin vorgehabt, Alt-Gandrin wieder zu verlassen, und auf die Richtung kam es im Grunde gar nicht an.

Nun – wenn es sein mußte. Sie würde das verdammte Ding nach Norden in den Verbotenen Tempel bringen und dort zurücklassen. Irgendwie würde es ihr schon gelingen, es jemandem aufzuhängen, dem im Gegensatz zu ihr der Zutritt zum Tempel gestattet war – wobei natürlich das wahre Übel darin lag, daß sie ja durchaus hineinkonnte, aber diese Tatsache nicht zu verraten wagte. Also auf nach Norden, zu Lariths Schrein!

Aber kaum eine Stunde später hatte sich die Eingeweihte, obwohl Lythande sich zwanzig Sonnenaufgänge lang in Alt-Gandrin aufgehalten hatte und sich hätte auskennen müssen, hoffnungslos verirrt. Welchen Weg sie auch einschlug, ob über den Markt oder andere Plätze, den Diebesmarkt oder durch das Viertel mit den roten Laternen – nach wenigen Minuten hatte sie sich jedesmal rettungslos verlaufen. An vier verschiedenen Stellen erkundigte sie sich nach dem Nordtor, und einmal war es sogar schon in Sichtweite; aber es schien, als schüttelte sich die Straße mit dem Kopfsteinpflaster und machte eine kleine Drehung, und wieder mußte Lythande feststellen, daß sie sich in den labyrinthischen alten Gassen verlaufen hatte. Endlich sank sie erschöpft, von rasendem Hunger und Durst gepeinigt und ohne jede Aussicht, auch nur einen Augenblick allein zu sein, um etwas zu sich zu nehmen – denn inzwischen stand die Sonne hoch am Himmel und die Straßen waren voller Menschen –, grimmig auf einen Brunnenrand mitten auf einem großen Platz, voller Zorn auf das Plätschern des Wassers, das sie nicht zu trinken wagte. Sie blieb sitzen, um erst einmal über alles nachzudenken.

Was wollte das verfluchte Ding denn noch von ihr? Sie war ja schon unterwegs nach Norden zum Verbotenen Tempel, wie sie glaubte, daß es von ihr gefordert wurde; und doch hinderte das Schwert oder der Zauber, der in ihm wohnte, sie daran, das Nordtor zu finden, und hatte sie auch gehindert, die Straße nach Süden einzuschlagen. Sollte sie denn für immer hier in Alt-Gandrin bleiben? Das leuchtete ihr nicht ein, aber schließlich war an der ganzen Geschichte nichts Einleuchtendes.

Das wird mir jedenfalls eine Lehre sein, in Zukunft meine Nase nicht mehr in anderer Leute Angelegenheiten zu stecken!

Wütend grübelte Lythande, welche Möglichkeiten ihr offenstanden. Sollte sie versuchen, die Grabstätte der geschändeten Laritha zu finden und das Schwert dort – mit einem noch stärkeren Bannzauber versehen – vergraben? Selbst wenn sie den Ort fand, garantierte das noch lange nicht, daß das Schwert auch in der Erde bleiben würde – das Gegenteil war wesentlich wahrscheinlicher. Es sah eigentlich zur Zeit so aus, als vergeudete sie die Kräfte des Blauen Sterns ganz vergeblich, solange sie nicht eine so große Macht einsetzte, daß sie hinterher tagelang kraftlos zurückblieb.

Sollte sie sich an dem Ort-Der-Nicht-Ist in Sicherheit bringen, außerhalb der Grenzen unserer Welt, und versuchen, von dort herauszufinden, was das Schwert eigentlich wollte und warum es sie nicht aus der Stadt hinausließ? Dazu brauchte sie den Schutz der Dunkelheit – sollte sie den ganzen Tag damit zubringen, ziellos durch die Straßen von Alt-Gandrin zu streifen? Der Geruch der Speisen aus einer nahen Garküche drang ihr quälend in die Nase, aber sie war daran gewöhnt und ignorierte ihn entschlossen. Später würde vielleicht in einer verlassenen Straße oder Gasse etwas von den getrockneten Früchten in der Tasche des Magiergewandes den Weg in ihren Mund finden, aber nicht jetzt.

Wenigstens konnte sie sich hier am Brunnen ein Weilchen ausruhen. Doch gerade, als ihr das einfiel, stellte sie fest, daß sie schon wieder auf den Beinen war und ruhelos den Platz überquerte. Sie schob das Päckchen mit den Rauchkräutern zurück in die Tasche.

Wütend überlegte sie, wohin zum Teufel sie nun schon wieder lief. Ihre Hand ruhte leicht auf dem Griff des Larith-Schwertes, und sie konnte nur hoffen, daß keiner der auf der Straße Herumstehenden es entdecken oder, falls das doch geschah, die Bedeutung dieser Entdeckung begreifen würde. Sie rempelte einen Mann an, der sie anfauchte und in mürrischem Ton irgendeiner Abartigkeit beschuldigte, bei der es um das Notzüchtigen unreifer Milchziegen ging. Die Flüche von Alt-Gandrin, schloß sie daraus, waren auch nicht einfallsreicher und lebten genauso von Wiederholungen wie überall sonst unter dem erblindeten Auge Keth-Kethas.
Weiter. Quer über den Brunnenplatz, in eine schmale, winklige Straße hinein, die nach einem gut halbstündigen Fußmarsch auf einen anderen Platz mündete. Auf der anderen Seite lag ein langgestrecktes, niedriges Kasernengebäude. Lythande befand sich in einem seltsamen Traumzustand, den sie später als beinahe hypnotisch erkannte; sie beobachtete sich selbst von innen, wie sie da zielsicher über den Platz schritt, als wüßte sie genau, wohin sie ging und wieso. Sie hatte das Gefühl, sie könnte sich jederzeit gegen diesen umheimlichen Zwang wehren, *sie brauchte nur zu wollen* – aber gerade das war einfach zu anstrengend; warum sollte sie nicht mitkommen und nachsehen, was das Larith-Schwert wollte?
In dem großen Wassertrog vor der Kaserne gossen sich fünf Männer Wasser über das Gesicht. Ihre Reittiere schnaubten neben ihnen im Wasser. Das Schwert der Laritha war plötzlich in Lythandes Hand, und der Kopf des einen Mannes hüpfte im Wassertrog wie ein Apfel, bevor Lythande überhaupt begriff, was sie, oder vielmehr das Schwert, da tat. Ein zweiter Mann fiel aufgespießt nieder, bevor die drei übrigen noch die Schwerter gezogen hatten. Das Larith-Schwert handelte nicht mehr unter einem eigenen Zwang, sondern lag schlaff in ihrer Hand; sie vernahm die wütenden Rufe der drei und dachte spöttisch, daß die Sache sie genauso überrascht hatte wie sie oder sogar noch mehr. Sie beeilte sich, das Schwert unter ihre Kontrolle zu bekommen, denn jetzt focht sie um ihr Leben. Diese Männer

würden sie niemals entkommen lassen, nachdem sie ohne jede Herausforderung zwei ihrer Gefährten erschlagen hatte. Sie schaffte es, den einen zu entwaffnen, aber der zweite trieb sie weiter und weiter an die Wand. Sie verteidigte sich, so gut sie konnte – Vorstoß, Parieren, zurück in die Grundstellung, erneuter Ausfall –, bis ihr Fuß auf irgend etwas Schlüpfrigem am Boden ausglitt und sie stürzte. Taumelnd versuchte sie sich an der Wand abzustützen, riß irgendwie das Schwert nach oben und sah, wie es dem Mann in die Brust drang . . . er stöhnte und fiel quer über die Körper seiner Gefährten, von denen zwei tot waren, der dritte schwer verwundet war.

Lythande wollte sich schon zum Gehen wenden, angewidert und empört – wenigstens den fünften Mann brauchte sie nicht noch kaltblütig zu ermorden –, begriff dann aber, daß ihr keine Wahl blieb. Der Überlebende konnte Zeugnis ablegen von einem Magier, dem der Blaue Stern zwischen den haarlosen Brauen flammte und der ein Larith-Schwert trug; und jeder Eingeweihte Pilger, der diese Geschichte hörte, würde wissen, daß Lythande das Larith-Schwert *ungestraft* getragen hatte. So, wie nur eine Frau es konnte. Sie riß das Schwert wieder aus der Scheide.

Der Mann schrie: »Hilfe! Mörder! Töte mich nicht, ich habe keinen Streit mit dir!« und gab Fersengeld. Aber Lythande folgte ihm auf dem Fuß, schnell und unversöhnlich wie ein Racheengel, und durchbohrte ihn. Von sich selbst angewidert, verzog sie das Gesicht. Dann rannte sie davon, denn sie sah, daß andere Männer, herbeigerufen vom Todesschrei ihrer Kameraden, aus der Kaserne strömten. Sie verlor sich im Dickicht der Straßen.

Nach einer Weile mußte sie stehenbleiben und erst einmal Atem holen. Warum hatte das Schwert den Tod dieser Männer gefordert? Sofort schoß ihr die Antwort durch den Kopf – sie sah die Gesichter der beiden ersten Männer, die sie – oder besser das Schwert, fast ohne ihre Hilfe oder ihr Wissen – getötet hatte, vor sich: sie hatten unter den spottenden Männern gestanden, die die sterbende Schwertpriesterin geschändet hatten. Also konn-

te das Larith-Schwert neben seinen anderen Fähigkeiten durch seine Zauberkraft auch selbst Rache nehmen.
Sie aber, Lythande, hatte sich nicht damit zufriedengegeben, die Männer zu töten, die das Schwert erschlagen wollte. Kaltblütig hatte sie zwei weitere Menschen ermordet, und einen dritten tödlich verletzt, um das Geheimnis ihres Geschlechtes und ihrer Magie zu bewahren.
Jetzt hat das verdammte Ding mich nicht nur in einen fremden Zauber, sondern auch noch in eine fremde Rache verwickelt!
Hatte das Schwert sich nun sattgetrunken oder gehörte es zu denen, die immer und immer weiter töteten, bis sie auf irgendeine unvorstellbare Weise genug hatten? Es schien jetzt ganz ruhig in der Scheide zu stecken. Außerdem war, nachdem sie die beiden ersten Männer getötet hatte, die entweder Zeugen oder Mittäter bei der Schändung der Laritha gewesen waren, der Zwang von ihr gewichen; die anderen hatte sie mehr oder weniger freiwillig erledigt.
Ein Bild flackerte hinter ihren Augen: ein stämmiger Mann mit Hakennase und rötlichem Backenbart. Er hatte auch in der Menge um die sterbende Laritha gestanden und war entkommen. In der Kaserne hinter dem Brunnen war er nicht, sonst hätte das Schwert sie ganz bestimmt dort hineingezerrt, um ihn umzubringen und dabei wahrscheinlich auch jeden anderen zu töten, der sich ihr in den Weg stellte.
Vielleicht konnte sie jetzt endlich die Stadt verlassen. Sie wußte nicht genau, wie weit im Norden der Verbotene Schrein lag, aber ihr dauerte jede Stunde zu lange, bis sie das Larith-Schwert endlich los war.
Und ich schwöre, daß ich mich vom heutigen Tage an nie mehr in etwas einmischen werde – ob Feldschlacht, Brandstiftung, Mord, Vergewaltigung oder Tod – in jeder der 9090 Gestalten, die Keths erblindetes Auge jemals erblickt hat! Ich habe genug von fremdem Zauber!
Lythande machte kehrt und schlug die Richtung zum Nordtor ein. Sie machte lange, kräftige Schritte, die die Entfernung geradezu verschlangen und kleine Kinder, die auf der Straße spielten, und herumlungernde Müßiggänger zur Seite trieben,

manchmal in recht würdeloser Hast. Trotzdem war es schon spät und einer der bleichen Monde bereits wie ein schattenhaftes Leichengesicht am Himmel zu sehen, als sie endlich das Nordtor erblickte. Aber Lythande steuerte gar nicht mehr darauf zu.

Verdammnis! Hatte das Ding eine neue Beute erspäht? Lythande brauchte ihre ganze Konzentration, um sich soweit zu beherrschen, daß sie das Larith-Schwert nicht herausriß und packte. Sie versuchte ganz absichtlich langsamer zu gehen. Wenn sie sich konzentrierte, gelang es ihr, was sie ein wenig erleichterte: zumindest stand sie der Magie der Larithae nicht ganz und gar hilflos gegenüber. Aber es erforderte eine verbissene Anstrengung, und sobald ihre Konzentration auch nur eine Sekunde nachließ, fing sie an zu rennen, getrieben von diesem Höllending, das sie quälte. Wenn es ihr nur sagen würde, wohin es wollte!

Die tote, geschändete Laritha, die Priesterin, der das Schwert gehört oder die ihm gehört hatte, *sie* hatte auch das Vertrauen des Schwertes genossen. Wollte Lythande so etwas überhaupt – in einer Symbiose zu leben, Bewußtsein und Ziele mit einem verfluchten Hexenschwert teilen? Oder war es nur der Tod seiner Besitzerin, der das Schwert verzaubert hatte, und trugen die Larithae ihre Schwerter sonst wie jede beliebige Waffe?

Sie wünschte, das elende Schwert würde sich wenigstens endlich entschließen. Wieder trat das Gesicht vor ihr geistiges Auge: ein Mann mit rötlichem Backenbart und einer Hakennase, dazu dem Kinn eines Kaninchens und vorstehenden Raffzähnen. Natürlich. Die meisten Männer, die sich zu einer Vergewaltigung erniedrigten, waren häßlich und in der Regel so gut wie impotent – alles, was noch irgendwie nach Mann aussah, fand eine Frau, ohne dabei Gewalt anwenden zu müssen.

Verdammte Tat, mußte sie denn jeden einzelnen aufspüren und totschlagen, der auch nur in der Menge zugeschaut hatte? Wenn alle Zeugen der Vergewaltigung tot waren – war dann die Schande ausgelöscht, wenigstens aus der Sichtweise der Larithae und ihrer Schwerter? Sie verspürte keinerlei Neigung,

mehr darüber zu erfahren, als sie schon wußte. Sie wollte nur eins: das Schwert loswerden.
»Paß auf, wo du hintrittst, Schänder jungfräulicher Ziegen«, fuhr ein Vorbeikommender sie an, und Lythande merkte, daß sie vor lauter Hast schon wieder gestolpert war. Sie zwang sich, eine Entschuldigung zu stammeln und war froh, das Magiergewand so tief ins Gesicht gezogen zu haben, daß der Blaue Stern unsichtbar war. Die verfluchte Geschichte ging nachgerade wirklich zu weit. Langsam wurde ihre eigene Persönlichkeit in Mitleidenschaft gezogen – immerhin war sie Lythande, und sie war dafür berühmt, daß sie kam und ging wie ein Schatten. Aber ihre besten Zaubersprüche konnten sie nicht von dem Schwert befreien. Sie mußte ihm auf irgendeine Weise geben, was es verlangte, damit die Sache ein Ende fand, und zwar schnell. Wenn erst der ganze Marktplatz darüber klatschte, daß ein Eingeweihter der Blauen Sterns mit dem Zauber der Larith herumlief, dann war das so schlimm, als begegnete ihr der ärgste ihrer Feinde, nur vielleicht nicht ganz so blitzartig.
Es wäre leichter, wenn sie wüßte, wohin sie eigentlich unterwegs war. Sie war in beständiger Versuchung, wieder in jenen hypnotischen Trancezustand zu verfallen, in dem das Larith-Schwert sie einfach lenkte, wohin es wollte, aber sie kämpfte darum, wach zu bleiben. Wieder verlor sie sich in den winkligen Straßen eines Stadtviertels, in dem sie noch nie gewesen war. Sie überquerte den Platz vor einem Weinladen – einem Laden von der Sorte, vor der Kunden und Trinker sich wahllos auf die Straße ergossen – und sah ihn: den Mann mit dem rötlichen Backenbart.
Sie wollte stehenbleiben und sich den Mann, dessen Tod ihr Schicksal war, genau ansehen. Es verstieß gegen alle ihre Prinzipien, aus Gründen, die sie nicht kannte, Menschen zu töten, von denen sie nicht einmal den Namen wußte.
Freilich wußte sie genügend über ihn. Er hatte eine Larith vergewaltigt oder es zumindest versucht, oder ihrer Vergewaltigung beigewohnt. Ganz allgemein betrachtet, dachte Lythande, wäre die Stadt, wenn Vergewaltigung in Alt-Gandrin als Kapitalver-

brechen gewertet würde, längst entvölkert oder nur noch von Frauen und eben jenen jungfräulichen Ziegen bewohnt, die in den Lästerungen der Stadt eine so große Rolle spielten. Sie nahm an, daß das auch der Grund dafür war, daß es nicht viele Frauen gab, die ohne Begleitung durch die Straßen von Alt-Gandrin gingen.

Die Laritha und ich. Sie konnte nicht entkommen, und mir ist es nur gelungen, weil niemand mich als Frau kennt.

Die Frauen von Alt-Gandrin schienen sich nach jenem ungeschriebenen Gesetz zu richten, daß eine Frau, die allein herumläuft, gar nichts anderes erwarten darf als einen Überfall. Die Larith wollte sich gegen dieses Gesetz auflehnen und starb.

Aber sie wird gerächt werden ... Lythande stieß einen erstickten Fluch aus. Da stellte sie sich an, als läge ihr verdammt noch einmal etwas daran, daß eine Frau, die nicht soviel Verstand besaß, sich den Händen eines Vergewaltigers fernzuhalten, die Strafe für soviel Torheit oder Leichtsinn bezahlte! Dabei reichte es ihr durchaus, daß sie selbst sich einen fremden Fluch und einen fremden Zauber aufgeladen hatte.

Fing denn das Larith-Schwert, das kein Mann tragen durfte, schon wieder an, seinen verfluchten Zauber auf sie auszuüben? Lythande blieb wie angewurzelt mitten auf dem Platz stehen und versuchte, nicht zu dem Rotbärtigen hinüberzustarren. Wenn sie sich gegen die Magie des Schwertes wehrte, würde es ihr dann gelingen, ihn am Leben zu lassen, sich umzudrehen und fortzugehen? Sollte doch sonstwer das Unrecht gutmachen, das andere den Larithae zugefügt hatten!

Was habe ich schließlich mit Frauen zu schaffen? Wenn sie das gewöhnliche Frauenschicksal nicht teilen wollen, sollen sie handeln wie ich – auf Röcke und Seidengewänder und die Künste der Frauengemächer verzichten, das Schwert umgürten und Hosen oder ein Magiergewand anlegen; dann sollen sie sich den Gefahren stellen, die ich auf mich genommen habe, als ich das alles zurückließ. Ich habe für meine Freiheit teuer bezahlt.

Sie hatte den Verdacht, daß die Larith nicht weniger gezahlt hatte als sie. Aber das ging sie schließlich nichts an. Sie holte tief

Atem, rief ihren stärksten Zauberspruch zu Hilfe und drehte mit großer Anstrengung dem Rotbärtigen den Rücken zu, um sich in die andere Richtung zu entfernen.
Und gerade im richtigen Augenblick. Zwar hatte Lythande die Kapuze des Magiergewandes so über den Kopf gezogen, daß der Blaue Stern verdeckt war, aber unter den schweren Falten konnte sie die winzigen Nadelstiche spüren, die anzeigten, daß der Stern flammte und funkelte, und sie sah die blauen Blitze über ihren Augen. Etwas Magisches war in der Nähe.
Nicht das Larith-Schwert. Das steckte ruhig im Gürtel ... nein, irgendwie hatte es sich in ihre Hand gestohlen. Lythande blieb still stehen, versuchte abzuwehren und wagte einen kurzen Blick unter dem Magiergewand hervor.
Es war nicht die Flamme des Blauen Sterns zwischen ihren Brauen. Irgend etwas hatte sie gesehen ... hatte sie gesehen ... wo war es ... *was* hatte sie gesehen? Der Mann kehrte ihr den Rücken zu. Sie sah die braunen Falten eines Magiergewandes, dem ihrigen durchaus ähnlich; aber obwohl sie seine Stirn und den Stern darauf nicht erkennen konnte, spürte sie, daß dort ein Blauer Stern im Gleichklang mit ihrem eigenen vibrierte.
Er muß es auch fühlen. Ich muß so schnell wie möglich weg von hier!
Damit war die Sache entschieden. Der Rotbart würde für seinen Anteil an der Vergewaltigung der Laritha den Preis nicht bezahlen. Sie, Lythande, hatte genug von fremdem Zauber; sie würde das Larith-Schwert nach dem Norden und in seinen Tempel zurückschaffen, aber, beim Chaos und bei der Letzten Schlacht, sie würde sich nicht hier von einem anderen Mitglied ihres eigenen Ordens dabei erwischen lassen, wie sie mit einem Larith-Schwert kämpfte oder, um das Kind beim richtigen Namen zu nennen, einen Mord beging.
Das Schwert lag friedlich in ihrer Hand und schien keinen erkennbaren Widerstand zu leisten, als sie es wieder in die Scheide schob, auch wenn es Lythande vorkam, als sträube es sich im letzten Moment ein wenig und lasse sich nur widerwillig in seine Hülle zwingen. Pech gehabt – sie würde ihm keine Wahl lassen. Sie murmelte die Worte eines Bannzaubers, damit es dort

blieb, wo sie es hingesteckt hatte. Behutsam schlüpfte sie hinter eine auf dem Platz stehende Säule und huschte vorsichtig, wie ein Windhauch oder ein Nordlandgeist, durch die Menge, bis sie, ohne selbst bemerkt zu werden, den Mann im Magiergewand beobachten konnte. Auf ihrer Stirn pulsierte der Blaue Stern, und an kaum merklichen Bewegungen der Kapuze des Mannes konnte sie sehen, daß auch er bestrebt war, sich unauffällig umzuschauen, um festzustellen, ob sich unter den Menschen auf dem Platz wirklich ein anderer Eingeweihter Pilger befand. Wie gut, daß gerade das ihr größtes Talent war – das Sehen, ohne selbst gesehen zu werden.

Die Hände des Mannes, langfingrig und muskulös, umfaßten den Stab, den er trug. Also nicht Rabben Halbhand. Er war groß und stämmig; wenn es Ruhaven war, hatte sie einen ihrer wenigen Freunde im Orden vor sich, der noch dazu kein Nordländer war und sich in den Feinheiten eines Larith-Fluchs nicht auskennen, wahrscheinlich also auch nicht wissen würde, daß nur eine Frau imstande war, ein Larith-Schwert zu tragen. Lythande spielte kurz mit dem Gedanken, ihm etwas von der Zwangslage, in der sie steckte, anzuvertrauen – *wenn* es Ruhaven war. Nicht mehr als unbedingt nötig; nur, daß sie ein verzaubertes Schwert auf dem Hals hatte; vielleicht würde sie ihn um Hilfe bei der Formulierung eines noch stärkeren Lösungszaubers bitten.

Der Eingeweihte Pilger zuckte leicht mit den Schultern und drehte sich um. Lythande erhaschte einen Blick auf dunkles Haar unter der Kapuze. Das war nicht Ruhaven – Ruhavens graue Haare wurden schon weiß –, und er wäre der einzige im Orden gewesen, an den sie sich hätte wenden können, zumindest in der Zeit vor der Letzten Schlacht zwischen Gesetz und Chaos.

Und dann machte der Eingeweihte Pilger eine Geste, die sie erkannte, und Lythande steckte den Kopf tiefer in die Falten ihres Magiergewandes und versuchte, in der Menge unterzutauchen, nach außen durchzudringen und sich ungesehen in der Gasse auf der anderen Seite des Platzes, hinter der Taverne, zu verlieren. *Beccolo*! Es konnte kaum schlimmer sein! Zwar hielt er Lythande für einen Mann. Aber sie hatten sich einst im Tempel des Sterns im magischen Duell gegenübergestanden, und es war nicht Lythande gewesen, die an diesem Tag an Gesicht verloren hatte.

Vielleicht kannte Beccolo zwar die Besonderheiten der Larith-Magie nicht; das war sogar recht unwahrscheinlich. Aber wenn er sie erst einmal erkannt hatte und vielleicht sogar auf den Gedanken kam, daß sie von irgendeinem Fluch verfolgt wurde, dann würde er keine Sekunde zögern, sich für damals an ihr zu rächen.

Plötzlich merkte Lythande voller Grauen, daß sie, während sie über Beccolo und ihre Bestürzung, daß ausgerechnet einer ihrer ärgsten Feinde unter den Eigeweihten Pilgern sich hier befand, nachdachte, in der verbissenen Konzentration nachgelassen hatte, durch die allein sie die Herrschaft über das Larith-Schwert behielt; es war nicht mehr in der Scheide, sondern lag nackt in ihrer Hand, und sie marschierte geradeaus durch die Menge. Vor ihrem energischen Schritt wichen Männer und Frauen erschreckt auseinander. Der Rotbärtige sah sie und fuhr entsetzt zurück. Gestern hatte er dagestanden und der Vergewaltigung einer Larith zugejubelt – wenn nicht mehr –, einer Frau, die hilflos einer furchtbaren Übermacht ausgeliefert gewesen war. Er hatte zu denen gehört, die ausgerissen waren, als ein hochgewachsener, hagerer Kämpfer im Magiergewand, mit einem Blitze sprühenden Blauen Stern, vier Männer in ebensovielen Sekunden niedergestreckt hatte.

Seine Bank kippte um, und mit einem Fußtritt schleuderte er einen daraufsitzenden anderen Mann zur Seite, der mit zu Boden ging. Er floh zum anderen Ende des Platzes. Lythande dachte voller Wut: *Verschwinde, verdammt nochmal, mach dich aus dem Staub! Ich will dich genausowenig töten, wie du sterben willst*. Sie wußte, daß Beccolos Blick auf ihr ruhte – auf ihr und dem Blauen Stern, der zwischen ihren Augen flammte. Aber Beccolo hätte sie auch so erkannt – als denjenigen unter den Eingeweihten Pilgern seines Ordens, der ihn in den äußeren Höfen des Sterntempels gedemütigt hatte, als sie beide noch Novizen waren, noch ehe man ihnen den flammenden Stern zwischen die Brauen gesetzt hatte.

Einen Augenblick glaubte Lythande fast, der Rotbärtige würde entkommen. Dann stieß sie die umgekippte Bank mit einem Fußtritt aus dem Weg und sprang ihn an, das Schwert gezückt, um ihn zu durchbohren. Mit ihm hatte sie nicht so leichtes Spiel wie mit den anderen; er hatte sein Schwert herausgerissen und wehrte mit nicht unerheblichem Geschick ihren Angriff ab.

Männer, Frauen und Kinder fluteten zurück, um ihnen einen Platz zum Kämpfen freizumachen. Lythande – zornig, weil sie den Mann ja eigentlich gar nicht umbringen wollte – wußte trotz allem, daß dies ein Kampf auf Leben und Tod war, ein Kampf, den sie nicht zu verlieren wagte. Sie landete krachend auf dem Rücken, zog sich stolpernd zurück, und dann schien alles plötzlich ganz, ganz langsam abzulaufen.

Es kam ihr wie eine Minute, ja beinahe wie eine Stunde vor, bis der Rotbart sich, das Schwert in der Hand, über sie beugte und die Klinge ihrem nackten Hals näherte – langsam, so langsam. Und dann traf Lythandes Fuß seinen Bauch, er grunzte vor Schmerz, und sie war aufgesprungen und rannte ihm ihr Schwert durch die Kehle. Sie sprang zurück vor dem hervorspritzenden Blut. Ihr einziges Gefühl war eine rasende Wut, nicht auf den Rotbart, sondern auf das Larith-Schwert. Sie rammte es in die Scheide und schritt davon, ohne sich ein einziges Mal umzuschauen. Zum Glück leistete das Schwert diesmal keinen Widerstand, und sie entfernte sich in Richtung Nordtor. Vielleicht schaffte sie es bis dorthin, ehe Beccolo sich durch die Menge drängen und ihre Spur aufnehmen konnte. In wenigen Minuten hatte Lythande die Stadt hinter sich gelassen und wanderte nach Norden, hinter sich – bisher – kein Zeichen von Beccolo. Natürlich nicht; woher sollte er wissen, in welche Himmelsrichtung ihr Weg ging?

Den ganzen Tag und ein großes Stück der nächsten Nacht schritt Lythande weiter nordwärts, in einer stetigen Gangart, die die

Meilen nur so verschlang. Sie war müde und hätte gern eine Ruhepause gemacht, aber der quälende Zwang des Larith-Schwertes an ihrem Gürtel erlaubte ihr keine Rast. Wenigstens war so, dachte sie trübe, auch die Wahrscheinlichkeit geringer, daß Beccolo ihre Spur aus der Stadt heraus und nach Norden entdeckte.

Kurz nachdem Keth in der Finsternis versank, im dünnen Zwielicht von Reths verdunkeltem Auge, blieb Lythande eine Weile am Ufer eines Flusses sitzen. Aber auch dort fand sie keine Ruhe, sondern reinigte nur mit peinlicher Sorgfalt die Klinge des Larith-Schwertes und sicherte es dann wieder in der Scheide. Unbestimmte Buckel und Erhebungen am Flußufer deuteten an, wo andere Wanderer schliefen, und sie betrachtete sie mit einem gewissen Neid. Aber schon bald setzte sie ihren Weg fort, mit schnellen, dem Anschein nach zielsicheren Schritten. In Wirklichkeit freilich lief sie durch einen dunklen Traum und merkte kaum, daß das letzte, verschwommene Licht von Reths versinkenden Strahlen gänzlich erstarb. Etwas später warf das fleckige und aussätzige Gesicht des größeren Mondes ein schwaches Licht auf den Weg, aber auch das änderte nichts an Lythandes Gangart.

Sie wußte nicht, wohin sie ging. Das Schwert wußte es, und das schien genug zu sein.

Irgendein verborgener Teil Lythandes begriff, was mit ihr geschah und schäumte vor Wut. Ihre Aufgabe als Magierin war es, zu handeln und nicht willenlos das Handeln anderer zu erdulden. Das war etwas für Frauen, und wiederum empfand sie Abscheu vor diesem Frauenzauber, der die Priesterin zum willenlosen Werkzeug ihres eigenen Schwertes machte ... das war nicht besser, als Sklavin eines Mannes zu sein. Vielleicht allerdings unterlagen die Larithae selbst nicht diesem Zwang, nur ihr war der Bann von der geschändeten Laritha auferlegt worden und hatte ihr keine Wahl gelassen.

Übel hat mir die Laritha den Einfall, der mich – in der eitlen Hoffnung, ihr das Leben zu retten oder sie von ihren Schändern zu befreien – stehenbleiben ließ, vergolten, als sie mich mit diesem Fluch bannte! Immer, wenn sie daran dachte, fluchte Lythande leise vor sich hin und schwor den Larithae Rache. Den größten Teil der Nacht freilich wanderte sie in jenem immer gleichen Wachtraum dahin, den Kopf gedankenlos und leer.

Im Schutz der Dunkelheit kaute sie auf ihrem einsamen Weg ein paar gedörrte Früchte, so hohlköpfig wie eine wiederkäuende Kuh. Gegen Morgen hielt sie im Schutze eines Baumdickichts einen kurzen Schlaf, nachdem sie vorsorglich einen Wachzauber gesprochen hatte, der sie wecken würde, falls jemand näher als dreißig Schritte an sie herankam. Sie wunderte sich über sich selbst. Überall unter den Zwillingssonnen war sie in Männerkleidung umhergereist, ohne sich zu fürchten, und jetzt benahm sie sich wie ein verängstigtes Weib, das vor einer Vergewaltigung zittert; war es das Larith-Schwert, daran gewöhnt, von Frauen getragen zu werden, die ihr Geschlecht nicht verbargen, sondern überall hingingen und es notfalls verteidigten, das ihr diese weibliche Wachsamkeit aufgezwungen hatte? Wieviele Jahre war es her, daß Lythande auch nur der Gedanke gekommen war, daß man sie allein überraschen, entkleiden und als Frau erkennen könnte?

Sie empfand Wut auf sich selbst – und, schlimmer noch, Abscheu –, weil sie noch immer so, nach Frauenart, denken konnte. *Als ob ich wirklich eine Frau und kein Magier wäre*, überlegte sie zornig, und einen Augenblick ballte sich die Wut, die in ihr kochte, in ihrer Stirn zusammen und trieb ihr Tränen in die Augen. Mit einer Kraftanstrengung, die ihren Kopf mit stechendem Schmerz erfüllte, zwang sie diese Gedanken zurück.

Aber ich bin doch eine Frau, überlegte sie und gab sich selbst die grimmige Antwort: *Nein! Ich bin ein Zauberer und keine Frau! Weder Mann noch Frau ist der Zauberer, sondern ein Wesen eigener Art*! Sie beschloß, den Wachzauber aufzuheben und so sorglos und friedlich zu schlafen wie gewöhnlich, aber als sie es versuchte, bekam sie Herzklopfen, bis sie schließlich den Zauberspruch erneuerte, der sie behüten sollte, und einschlief. War es das Schwert selber, das sich fürchtete und darum den Schlummer der Frau bewachte, die es trug?

Als sie erwachte, stand Keth schon zur Hälfte über dem östlichen Horizont, und Lythande setzte ihren Weg mit zusammengebissenen Zähnen fort. Mit den langen, gleichmäßigen Schritten, die die Entfernung unter ihren Füßen auffraßen, legte sie Meile um Meile zurück. Langsam gewöhnte sie sich an das Gewicht der Larith-Klinge an ihrem Gurt; hier und da strich ihre Hand, ohne daß sie es merkte, liebkosend darüber. Ein leichtes Schwert, ein vorzügliches Schwert für die Hand einer Frau.

Am nächsten Fluß, den sie erreichte, spielten Kinder; eilig huschten sie zu ihren Müttern zurück, als Lythande sich der Fähre näherte und in stummer Wut dem Fährmann die Münzen zuwarf.

Kinder. Ich hätte auch Kinder haben können, wenn mein Leben anders verlaufen wäre, und das ist größere Magie als meine. Sie hätte nicht sagen können, wie sie auf diesen merkwürdigen Gedanken gekommen war. Schon als junges Mädchen hatte sie bei der Vorstellung, sich einmal den Wünschen eines Mannes fügen zu müssen, nie etwas anderes als Widerwillen empfunden, und wenn ihre jungfräulichen Gefährtinnen untereinander über diese Dinge kicherten und flüsterten, hatte Lythande abseits gestanden, gespottet und verächtlich die Achseln gezuckt. Damals hatte sie noch nicht Lythande geheißen. Man nannte sie ... Lythande fuhr entsetzt in die Höhe und begriff, daß sie in den kleinen Wellen des plätschernden Wassers um ein Haar den Klang ihres alten Namens gehört hätte, des Namens, den nie mehr in den Mund zu nehmen sie geschworen hatte, als sie zum erstenmal Männerkleidung anlegte, ein Name, den zu vergessen sie gelobt hatte, nein, ein Name, *den sie wirklich vergessen hatte – ganz und gar vergessen*!

»Fürchtest du dich, Wanderer?« fragte eine sanfte Stimme neben ihr. »Die Fähre schaukelt zwar, das stimmt, aber sie ist seit Menschengedenken nicht gekentert, noch ein Fahrgast ins Wasser gefallen; und diese Fähre verkehrte hier schon vor der Zeit, in der die Göttin nach Norden kam, um ihren Tempel als Larith zu gründen. Du bist völlig in Sicherheit.«

Lythande knurrte einen mürrischen Dank und drehte sich nicht einmal um. Sie konnte die Gestalt des jungen Mädchens an ihrer Schulter spüren. Erwartungsvoll lächelte es zu ihr auf. Es würde auffallen, wenn sie keine Antwort gab und nur stumm nordwärts weiterzog, ein verfluchtes, vom Teufel getriebenes Wesen. Sie suchte nach irgendeiner harmlosen Bemerkung.

»Hast du diesen Weg schon oft zurückgelegt?« fragte sie.

»Ja, oft, aber noch nie so weit fort«, erwiderte die sanfte Mädchenstimme. »Jetzt reise ich nach Norden zum Verbotenen Schrein, wo die Göttin als Larith herrscht. Kennst du den Tempel?«

Lythande murmelte, sie hätte davon gehört. An den Worten wäre sie beinahe erstickt.

»Wenn man mich annimmt«, fuhr die junge Stimme fort, »werde ich der Göttin als Priesterin dienen – als Laritha.«

Lythande wendete sich langsam um und musterte die Sprecherin. Sie war sehr jung und hatte das knabenhafte Aussehen, das junge Mädchen manchmal behalten, bis sie über zwanzig oder noch älter sind. Die Magierin fragte ruhig: »Warum, Kind? Weißt du nicht, daß jeder Mann dein Feind sein wird?« Sie unterbrach sich, denn sie hatte gerade die Geschichte der Frau erzählen wollen, die man in den Straßen von Alt-Gandrin vergewaltigt und ermordet hatte.

Das junge Mädchen lächelte strahlend. »Aber wenn auch jeder Mann mein Feind sein wird, so sind doch alle, die der Göttin dienen, auf meiner Seite.«

Lythande ertappte sich dabei, wie sie schon den Mund zu einer zynischen Bemerkung öffnete. Das hatte sie noch nie erlebt, daß Frauen zusammenstanden. Aber warum sollte sie dem Mädchen die Illusionen rauben? Sollte sie doch selbst die bittere Wahrheit herausfinden. Dieses Mädchen hegte noch den Traum, alle Frauen könnten Schwestern sein. Warum sollte Lythande diesen Traum ohne Not beschmutzen und in Asche verwandeln? Sie wandte sich in deutlicher Absicht ab und starrte in das schlammige Wasser unter dem Bug der Fähre.

Das Mädchen blieb immer noch neben ihr stehen. Unter ihrer Magierkapuze beobachtete Lythande sie unauffällig: die Wellen sonnenblonden Haares, die kleine, noch unausgeprägte Stupsnase, die Lippen und Ohrläppchen, weich wie die eines Säuglings, die zarten, kleinen Finger und die knabenhaften Sommersprossen, die wegzuschminken sie sich nicht bemüht hatte.

Wenn sie zum Larith-Schrein geht, könnte ich sie vielleicht dazu bringen, daß sie das Schwert der Larith dorthin mitnimmt. Aber wenn sie erfährt, daß ich, dem Anschein nach ein Mann, ein solches Schwert bei mir trage – wenn sie im Tempel ihr Anliegen vorträgt – bestimmt weiß sie, daß kein Mann Hand an ein solches Schwert legen darf, ohne in einer Weise bestraft zu werden, daß man es lieber nicht laut ausspricht.

Und da ich das Schwert ungestraft trage, wird man mich entweder beschuldigen, die Göttin zu lästern – oder mich als Frau entlarven, nackt vor meinen Feinden.

Jetzt erst, so kurz vor ihrem Ziel, begriff Lythande völlig, in welcher Zwickmühle sie steckte. Weder als Mann noch als Frau konnte sie den Schrein der Göttin betreten. Was sollte sie mit dem Schwert anfangen?

Das Schwert kümmerte sich nicht darum. Wenn das verdammte Ding nur heil und unversehrt nach Hause kam, vermutete Lythande, war es ganz gleichgültig, wer der Überbringer war – eine Schwertkämpferin, ein Mädchen, wie es neben ihr stand, oder eine jener jungfräulichen Ziegen, die in den Beschimpfungen von Gandrin so eine wichtige Rolle spielten. Wenn sie also das Mädchen einfach bat, das Schwert zum Tempel mitzunehmen, entpuppte sie sich damit entweder als Gotteslästerer oder verriet ihr wahres Geschlecht.

Vielleicht konnte sie ihr das Schwert heimlich ins Gepäck schmuggeln – in der Form eines Brotlaibs beispielsweise, so wie jemand der Kräuterfrau Gerstenkörner gegeben hatte, die durch Zauberei wie Gold aussahen. Schließlich war es ja nicht so, daß sie etwas in den Tempel der Larith schicken wollte, um den Frauen dort Schaden zuzufügen; vielmehr gehörte das, was sie ihnen senden wollte, wirklich dorthin und war außerdem etwas, das ihr das Leben zur Hölle gemacht und ihr vier – nein, fünf; nein, da waren ja noch alle die, die sie neben der sterbenden Laritha getötet hatte –, das ihr also elf oder gar ein Dutzend Leben auferlegt hatte, die nun unter den Legionen der Toten gegen sie standen, wenn sie zur Letzten Schlacht antrat, dann, wenn das Recht endlich gegen das Chaos zu Felde ziehen und siegen oder untergehen würde – ein für allemal. Und dieses Schwert hatte Lythande den ganzen mühsamen Weg bis hierher getrieben, nur um an den Ort zurückzugelangen, nach dem es strebte.

Sie erwog ernstlich, dem Mädchen das Schwert zu geben, nachdem sie es vorher in etwas anderes verzaubert hatte. Ein Geschenk für den Tempel der Göttin als Larith.

Das Mädchen harrte noch immer an ihrer Seite aus. Lythande wußte, daß ihre Stimme barsch und rauh klang. »Willst du ein Geschenk von mir zum Tempel mitnehmen?«

Das arglose Lächeln des Mädchens kam ihr vor wie Hohn. »Das kann ich nicht. Die Göttin nimmt Geschenke nur von den Ihren.«

Mit zynischem Lächeln versetzte Lythande: »Meinst du das wirklich? Der Schlüssel zu jedem Schrein ist aus Gold geschmiedet, und je mehr Gold, desto näher dem Herzen des Schreins oder dem Gott.«

Das Mädchen sah aus, als hätte Lythande sie geohrfeigt. Aber gleich darauf erklärte sie mit fester Stimme: »Dann tut es mir leid, daß du solche Schreine und solche Götter kennengelernt hast, Wanderer. Kein Mann darf unsere Göttin sehen, sonst würde ich versuchen, dich eines Besseren zu belehren.« Sie blickte vor sich auf das Deck nieder. Die zurechtgewiesene Lythande blieb schweigend stehen, bis die Fähre sanft an Land stieß. Die Fahrgäste begannen ans Ufer zu strömen. Lythande wartete, bis sich die Menge verlaufen hatte. Das Larith-Schwert unter ihrem Magiergewand rührte sich ausnahmsweise nicht.

Der Ort war klein; ein paar verstreute Häuser, Bauernhöfe vor den Toren, und hoch auf einem Hügel über dem weitläufigen Markt der Tempel der Larith. In einem Punkt zumindest hatte das Mädchen die Wahrheit gesprochen: an dem Tempel war, wenigstens soweit man es von außen erkennen konnte, nichts

Goldenes. Der Schrein war eine massive Festung aus schlichtem, grauem Stein.
Lythande bemerkte, daß das Mädchen immer noch an ihrer Seite ging, als sie ans Ufer traten. »Mindestens ein Geschenk hat deine Göttin von dem Geschlecht angenommen, das sie zu verachten vorgibt«, meinte sie. »Keine Frauenhände haben diesen Turm erbaut, der mir mehr wie eine Festung vorkommt als wie ein Tempel!«
»Nein«, entgegnete das Mädchen, »du irrst dich. Glaubst du nicht, Fremder, daß eine Frau genauso stark sein kann wie du?«
»Nein«, sagte Lythande, »das glaube ich nicht. Eine Frau unter hundert – vielleicht unter tausend, das wäre möglich. Die anderen sind schwach.«
»Aber wenn wir auch schwach sind«, antwortete das Mädchen, »so haben wir doch viele Hände.« Sie verabschiedete sich mit förmlicher Höflichkeit, und Lythande erwiderte mit zusammengebissenen Zähnen ihr Lebewohl, stand da und sah sie fortgehen.
Warum bin ich so zornig? Warum wollte ich ihr wehtun?
Die Antwort überflutete sie wie eine Woge. *Weil sie dort hingeht, wohin ich niemals gehen kann, weil sie in Freiheit geht. Es gab eine Zeit, in der ich bereitwillig meine Seele verpfändet hätte, wäre da nur ein einziger Ort gewesen, an dem eine Frau die Zauberkunst und den Umgang mit dem Schwert hätte erlernen können. Aber es gab keinen solchen Ort. Es gab gar nichts. Ich verpfändete meine Seele und mein Geschlecht, um die Geheimnisse des Blauen Sterns zu erfahren, und dieses Kind, dieses Mädchen mit den weichen Händen, mit ihrem Geplapper von Schwesterlichkeit ... wo waren denn meine Schwestern damals, als ich erfuhr, was Verzweiflung ist und mein wahres Ich für immer aufgab? Ich stand allein; nicht genug, daß von diesem Tage an jeder Mann mein Feind war – auch jede Frau hatte ich gegen mich!*
Ein stechender Schmerz bohrte in ihrem Kopf. Es tat so weh, daß sie von neuem die Zähne zusammenbiß, ein finsteres Gesicht machte und die Fäuste enger um die Griffe ihrer Zwillingsschwerter schloß. *Man könnte meinen,* sagte sie zu sich selbst und

verdrängte den Schmerz mit aller Macht, *ich würde sofort in Tränen ausbrechen. Dabei habe ich schon seit über einem Jahrhundert vergessen, wie man weint, und bestimmt werde ich noch ganz andere Ursachen zum Weinen haben, bevor ich in der Letzten Schlacht stehe und gegen das Chaos streite. Aber diese Schlacht werde ich ohnehin nicht erleben, wenn es mir nicht irgendwie gelingt, einzudringen, wo kein Mann Zutritt findet und das verwünschte Larith-Schwert dorthin zu bringen, wohin es gehört!*

Denn schon wieder fühlte sie den heftigen, quälenden Zwang der Larith-Klinge, den Hügel hinaufzueilen, in den Tempel hineinzustürzen und der Göttin, die es hierhergeschleift hatte und Lythande mit ihm, das Schwert vor die Füße zu schleudern.

Im Tempel sind alle Frauen als Schwestern willkommen ... kam dieses Flüstern von dem Mädchen, das ihr von dem Schrein erzählt hatte? Oder von dem Schwert selbst, das eifrig versuchte, sie mit einem fremden Zauber zu verlocken? *Ich nicht. Für mich ist es zu spät.* Trotz aller Kopfschmerzen setzte sich plötzlich Lythandes alte Wachsamkeit wieder durch. Die Fähre hatte inzwischen wieder vom Ufer abgestoßen, und auf der anderen Seite strömten bereits die Reisenden an Deck. Und unter ihnen – nein, zum Sehen war es zu weit – aber mit dem magischen Blick des Blauen Sterns, der zwischen ihren Augen pulsierte, erkannte Lythande eine Gestalt im Magiergewand, dem ihren nicht unähnlich. Auf irgendeine Weise war Beccolo ihr gefolgt.

Das hieß nicht unbedingt, daß er die Gesetze des Tempels kannte. Das ganze Nordland wimmelte von Schreinen aller möglicher Götter, vom Gott der Schmiede bis hin zur Göttin der Unbeschwerten Liebe. *Und auch ihr Heiligtum ist mir verboten, wie mir alles verboten ist außer den magischen Künsten, für die ich auf alles andere verzichtet habe. Für Männer bin ich verboten, damit sie mein Geheimnis nicht erfahren, und für Frauen, damit kein Mann versuchen kann, es ihnen zu entreißen ...*

Wahrscheinlich wußte Beccolo nichts von den Besonderheiten der Larithae. Wenn sie es schaffte, ihn auf irgendeine Weise in den Tempel zu locken, würden die Priesterinnen den Grimm, mit dem sie, wie es hieß, gegen jeden Mann vorgingen, der dort eindrang, voll und ganz an ihm auslassen, und Lythande wäre von seiner Einmischung in ihre Angelegenheiten endlich frei. Was mochte es sein, das die Göttin als Larith jedem Mann antat, der widerrechtlich ihren Tempel betrat, so wie Lythande es einst im Tempel des Blauen Sterns getan hatte, verkleidet, in Gewand und Haltung eines Geschlechtes, das nicht das ihre war?

Sie kämpfte gegen den magischen Zwang in ihrem Inneren an. Das Larith-Schwert, das sie fast wie im Schlaf den ganzen, langen Weg hierhergetrieben hatte, war jetzt wach und schrie danach, nach Hause gebracht zu werden. Lythande konnte das Schreien in ihrem Kopf deutlich hören, es übertönte ihre eigene Wut und Ratlosigkeit, die es zum Schweigen bringen wollten. Sie *konnte* den Schrein der Larithae nicht betreten – weder als Lythande, noch als Eingeweihter des Blauen Sterns, obwohl, wenn sie es trotzdem tat, Beccolo ihr wenigstens nicht folgen konnte. Versuchte er es dennoch, würde schnelle Rache ihn ereilen.

Sie sah, wie die Fähre ans Ufer kam und erkannte mit den eigenen müden Augen, auch ohne magischen Blick, die kräftige Gestalt des Eingeweihten Pilgers, der sich einen so weiten Weg lang an ihre Fersen geheftet hatte. Die Zwillingssonnen standen hoch am Himmel, Keth lief mit Reth um die Wette dem Zenit zu und verwandelte das Wasser in funkelnde, glitzernde Lichtschwerter, deren schmerzhafte Flamme Lythandes Augen blendete. Sie betrat den Markt und versuchte, um sich herum die magische Stille zu beschwören, damit überall unter den Zwillingssonnen die Menschen, die Lythande kannten, wieder einmal von der Fähigkeit des Zauberers sprechen konnten, vor aller Augen plötzlich zu erscheinen oder zu verschwinden.

Die meisten Frauen geben sich Mühe, die Blicke der Männer auf sich zu lenken. Noch bevor ich in den Tempel des Blauen Sterns kam, suchte ich mich ihren Augen schon zu entziehen. Die Magie kann auch einem Zauberer nur das verschaffen, was er sich wirklich wünscht.

Bei diesem Gedanken blieb Lythande ganz still stehen. Den ganzen weiten Weg über hatte sie den unseligen Zufall verflucht, der sie unter den Einfluß eines fremden Zaubers gebracht hatte. Und doch hatte nichts sie gezwungen, einen Abstecher zu machen, um die Laritha vor der Schändung zu retten; nie hätte sie sich in den Zauber des Larith-Schwertes verstrickt, wenn nicht in ihrem tiefsten Herzen irgend etwas damit einverstanden gewesen wäre. Hätte sie sich abgewandt, als einer Frau Gewalt angetan wurde, dann hätte sie damit statt des Gesetzes das Chaos unterstützt.

Unsinn. Was bedeutet mir eine fremde Frau? Ihr platzte vor Schmerzen fast der Kopf, aber sie wehrte sich gegen die Antwort, die sich ihr ungewollt und unwillkommen aufdrängte.

Sie ist ich. Sie geht, wie ich nicht zu gehen wage: eine Frau, die jeder als Frau erkennen kann.

Voller Wut wandte Lythande sich ab und suchte sich zwischen den Marktbuden einen dunklen Fleck. Obschon es noch früh am Tage war, stritten sich bereits ein paar Männer im Schatten eines Weinausschanks. Marktweiber molken ihre Ziegen und verkauften die frische Milch. Ein Karawanenführer belud widerspenstige Packtiere. In Lythandes Kopf bohrte das Larith-Schwert, das seine Heimat nahe wußte.

Konnte sie es nicht jetzt noch irgendeiner ahnungslosen Reisenden auf dem Weg zum Tempel mitgeben? Sie durfte nicht hinein. Aber das war ja auch nicht nötig. Vielleicht konnte sie einen Bannzauber finden, der es von selbst nach Hause brachte, oder – nun, da das Larith-Schwert ja eigentlich am Ziel war – einen Lösungsspruch, der sie von seinem Fluch befreite; so wie sie sich damals von dem Fluch befreit hatte, nicht mehr als eine Frau zu sein, indem sie sich den Blauen Stern zwischen die Brauen setzen ließ. Sie hatte den stärksten aller Lösungszauber überhaupt angewendet, der an dem Tag seinen Höhepunkt erreicht hatte, als man ihr das Schicksal auferlegte, für immer als das weiterzuleben, wofür sie sich ausgegeben hatte. Dieser viel unbedeutendere Lösungszauber mußte eigentlich im Vergleich dazu eine Kleinigkeit sein.

Von ihrem Winkel aus konnte sie ungesehen die bergauf zum Schrein der Larith führende Straße beobachten. Frauen stiegen hinauf, auf der Suche nach dem geheimnisvollen Trost, den die

Göttin ihnen vielleicht spenden würde. Sie brachten Ziegen zum Tempel, ob als Opfertiere oder um Milch zu verkaufen, das wußte Lythande nicht, und es kümmerte sie auch nicht. Sie stellte sich vor, daß das junge Mädchen von der Fähre unter ihnen sein würde, das sich der Göttin weihen wollte, und Lythande ertappte sich dabei, daß sie in Gedanken diesem jungen Mädchen folgte, dessen Namen sie nie erfahren würde.

Niemals hätte ich dem Zauber der Larithae oder irgendeinem anderen fremden Zauber verfallen können, dachte Lythande, wenn nicht etwas in mir selbst ihn anerkannt hätte. Der Gedanke war nicht angenehm. Sehnte ich mich vielleicht insgeheim nach der Weiblichkeit, auf die ich verzichtet habe und für die die Laritha starb?

War es ein Todeswunsch, der mich hierhergebracht hat?

Zorn und Schmerz in ihrem Kopf flammten auf wie die Blitze des Blauen Sterns und entluden sich in Abscheu. *Was ist das für ein Wahn, der mich an diesen Ort geschleppt hat und nun alles in Frage stellt, was ich bin und tue? Ich bin Lythande! Wer wagt es, mich herauszufordern, Mann, Frau oder Göttin?*

Man könnte denken, ich wäre hergekommen, um zu sterben, als Frau unter Frauen! Und was würden diese dem Schwert und der Magie verschworenen Priesterinnen von einer Frau denken, die ihr ureigenstes Wesen aufgegeben hat?

Aber ich habe mein wahres Ich nicht aufgegeben! Nur meine Verletzlichkeit, die das Schicksal einer Frau ist, die das Schwert führt und sich der Magie geweiht hat . . .

Eine Verletzlichkeit, die sie ertragen, so gut sie können, erinnerte ihr Gedächtnis sie, und wieder verfolgten sie die sterbenden Augen der geschändeten Laritha und ihr Lächeln, als sie Lythande das Schwert in die Hand drückte. Nun denn – sie ist gestorben, weil sie als Frau unterwegs war. Das war *ihre* Entscheidung. Das hier ist meine, sagte sich Lythande, zog das Magiergewand enger um sich und legte die Hände auf ihre beiden Schwerter – das Messer zur Rechten für die Feinde, die von dieser Welt waren, das Messer zur Linken für das Böse und die Schrecken der Magie. Dazwischen steckte unbequem das Larith-Schwert. *Ich bin immer noch Lythande!*

Der Schrein ist mir verboten, wie einst die Seidenfrauen von Jumathe mir verboten waren. Und ich war trotzdem in ihrem Tempel, mitten unter den blinden Weberinnen. Aber die Larithae sind nicht so für mich günstig blind. Wenn ich als Eingeweihter des Blauen Sterns zu ihnen komme, werden sie glauben, so wie damals die Aufseherin der blinden Seidenfrauen, ich wäre ein Mann, der sie verderben oder für sich erobern wollte. Das Beste, was mir dann geschehen könnte, wäre, entkleidet und als Frau entlarvt zu werden. Aber früher oder später würden die Wellen, die dieser Stein im Wasser schlüge, auch meine Feinde erreichen, und überall würde man genau das über Lythande herumerzählen, was kein Mann wissen darf.

Sie ging zwischen zwei Ständen hindurch, an denen in schillernden Stoffbahnen Frauenkleidung und Zubehör angeboten wurde – farbenprächtig aus der dicken Baumwolle der Salzwüsten gewebte Röcke, lange Tücher und Schals, all die weichen und bunten Dinge, an denen Frauen so hingen und für die sie Leib und Seele aufs Spiel setzten. Hübscher Tand! Lythandes Lippen kräuselten sich in spöttischer Verachtung. Sie blieb regungslos stehen.

Es darf nicht sein, daß ein Mann mich als Frau erkennt. Denn an dem Tag, an dem ein beliebiger Mann es laut verkündet oder von anderen hört, daß ich eine Frau bin, ist meine Macht in seiner Hand, und man kann mich töten wie ein Tier. In die Mauern des Tempels der Larith aber darf kein Mann eindringen, so daß mich auch kein Mann dort sehen kann. Der Gedanke schoß ihr mit der blendenden Helligkeit von Keth-Ketha im Zenit durch den Kopf – ja, sie würde den Schrein der Larithae betreten – *in der Verkleidung einer Frau!*

Es ist ja auch eine Verkleidung, dachte sie und verzog ein wenig das Gesicht. Sie wußte schon nicht mehr, wie viele Jahre es zurücklag, seit sie zuletzt ein Frauengewand getragen hatte, und wenn sie jetzt eines anzog, so würde das wirklich nur eine Täuschung sein. Sie war längst keine echte Frau mehr.

Allerdings konnte sie als Mann nicht einfach hingehen und das Nötige kaufen. Wenn ein scheinbarer Mann Frauenkleider erwarb und dann verschwand, während gleich darauf eine fremde Frau im Tempel auftauchte – dann konnte man wohl kaum

hoffen, daß die Larithae und die, die ihre Tore hüteten und ihnen Geschenke brachten, so dumm wären, hier nicht Verdacht zu schöpfen.
Also war sie gezwungen, die Kleidungsstücke unauffällig zu stehlen. Weiter keine Anstrengung für jemanden, der in den äußeren Höfen des Blauen Sterns den scherzhaften Spitznamen »Lythande der Schatten« getragen hatte. Ungesehen zu erscheinen und wieder zu verschwinden, war ihre spezielle Begabung. Auch jetzt bewegte sie sich beinahe unmerklich, ein Schatten vor der Dunkelheit der Händlerzelte, unsichtbar trotz Keth und Reth. Später am selben Tag würde eine Rockverkäuferin feststellen, daß nur sechs farbenfroh gestreifte Röcke dort hingen, wo vorher sieben gehangen hatten; ein Schminke- und Salbenhändler würde entdecken, daß drei kleine Farbtöpfchen vor seinen Augen verschwunden waren und sich zwar daran erinnern, daß ein hochaufgeschossener Fremder im Magiergewand in der Nähe herumgelungert hatte, zugleich aber schwören, den Blick keine Minute lang von den Händen eben dieses Fremden gelassen zu haben; und auf die gleiche Art lösten ein Wollschal und ein Schleier sich aus einem unordentlichen Haufen abgelegter Sachen und wurden gar nicht weiter vermißt.
Keth sank bereits wieder am Horizont, als eine magere, eckige Frau, ein sperriges Bündel auf dem Rücken und ausschreitend wie ein Mann, den Weg hügelaufwärts zum Tempel einschlug. Ihre Stirn sah sonderbar narbig aus, Augenbrauen und Wangen waren geschminkt, die Augen dick mit Khol umrandet. Sie stolperte gegen eine andere Frau, die Packtiere führte und sie als Verderberin jungfräulicher Ziegen beschimpfte. Also gebrauchte man hier auch diesen Fluch. Lythande war kurz davor, der Frau in ihrer melodischen und zynischen Stimme zu versichern, daß ihre unbescholtenen Tierchen völlig sicher waren, aber es schien ihr nicht der Mühe wert. Die ungewohnten Gewänder einer Frau zu tragen, war Strafe genug. Wenigstens konnte sie das Larith-Schwert offen tragen, ungeschickt an ihren Gürtel geknotet, wie eine Frau, die den Umgang mit Schwertern nicht gewöhnt war, es befestigen würde. Sie wußte, daß sie sich in

den Röcken, die sie ein Jahrhundert lang nicht um die Knie gespürt hatte, so tolpatschig bewegte, daß man sie jeden Augenblick festhalten und als verkleideten Mann beschuldigen konnte. *Das,* dachte sie grimmig, *wäre dann wohl die allergrößte Ironie des Schicksals.*

Ich habe mehr Jahre eine Maske getragen, als die meisten hier überhaupt auf der Welt sind. Ganz ungewollt erinnerte sie sich an eine alte Gruselgeschichte, die eine Amme, Staub und Asche seit Jahrzehnten, erzählt hatte, um einem Mädchen, auf dessen Namen sich Lythande jetzt wirklich nicht mehr besinnen konnte, Angst einzujagen – von einer Maske, die jemand so lange getragen hatte, daß sie an seinem Gesicht haftengeblieben und zum Schluß selbst das Gesicht geworden war. *Ich bin das geworden, was ich vorgetäuscht habe zu sein. Und das ist meine ganze Belohnung oder meine ganze Strafe.*

Es gibt keine Frau mehr unter diesen Röcken, grübelte sie, *und es wäre nur gerecht, wenn man mich als Mann entlarvte.* Und doch hatte sie einen Trugzauber in Erwägung gezogen und wieder verworfen, der sie auch äußerlich hätte weiblicher erscheinen lassen. Sie würde den Tempel der Larith so betreten, wie sie jetzt war, ohne Zauberei. Nur der Blaue Stern unter der Schminke bebte leise wie von unvergossenen Tränen.

Zwischen einer Frau mit einer Ziegenherde und einer anderen, die ein krankes Kind trug, trat Lythande unter die Säulen des Schreins der Göttin als Larith. Frauen hatten ihn irgendwann erbaut. Sie wußte nicht, wann sie angefangen hatte, an diese Tatsache zu glauben, und es war ihr auch gleichgültig. Aber sie fand es auf unklare Weise tröstlich, daß Frauen imstande waren, ein solches Gebäude zu errichten.

Ganz gegen ihren Willen quälte sie eine Frage wie die Stimme des Larith-Schwertes, das sie so ungeschickt mit einem Strick um ihre Mitte gebunden hatte.

Hätte ich mich selbst nicht aufgegeben und um des Blauen Sternes willen auf alles andere verzichtet, hätte ich den schwachen und verachteten Händen meiner Schwestern die Hand gereicht – wäre dieser Tempel dann früher entstanden? Sie wies den Gedanken mit solcher Mühe von sich, daß ihre Augen schmerzten und fragte sich selbst mit wütender Verachtung: *Und wenn die Steinlöwen von Khoumari Junge geworfen hätten, würden die Hirten von Khoumari dann ihre Lämmer nachts besser bewachen?*

Sie stand auf einem weiten Fußboden, der mit Pentagrammen aus schwarzweißem Steinmosaik gemustert war. Über ihr wölbte sich eine riesige blaue Kuppel, und vor ihr ragte das gewaltige Standbild der Göttin als Larith auf. Es war in Stein gehauen und ohne eine Spur von Gold. Das Mädchen hatte die Wahrheit gesprochen. Gegenüber harrte eine kleine Gruppe von Priesterinnen, die die Geschenke der Pilgerinnen aus dem Außenhof entgegennahmen, und ihr war, als sähe sie die schlanke, knabenhafte Gestalt des Mädchens darunter. Gewiß nur Einbildung! Bestimmt hatten sie das Mädchen in die inneren Höfe geführt, damit sie dort unter den Augen ihrer steinernen Göttin auf geheimnisvolle Weise in eine Laritha verwandelt wurde. Und dort – eine schwangere Kriegerin! Lythande hörte sich einen kleinen innerlichen Ausruf der Verachtung ausstoßen, aber sie befand sich auf fremdem Gebiet und wußte, daß sie nicht wagen durfte, die Aufmerksamkeit anderer auf sich zu lenken. Sie mußte sich als Frau benehmen, demütig und still. Nun, in Verkleidungen kannte sie sich aus; das hier war lediglich eine Herausforderung für sie.

Am liebsten würde ich das Mädchen mitnehmen, statt sie diesen Hexen und ihrer fadenscheinigen Zauberei zu überlassen! Doch so fadenscheinig war die gar nicht – immerhin hatte sie sie sehr gegen ihren Willen hierhergebracht. *Ich würde sie die Kunst des Schwertkampfes und die Gesetze der Magie lehren. Ich wäre nicht mehr allein . . .*

Wunschtraum. Phantasie. Aber hartnäckig. Außenstehende würden sie vielleicht lediglich für einen Söldner-Magier halten, der, wie es viele taten, mit seinem Lehrling reiste; und wenn jemand Verdacht schöpfte, daß der Lehrling ein Mädchen war, würde man sie nur als umso männlicher ansehen. Das Mädchen würde ihr Geheimnis kennen, aber darauf käme es nicht an, denn Lythande würde ihre Lehrerin sein, ihre Meisterin und Geliebte . . .

Die Frau vor ihr, auf dem Arm ein krankes Kind, stand jetzt vor der Larith-Priesterin, die die Gaben für den Tempel in Empfang nahm. Die Frau versuchte, ihr ein goldenes Armband aufzudrängen, aber die Priesterin schüttelte den Kopf.

»Die Göttin nimmt nur von den Ihren Geschenke an, meine Schwester. Larith die Mitleidige verleiht den Menschenkindern ihre Gaben, aber sie nimmt nichts von ihnen. Du suchst Heilung für deinen Sohn? Geh dort drüben durch die Tür in die äußeren Höfe, und eine unserer Heilerinnen wird dir einen Trank für das Fieber geben; die Göttin ist barmherzig.«

Die Frau murmelte Dankesworte und kniete nieder, um sich segnen zu lassen. Lythande blickte in die Augen der Priesterin.

»Ich bringe euch – euer Eigentum«, sagte Lythande und fingerte an den Schnüren, die das Larith-Schwert hielten. Zum ersten Mal betrachtete sie es genauer und stellte erstaunt fest, daß ihre Finger sich darum geschlossen hatten, als lasse sie es ungern von sich. Die Priesterin fragte mit sanfter Stimme: »Woher hast du das?«

»Eine der Euren lag geschändet und sterbend; sie hexte mir das Schwert auf den Hals, damit ich es hierher zurückbrächte.«

Die Priesterin – sie war alt, dachte Lythande, zwar nicht so alt wie sie, aber ohne die magische Unverletzlichkeit, die ihr den Anschein der Jugend gab – erklärte milde: »Dann danken wir dir von Herzen, Schwester.« Sie sah, wie ungern Lythandes Hand die Klinge freigab. Ihre Stimme wurde noch sanfter.

»Du kannst bleiben, meine Schwester, wenn du das willst. Wir können dich den Umgang mit dem Schwert und die Künste der Magie lehren, und du brauchst nicht länger allein durch die Welt zu ziehen.«

Hier? In diesen Mauern? Unter lauter Frauen? Lythande spürte, wie ihre Lippen sich einmal mehr verächtlich kräuselten, und doch brannten ihre Augen. *Wenn ich nicht vergessen hätte, wie es geht, würde ich denken, ich müßte weinen.*

»Ich danke dir«, brachte sie mühsam hervor, »aber ich kann nicht. Ich habe ein anderes Gelübde abgelegt.«
»So ehre ich den Eid, der dich bindet, Schwester«, erwiderte die Priesterin, und Lythande wußte, daß der Augenblick gekommen war, den Tempel zu verlassen. Trotzdem machte sie keine Anstalten zu gehen, und die Priesterin fragte mit gedämpfter Stimme: »Was begehrtst du von der Göttin für das große Geschenk, das du ihr gemacht hast?«
»Es ist kein Geschenk«, versetzte Lythande barsch. »Ich hatte keine Wahl, sonst wäre ich nicht gekommen; gewiß weißt du, daß eure Larith-Schwerter nicht darauf warten, daß jemand sich aus freien Stücken zu einer Pilgerfahrt entschließt. Ich kam, weil die Larith-Klinge es von mir verlangte, nicht weil es mein Wille war. Und es gibt nichts bei euch, das ich begehre.«
»Nicht jedes Geschenk ist etwas, um das man zuvor gebeten hat«. sagte die Priesterin fast unhörbar und legte Lythande segnend die Hand auf die Stirn. »Mögest du von dem Weh geheilt werden, über das du nicht sprechen kannst, Schwester.«
Ich bin nicht deine Schwester! Aber Lythande sagte es nicht laut. Sie preßte die Lippen fest zusammen und sah, wie blaue Lichter um die Finger der Priesterin zuckten. Würde die Frau den Blauen Stern erkennen und sie verraten? Aber die Priesterin machte nur eine segnende Gebärde, und Lythande wandte sich ab.
Wenigstens hatte sie es jetzt hinter sich. Das Wagnis, in den Tempel der Larith einzudringen, war überstanden, und sie mußte nur noch heil hinauskommen. Als sie zum zweitenmal den weiten Mosaikfußboden mit dem Sternenmuster überquerte, hielt sie den Atem an. Sie schritt unter der Tür durch und verließ den Tempel. Jetzt erst stand sie wieder im freien Lichte Keths, die vom Auge Reths über den Himmel verfolgt wurde. Sie hatte das Abenteuer des fremden Zaubers sicher und unversehrt hinter sich gebracht.
Bis eine zynische Stimme das Gefühl plötzlichen Friedens zerschnitt.
»Bei allen Göttern, Lythande! Der *Schatten* bei seinem alten Spiel – Stehlen und Schweigen? In diesen fremdartigen Tempel bist

du eingedrungen? Wieviel von ihrem Gold hast du dem Schrein entlockt, Lythande?«
Die Stimme Beccolos! Selbst in Frauenkleidern hatte er sie erkannt. Aber natürlich würde er das nur für eine besonders geschickte und listige Verkleidung halten.
»Es gibt kein Gold im Tempel der Larithae«, sagte sie in ihrer allermelodischsten Stimme. »Wenn du mir jedoch nicht traust, Beccolo, so durchsuche den Tempel selber; für dich verzichte ich gern auf meinen Anteil an allem Golde Lariths.«
»Wie großzügig du doch bist, Lythande!« spottete Beccolo, während Lythande stumm und voller Zorn dastand, weil sie genau wußte, daß sie ihm in ihrer merkwürdigen Aufmachung, Röcke um den Körper, den Blauen Stern unter Schminke versteckt, wehrlos gegenüberstand. Sie sehnte sich nach dem tröstlichen Gefühl der Messer in ihrem Gürtel, der vertrauten Hosen und des Magiergewandes. In diesem Augenblick wäre ihr selbst das Larith-Schwert ein Trost gewesen.
»Und was für eine hübsche Frau du abgibst«, höhnte Beccolo. »Vielleicht besteht das Tempelgold nur aus den Körpern der Priesterinnen – hast du diesen Schatz gehoben?«
Lythande machte eine halbe Wendung und durchwühlte mit den Händen hastig ihren Mantelsack. Ihre Hand fand ein Schwert. Aber sie fühlte sogleich, daß es das falsche war, die Klinge, die nur die Geschöpfe der Magie tötete – Bannwolf oder Werwolf, Ghoul oder Gespenst würden unter seinen Streichen fallen, aber gegen Beccolo brachte es ihr keine Hilfe. Die Hände tief im Mantelsack, suchte sie in den Falten des zusammengerollten Magiergewandes und im harten Leder ihrer Hose nach dem Griff des anderen Schwertes, das gegen einen so unangenehm greifbaren Feind wie Beccolo nützen würde. Der Blaue Stern zwischen seinen Brauen sprühte spöttisches Feuer; sie fuhr sich mit der Hand über die Stirn und wischte die Schminke von ihrem eigenen Stern ab.
»Ach, laß das doch«, höhnte Beccolo. »Welche Schande, mit deinem mageren Falkengesicht eine hübsche Frau so zu verunstalten! Aber daß ich dich nun hier habe – hier, wo ich vielleicht

genauso einen Narren aus Lythande machen kann, wie du mich damals in den Wunderhöfen des Sterntempels zum Narren gemacht hast! Nehmen wir nur einmal an, ich rufe alle Leute herbei, sich Lythande den Zauberer, Lythande den Schatten, anzuschauen – als Frau verkleidet darauf aus, irgendeinen Unfug in diesem Tempel zu stiften – was wäre dann, Lythande?«

Es ist nur seine Bosheit. Er kennt Lariths Gesetz nicht. Aber wenn er seine Drohung ausführte, gab es genug Leute hier in der Stadt, die wissen – oder glauben – würden, daß Lythande, ein Mann, ein Eingeweihter des Blauen Sterns, sich in einen Tempel eingeschlichen hätte, in den kein Mann jemals den Fuß setzen durfte. Ob als Mann oder als Frau, hier gab es keine Sicherheit für sie. Zwar ruhte ihre Hand jetzt am Griff des Schwertes zur Rechten, aber sie konnte es aus dem Durcheinander ihrer Habseligkeiten im Mantelsack nicht so schnell herausziehen.

Es geschah ihr nur recht, dachte sie, wenn sie weiblicher Torheit wegen hier in der Falle saß und sich mit Beccolo in einen Zweikampf einlassen mußte, behindert von Röcken, durch eigene Vorsichtsmaßnahmen entwaffnet. Allzugut hatte sie ihre Schwerter verborgen und geglaubt, ihr würde reichlich Zeit und der Schutz der Nacht zur Verfügung stehen, ihre Verkleidung wieder abzulegen.

»Aber bevor Lythande wieder Lythande ist«, schnarrte Beccolos verhaßte, ironische Stimme, »sollte ich vielleicht erst einmal ausprobieren, ob ein paar Röcke um die Knie nicht in Wirklichkeit besser zu dir passen – was für eine Frau würdest du abgeben, mein Pilgerbruder?« Mit einer Hand zog er Lythande an sich, mit der anderen versuchte er ihr durch das helle Haar zu fahren. Lythande riß sich los und zischte ihm eine ordinäre Beschimpfung aus der Gosse von Alt-Gandrin zu. Beccolo zog eilig seine Hand zurück, die plötzlich ganz schwarz war und feurigen Rauch von sich gab, und heulte gepeinigt auf.

Ich hätte mich ganz still verhalten und ihm seinen Spaß lassen sollen, bis ich das Schwert draußen gehabt hätte . . .

Der Blaue Stern sprühte Blitze, und Lythande hob die Hand zu einem Abwehrzauber und wühlte mit der anderen Hand verzweifelt weiter nach dem Schwert zur Rechten. Die Luft knisterte vom Geruch der Magie. Brüllend vor Wut stürzte sich Beccolo auf Lythande.

Wenn er mich anfaßt, weiß er, daß ich eine Frau bin. Und wenn das Geheimnis eines Eingeweihten laut ausgesprochen wird, verliert er seine Macht. Er braucht nur zu sagen, »Lythande, du bist eine Frau«, und er ist für seine Torheit im äußeren Hof des Blauen Sterns für alle Zeiten gerächt.

»Verdammt sollst du sein, Lythande, niemand hält Beccolo zweimal zum Narren!«

»Nein«, versetzte Lythande mit gelassener Verachtung, »das besorgst du ja selbst so bewunderungswürdig.« Wütend zerrte sie an dem verklemmten Schwert. Er brüllte wieder, und ein Zauberspruch zischte zwischen ihnen durch die Luft.

»Dieb! Winkelzauberer!« schrie Lythande ihn an, um eine Verzögerung herbeizuführen. Das Schwert sägte sich durch das Leder, das es im Mantelsack festhielt. »Schänder jungfräulicher Ziegen!«

Nur sekundenlang erstarrte Beccolo, aber sie fing den Blitz der Verzweiflung in seinen Augen auf. Hatte Beccolo sich mit dieser achtlosen Beschimpfung aus Alt-Gandrin in ihre Hände geliefert? Hatte ihr der Geist der Larith eingegeben, einen Fluch auszusprechen, den Lythande vorher nie in den Mund genommen hatte und auch nie wieder in den Mund nehmen würde? Was konnte sie schließlich, ohne auch nur ein Schwert in der Hand, noch verlieren?

»Beccolo«, wiederholte sie langsam und bedächtig, »du bist ein Schänder jungfräulicher Ziegen!«

Als die Worte über den Platz, auf dem sie standen, hallten, stand er regungslos da. Sie konnte fühlen, wie die Kraft des Blauen Sterns abnahm. Durch einen Zufall war sie auf sein Geheimnis gestoßen. Stumm und unbewegt blieb er stehen, bis sie endlich das Schwert zu fassen bekam und ihn damit durchbohrte.

Eine Menschenmenge lief zusammen. Lythande hob höchst würdelos ihre Röcke, verbarg das Schwert in ihrer Hand in den

Rockfalten und rannte davon. Sie verschwand hinter einer Marktbude und umgab sich dort mit einem Feld magischer Stille. Das Rufen und Schreien der Menge erstickte in dichtem, gedrängtem, geronnenem Schweigen, und die totale Ruhe des Ortes-Der-Nicht-Ist hüllte sie ein, eine Sphäre des Nichts, wie farbloses Wasser oder blendendes Feuer. Lythande holte tief Atem und streifte die geborgten Röcke ab. Dann murmelte sie einen Lösungszauber, der die Sachen, mit leichten Gebrauchsspuren, wieder an die Stände ihrer Eigentümer zurückbringen würde. Dabei fing sie an, sich Beccolo vorzustellen, wie er sich mit dem Geheimnis beschäftigte, auf das er sein Leben gesetzt hatte; was sie zum Lachen brachte – denn wenn man dieses Geheimnis nur als gedankenlose Beschimpfung aussprach, versteckt in offener Rede, brachte es ihm keinen Schaden; erst als Lythande es ihm unmittelbar ins Gesicht sagte, erlangte es die magische Bedeutung, die das Geheimnis eines Eingeweihten umgab.

Aber nicht einmal insgeheim darf ich eine Frau sein . . .

Sie biß die Zähne zusammen, machte eine Handbewegung und löste das magische Feld auf. Wieder einmal erschien Lythande mitten aus leerer Luft in einer fremden Straße, was ihrem Ruf und dem der Eingeweihten Pilger gewiß nicht abträglich sein konnte.

Sie warf einen Blick zum Himmel und stellte fest, daß das magische Feld, in dem die Zeit aufgehoben war, sie mehr als einen Tag gekostet hatte; schon stand Keth wieder im Zenit. Sie überlegte, was wohl aus Beccolos Körper geworden war. Aber es war ihr gleichgültig. Noch immer zog ein Strom von Pilgerinnen bergauf zum Schrein der Göttin als Larith, und Lythande verharrte einen Augenblick und sah ihnen nach. Sie dachte an das Gesicht des jungen Mädchens und die sanften Segensworte der Priesterin. Ihre Hand schien leer ohne das Larith-Schwert.

Sie kehrte dem Tempel den Rücken zu und schlug den Weg hinunter zur Fähre ein.

»Paß doch auf, wo du hintrittst, du angeberischer Schänder

jungfräulicher Ziegen«, fauchte ein Mann, als der Eingeweihte Pilger im weitschwingenden Magiergewand zu nahe an ihm vorüberging.
Lythande lachte. »Davon kann keine Rede sein«, antwortete sie und betrat die Fähre. Den Schrein der Frauenmagie ließ sie hinter sich.

DIE WANDERNDE LAUTE

Der Salamander in der Glasschale spie blaues Feuer. Lythande beugte sich über das Gefäß und streckte abgestorbene weiße Finger aus; die Morgenkühle von Alt-Gandrin biß in Nase und Hände. Auf ein warnendes Zischen aus der Schale hin trat die Magierin zurück und schaute die junge Kerzenmacherin fragend an.

»Beißt er?«

»*Ihr* Name ist Alnath«, antwortete Eirthe. »Meistens hat sie das nicht nötig.«

»Erlaube mir, sie um Verzeihung zu bitten«, sagte Lythande. »Essenz des Feuers, darf ich mir ein Stückchen deiner Wärme leihen?«

Feuer strömte nach oben. Lythande beugte sich dankbar über das Gefäß. Drinnen ringelte sich Alnath, ein winziger Drache, und vom Körper des Feuergeistes stiegen Flammen in die Höhe.

»Sie mag dich«, bemerkte Eirthe. »Als Prinz Tashgan hier war, hat sie ihn angefaucht, bis die Seidenhülle seiner Laute anfing zu schwelen. Er war schneller wieder draußen, als er hereingekommen war.«

Die Kapuze des Magiergewandes wurde zurückgeworfen und im Schein des aufsteigenden Feuers konnte man deutlich den Blauen Stern auf Lythandes hoher, schmaler Stirn sehen.

»Tashgan? Ich kenne ihn nur dem Namen nach«, meinte Lythande. »Wird es dir denn Spaß machen, in einem Palast zu le-

ben, Eirthe? Und wird Ihro Glitzrigkeit gütigst geruhen, sich an eine Schale voll Juwelen und Diamanten zu gewöhnen?«
Eirthe kicherte, denn Prinz Tashgan war in ganz Alt-Gandrin als Schürzenjäger bekannt. »*Dich* hat er gesucht, Lythande. Was hältst *du* von einem Leben im Palast?«
»Mich? Wozu könnte der Prinz einen Söldner-Magier brauchen?«
»Vielleicht«, sagte Eirthe, »möchte er Musikunterricht nehmen.« Sie nickte zu der Laute hinüber, die der Magierin über die Schulter hing. »Ich habe Tashgan bei drei Sommerfesten spielen hören, und er kann es nicht halb so gut wie du. Die Laute ist – äh – nicht sein bestes Instrument.« Sie kicherte wieder und rollte frivol die Augen.
Lythande hatte an einem derben Scherz soviel Vergnügen wie andere Leute auch; das melodische Lachen der Zauberin erfüllte das Zimmer. »Das ist oft so bei Leuten, die ihre Laute nur zum Zeitvertreib in die Hand nehmen. Und wer kann denen, die eine Krone tragen, schon beibringen, daß – so gut auch ihr Instrument sein mag – an ihrem Spiel noch einiges besser sein könnte? Schmeicheleien haben schon so manches Talent ruiniert.«
»Tashgan trägt keine Krone und wird auch nie eine bekommen«, versetzte Eirthe. »Der Herrscher von Tschardain hatte drei Söhne – kennst du die Geschichte nicht?«
»Ist er Idriashs dritter Sohn? Ich hatte gehört, er wäre verbannt«, bemerkte Lythande, »aber ich habe mich in Tschardain auch nur ganz kurz aufgehalten.«
»Vor sieben Jahren hatte der alte König einen Schlaganfall.
Nun liegt er gelähmt und sprachlos darnieder, und der älteste Sohn hat die Macht übernommen. Der zweite Sohn ist der Ratgeber und oberste Feldherr seines Bruders geworden. Tashgan, hieß es, wäre schwach, ständig zerstreut und dazu ein Weiberheld. Der Grund dafür war natürlich, daß der junge Fürst möglichst wenige Thronbewerber wünschte.«
Sie bückte sich, kramte kurz unter ihrem Arbeitstisch und brachte ein in Seide gewickeltes Bündel zum Vorschein. »Hier sind die Kerzen, die du bestellt hast. Denk daran, daß ein Zauber auf ihnen ruht, der sie nur in einem von Cadmons Gläsern

brennen läßt – obwohl du wahrscheinlich mühelos einen Gegenzauber finden würdest.«
»Eines von Cadmons Gläsern besitze ich bereits.« Lythande nahm die Kerzen, blieb aber noch stehen, dicht neben der Hitze des Salamanders. Eirthe warf einen Blick auf die Laute, die am bestickten Lederband über Lythandes Schulter hing.
Sie fragte: »Was warst du zuerst – Zauberer oder Sänger? Es scheint eine seltsame Mischung.«
»Ich war schon als Kind musikalisch«, erklärte Lythande, »und als ich mich mit der Magie einließ, wurde ich meiner ersten Liebe untreu. Aber die Laute ist eine nachsichtige Herrin.«
Die Zauberin verstaute das Kerzenpaket in einer der verborgenen Taschen des dunklen Magiergewandes, machte Eirthe eine höfische Verneigung und murmelte dem Salamander zu: »Essenz des Feuers, meinen Dank für deine Wärme.«
Ein Strahl kobaltblauen Feuers schoß aus der Schale und direkt in Lythandes ausgestreckte Hand. Lythande zuckte nicht, als der Salamander einen Augenblick auf ihrem schmalen Handgelenk sitzen blieb, obwohl sich sofort ein rotes Mal zeigte. Eirthe stieß einen leisen, erstaunten Pfiff aus.
»Das hat sie noch *nie* bei einem Fremden getan!« Das Mädchen warf einen Blick auf die Schwiele an ihrem eigenen Gelenk, wo der Salamander sonst gewöhnlich hockte.
»Sie sieht aus wie ein verkleinerter Werdrache.« Als Alnath das hörte, zischte sie wieder und streckte den langen, feurigen Hals aus. Eirthe schaute verblüfft zu, wie Lythande die flammenden Schuppen streichelte. »Vielleicht weiß sie, daß wir Seelenverwandte sind; sie ist nicht der erste Feuergeist, dem ich begegnet bin«, sagte die Zauberin. »Ein großer Teil des Wirkens eines Eingeweihten besteht im Spiel mit dem Feuer. Komm, schöne Essenz des reinsten aller Elemente, geh zu deiner wahren Herrin.«
Mit anmutiger Gebärde hob sie den Arm. Feuerstrahlen versengten die Luft, und Alnath war wie ein Blitz auf Eirthes Handgelenk, wo sie sitzenblieb.
»Wenn Tashgan noch einmal nach mir fragt, dann sag ihm, daß ich im Blauen Drachen wohne.«

Aber Lythande sah Prinz Tashgan eher als Eirthe.

Die Eingeweihte saß im Schankraum des Blauen Drachens, vor sich auf dem Tisch einen Humpen unberührtes Bier; eines der vielen Gelübde, die die Macht der Eingeweihten vom Blauen Stern einschränkten, war, daß man sie niemals in Gesellschaft Fremder essen oder trinken sehen durfte. Trotzdem war der Bierkrug anerkannter Ausweis des Magiers, der ihn berechtigte, unter den Bürgern der Stadt zu sitzen und sich anzuhören, was es Neues gab.

»Möchtest du uns nicht mit einem Lied erfreuen, Hochgeborener?« fragte der Wirt. Die Eingeweihte Pilgerin packte die Laute aus und begann eine ländliche Ballade. Als die leisen Töne durch den Raum zu klingen begannen, verstummten die Trinker und lauschten Lythandes melodischer Stimme, die weich war, neutral und ohne Geschlecht.

Als der letzte Ton verhallt war, trat ein hochgewachsener, reichgekleideter Mann, der hinten im Raum gestanden hatte, zu ihr.

»Ich grüße dich, Meistersinger«, sagte er. »Schon in weiter Ferne habe ich von deiner Lautenkunst gehört und bin etwas früher als gewöhnlich hierhergekommen, um dich spielen zu hören - und aus anderen Gründen. Darf ich dich zu einem Glas unter vier Augen einladen, Magier? Ich habe gehört, daß deine Dienste für guten Lohn zu haben sind; ich kann sie brauchen.«

»Ich bin ein Söldner-Zauberer«, erwiderte Lythande. »Ich gebe keinen Lautenunterricht.«

»Trotzdem sollten wir uns vertraulich darüber unterhalten, ob es sich für dich lohnen würde, mich zu lehren«, sagte der Mann. »Ich bin Tashgan, Idriash von Taschardains Sohn.«

Einige der Zuschauer im Raum hatten das unbehagliche Gefühl, der Blaue Stern auf Lythandes Stirn schüttele sich ein wenig und richte sich dann auf Tashgan. Lythande meinte: »Nun gut. Vor der Letzten Schlacht zwischen Gesetz und Chaos kann noch viel Ungewöhnliches geschehen, und wer weiß, ob nicht auch dieses dazugehört.«

»Beliebt es dir, in deinem Zimmer mit mir zu sprechen, oder ziehst du das meine vor?«

»Laß uns zu dir gehen«, antwortete Lythande. Die Dinge, mit denen ein Mensch sich umgab, vermittelten dem Zauberer oft wichtige Aufschlüsse über den Charakter des Betreffenden. Wenn dieser Prinz ihr einen Auftrag geben wollte – ob es um ihre Dienste als Magier oder als Sänger ging –, konnten solche Hinweise wertvoll sein.

Tashgan hatte das luxuriöseste Gemach des Blauen Drachens mit Beschlag belegt; das ursprüngliche Aussehen war vor lauter Seidenvorhängen und Kissen kaum noch zu erkennen. Elegante kleine Musikinstrumente – eine mit seidenen Bändern verzierte kleine Trommel, ein *Borain*, ein Paar Schlangenklappern und ein vergoldetes Sistrum – hingen an den Wand. Als die Tür aufging, sprang ein kleines Mädchen im Hemd, mit nackten Armen, das gelöste Haar in zerzauster Wolke über die entblößten Brüste fallend, aus dem Bett und versteckte sich hastig hinter den Vorhängen.

Lythande verzog angewidert das Gesicht.

»Reizend, nicht wahr?« fragte Tashgan nachlässig. »Ein Mädchen aus der Umgebung; ich will keine dauerhaften Beziehungen in dieser Stadt. Übrigens sind es Beziehungen dieser Art – unerwünschte und unfreiwillige noch dazu –, über die ich mit dir sprechen möchte. Lissini, bring Wein aus meinem Privatvorrat.«

Das Mädchen goß Wein ein; Lythande hob mit förmlicher Höflichkeit den Becher, ohne jedoch daraus zu trinken, und verbeugte sich vor Tashgan. »Wie kann ich deiner Erhabenheit dienen?«

»Es ist eine lange Geschichte.« Tashgan löste das Band der Laute, die ihm noch über die Schulter hing. »Was hältst du von dieser Laute?« Seine trüben, wäßrig-blauen Augen folgten dem Instrument, als er den Kasten öffnete und es Lythande zeigte.

Sie studierte es kurz. Es war kleiner als ihre eigene Laute und kostbar aus mit Perlmutt eingelegtem Obstholz gearbeitet.

»ich kann mich nicht erinnern, je ein so kunstvoll gefertigtes

Instrument gesehen zu haben, seitdem ich in dieses Land gekommen bin.«

»Der äußere Eindruck täuscht«, erklärte Tashgan. »Dieses Instrument, Zauberer, ist mein Fluch und mein Segen zugleich.«

»Darf ich?« Lythande streckte eine schlanke Hand aus und berührte den zierlich geschnitzten Hals. Der Blaue Stern blitzte jäh auf, und Lythande runzelte die Stirn.

»Diese Laute steht unter einem Zauber. Das ist die lange Geschichte, die du gemeint hast. Die Nacht ist jung; lang lebe die Nacht. Erzähl weiter.«

Tashgan machte dem Mädchen ein Zeichen, mehr von dem duftenden Wein einzuschenken. »Weißt du, was es bedeutet, der dritte Sohn eines königlichen Hauses zu sein, Zauberer?«

Lythande lächelte nur rätselhaft. Königliche Geburt in einem fernen Land war etwas, das viele Vagabunden und wandernde Zauberer von sich behaupteten; Lythande hatte sich nie mit dergleichen gebrüstet. »Es ist deine Geschichte, Hoheit.«

»Ein zweiter Sohn sichert die Thronfolge und kann dem ersten als Ratgeber dienen; aber als meine älteren Brüder alle Kinderkrankheiten heil überstanden hatten, wußten meine königlichen Eltern nicht recht, was sie mit ihrem unbequemen dritten Prinzen anfangen sollten. Wäre ich eine Tochter gewesen, hätten sie mich für eine vorteilhafte Heirat erziehen können, aber ein dritter Sohn? Allenfalls ein möglicher Thronkandidat für rivalisierende Parteien oder ein Rebell gegen seine Brüder. Also dachten sie sich etwas aus, das meinem Leben zumindest den Anschein eines Inhalts geben konnte und ließen mich in der Musik unterweisen.«

»Es gibt schlimmere Schicksale«, murmelte Lythande. »In vielen Ländern genießt ein fahrender Sänder größeres Ansehen als ein Prinz.«

»Aber nicht in Tschardain.« Tashgan verlangte mit einer Handbewegung neuen Wein. Lythande hob das Glas und atmete die köstliche Blume des Weines ein, freilich ohne ihn zu berühren oder zu kosten.

Tashgan fuhr fort: »In Tschardain ist es anders. Darum ging ich nach Alt-Gandrin, wo ein fahrender Sänger seine eigene Ehre besitzt. Seit vielen Jahren verläuft mein Leben ganz regelmäßig: im Frühling bin ich an den Grenzen von Tschardain zu Gast; zur Zeit des Marktes reise ich nordwärts nach Alt-Gandrin und dann im Sommer nach Nordwander. Im Hochsommer wende ich mich wieder nach Süden, kehre auf meiner eigenen Spur zurück, passiere Alt-Gandrin und werde überall in Schloß und Herrenhaus als fahrender Sänger gastlich aufgenommen und freudig begrüßt. Endlich, zum Julfest, bin ich in Tschardain. Dort heißen mich Vater und Brüder für eine Handspanne von Tagen freundlich willkommen. So geht es nun schon seit zwölf Jahren – seit meiner Knabenzeit. Auch als mein Vater, der König, von einem Schlaganfall niedergestreckt wurde und mein Bruder Rasthan die Macht übernahm, änderte sich nichts. Es sah so aus, als würde es ein Leben lang so weitergehen, bis ich zu alt sein würde, für den Thron meines Bruders oder seiner Söhne noch eine Bedrohung darzustellen.«

»So ein schlechtes Leben scheint das nicht zu sein«, bemerkte Lythande sachlich.

»Gewiß nicht«, erwiderte Tashgan und rollte wollüstig die Augen. »Hier in Alt-Gandrin genießt ein fahrender Sänger großes Ansehen, ganz wie du sagtest, und wenn ich Gast in Schlössern oder Herrenhäusern bin – nun, ich vermute, daß die Damen das Königinnendasein manchmal satt haben und ein Musiker, der ihnen Unterricht auf seinem Instrument geben kann –« wieder ein frivoles Zwinkern und Augenrollen. »Hör zu, Meistersinger und Meistermagier, auch du hast eine Laute bei dir, und sicher könntest du auch Geschichten erzählen, wie Frauen einem Sänger ihre Gastfreundschaft erweisen, wenn du nur wolltest.« Der Blaue Stern auf Lythandes Stirn verschwand erneut in einer Falte heimlichen Abscheus. Die Zauberin fragte nur: »Gibt es denn einen Grund, wieso es nicht mehr so weitergehen kann, wie du es gewollt hast?«

»Sag lieber, wie mein Vater und mein Bruder Rasthan es gewollt haben«, versetzte Tashgan. »Sie gingen kein Risiko ein, daß ich vielleicht einmal länger als die mir jährlich zustehende Handvoll Tage in Tschardain bleiben wollte. Der Hofzauberer meines Vaters fertigte diese Laute für mich und belegte sie mit allerlei Zaubersprüchen, so daß meine Wanderungen mit ihr mich zum Beispiel nie in das Land eines Edelmannes führen konnten, der vielleicht eine Verschwörung gegen den Thron von Tschardain plante; noch konnte ich irgendwo lange genug bleiben, um mir Verbündete zu schaffen. Tag für Tag, Jahreszeit für Jahreszeit und Jahr für Jahr ist meine Bahn so festgelegt wie der Aufgang von Sonne und Mond oder die Sonnenwende, die der Tag-und-Nacht-Gleiche folgt, bis wieder Sonnenwende ist; eine Woche hier, zehn Tage dort, drei Tage an diesem Ort und zwei Wochen an jenem ... nirgends kann ich über die mir gewährte Zeit hinaus verweilen, denn der Zwang der Laute treibt mich wieder auf die Wanderschaft.«

»Nun – und?«

»Viele Jahre lang war mir das alles gar nicht unwillkommen«, erklärte Tashgan. »Unter anderem – nun, es befreite mich von der Furcht, daß eine dieser Frauen« – einmal mehr zwinkerte er lasziv mit den wäßrigen Augen –,« mich zu mehr als zu einer kleinen Tändelei verführen könnte. Aber vor drei Monaten erreichte mich ein Bote aus Tschardain. Ein Werdrache war aus dem Süden aufgetaucht, und meine beiden Brüder hatten in seinen Flammen den Tod gefunden. So daß ich, zur Herrschaft nicht erzogen noch hingezogen, plötzlich der einzige Erbe des Herrschers bin – und mein Vater kann jeden Augenblick sterben oder auch für eine weitere Handvoll Jahre als gelähmte Galionsfigur am Leben bleiben. Der Kanzler meines Vaters hat mich aufgefordert, sofort nach Tschardain zurückzukehren und meinen Erbanspruch geltend zu machen.«

Voller Wut schlug Tashgan mit der Faust auf den Tisch, daß die Laute schepperte und die Bänder flatterten.

»Und ich kann nicht! Der Zauber dieser verfluchten Laute zwingt mich nordwärts, bis hinauf nach Nordwander! Wenn ich den Versuch mache, südwärts in mein Königreich zu reisen, quälen mich Übelkeit und Schmerzen. Weder Speise noch Wein kann ich zu mir nehmen, eine Frau nicht einmal zum Vergnügen *ansehen*, bis ich mich in die für diese Jahreszeit vorgesehene Richtung begeben habe. Ich kann keinen anderen Weg nehmen, als die mir vorgeschriebene Route, denn diese elende Hexenlaute zwingt mich dazu!«

Lythandes langer, schmaler Körper bebte, so schüttelte sie Gelächter. Tashgan heftete einen mißmutigen Blick auf die Eingeweihte.

»Du lachst über meinen Fluch, Magier?«

»Alles unter der Sonne hat eine komische Seite«, entgegnete Lythande und bemühte sich, das unpassende Kichern zu unterdrücken. »Überlege es dir, o Prinz: wäre einem anderen Mann dergleichen widerfahren, würdest du nicht auch lachen?«

Tashgans Augen verengten sich zu Schlitzen, schließlich aber grinste er schwächlich und meinte: »Ich fürchte, ja. Aber wenn du selbst in solcher Zwangslage stecktest, Zauberer – würdest du lachen?«

Lythande grinste ebenfalls. »Ich fürchte, nein, Hoheit. Und das erklärt einiges über das, was die Leute einen Spaß nennen. Darum sag mir nun, wie ich dir zu Diensten sein kann.«

»Ergibt sich das nicht schon aus meiner Erzählung? Befrei die Laute von ihrem Zauber!«

Lythande schwieg, und Tashgan beugte sich im Stuhl vor und fragte angriffslustig: »*Kannst* du überhaupt einen solchen Bannzauber lösen, Magier?«

»Vielleicht kann ich es, wenn der Preis stimmt, Hoheit«, bemerkte Lythande langsam. »Aber warum vertraust du dich der Gnade eines fremden, eines Söldner-Zauberers an? Bestimmt wäre der Hofzauberer, der einst deinem Vater half, überglücklich, sich bei seinem neuen Herrscher in Gunst zu setzen, indem er dich von diesem äußerst unbequemen Zauber befreite.«

»Bestimmt«, erwiderte Tashgan mürrisch, »aber es gibt eine bedeutende Schwierigkeit dabei. Der Zauberer, dem ich das alles *verdanke*« – er beschwerte das Wort mit einem seiner mißmutigen und finsteren Blicke – »war eine Zauberin – Ellifanwy.«

»Oh.« Ellifanwys unappetitliches Ende in der Höhle eines

Werdrachen war von Nordwander bis zur Südersee überall bekannt.
Lythande sagte: »Ich kannte Ellifanwy noch von früher. Ich habe ihr gesagt, sie könnte mit Werdrachen nicht umgehen und ihr für geringen Lohn meine Dienste angeboten. Aber sie gönnte mir das Gold nicht. Jetzt liegt sie verkohlt in einer Höhle des Drachensumpfes.«
»Das wundert mich gar nicht«, meinte Tashgan. »Sicherlich wirst du mit mir einer Meinung sein, daß die Hohe Magie etwas ist, das Frauen nichts angeht. Kleine Hexereien, Dinge wie Liebeszauber – ja; und ich muß wirklich sagen, daß Ellifanwys Liebeszauber hervorragend waren«, fügte er hinzu und plusterte sich auf wie ein Pfau. »Aber wenn es um Drachen und ähnliches geht – ich glaube, da wirst du mir zustimmen, wenn du an Ellifanwys Schicksal denkst –, sollten weibliche Zauberer lieber in ihren Kesseln rühren und Liebeszauber spinnen.«
Lythande antwortete nicht und beugte sich vor, um die Laute in die Hand zu nehmen. Wieder funkelten die Blitze von dem Blauen Stern auf der Stirn der Magierin durch den Raum.
»Also möchtest du, daß ich Ellifanwys Zauber für dich löse? Das dürfte nicht allzu schwierig sein«, meinte Lythande und strich zärtlich über die Laute. Sekundenlang irrten die schlanken Finger über die Saiten. »Welchen Lohn gibst du mir?«
»Ja, das ist das Problem«, entgegnete Tashgan. »Ich besitze nur wenig Gold. Der Bote, der mir die Nachricht vom Tod meiner Brüder brachte, erwartete eine reiche Belohnung, und ich selbst habe so viele Jahre als Gast anderer gelebt. Man hat mich immer mit allem versorgt, was ich nur wünschen konnte, mit üppigen Speisen und reichen Kleidern, mit Wein und Frauen – aber kaum je mit barem Geld. Doch wenn du diesen Zauber für mich löst, werde ich dich reich belohnen; du mußt nur nach Tschardain kommen.«
Lythande lächelte rätselhaft. »Die Dankbarkeit von Königen ist mir wohlbekannt, Hoheit.« Tashgan würde sich kaum wünschen, daß Lythande in Tschardain auftauchte und seinen zukünftigen Untertanen etwas von der lächerlichen Klemme er-

zählen könnte, in der ihr neuer Herrscher gesteckt hatte. »Es muß einen anderen Weg geben.«
Einen Augenblick verweilten die Hände der Zauberin auf Tashgans Laute. »Mir gefällt deine Laute, Hoheit, Bannzauber und alles. Lange schon wollte ich nach Nordwander reisen, aber ich kenne die Route nicht. Vermute ich recht, daß diese Laute den, der sie trägt, geradewegs dorthin führen wird?«
Tashgan erwiderte ungnädig: »Kein eingeborener Führer könnte es besser. Wenn ich je den Pfad verlassen habe, wie es nach allzu großzügiger Gastlichkeit ein paarmal der Fall war, so hat die Laute mich nach wenigen Dutzend Schritten schon wieder umkehren lassen. Es ist, als wäre man wieder ein Kind, das sich an die Hand der Kinderfrau klammert.«
»Das klingt reizvoll«, murmelte Lythande. »Ich verlor die einzige Laute, die mir etwas bedeutete, in – sagen wir, in einer magischen Begegnung – und hatte wenig bares Geld, um sie zu ersetzen. Trotzdem hat die, die ich jetzt trage, einen schönen Klang. Tausch die Laute mit mir, edler Tashgan, und ich werde nach Nordwander reisen und den Lösungszauber wirken, wenn ich Muße dazu habe.«
Tashgan zögerte nur sekundenlang. »Abgemacht«, sagte er und griff nach Lythandes einfacher Laute. Er überließ es der Magierin, das kunstvoll eingelegte Instrument mit den verschlungenen Perlmuttverzierungen in den Lederkasten zu legen. »Ich reise mit dem Frühesten nach Tschardain ab. Darf ich dir noch einen Becher Wein anbieten, Zauberer?«
Lythande lehnte höflich ab und bat Tashgan mit einer Verbeugung um Erlaubnis, sich zurückziehen zu dürfen.
»Also willst du wirklich nach Nordwander reisen und meiner Spur von Schloß zu Hof folgen? Man wird dich freundlich aufnehmen, Magier. Viel Glück.« Tashgan lachte und warf Lythande einen verschmitzten Blick zu. »Es gibt viele Damen, die die weiblichen Handfertigkeiten satthaben. Und bestell meine liebsten Grüße an die Schöne.«
»Die Schöne?«
»Du wirst ihr – und vielen anderen – begegnen, wenn du meiner

Laute nur weit genug folgst«, erklärte Tashgan und leckte sich die Lippen. »Fast beneide ich dich, Lythande; du hast noch nicht die Zeit gehabt, ihrer – freundlichen kleinen Einfälle – überdrüssig zu werden. Aber«, fügte er, diesmal mit einem unverhüllt schmutzigen Grinsen hinzu, »zweifellos werden auch am Hof meines Vaters viele neue Abenteuer auf mich warten.«

»Mögest du Freude an ihnen haben«, sagte Lythande und verneigte sich ernsthaft. Auf der Treppe beschloß die Magierin, daß bei Sonnenaufgang Alt-Gandrin schon weit hinter ihr liegen sollte. Es konnte gut sein, daß Tashgan den Wunsch verspüren würde, niemanden am Leben zu lassen, der seine Geschichte herumerzählen konnte. Sicher schien er ihr dankbar zu sein, aber Lythande hatte Grund, der Dankbarkeit von Königen nicht zu trauen.

Nördlich von Alt-Gandrin wurden die Berge steiler. Auf manchen lag sogar noch Schnee. Nur mit leichtem Gepäck – Mantelsack und Laute – wanderte Lythande mit langen, athletischen Schritten dahin, die die Meilen nur so verschlangen.

Drei Tagereisen im Norden von Alt-Gandrin gabelte sich die Straße. Lythande musterte die vor ihr liegenden Pfade. Der eine führte ins Tal nach einer von einem darüberliegenden Schloß beherrschten Stadt, der andere aufwärts, weiter in die Berge. Lythande überlegte einen Augenblick und folgte dann dem Weg bergauf.

Eine Zeitlang geschah nichts. Das strahlende Sonnenlicht hatte Lythande Kopfschmerzen gemacht. Die Zauberin kniff die Augen zusammen. Ein paar Schritte weiter, und zu dem Kopfweh gesellten sich Schwindelgefühl und Übelkeit. Lythande runzelte die Stirn und fragte sich, ob das Brot, das sie zum Frühstück gegessen hatte, vielleicht verdorben gewesen war. Aber unter der Kapuze des Magiergewandes konnte sie das brennende Prickeln des Blauen Sterns fühlen.

Magie. Starke Magie . . .

Die Laute. Der Zauber. Natürlich. Versuchsweise ging Lythan-

de ein paar Schritte weiter den Weg zum Wald hinauf. Die Übelkeit nahm zu, der Druck des Blauen Sterns schmerzte.
»Aha«, sagte Lythande laut, machte kehrt und ging den Pfad zurück. Dann schlug sie die Straße ein, die hinab in die Stadt und zum Schloß führte. Sofort ließen die Kopfschmerzen nach, die Übelkeit legte sich, selbst die Luft schien frischer zu duften. Der Blaue Stern auf Lythandes Stirn war wieder ruhig.
»In der Tat.« Tashgan hatte den Zauber der Laute nicht übertrieben. Lythande zuckte leicht die Achseln und marschierte mit einer Begeisterung und einem Tempo die Straße zur Stadt entlang, die ihrem sonstigen Wesen ganz fremd waren. Magie. Aber mit Magie war Lythande schließlich wohlvertraut.
Sie konnte die Zufriedenheit der Laute beinahe spüren. Es war, als schnurrte eine riesige Katze. Dann schwieg der Zauber, und Lythande stand im Hof des Schlosses.
Ein livrierter Diener verneigte sich.
»Sei gegrüßt, Fremder. Womit kann ich dir dienen?«
Mit innerlichem Achselzucken beschloß Lythande, die Wahrheit von Tashgans Worten auf die Probe zu stellen. »Ich trage die Laute von Prinz Tashgan von Tschardain, der in sein Heimatland zurückgekehrt ist. Ich komme im Frieden des fahrenden Sängers.«
Der Diener verbeugte sich wenn möglich noch tiefer. »Im Namen meiner Herrin heiße ich dich willkommen. Alle Sänger sind gern gesehene Gäste hier, und meine Herrin liebt die Musik. Komm mit mir, Sänger, ruhe dich aus und erfrische dich, dann werde ich dich zu meiner Herrin geleiten.«
Also hatte Tashgan mit dem, was er von der Gastlichkeit erzählte, auch nicht zuviel gesagt. Lythande wurde in ein Gastzimmer geführt. Man setzte ihr vornehme Speisen und Weine vor und bereitete ihr in einem Marmorbaderaum, in dem aus goldenen, wie Delphine geformten Hähnen Wasser spritzte, ein üppiges Bad. Bediente legten Gastgewänder aus Seide und Samt bereit.
Allein und von Spitzeln unbelästigt (Eingeweihte des Blauen

Sterns haben ihre Methoden, um festzustellen, ob man sie beobachtet) aß Lythande mäßig von den köstlichen Speisen, trank ein wenig Wein, legte aber das dunkle Magiergewand wieder an. Dann saß sie wartend in den reichgeschmückten Gastgemächern, nahm die elegante Laute aus dem Kasten, stimmte sie sorgfältig und harrte darauf, daß man sie rief.

Sie brauchte nicht lange zu warten. Zwei ehrerbietige Diener geleiteten Lythande durch getäfelte Gänge in einen großen Wohnraum, in dem eine schöne, reichgekleidete Dame saß. Sie streckte dem Lautenspieler die schlanke, parfümierte Hand hin.

»Jeder Freund und Gefährte Tashgans ist auch der meine, o Sänger; ich heiße dich hunderttausendmal willkommen. Komm her zu mir.« Sie klopfte neben sich auf den eleganten Diwan, als wollte sie (dachte Lythande) eines der kleinen Spielhündchen, die im Zimmer lagen, auffordern, auf ihren Schoß zu hüpfen. Lythande trat näher und machte eine Verbeugung, aber ein Eingeweihter des Blauen Sterns kniete vor keinem sterblichen Menschen.

»Herrin, meine Laute und ich stehen dir zu Diensten.«

»Ich liebe ja die Musik so unendlich«, murmelte sie überschwenglich und streichelte Lythandes Hand. »Spiel für mich, Lieber.«

Lythande zuckte innerlich die Achseln und sah ein, daß das Gerücht Tashgans Talente nicht übertrieben hatte. Sie nahm die Laute und sang eine Reihe einfacher Balladen, wobei sie das Niveau, auf dem der Geschmack der Dame sich bewegte, völlig zutreffend beurteilte. Die Dame lauschte mit etwas gelangweiltem Lächeln und klopfte ruhelos mit den Fingern – nicht einmal immer, stellte Lythande fest, im Takt mit der Musik. Nun gut, es war ein Dach über dem Kopf für die Nacht.

»Tashgan, der liebe Junge, hat mir immer Unterricht auf der Laute und dem Clavichord gegeben«, wisperte die Dame. »Gehe ich recht in der Annahme, daß du seinen – seinen Unterricht fortführen wirst? Wie reizend von dem Guten. Ich langweile mich so sehr und bin so allein, daß ich nur noch meiner Musik lebe. Jetzt aber kommen die Palastdiener, um uns zu Tisch zu geleiten, und mein Gatte, der Graf, ist so eifersüchtig. Bitte spiel uns beim Abendessen in der großen Halle etwas vor. Und du wirst doch *gewiß* noch ein paar Tage bleiben, um mir – Privatunterricht zu geben?«

Natürlich erwiderte Lythande, daß alle Talente, die die Götter ihr verliehen hätten, der Dame ganz und gar zu Diensten stünden.

Bei der Abendmahlzeit in der großen Halle rief der Graf, ein derber und nicht unfreundlicher Hüne von einem Mann, der Lythande auf Anhieb sympathisch war, seine Diener, Edlen und Hausleute zusammen und gestattete sogar den Essenträgern und Köchen, aus den Küchen zu kommen, um der Musik des fahrenden Sängers zu lauschen. Es machte Lythande Vergnügen, ihnen eine Folge von Balladen und Liedern zu spielen, davon zu berichten, daß Tashgan jetzt Thronerbe des Herrschers von Tschardain geworden war, und ihnen alle Neuigkeiten zu erzählen, die auf dem Markt von Alt-Gandrin die Runde gemacht hatten.

Die hübsche Gräfin hörte der Musik und den neuesten Nachrichten mit dem gleichen, gelangweilten Gesichtsausdruck zu. Als aber die Gesellschaft sich auflöste, um schlafen zu gehen, flüsterte sie Lythande zu: »Morgen wird der Graf zur Jagd reiten. Vielleicht können wir uns dann treffen – wegen meines Unterrichts?«

Lythande bemerkte, daß die Hände der Gräfin vor lauter Lerneifer buchstäblich zitterten.

Ich hätte es mir denken können, brütete Lythande. *Bei Tashgans Ruf als Schürzenjäger – bei allem, was er von Ellifanwys Liebeszaubern erzählt hat. Was soll ich jetzt nur tun?*

Düster starrte sie auf die verhexte Laute und verfluchte Tashgan und ihre eigene Neugier, die sie dazu getrieben hatte, mit ihm das Instrument zu tauschen.

Einen Lösungszauber versuchen, auch wenn die Laute dabei kaputtging? Dazu war Lythande noch nicht bereit. Es war eine wunderschöne Laute. Und so lüstern die Gräfin auch sein mochte, so gierig sie auch auf unerlaubte Abenteuer aus war – es gab überall Diener und andere Zeugen.

Wer hätte je gedacht, daß ich einen fetten Kämmerer und ein paar unfähige Hoffräulein als Tugendwächter betrachten würde?

Den ganzen nächsten und die drei weiteren Morgen setzte Lythande unter den Augen der Dienerschaft immer wieder ehrerbietig die Finger der Gräfin auf die Saiten ihrer Laute und die Tasten ihres Clavichords und murmelte dabei etwas von neuen Liedern, von Akkorden und Harmonien, von Fingersätzen und Übungen. Am Ende des dritten Morgens war die Gräfin unwirsch und hochfahrend, hatte jedoch mit dem Versuch aufgehört, verstohlen Lythandes Hand auf den Tasten zu berühren.

»Morgen früh, o Herrin, muß ich weiterwandern«, sagte Lythande. Schon heute hatte der seltsame Zug der verzauberten Laute sich bemerkbar gemacht, und die Magierin wußte, daß er jede Stunde stärker werden würde.

»Die Höflichkeit gebietet uns, den Gast willkommen zu heißen, wenn er bei uns erscheint, und ihn nicht aufzuhalten, wenn er abreist«, erwiderte die Gräfin und tastete ein letztes Mal nach Lythande schlanken Fingern.

»Vielleicht nächstes Jahr – wenn wir einander besser kennen, lieber Junge«, hauchte sie.

»Es wäre mir ein Vergnügen, dich besser kennenzulernen, o Herrin«, log Lythande mit einer Verneigung. Ein zufälliger Gedanke schoß ihr durch den Kopf.

»Bist du – *die Schöne*? Dann soll ich dir Tashgans liebste Grüße ausrichten.«

Die Gräfin lächelte albern. »Nun, er nannte mich seinen lieblichen Geist der Musik«, sagte sie neckisch, »aber wer weiß, vielleicht hat er mich auch *die Schöne* genannt, wenn er mit anderen über mich sprach. Ach! der liebe, gute Junge. Ist es denn wirklich wahr, daß er nie wiederkehren wird?«

»Ich fürchte, ja, Herrin. Er hat jetzt vielerlei Pflichten in seiner Heimat.«

Die Gräfin seufzte.

»Welch ein Verlust für die Musik! Ich sage dir, Lythande, er war ein Meister unter den Sängern, und ich werde seinesgleichen nie wiedersehen«, sagte sie und nahm, die Hand auf dem Herzen, eine gefühlvolle Stellung ein.
»Höchstwahrscheinlich nicht«, erwiderte Lythande und verabschiedete sich mit einer nochmaligen Verbeugung.

Von ihrer Neugier und dem Zauber der wandernden Laute getrieben, setzte Lythande ihren Weg nach Norden fort. Es war ein ganz neues Erlebnis für die Eingeweihte Pilgerin, zu reisen, ohne zu wissen, wohin der Tag sie führen würde. Die Magierin genoß es mit größter Neugier. Ein paar einfachere Lösungszauber hatte sie schon ausprobiert, bislang jedoch erfolglos; die leichteren Zaubersprüche hatten sich sämtlich als wirkungslos erwiesen. Anders als Tashgan verfiel Lythande auch nicht in den Irrtum, Ellifanwys Zauber zu unterschätzen, solange sich die Hexe auf Dinge beschränkt hatte, mit denen sie sich auskannte.
Ellifanwy war vielleicht keine Gegnerin für einen Werdrachen gewesen. Aber wenn es um Bannzauber und Verhexungen ging, hatte sie nicht ihresgleichen gehabt. Jede Nacht versuchte es Lythande mit einem anderen Lösungszauber, und immer blieb die Laute so verzaubert, wie sie war, und Lythande durchwühlte ein Gehirn, das dreimal so alt war wie die gewöhnliche Lebensdauer eines Menschen, nach immer neuen Sprüchen.
Sommer lag über dem Land im Norden von Alt-Gandrin, und jede Nacht nahm man Lythande in einer Herberge oder einem Schloß, einem Herrenhaus oder einem Gutshof, wo Neuigkeiten und Lieder begeistert begrüßt wurden, mit Freundlichkeit auf. Hie und da heftete sich eine sehnsuchtsvolle Matrone oder hübsche Hausfrau, eine Wirtstochter oder Kaufmannsgattin an Lythandes Fersen und murmelte ein paar liebeskranke Worte über Tashgan. Aber Lythandes scheinbar völlige Versunkenheit in die Musik, ihre kühle, geschlechtslose Stimme und die vornehmen, untadeligen Manieren machten, daß die Frauen seufzend, jedoch nicht gekränkt, zurückblieben. Nur einmal, auf

einem abgelegenen Hof, wo Lythande alte, derbe Balladen gesungen hatte, war die Bauersfrau, als der Bauer schnarchte, zu ihr auf den Strohsack gekrochen und hatte etwas geflüstert; aber Lythande stellte sich schlafend, und die Bäuerin hatte sich fortgeschlichen, ohne sie auch nur zu berühren.

Aber als sie an die Seite des Bauern zurückgekrochen war, hatte Lythande wachgelegen und sich Sorgen gemacht. Dieser verdammte Tashgan und seine Weibergeschichten! Wahrscheinlich hatte er den vernachlässigten Gattinnen und einsamen Damen zwischen Tschardain und Nordwander soviel Freude gespendet – und das jahrelang –, daß selbst sein Nachfolger willkommengeheißen, verwöhnt und verlockt wurde; und eine Zeitlang hatte sie sich darüber amüsiert. Aber Lythande war erfahren genug zu wissen, daß dieses Spiel mit dem Feuer nicht weitergehen konnte.

Und es war tatsächlich ein Spiel mit dem Feuer. Lythande verstand etwas von Feuer und Feuergeistern – die Eingeweihten Pilger waren vertraut mit dem Feuer, sogar dem von Werdrachen.

Aber kein Werdrache auf der ganzen Welt konnte es mit der Wut einer verschmähten Frau aufnehmen, und früher oder später konnte eine der Frauen unangenehm werden. Die Gräfin hatte einfach geglaubt, Lythande wäre schüchtern, und auf das nächste Jahr gehofft. (Bis dahin, so hoffte ihrerseits Lythande, würde es einer ihrer Zaubersprüche sicher geschafft haben, den Bann zu lösen.) Die Affäre mit der Bäuerin wäre um ein Haar schiefgegangen – wenn sie nun versucht hätte, der schlafenden Lythande unter das Magiergewand zu greifen?

Das wäre verhängnisvoll geworden.

Denn wie alle Eingeweihten des Blauen Sterns hütete Lythande ein Geheimnis, das nie ein Mensch erfahren durfte, und an dem die ganze Macht der Magierin hing. Lythandes Geheimnis war ein doppelt gefährliches, denn sie war eine Frau – die einzige, die je den Blauen Stern getragen hatte.

Verkleidet war sie in den geheimen Tempel und den Ort-Der-Nicht-Ist eingedrungen, und erst als sie schon den Blauen Stern

zwischen den Brauen trug, hatte man sie durchschaut und entlarvt.
Freilich zu spät, um sie zu töten, denn inzwischen war sie unantastbar, bis am Ende der Welt die Letzte Schlacht zwischen Gesetz und Chaos stattfinden würde. Es war zu spät, um sie aus dem Orden auszuschließen. Aber nicht zu spät für den Fluch.
So sei denn, was du scheinen wolltest, hatte das Urteil gelautet. *Bis zum Ende der Welt... aber an dem Tage, da man dich vor einem anderen Mann als mir* (so hatte der uralte Meister des Sterns gesprochen) *für eine Frau erklärt, an diesem Tage ist deine Macht gebrochen, und an diesem Tage kann man dich töten.*

Wie die Laute sie rief, so wanderte Lythande nach Norden. Eines Tages saß sie an einem Berghang und hatte die Laute ausgepackt und vor sich hingelegt. Wenn ihr die Geschichte eine Zeitlang Spaß gemacht hatte – jetzt nicht mehr. Außerdem mußte sie, wenn sie bis Jul den Zauber nicht losgeworden war, Gast in Tashgans eigenem Schloß sein – und dazu hatte sie nicht die geringste Lust.
Es war Zeit, zu stärkeren Mitteln zu greifen. Zuerst war es ganz amüsant gewesen, sich durch die einfacheren Zaubersprüche durchzuarbeiten, angefangen mit »Gelöst sollst du sein und geöffnet, und kein Zauber soll mehr auf dir ruhen als mein eigener« – die Sorte Zauberspruch, die eine Bauersfrau über ihr Butterfaß murmeln würde, wenn sie sich einbildete, daß eine Kräuterfrau oder Hexe aus der Nachbarschaft ihr die Milch sauer gemacht hatte –, und über verschiedene Schwierigkeitsgrade bis hinauf zu dem uralten Spruch, der mit den Worten. »Asmigo, Asmago« beginnt und nur bei Mondfinsternis und in Gegenwart dreier grauer Mäuse gesprochen werden darf.
Keiner davon hatte gewirkt. Es war ganz offenkundig, daß Lythande, die wußte, wie Ellifanwy bei ihrem letzten Werdrachen versagt und welchen Erfolg sie dagegen immer mit ihren Liebeszaubern gehabt hatte (für Lythande die letzte Zuflucht sonst unfähiger Zauberer), Ellifanwys Bannspruch ernstlich unterschätzt hatte.

Darum war der Zeitpunkt gekommen, all die schlichte Weisheit der Bann- und Lösesprüche hinter sich zu lassen und den stärksten Befreiungszauber anzuwenden, den sie überhaupt kannte. Lösungszauber waren nicht gerade Lythandes Spezialität – sie hatte selten Grund, davon Gebrauch zu machen. Einmal allerdings hatte sie sich ahnungslos ein Schwert aufgehalst, das durch einen Zauber an den Tempel von Larithae gebunden gewesen war und hatte es nicht geschafft, diesen Bann abzustreifen, sondern war gezwungen gewesen, eine viele Tage dauernde Reise zu unternehmen, um das Schwert wieder dorthinzubringen, wo es herkam. Danach hatte Lythande sich intensiv dem Studium einiger besonders kräftiger Zaubersprüche dieser Art gewidmet, damit ihre Neugier oder Abenteuerlust sie nicht ein zweites Mal in solche Schwierigkeiten brachte. Diesen einen Spruch hielt sie in Reserve; er hatte noch nie versagt.
Zuerst entfernte sie die Zwillingsdolche aus ihrem Gürtel. Im Tempel des Blauen Sterns waren sie einst durch Zauber an sie gebunden worden, so daß sie ihr nie gestohlen oder auch nur durch Unachtsamkeit von unwürdiger Hand berührt werden konnten; der Dolch zur Rechten für die Gefahren einer einsamen Straße durch gefährliches Land, ob nun von wilden Tieren oder gesetzlosen Männern; der Dolch zur Linken für weniger greifbare Bedrohungen, für Geist oder Gespenst, Werwolf oder Ghoul. Diesen Zauber wollte sie nicht versehentlich lösen. Darum schaffte sie die Dolche außer Reichweite – zumindest hoffte sie, es würde weit genug sein –, legte ihren Mantelsack daneben, kehrte dann zu der Laute zurück und begann die Umkreisungen und vorbereitenden Beschwörungen für ihren Zauber.
Endlich kam sie zu den Worten der Macht, die nur in den genau festgesetzten Sekunden des Mittags oder der Mitternacht gesprochen werden durften und mit den Sätzen endeten:
»Uthriel, Mastrakal, Ithragel, Ruvaghiel, Engel und Erzengel des Abgrunds! Was verbunden ist, soll gelöst und befreit sein, so wie es von Anbeginn der Welt befohlen war; so war es, so ist es, so soll es sein und nicht anders!«
Blaue Blitze flackerten aus heiterem Himmel; der Blaue Stern

auf Lythandes Stirn knisterte von eisiger, fast schmerzhafter Macht. Lythande konnte die Lichtlinien über der Laute sehen, blaß vor der grellen Mittagssonne. Eine nach der anderen rollten sich die Saiten des Instruments aus den Wirbeln und glitten zu Boden. Die Nestel, die Lythandes Wams zusammenhielt, schnürte sich langsam auf und glitt herab. Die Schnürsenkel krochen wie Zwillingsschlangen von oben nach unten aus den Ösen und die Stiefel hinunter und wanden sich wie lebende Wesen zur Erde. Der komplizierte Knoten ihres Gürtels löste sich, und der Gürtel glitt tiefer und fiel herunter.

Dann trennten sich langsam die Fäden auf, mit denen das Wams an den Seiten und auf den Schultern zusammengenäht war; Stich für Stich zogen sie sich heraus, und das Wams, zwei Stükke Stoff, rutschte zu Boden. Aber damit war es noch nicht zu Ende: der gestickte Bortenzopf, mit dem das Wams eingefaßt war, verlor den Zusammenhalt und rollte sich Stück für Stück auseinander, bis nur noch kleine Fädchen in Fetzen im Gras lagen. Die Seitennähte der Hosen lösten sich nach und nach auf, und schließlich krochen die Fäden, mit denen die Stiefel zusammengenäht waren, das Leder hinunter, so daß die Stiefel in Stücken auf der Erde lagen, während Lythande immer noch auf den Sohlen stand. Nur das Magiergewand, das nathlos gewoben und durch Zauber in seine endgültige Form gebracht worden war, behielt seine ursprüngliche Gestalt, obwohl die Nadel, die es zusammenhielt, aufging, weil das Metall sich verbog, aus der Schnalle glitt und klirrend auf den harten Steinen landete.

Betrübt sammelte Lythande die Bruchstücke von Kleidung und Stiefeln auf. Die Stiefel ließen sich in der nächsten Stadt, in der es einen Schuhflickerladen gab, wieder zusammennähen, und in dem Mantelsack, den sie zum Glück so vorsorglich außer Reichweite geschleppt hatte, war Ersatzkleidung. Im übrigen geschah es nicht zum ersten Mal, daß ein Eingeweihter Pilger barfuß einherging, und es war die ruinierte Kleidung wert, endlich von dem verfluchten, abscheulichen, phantastischen Zauber befreit zu sein, der an der Laute haftete.

Harmlos und still lag sie vor der Sängerin und Zauberin; eine

Laute, so hoffte Lythande, wie alle anderen, mit keinem anderen Zauber als dem ihrer eigenen Musik. Im Mantelsack fand Lythande ein zweites Wams und andere Hosen, gürtete die beiden Dolche wieder um (wobei sie zutiefst verwundert war, daß es einen Zauber gab, der den magischen Knoten lösen konnte, mit dem ihre Finger gewohnheitsmäßig den Gürtel geknüpft hatten) und setzte sich hin, um die Laute neu zu bespannen. Dann wanderte sie pfeifend nach Süden.

Zuerst hielt Lythande den bohrenden Schmerz zwischen ihren Brauen für eine Folge der grellen Mittagssonne und rückte die tiefe Kapuze des Magiergewandes so zurecht, daß ihre Stirn im Schatten lag. Dann fiel ihr ein, daß sie vielleicht von der intensiven Magie erschöpft war, und sie setzte sich auf einen flachen Felsen am Weg und aß getrocknete Früchte und Reisebrot aus ihrem Rucksack, wobei sie sich umsah, um sicherzugehen, daß ihr außer ein paar neugierigen Vögeln niemand zuschaute. Sie fütterte die Vögel mit den Krumen und nahm dann Mantelsack und Laute wieder auf den Rücken. Aber erst, als sie eine gute halbe Meile weitergewandert war, merkte sie, daß ihr die Sonne nicht mehr grell in die Augen schien und sie sich wieder nach Norden bewegte.

Gewiß, sie kannte die Gegend nicht; es war gut möglich, daß sie sich verlaufen hatte. Sie blieb stehen, machte kehrt und begann, auf ihrer eigenen Spur zurückzugehen.

Eine Stunde später ertappte sie sich dabei, wie sie von neuem nordwärts marschierte, und als sie wieder versuchte, sich in Richtung Alt-Gandrin und nach den Südlanden zu wenden, wurden die quälenden Kopfschmerzen und die Übelkeit ganz und gar unerträglich.

Verdammt soll der Winkelzauberer sein, der mir diesen Zauberspruch gab! Mit einer kleinen Grimasse dachte Lythande, daß diese Verwünschung vermutlich überflüssig war. Sie drehte sich nach Norden um und spürte erleichtert, wie der Schmerz des Bannzaubers nachließ. Lythande ergab sich in ihr Schicksal. Schließlich hatte sie ohnehin immer schon die Stadt Nordwander aufsuchen wollen; es gab dort nämlich eine Hochschule für Zauberer, von der es hieß, sie bewahre Aufzeichnungen über jeden einzelnen Zauberer, der je die Welt durch seine Magie beeinflußt hätte. Jetzt hatte Lythande wenigstens einen wahrhaft triftigen Grund, dort vorzusprechen.

Aber ihre Schritte schleppten sich nur unwillig auf der Straße nach Norden dahin.

Kein Zeichen, das auf eine Stadt, ein Dorf oder ein Schloß hingedeutet hätte. Selbst in einem kleinen Dorf hätte sie ihre Stiefel wieder zusammennähen lassen können – sie mußte sich ohnehin eine gute Erklärung einfallen lassen, warum sie sich so aufgelöst hatten –, und in einer größeren Stadt würde sie vielleicht sogar einen Zauberspruchhändler finden, der ihr einen Lösungszauber verkaufte. Obwohl es, wenn schon der starke Zauber, den sie gerade angewendet hatte, nicht wirkte, wenig wahrscheinlich war, daß sie vor Nordwander und der Hohen Schule der Zauberer auf einen wirklich nützlichen anderen Zauber stoßen würde.

Inzwischen hatte sie das Gebirge hinter sich gelassen und durchquerte jetzt ein Waldgebiet, feucht von Frühlingsregengüssen. Der Boden wurde immer nasser, bis Lythandes zweitbeste Stiefel anfingen zu quatschen und bei jedem Schritt Wasser eindrang. Den Rand des schlammbespritzten Weges säumten durchnäßte Bäume und hängende Luftwurzeln, bedeckt von langem Bartmoos.

Ich kann mir einfach nicht vorstellen, daß die Laute mich in diesen elenden Sumpf schleppen will, dachte Lythande. Aber als sie umzukehren versuchte, stellten sich Übelkeit und Schmerz sofort wieder ein. Es stimmte tatsächlich: die Laute führte sie weiter und weiter in den Sumpf, bis der schlammige Pfad von dem Morast auf beiden Seiten kaum noch zu unterscheiden war.

Wohin kann mich das verfluchte Ding nur bringen wollen?

Nirgends die Spur einer menschlichen Siedlung oder von Leuten, die hier ihre Wohnung hatten, abgesehen von den Fröschen, die in tristen, unreinen Mollterzen vor sich hinquakten. Sollte sie heute wirklich mit diesen Fröschen und den Krokodilen, die womöglich an diesem gräßlichen Ort hausten, zu Abend speisen? Um alles noch schlimmer zu machen, begann es zu nieseln – obwohl es unter ihren Füßen schon so naß war, daß der übersättigte Boden eigentlich gar nichts mehr aufnehmen konnte – und dann richtig ordentlich zu regnen.

Das Magiergewand ließ keine Feuchtigkeit durch, aber Lythandes Füße versanken im Modder; ihre Beine waren fast bis zum Knie mit Schlamm und Wasser bespritzt. Und immer noch führte die Laute sie weiter in den Morast hinein. Mittlerweile war es dunkel geworden. Selbst die scharfen Augen der Magierin konnten den Pfad nicht mehr erkennen, und einmal fiel sie der Länge lang hin, wobei alle Kleidungsstücke, die unter dem Magiergewand noch trocken geblieben waren, nun auch noch durchnäßt wurden. Sie blieb stehen, um erst einmal ein Lichtchen herbeizuzaubern und dann irgendwo einen Unterschlupf zu finden, und wäre es nur unter einem trockenen Busch, um dort auf Licht und Sonnenschein und vielleicht sogar trockenes Wetter zu warten.

Ich kann überhaupt nicht glauben, dachte sie verärgert, *daß die Laute mich wirklich und wahrhaftig in diese undurchdringliche Marsch gelockt hat! Was für ein Zauber soll denn das sein*!

Sie war nicht weitergegangen und kramte in ihrem Kopf nach dem wirksamsten Lichtzauber, wobei sie sich wünschte, wie Eirthe Verbindung zu einem freundlichen Feuergeist zu haben, der nicht nur für Helligkeit, sondern auch für Hitze sorgte.

Da erschien ganz plötzlich ein Lichtschimmer in der trüben Finsternis und leuchtete sekundenlang hell auf. Das Lagerfeuer eines Jägers? Oder die Hütte eines Pilzbauern – oder eines Froschhauthändlers – welchen Handel man auch immer in dieser höllisch schwappenden Wildnis treiben mochte?

Vielleicht konnte sie dort um ein Nachtquartier bitten. *Wenn es mir diese gottverdammte Laute gestattet*. Der Gedanke war bitter. Aber als sie sich dem Licht zuwandte, gab die Laute einen winzigen Ton von sich. Zufriedenheit? Vergnügen? Gehörte dieser Ort tatsächlich zu Tashgans vorgeschriebener Runde? Wenn Ellifanwy so etwas wirklich auf den Wanderweg der Laute gesetzt hatte, bewunderte Lythande den Geschmack der alten Zauberin nicht sonderlich.

Sie stapfte so hastig durch den Morast, wie der schmatzende Sumpfboden es zuließ, und kam nach einiger Zeit an ein hüttenähnliches Bauwerk. Aus dem Fenster drang Licht. Innen brannte ein Feuer, das fast so aussah wie das Leuchten eines Feuergeistes und Lythande schier die Augen versengte; aber als sie sie mit der Hand bedeckte und noch einmal hinschaute, kam das Licht von einem ganz gewöhnlichen Feuer in einem ganz gewöhnlichen Kamin. In der von ihm ausgehenden Helligkeit erblickte Lythande eine kleine alte Dame in einem flaschengrünen Gewand, das nach der Mode von vor einigen Generationen geschnitten war. Ein weißleinenes Häubchen saß auf ihrem Haar. Sie machte sich am Feuer zu schaffen.

Lythande hob die Hand und wollte klopfen, aber die Tür schwang langsam auf und eine sanfte, süße Stimme rief heraus: »Tritt nur ein, mein Lieber! Ich habe dich schon erwartet.«

Der Stern auf Lythandes Stirn prickelte blaues Feuer. Hier gab es Zauberei, und die kleine alte Dame mußte eine Herdhexe oder Weise Frau sein, was vielleicht erklärte, warum sie in dieser fürchterlichen Wildnis hauste. Viele Frauen, die Zauberkräfte besaßen, waren bei den Menschen weder beliebt noch willkommen. Die als Mann verkleidete Lythande hatte das zwar nicht am eigenen Leibe erfahren, aber in ihrem langen Leben nur allzu oft zu sehen bekommen.

Sie trat ein und wischte sich das Regenwasser aus den Augen. Wo war die kleine alte Dame geblieben? Vor ihr stand eine hochgewachsene Frau von eindrucksvoller Schönheit in einem Kleid aus grünem Brokat und Satin, in den schimmernden dunklen Locken einen juwelenbesetzten Reif. Ihr Blick richtete sich voller Enttäuschung und Unglauben auf die Laute und Lythande. In der tiefen Stimme schwang ein Unterton mit, der fast wie das Fauchen eines wilden Tieres klang.

»Tashgans Laute? Aber wo ist Tashgan? Wie kommst du zu diesem Instrument?«

»Herrin, das ist eine lange Geschichte«, begann Lythande, auf deren Stirn der Blaue Stern brannte – ein Warnung, daß sie von fremder Magie umgeben war. »Ich bin die halbe Nacht in diesem verfluchten Moor umhergeirrt und naß bis auf die Haut. Ich bitte dich, erlaube mir, mich an deinem Feuer zu wärmen, dann sollst du alles erfahren. Es ist noch viel Zeit vor der Letzten Schlacht zwischen Gesetz und Chaos, um viele lange Geschichten zu erzählen.«

»Und warum nennst du sie verflucht, meine auserwählte Heimat, dieses herrliche Marschland?« fragte die Dame und runzelte ganz leicht die feingewölbten Brauen. Lythande holte tief Luft.

»Nur weil ich in dieser – dieser gesegneten Gegend aus Sumpf und Marsch und Fröschen so naß geworden bin und mich bespritzt und dazu noch verlaufen habe«, erklärte sie. Die Dame winkte sie ans Feuer.

»Um der Laute Tashgans willen sollst du mir willkommen sein, aber ich warne dich, Fremder: wenn du ihm Schaden zugefügt, ihn getötet oder ihm die Laute mit Gewalt abgenommen hast, ist dein letztes Stündlein gekommen – mach also das Beste daraus.«

Lythande trat ans Feuer und zog das Magiergewand aus, das sie auf den Ofen legte, wo das Wasser und der Schlamm, mit denen seine Oberfläche bedeckt war, trocknen würden; sie legte die nassen Stiefel und Strümpfe, Wams und Hosen ab und stand im leinenen Hemd und Unterhosen da, um alles in der Hitze des Feuers zu trocknen. Sie kannte sich in den Bräuchen hierzulande, so nahe bei Nordwander, nicht aus, nahm aber an, daß der Mann, als der sie auftrat, sich aus Anstandsgründen vor einer fremden Frau nicht bis auf die Haut entblättern würde; diese schamhafte Sitte schützte ihre Verkleidung.

Lythande konnte, wenn sie mußte, für kurze Zeit einen Zauber um sich weben, der sie wie einen nackten Mann erscheinen ließ; aber sie haßte es, und zudem war die Illusion gefährlich, weil sie nicht lange anhielt, schon gar nicht, vermutete Lythande, vor dieser so andersartigen Magie.

Inzwischen beschäftigte die Dame sich am Feuer – in einer Weise, dachte Lythande, die sie aus dem Augenwinkel beobachtete, die besser zu der kleinen alten Dame paßte, als die sie ihr zuerst erschienen war. Als Lythandes Hemd zu dampfen aufgehört hatte, hängte die Dame die Überkleider zum Trocknen auf ein Gestell und schöpfte aus einem Kessel Suppe auf, schnitt Brot von einem knusprigen Laib und setzte es auf einen Tisch am Feuer.

»Ich bitte dich, teile mein karges Abendessen mit mir; es ist sicher eines so großen Magiers, wie du es zu sein scheinst, nicht würdig, aber dir von Herzen gegönnt.«

Die Gelübde eines Eingeweihten vom Blauen Stern verboten es Lythande, vor den Augen eines Mannes zu essen oder zu trinken. Frauen jedoch fielen nicht unter dieses Verbot, und ob dies nun die kleine alte Herdhexe war, für die sie sie zuerst gehalten hatte, oder die schöne Dame, die nur die Gestalt der Herdhexe annahm, um nicht die leichte Beute von Räubern oder Bettlerbanden zu werden, die sich in ihren Sumpf verirrten – auf jeden Fall war sie unzweifelhaft eine Frau. Also aß und trank Lythande, und es schmeckte ihr köstlich; das Brot sah ganz genauso aus und hatte den gleichen Duft, wie sie ihn aus ihrer halbvergessenen Heimat in Erinnerung hatte.

»Meine Verehrung an deine Köchin, Herrin; die Suppe schmeckt wie die, die einst in einem fernen Land meine alte Kinderfrau für mich kochte, als ich ein Kind war.« Und noch während sie das sagte, dachte sie verwundert: *Ist es ein Zauber, der auf diesen Speisen liegt*?

Die Dame lächelte und setzte sich neben Lythande auf die Bank. Sie hatte Tashgans verzauberte Laute im Arm und strich mit den Fingern liebevoll darüber hin. Die Laute gab kleine, freundliche Töne von sich. »Du siehst in mir sowohl die Köchin als auch die Genießerin der Speisen, die Dienerin und die Herrin; niemand wohnt hier außer mir. Doch nun berichte mir, Fremder mit dem Blauen Stern, woher du Tashgans Laute hast. Wenn du sie ihm aber gegen seinen Willen entrissen hast, so versichere ich dir, daß ich es merken werde: vor meinem Angesicht gibt es keine Lüge.«

»Tashgan hat mir die Laute aus freien Stücken geschenkt«, begann Lythande, »und soweit ich weiß, befindet er sich wohl und ist jetzt Herr von Tschardain. Seine Brüder kamen um, und er kehrte heim. Zuvor jedoch mußte er sich vom Zauber dieser Laute befreien, die andere Vorstellungen hatte, wie er seine Zeit verbringen sollte. Das ist die ganze Geschichte, Herrin.« Die Dame schnaubte, ein kleines, verächtliches Schnauben. Sie bemerkte: »Und dafür – um ein kleiner Herr in einem kleinen Palast zu sein – hat er die Laute aufgegeben? Freiwillig, sagst du, und ohne Zwang? Ein Sänger, der auf eine Laute verzichtet, für ihn nach Maß verzaubert? Ich habe Tashgan nie für einen Narren gehalten, Fremdling!«
»Was ich dir erzählt habe, ist die Wahrheit«, antwortete Lythande. »Auch ist die Laute kein solcher Segen, wie du vielleicht glaubst, Herrin; denn in der Welt dort draußen jenseits der – lieblichen Grenzen deiner Marsch genießen die Sänger weniger Ansehen als Edelleute oder sogar Zauberer. Und die Freiheit, dorthin wandern zu können, wohin man will, ist vielleicht doch wünschenswerter als der Zwang, sich den Launen einer wandernden Laute fügen zu müssen.«
»Sprichst du mit Bitterkeit, Sänger?«
»O ja«, erwiderte Lythande wahrheitsgemäß und von Herzen. »Einen ganzen Sommer lang bin ich herumgezogen, wie es dieser Laute gefiel, und ich würde sie nur allzugern jemandem weiterreichen, der ihren Fluch auf sich nähme. Zwölf Jahre hat Tashgan unter diesem Fluch gelitten.«
»FLUCH SAGST DU?«
Die Dame sprang mit einem Satz von der Bank auf. Ihre Augen glühten wie feurige Kohlen und Feuer umwogte sie mit zischender, zerschmelzender Hitze, Feuer, das glühte und flammte und aufwärts strömte wie die Schwingen eines Feuergeistes.
»Fluch sagst du – etwas, das mir jedes Jahr Tashgan hierher in mein Haus brachte?«
Lythande stand ganz still da. Die Hitze des Blauen Sterns brannte ihr schmerzhaft zwischen den Brauen. *Ich weiß nicht, wer – oder was – diese Dame ist, aber bestimmt keine einfache Herdhexe.*

Sie hatte den Gürtel mit den Zwillingsdolchen abgelegt und war nun dem Zorn und der strömenden Feuersglut schutzlos ausgeliefert; der Dolch, der gegen Zauberwesen schützte, lag außerhalb ihrer Reichweite. Aber soweit war es ja auch noch nicht.
»Herrin, ich spreche für mich selbst. Tashgan nannte es nicht Fluch, sondern Verzauberung. Ich aber bin ein Eingeweihter Pilger und kann nicht leben ohne die Freiheit, zu wandern, wohin ich will. Und selbst Tashgan konnte nicht so lange unter deinem freundlichen Dach weilen und deine Gastlichkeit genießen, wie sein Herz es vielleicht gewünscht hätte; und ich zweifle nicht daran, daß er das auch als eine Art Fluch empfunden hat.«
Langsam verblaßte das Feuer, die blauen Strahlen wurden schwächer und erloschen, und die Dame schrumpfte auf normale Größe zusammen und betrachtete Lythande mit einem Lächeln, das noch immer voller Hochmut war, aber eine gewisse alberne Selbstgefälligkeit zeigte.
Im Namen aller vermutlich nicht existierenden Götter Alt-Gandrins – was ist diese Frau? Denn eine Frau ist sie und eitel und gierig nach Lob wie alle Frauen, dachte Lythande verächtlich.
»Nimm wieder Platz, Fremder, und sag mir deinen Namen.«
»Ich bin Lythande, ein Eingeweihter Pilger vom Blauen Stern, und Tashgan gab mir diese Laute, damit er selbst heimkehren und Herrscher von Tschardain werden konnte. Nicht ich bin an seiner Torheit schuld, freiwillig auf die Möglichkeit zu verzichten, deine unendliche Lieblichkeit wiederzusehen.«
Noch während sie die Worte aussprach, hatte Lythande ein ungutes Gefühl – konnte eine Frau so dick aufgetragene Schmeicheleien überhaupt noch schlucken? Aber die Frau – oder war sie eine mächtige Hexe? – schnurrte geradezu.
»Nun, seinen Verlust hat er sich selbst zuzuschreiben, und dafür hat er mir ja dich gebracht, Lieber. Hast du auch Tashgans Geschick mit der Laute?«
Dazu gehört nicht viel, dachte Lythande, meinte jedoch bescheiden, das Urteil darüber überlasse sie der Dame selbst. »Ist es dein Wunsch, Herrin, daß ich für dich spiele?«
»Ich bitte dich darum. Aber soll ich dir nicht erst Wein holen?

Tashgan, der gute Junge, liebte den Wein, den ich ihm vorsetzte.«

»Nein, keinen Wein«, antwortete Lythande. Sie wollte ihren Verstand beisammenhalten. »Ich habe so gut gespeist, daß ich mir den Nachgeschmack nicht verderben möchte. Lieber möchte ich mit einem Kopf, den das Aroma des Weines nicht verwirrt hat, deine Gegenwart genießen«, fügte sie hinzu. Die Dame strahlte.

»Spiel, Lieber.«

Lythande setzte die Finger auf die Laute und sang ein Liebeslied aus den fernen Bergen ihrer Heimat.

Ein einziger süßer Apfel
hängt ganz oben noch am Ast;
die Pflücker haben ihn nicht vergessen,
konnten ihn aber nicht erreichen.
So wie dieser Apfel, so bist auch du nicht vergessen,
nur zu hoch für mich,
unerreichbar meinen Händen,
doch ich sehne mich nach dem Geschmack
jener verbotenen Süße . . .

Lythande sah die Frau am Feuer an. Töricht hatte sie gehandelt – sie hätte eine komische Ballade oder eine Sage von ritterlichen Heldentaten singen sollen. Es war schließlich nicht das erste Mal, daß sie einer Frau begegnete, die Lythande für einen hübschen jungen Mann hielt und auf mehr aus war als auf eine kleine Tändelei. Gehörte es zum Zauber der Laute, daß sie den lauschenden Frauen Verlangen nach dem Spieler einflößte? Nach dem, was auf dieser Reise schon alles vorgefallen war, hätte es Lythande nicht im geringsten gewundert.

»Es wird spät«, sagte die Dame. »Zeit für eine Nacht voller Liebe, wie ich sie oft mit Tashgan verbracht habe, lieber Junge.«

Sie streckte die Hand aus und berührte ganz leicht Lythandes Schulter. Lythande dachte an die Bäuerin. Eine verschmähte Frau konnte gefährlich werden.

Sie murmelte: »Ich darf nicht wagen, meine Augen zu dir zu erheben. Ich bin kein Edelherr, sondern nur ein armer fahrender Sänger.«
»In meinem Reich«, erwiderte die Dame, »werden fahrende Sänger höher geehrt als Prinzen und Herren.«
Das war zu albern, dachte Lythande. Sie hatte Frauen geliebt, aber wenn diese Frau Tashgans Geliebte gewesen war, würde sie sich keine weibliche Liebhaberin suchen. Außerdem gefiel Lythande die Vorstellung nicht, Tashgans abgelegte Reste zu übernehmen.
Der Bann, unter dem sie stand, galt buchstäblich. Keinem *Mann* durfte sie sich offenbaren. *Ich bin nicht sicher, ob diese Harpyie eine Frau ist, aber eins weiß ich: ein Mann ist sie jedenfalls nicht.*

»Willst du mich verspotten, Sänger?« fragte die Frau. »Hältst du dich für erhaben über meine Gunst?«
Wieder schien es, als strömte Feuer aus ihrem Haar und den ausgebreiteten Schwingen ihrer Ärmel. In diesem Augenblick erkannte Lythande, wer da vor ihr stand.
»Alnath«, flüsterte sie und streckte die Hand aus. Aber das hier war nicht etwas so Einfaches wie ein Feuergeist – das war ein ausgewachsener Werdrache, und Ellifanwys Schicksal fiel ihr ein.
»Herrin«, sagte sie wieder, »du tust mir zuviel Ehre an, denn ich bin weder Tashgan noch überhaupt ein Mann. Ich bin nur eine arme fahrende Sängerin.«
Sie neigte den Kopf vor den Flammen, die sie plötzlich umschlossen. Werdrachen waren immer unberechenbar, dieser hier jedoch entschied sich dafür, die Angelegenheit von der heiteren Seite zu nehmen. Unter sprudelndem Gelächter umspielten die Flammen Lythande, die sehr wohl wußte, daß sie verloren war, sobald sie nur die geringste Furcht zeigte.
Lythande beschwor in ihrer Erinnerung den Feuergeist und schuf in ihrem Kopf ein deutliches Bild von Alnath, wie sie auf ihrem Handgelenk hockte und ihre Flammen anmutig aufwärtsströmen ließ. Wieder empfand sie das Gefühl der Ver-

wandtschaft mit dem kleinen Salamander und zog daraus die Kraft, aufzublicken und den Werdrachen anzulächeln.
Das sprudelnde Gelächter verwandelte sich in ein leises Kichern, und statt des Drachen sah Lythande wieder eine Frau: die kleine Herdhexe. »Und kannte Tashgan dein Geschlecht – oder erwartete er, daß du in *allem* seine Nachfolge antratst?«
Lythande erwiderte reumütig: »Nach den Anweisungen, die er mir gegeben hat, sicher das Letztere.« Die Dame brach von neuem in Gelächter aus.
»Du mußt eine *hochinteressante* Reise gehabt haben, meine Gute!«
In Lythandes Gehirn begann es plötzlich heftig zu klicken, und die Anweisungen Tashgans fielen ihr ganz deutlich wieder ein. Offensichtlich hatte er sich über einen Punkt besonders amüsiert, und doch war Lythande überzeugt, daß er ihr Geheimnis nicht durchschaut gehabt hatte. Nein, was ihm soviel Spaß gemacht hatte, war — »Die Schöne!« Die Dame beobachtete sie aufmerksam. »Hat er dich zufällig so genannt, Herrin – *die Schöne?*«
»Der gute Junge! Er hat daran gedacht!« Die Dame lächelte geradezu idiotisch.
Und ob er daran gedacht hat, ging es Lythande durch den Kopf. *Und seine Scherze jungenhaft zu nennen, ist viel zu milde!*
Vielleicht hat er sich ausgerechnet, daß ich beim Spiel mit dem Feuer so machtlos wäre wie Ellifanwy? Es hätte Tashgan Spaß gemacht, ihr das gleiche Schicksal zu bereiten wie Ellifanwy. Laut sagte sie: »Er hat mich gebeten, dir seine liebsten Grüße zu übermitteln.«
Ihre Gastgeberin sah erfreut aus, aber Lythande entschied, daß ein bißchen mehr Schmeichelei wahrscheinlich noch besser wäre. »Von allen Opfern, die er seinem Thron gebracht hat, warst du es, die ihm am meisten wehtat. Nur die Pflicht rief ihn nach Tschardain.« Sie zögerte einen Augenblick, als sie daran dachte, mit welchem Ausdruck die Drachin die Laute angesehen hatte.
»Wenn du nichts dagegen einzuwenden hättest, so glaube ich, daß man aus dieser Geschichte eine wundervolle romantische

Ballade machen könnte.« Mittlerweile war der Werdrache kurz davor, laut zu schnurren.
»Nichts würde mein Herz mehr erfreuen, meine Liebe, als der Kunst zur Inspiration zu dienen.«
»Und«, fuhr Lythande fort, »es wäre mir eine große Ehre und würde, das weiß ich, auch Tashgan unendliches Vergnügen bereiten, wenn du diese Laute hier als kleines Zeichen der Verehrung, die wir für dich empfinden, annehmen würdest.«
Flammen schossen bis fast zur Decke empor, aber das Gesicht der Werdrachin strahlte über und über von freudigem Lächeln, als sie die Laute sanft an sich nahm und zärtlich die Saiten streichelte.

Früh am nächsten Morgen nahm Lythande von ihrer Gastgeberin herzlichen Abschied. Während sie sich vorsichtig ihren Weg aus dem Sumpf heraus suchte, konnte sie hinter sich das Klingen der Laute hören. Der Werdrache verstand mehr von Musik als Prinz Tashgan, das stand fest. Aber die Ballade, die langsam in Lythandes Kopf Gestalt annahm, handelte nicht von tapfer der Pflicht geopferter Liebe, sondern von einer fahrenden Werdrachensängerin und einem unerwarteten Gast beim Julfest in Tschardain.
Indem sie sich fest vornahm, den Jul in Nordwander – wenn nicht noch weiter nördlich – zu verbringen, ließ Lythande den Sumpf hinter sich und machte sich lachend auf den Weg nach Norden.

MARIONS GEHEIMNIS

Ein Essay von V.C. Harksen

Eine amerikanische Hausfrau – rundes Gesicht, kurze dunkelblonde Haare, blaßblaue Augen, Brille, brave Bluse. Sie sitzt an einem Textcomputer und betrachtet ein wenig kurzsichtig das Display mit ihrem neuesten Werk. Marion Zimmer Bradley.

Eine berittene Amazone, das Schwert in der Faust, die lange, schwarze Mähne im Wind, begabt mit *laran*, übersinnlichen Fähigkeiten und Telephathie: Marion Zimmer Bradley.

Die einen nennen sie *First Lady Of Fantasy*, die anderen verachten sie als Fließbandproduzentin seichter Trivialromane.

Den Literaten ist sie nicht literatisch, den radikalen Feministinnen nicht feministisch genug. Für die in der Wolle gefärbten Science-Fiction-Fans schreibt sie zuviel Phantastisches, für fanatische Fantasy-Freaks zuviel Futuristisches.

Und sie haben alle ein bißchen recht. Sie ist eine Vielschreiberin; sie ist keine Literatin im überkommenen Sinn und keine überzeugte Feministin; sie ist von allem etwas und nichts eindeutig.

Zeit ihres Lebens hat sie sich nicht einordnen und auch nicht irritieren lassen. Sie ist ihren Weg gegangen, der keine schnurgerade Straße ist, sondern eine in weiten Kurven und Windungen verlaufende Linie, von der sie immer wieder abweicht, um Nebenlinien und Seitenpfade zu erkunden. Aus neuen Erfahrungen, neuen Einflüssen wurden neue Gestalten und Schicksale, manchmal neue Welten. Die Zahl ihrer Romane und Erzählungen ist heute nur noch mühsam feststellbar. Vieles erschien

unter Pseudonymen. Wahrscheinlich weiß sie selbst nicht mehr alles. Sie schreibt seit über vierzig Jahren.
Unstreitig jedenfalls ist eines: Sie hat das gewisse Etwas, das man braucht, um nicht nur berühmt, sondern auch gelesen zu werden. Sie hat Erfolg, sie hat Leser, Käufer, Verehrer und Jünger; und sie hat längst auch Epigoninnen und Epigonen.
Was ist das Geheimnis dieser Faszination – Marions Geheimnis? Wer ist sie überhaupt, diese so seltsam zwiespältige Frau, äußerlich fast spießig, innerlich wild und frei?
In einem Interview hat Marion Zimmer Bradley einmal gesagt, sie stamme aus einem ländlichen und ärmlichen Elternhaus. Ihr Vater sei Alkoholiker gewesen, die Mutter eine freundliche, aber schwache Frau, die unter ihm gelitten habe, ohne sich durchsetzen zu können. Sicher hat das dazu beigetragen, daß in Marion Zimmer Bradleys Geschichten so viele Frauen eine Rolle spielen, die stark, unabhängig und energisch sind.
Die Schriftstellerin wurde am 3. Juni 1930 als Marion Eleanor Zimmer in Albany, US-Bundesstaat New York, geboren. Sie war ein einsames Kind und hatte als junges Mädchen kaum Freundinnen, was an einer amerikanischen Schule oder Hochschule, wo man sich möglichst allgemeiner Beliebtheit erfreuen muß, um anerkannt zu werden, einem Todesurteil gleichkam. Es kann nicht verwundern, daß sich bereits die Fünfzehnjährige in eine Welt der Phantasie flüchtete und zu schreiben begann, schon bald beeinflußt von den großen Stars der damaligen Science-Fiction- und Science-Fantasy-Szene. Früh gab Marion ihre großen Pläne – Opernsängerin oder wenigstens Lehrerin wollte sie werden – wieder auf, jobbte, hängte das Studium an den Nagel und flüchtete mit neunzehn Jahren in die Ehe mit dem dreißig Jahre älteren Eisenbahner Robert A. Bradley, einem Texaner, dem sie nach Texas folgte. Wie sie selbst erzählt hat, war er ein anständiger, solider Mann, dem sie große Hochachtung entgegenbrachte (und der von ihrem Vater so verschieden war wie nur möglich). 1950 wurde ihr erster Sohn David geboren.
Obwohl Bradley Marions Interessen teilte und sich ebenfalls mit

Science Fiction und verwandten Gebieten beschäftigte, lebten sich die Eheleute nach und nach auseinander. Marion nahm das abgebrochene Studium wieder auf, bestand das Examen als Bachelor of Arts und trennte sich 1964 von Bradley, um kurze Zeit später den Numismatiker und Musiker Walter Breen zu heiraten. Sie schenkte ihm in rascher Folge zwei Kinder, Ende 1964 den Sohn Patrick und 1966 die Tochter Dorothy, und zog mit ihm nach Berkeley, Kalifornien, wo sie jetzt noch lebt. Dort hat sie einen Kreis von Verwandten und Freunden um sich versammelt, von denen die meisten ihre Liebe zur Phantastik teilen und einige, wie etwa ihr Bruder Paul Edwin Zimmer oder ihre Schwägerin Diana L. Paxson, bereits mit Romanen und Erzählungen dieser Art an die Öffentlichkeit getreten sind.

Marion Zimmer Bradley hat mit dem Schreiben früh angefangen und nie aufgehört. Sie verfaßte Unterhaltungsromane, Liebesromane, historische Romane, Science-Fiction-, Fantasy- und phantastische-historisierende Romane, sogar mild Pornographisches und Horror, dazu Erzählungen in allen diesen Spielarten. Sie tat es, um sich ihre Gedanken und Probleme von der Seele zu schreiben; um sich selbst zu beweisen, daß sie es konnte und folglich jemand war, dem man Achtung zollen mußte; um Geld zu verdienen, berühmt zu werden, ihre Phantasie spielen zu lassen. Und sie tat es, weil sie viel zu selten das fand, was sie selber gern las. »Jeder schreibt, was er selbst gern liest«, hat sie einmal gesagt.

In diesem Satz liegt ein Stück vom Geheimnis ihres Erfolges. Allerdings – mit dem Wunsch allein, für andere Leute die Sorte Bücher zu schreiben, die man selber mag, ist es nicht getan. Die Hauptursache von Marion Zimmer Bradleys stetig wachsender, längst internationaler Beliebtheit ist vielmehr an anderer Stelle zu suchen: im unerschöpflichen Reichtum ihrer Phantasie. Als Kind erfand sie das Fabelland Al-Merdin, erste Andeutung von Darkover, über das noch zu berichten sein wird. Schon die ersten Veröffentlichungen, tastende, stark am Vorbild anderer Autoren orientierte Versuche, beeindrucken durch manchmal fast visionäre Ideen. Nur zwei Beispiele: In der 1954 entstandenen Erzählung »Die Kinder von Centaurus (Centaurus Changeling)« nimmt sie das seit Beginn der Achtzigerjahre unseres Jahrhunderts brandaktuelle, damals aber kaum über ein allenfalls theoretisches Stadium hinaus gediehene Problem der Leihmutterschaft vorweg – auf eine Art und Weise, die den heutigen Leser in Verwunderung versetzt. Die ähnlich frühe Geschichte »Die steile Flut (The Climbing Wave)« aus dem Jahre 1955 schildert eine Erde, deren Bewohner sich auf dem Höhepunkt des Raumfahrt- und Atomzeitalters freiwillig entschlossen haben, auf beides zu verzichten und im Interesse von Mensch und Umwelt die Technik auf ein absolut notwendiges Mindestmaß zurückzuschrauben. In den fortschrittsgläubigen Nachkriegsjahren eine geradezu revolutionäre Thematik.

Marion Zimmer Bradley hat, was sie übrigens auch nie geleugnet hat, fremden Einflüssen immer offengestanden. Sie hat eine Menge fremder Ideen assimiliert, dabei aber immer etwas Eigenes daraus gemacht, und meistens etwas Besseres. In ihrer Frühzeit waren es Leigh Brackett und Jack Vance, Catherine L. Moore und Henry Kuttner, aber auch ältere Autoren wie Abraham Merritt oder sogar Rider Haggard, die in ihren Erzählungen herumspukten; später kam eine Tolkien-Phase, von der viele mehr phantastische Stoffe beeinflußt wurden – Anklänge finden sich in den »Nebeln von Avalon« und der »Tochter der Nacht«, aber auch in vielen Darkover-Episoden und vor allem den Tolkien nachempfundenen »Songs of Rivendell«, »Arwens Stein« und »Arwens Abschied«. In ihrem neuesten Roman »Firebrand« wandelt sie sogar auf den Spuren Homers.

Trotzdem ist das, was aus diesen Anregungen entsteht, immer ihr eigenes, unverwechselbares Produkt – es sind ihre Figuren, ihre Schwerpunkte, ihre Konflikte. Ihre Einfälle übertreffen an Phantasie die ihrer Inspiratoren. Von der jungen Science-Fiction- und Action-Fantasy-Autorin bis zur Verfasserin des großen Romans »Die Nebel von Avalon« hat sie eine atemberaubende Entwicklung durchgemacht.

Marion Zimmer Bradleys Haupt- und Meisterwerk ist der Zyklus lose miteinander verknüpfter Romane und Erzählungen um den geheimnisvollen Planeten Darkover. Andeutungen davon finden sich schon in der frühen Erzählung »Raubvogel (Bird of Prey)«, veröffentlicht zuerst 1957, später in Romanform unter dem Titel »Das Weltraumtor« (»The Door Through Space«; 1961) überarbeitet und erweitert nochmals erschienen. In der noch deutlich am Vorbild Leigh Bracketts orientierten Story werden in vereinfachter Form schon wichtige Elemente des Darkover-Kanons aufgenommen: ein fremder Planet, auf dem die Terraner zwar einen Außenposten unterhalten, der aber den eingeborenen, menschlichen und nicht-menschlichen Rassen gehört; Spannungen und Verbindungen zwischen diesen drei Gruppen; die geographische Aufteilung in fruchtbare Feuchtgebiete, waldreiche Bergregionen und die gefürchteten Salzwüsten mit ihren *Trockenstädten;* die Kulte fremdartiger Götter mit ihren halb magischen, halb technischen Begleiterscheinungen. Marion Zimmer Bradley hat im selben Jahr den Roman »Die Falken von Narabedla (The Falcons Of Narabedla)« geschrieben, ebenfalls einen unverkennbaren Darkover-Vorläufer. Ein Jahr später, 1958, erschien mit »Expedition der Bittsteller (The Planet Savers)« die erste »echte« Darkover-Geschichte. Darkover, das ist Marion Zimmer Bradleys Schöpfung, ihr Kosmos; eine Welt, in der Science-Fiction- und Fantasy-Elemente sich in von anderen Autoren bisher nie erreichter Vollendung vereinen. Diese Welt hat die Schriftstellerin mit einer unendlichen Fülle von Menschen und anderen Wesen bevölkert, die nach eigenen Gesetzen handeln, eine eigene Sprache sprechen, eigene Religionen und unterschiedliche ethische Grundsätze vertreten, über magische Eigenschaften verfügen und einander lieben und hassen, befehden und unterstützen, die Abenteuer erleben und Intrigen, merkwürdige Schicksale, die den Leser immer aufs Neue fesseln.

Die Historie des Planeten beginnt für den Leser mit dem Stranden eines Raumschiffs, das eine Besatzung von Siedlern zu einem anderen Planeten im Weltall bringen sollte. Nun müssen sie auf Darkover bleiben. Sie begründen Familien, Clans, Herrschaften, sogar Königreiche, vermischen sich untereinander und manchmal sogar mit den fremdartigen Ureinwohnern. Als Jahrhunderte später das terranische Imperium Darkover neu entdeckt wird, stoßen sie dort auf die Nachkommen der einstigen Schiffbrüchigen.

Vor diesen weiten Hintergrund stellt Marion Zimmer Bradley immer neue Personen, Abenteuer und Episoden. Dabei bevorzugt sie zunehmend die Perspektive von Frauen, so in den Romanen »Herrin der Stürme (Stormqueen!)« und »Herrin der Falken (Hawkmistress)«. Noch weiter wagte sie sich vor, als sie, angeregt von der Nebenfigur einer Amazone, die Gilde der Freien Amazonen von Darkover erfand und zu beschreiben begann. Die Amazonen sind Frauen, die zugunsten eines selbstbestimmten, unabhängigen Lebens auf Heim, Herd und Clan verzichten und Männer zwar als Liebhaber, nie aber als Ehegatten akzeptieren. Zu diesem Themenkreis gehören die Romane »Die Amazonen von Darkover (The Shattered Chain)«, »Gildenhaus Thendara (Thendara House)« und »Die schwarze Schwesternschaft« (City of Sorcery«).

Sicher ist Darkover und alles, was damit zusammenhängt, Marion Zimmer Bradleys liebstes Kind oder war es zumindest lange Jahre. Der Schatz ihrer Ideen freilich ist damit noch lange nicht erschöpft. So schrieb sie zum Beispiel den wunderbar ironischen Science-Fiction-Roman »Die Matriarchen von Isis (The Ruins Of Isis)«, in dem der gelehrte Ehemann konträr zu allen Regeln der *Space Opera* seine Frau nur als eine Art Haustier begleiten darf, und den Raumschiff-Roman »Reise ohne Ende (Endless Voyage)«. Der große, internationale Durchbruch gelang ihr 1983 mit dem großen Roman »Die Nebel von Avalon (The Mists of Avalon)«, der sie auch außerhalb von Science-Fiction- und Fantasy-Gemeinden bekannt machte und ein ungeheurer Erfolg auch auf dem deutschen Markt war. Sie gibt darin eine Darstellung der Artus-Sage aus der höchst ungewöhnlichen und reizvollen Perspektive der Halbschwester und Geliebten des Königs, der Zauberin Morgaine. Es folgte ihre phan-

tastische Version von Mozarts und Schikaneders »Zauberflöte«, der Roman »Tochter der Nacht (Daughter of Night)«. Zwei frühe Entwürfe, nach ihrer neuen Popularität wieder hervorgekramt und auf den Markt gebracht, wurden in dem Roman »Das Licht von Atlantis (Web of Light/Web of Darkness)« zusammengefaßt, einer symbolistisch-mystisch angehauchten Tempelgeschichte aus der Endzeit des versinkenden Königreiches.
Ein flotter Action-Roman im Science-Fantasy-Gewand ist dagegen »Das Schwert der Amazone (Warrior Woman)«, die Geschichte einer Weltraum-Bruchgelandeten, die sich als Gladiatorin in einer sanft lesbisch ausgerichteten Arena durchschlagen muß. Der nicht-phantastische Roman »Trapez (The Catchtrap)« erzählt die Geschichte einer homosexuellen Liebe zwischen zwei jungen Artisten. Ihr neuestes Epos schließlich ist der gewaltige Kassandra-Roman »Firebrand«, eine Nacherzählung des Ilias aus der Sicht von König Priamos' jüngster Tochter, der Prophetin von Troja. Darin vertritt Marion Zimmer Bradley übrigens die ebenso originelle wie einleuchtende Theorie, nicht der Gott Apollo, sondern die bei den Amazonen aufgewachsenen Kassandra habe den fernhintreffenden Pfeil abgeschossen, der Achilles den tödlichen Fersenschuß beibrachte.

Schon diese kleine Übersicht, die nicht den geringsten Anspruch auf Vollständigkeit erhebt, zeigt die Farbigkeit von Marion Zimmer Bradleys Einbildungskraft und ihren Ideenreichtum und gibt eine Ahnung von der bunten Fülle ihrer Gestalten, Welten und Zeiten.
Kein Wunder, daß ihre Fan-Gemeinde – die zu siebzig Prozent weiblich sein soll – nach Hunderttausenden zählt, daß es weltweit Clubs gibt, in denen Freie Amazonen und andere Jünger ihren Vorbildern nachstreben, und daß ihre Bücher von jungen und älteren Leserinnen und Lesern geradezu verschlungen werden.

Dabei fehlt es nicht an kritischen Stimmen. Man kann, ohne Marion Zimmer Bradleys Ruhm schmälern zu wollen, objektiv konstatieren, daß manches an ihrem Erfolg erstaunt – vor allem die Tatsache, daß die Liebhaber ihrer Bücher sich an den ebenso zahlreichen wie offensichtlichen Mängeln ihrer Texte so wenig stören. Das gilt sowohl für die amerikanischen Originale als auch für die übersetzten Fassungen, mit denen so mancher Übersetzer sich wacker herumgeschlagen hat. Aber die begeisterten Leser vergessen die bei einer so produktiven Autorin zwar erklärliche, aber dennoch ärgerliche Flüchtigkeit mancher Komposition und den oft holprigen Stil mit seinen vielen Wiederholungen von Worten oder ganzen Satzstücken, den gelegentlich unvollständigen oder grammatikalisch bedenklichen Sätzen, den hölzernen Dialogen, den farblosen, unatmosphärischen, ab und zu ermüdend langweiligen Beschreibungen, die halb verklemmten, halb schwiemeligen Sexszenen. Es ist ihnen gleichgültig, daß sie es liebt, Sätze einfach mit einem Gedankenstrich enden zu lassen oder mit einem unnötigen »Und« zu beginnen. Sie lassen sich von Klischees und pompös aufgezäumten Gemeinplätzen nicht irritieren. Marion Zimmer Bradley versteht die Kunst, ihre Leser in Bann zu schlagen, ohne ihnen Zeit zu lassen, sich über literarische Kunstfehler oder stereotype Heldinnen und Helden zu erregen.

Der boshafte Vergleich mit Hedwig Courths-Mahler drängt sich auf, einer ebensolchen Vielschreiberin, wenn auch weit ärmer an Phantasie und Einfallsreichtum, ebenso der – weniger boshafte – Vergleich mit Karl May. Auch ihre Werke fanden trotz erheblicher Mängel, trotz kitschiger Inhalte, banaler Philosophien und stilistischer Armut ein Millionenpublikum. Diese Faszination, ja Magie, steckt ganz genauso in Marion Zimmer Bradleys Geschichten: ihr Zauber ist stärker als der nüchterne Verstand, die kritische Vernunft. Selbst denen, die die Mängel erkennen, sind sie nicht wichtig.

Auch Hedwig Courths-Mahler und Karl May – um nur bei diesen beiden ähnlich Erfolgreichen zu bleiben, – kannten das Geheimnis: die Sehnsucht der Menschen nach Märchen, nach wundersamen, über den banalen Alltag hinausgehobenen Erlebnissen und Schicksalen, nach Abenteuern in fremden Welten

(auch wenn diese exotische Welt für Hedwig Courths-Mahlers Leserinnen nur die Millionärsvilla im Grunewald war), nach großen Reisen und sogar nach seltsamen, fremdklingenden Sprachen (Karl Mays arabisch-türkische Brocken so gut wie Marion Zimmer Bradleys darkovanische Kunstvokabeln, von denen die schönsten übrigens auf den Autor Robert W. Chambers und sein Buch »Der König in Gelb« zurückgehen).
Auch sie schrieben, was sie selber lesen wollten. Ihre Bücher waren mitreißend, aufregend, sentimental, spannend und exotisch, dabei aber im tiefsten Wesen konservativ. Genauso schreibt Marion Zimmer Bradley. Zwar rüttelt sie vordergründig am Althergebrachten, aber sie sprengt es nicht, und bei aller Phantasie bleibt sie in vielen Punkten durchaus auf dem Boden des Realistischen und Machbaren. Ihre Amazonen wollen nicht die Herrschaft an sich reißen, sie begehren nichts als die Freiheit, ihr Leben nach eigenem Geschmack einzurichten. Und darin steckt ein weiterer Teil ihres Geheimnisses: sie verunsichert ihre Leser nicht, sondern läßt sie nach der Lektüre befriedigt zurück. Sie verstört nicht, sondern sie entspannt. Sie verletzt nicht, sondern sie tröstet. Auch wenn nicht alle Geschichten ein Happy-End haben: in den meisten bleibt ein zumindest als Chance vorhandener Hoffnungsschimmer für die Zukunft.

In einer Hinsicht allerdings unterscheidet sich Marion Zimmer Bradley nicht nur von Hedwig Courths-Mahler oder Karl May, sondern auch vom Gros ihrer Kolleginnen und Kollegen der Fünfziger- und Sechzigerjahre. In diesem Unterschied liegt eines ihrer größten Verdienste: Sie hat, um es einmal salopp auszudrücken, den Unterleib für die Science-Fiction- und Fantasy-Welt salonfähig gamacht.
Denn wenn auch in den Büchern der beiden ersten Nachkriegsjahrzehnte die Liebe als Motiv, als Charakterbestandteil oder Vehikel der Handlung durchaus häufig vorkam, so geschah es doch so gut wie nie, daß die Autoren ihre Protagonisten diesbezüglich von der gesellschaftlich anerkannten Norm abweichen

ließen oder gar in ihren Schilderungen von der tatsächlichen Ausübung solcher Liebe ins Detail gingen. Angeblich lehnten die Leser solche Frivolitäten ab. Vermutlich dürfte es wohl eher die stets nur allzu wachsame öffentliche Meinung beispielsweise im Amerika MacCarthys oder der Bundesrepublik Adenauers gewesen sein. Selbstverständlich war eine Darstellung homosexueller Beziehungen, ob männlich oder weiblich, absolut tabu. Die Helden und Heldinnen sahen einander vielsagend an und vermehrten sich anschließend mit Hilfe des Klapperstorchs oder durch Sporen. Vorgänge wie Menstruation, Schwitzen, Schnupfen oder gar Geburt kamen nicht vor, von der Verdauung ganz zu schweigen; nur heldenhaftes Sterben war erlaubt, ja erwünscht und wurde auch reichlich und ausführlich beschrieben. Ob man nun der Meinung ist, daß die Darstellung oder zumindest Erwähnung derart intimer Vorgänge in einen futuristischen oder phantastischen Roman hineinpaßt oder nicht – wesentlich ist, daß das bewußte Unterdrücken solcher Dinge die Geschichten steril, unnatürlich und damit auch unglaubhaft machte.

Mit solchen Vogel-Strauß-Manieren hat Marion Zimmer Bradley als eine der ersten ihres Genres gründlich aufgeräumt, ohne daß ihre Bücher dadurch peinlich oder gar anstößig wurden. Man kann ihr diesen Mut gar nicht hoch genug anrechnen.

Schon sehr früh, 1954, wagte sie es, in »Die Kinder von Centaurus« die Unannehmlichkeiten einer Risikoschwangerschaft in drastischer Weise zu schildern, ohne daß ihre Story darunter gelitten hätte. In »Die Maschine (The Engine)«, einer bitterbösen Satire im Gefolge von Orwell und Huxley, beschreibt sie die vom totalitären Staat zwangsweise mindestens alle 14 Tage vorgeschriebene sexuelle Entspannung mittels fließbandmäßig betriebener Orgasmusmaschinen, die die Menschen an sich gewöhnen und damit zur wirklichen Liebe unfähig machen.

In ihrem nach Ansicht vieler bedeutendsten Darkover-Roman, »Hasturs Erbe (The Heritage of Hastur)«, gibt es homosexuelle Liebe zwischen Regis, dem Erben des Königreichs, und dem jungen Danilo; homosexuell ist auch Dyan Ardais, der verzwei-

felte Gegenspieler Regis'. In »Herrin der Falken« schließt sich die als Junge verkleidete Romilly einer Gruppe von Männern an, und einer davon verliebt sich in sie, weil er sie für einen Knaben hält. Im selben Buch wird auch sehr einfühlsam beschrieben, welche Probleme das verkleidete Mädchen hat, als sie ihre Periode bekommt – ein Thema, das in früheren Romanen dieser Art buchstäblich unvorstellbar gewesen wäre.
In »Gildenhaus Thendara« verliebt sich die Terranerin und Gastamazone Magda, ursprünglich eher heterosexuell, vorübergehend in die junge Keitha, schläft mit Camilla und empfindet für ihre Kameradin Jaelle mehr, als sonst unter Waffengefährtinnen üblich ist. Mit Camilla wird übrigens eine weitere Erfindung Marion Zimmer Bradleys, bereits in früheren Romanen eingeführt, erstmals ausführlich beschrieben: die *emmasca*, Männer oder Frauen, die sich freiwillig ihres Geschlechts entäußert und zu Eunuchen haben machen lassen. In »Das Schwert der Amazone« liebt die hübsche Zadieyek nicht nur die Gladiatorin Beizun, sondern schläft auch mit dem jungen Kerrak. Im der Chronologie nach ersten Darkover-Roman »Landung auf Darkover (Darkover Landfall)« kommt es zu einer Beziehung zwischen einer Terranerin und einem Chieri, halb Mann, halb Fabelwesen. Und die Krönung aller Varianten gibt es in der Erzählung »Die Weltenzerstörer (World Wreckers)«, in der ein Teil des Liebespaares, der/die Chieri Keral das Geschlecht wechselt, um den jungen Arzt David lieben zu können. Beeinflußt wurde diese Story übrigens durch Ursula K. LeGuins Roman »The Left Hand of Darkness«, der sich ebenfalls mit dem – in diesem Fall saisonbedingten – Wandel des Geschlechts beschäftigt.
Die Aufzählung ließe sich fortsetzen. Besonders interessant ist, daß Marion Zimmer Bradley ihre Liebenden keineswegs festlegt. Die homosexuellen Männer zeugen, anscheinend ohne größere seelische und körperliche Schwierigkeiten, mit Ehefrauen und Konkubinen Kinder und unterhalten vielfach durchaus harmonische heterosexuelle Beziehungen. Die lesbischen Frauen, aber auch die nicht-lesbischen, trotzdem aber freiwillig männerlosen Amazonen, wünschen sich Kinder und

gebären sie, haben männliche Freunde und bringen ihnen Zuneigung entgegen. Es wird geheiratet und sich getrennt, man wechselt den Partner und das Geschlecht des Partners – alles mit einer ruhigen Selbstverständlichkeit, von der unsere heutige Wirklichkeit bei allem so vielzitierten Pluralismus weit entfernt ist. Zwar müssen auch Marion Zimmer Bradleys Charaktere manchmal erst lernen, ihre eigene Veranlagung mit allen Chancen und Gefahren zu akzeptieren, aber es gelingt ihnen in den meisten Fällen.

Und das ist wiederum ein Stück von Marions Geheimnis: Tabus zu brechen und Tore zu öffnen, ohne zur Gewalt zu greifen. Ihre Revolution ist die sanfte Auflehnung der Selbstverständlichkeit – sie hat es nicht nötig, Schleier herunterzureißen, die von allein fallen. Sie schockiert nicht. Was sie beschreibt, ist nicht aufdringlich, und sie ist frei von spießigen Rechtfertigungen. Immer wieder hat sie erklärt, es liege ihr fern, Botschaften vermitteln zu wollen; sie wolle Geschichten erzählen. Marion Zimmer Bradley verkündet keine Ideologien, sondern sie beschreibt Menschen und Schicksale. Sie hat keine Fahne mit darangehefteter Losung.

Und das ist der wichtigste Teil ihres Geheimnisses: sie hat sich niemals vereinnahmen lassen.
Es gibt keinen Karren, vor den man sie spannen könnte. Sie hat gesagt, sie fände Frauen in der Regel interessanter als Männer, darum erzähle sie lieber Geschichten, in denen Frauen die Hauptrolle spielten; aber sie ist keine Männerfeindin. Sie hat ihr Darkover als der Technik unserer Zeit gegenüber abweisend dargestellt, ohne sich deshalb selbst dem technischen Fortschritt zu verschließen. Ihre Bücher sind für sie, auch das ihre eigene Aussage, eine Art Versuch, mehrere Leben gleichzeitig zu leben und Dinge zu erfahren, die dem durchschnittlichen Menschen (zu denen sie sich zählt) für immer verschlossen bleiben. Sie will nicht missionarisch eine bessere Welt predigen, sondern bekennt sich dazu, mit ihren Büchern kleine Fluchten

aus dem Alltag – auch ihrem eigenen – möglich machen zu wollen.
Sie weigert sich, sich in ein Kästchen stecken und ein Etikett verpassen zu lassen. Wenn sie morgen andere Ideen hat, wird sie anders schreiben als heute. Ihre Phantasie richtet sich nicht nach Zielgruppen. Sie schreibt aus dem Bauch und nicht aus dem Kopf, und darin liegt ihre Faszination. Es kommt nicht darauf an, ob ihre Bücher trivial, seicht, kitschig, klischeebehaftet sind. Wir finden darin unsere Träume wieder, Grundmuster, die bei Intellektuellen und Primitiven kaum voneinander abweichen. Denn unter der Haut, das hat Rudyard Kipling recht schön gesagt, sind wir alle (Brüder und) Schwestern.

Ich halte Marion Zimmer Bradley nicht für Gottes Geschenk an die Literatur. Aber ich liebe einen großen Teil ihrer Bücher. Die Erfindung des Gebildes Darkover und seine Entwicklung von den Kinderphantasien der kleinen Marion zum komplexen Kosmos in sich stimmiger Phantastik bewundere ich. Doch es sind nicht allein die darkovanischen Geschichten, mit denen Marion Zimmer Bradley sich ihren Platz in der Literatur unserer Zeit verdient hat. »Die Nebel von Avalon« ist einer der einfühlsamsten Artus-Romane, die je geschrieben wurden. »Trapez«, die wunderbare Geschichte einer ungewöhnlichen Liebe zwischen zwei Männern, und das monumentale Kassandra-Epos »Firebrand« brauchen sich vor keinem modernen Problemroman zu verstecken. Viele Kritiker machen es sich leicht, die abschätzig so genannte »Unterhaltung« mit Worten wie »trivial« und »seicht« zu verdammen. Wieder eins von den Kästchen, in die man Marion Zimmer Bradley gern sperren möchte. Darüber freilich ist sie heute hinaus. Nicht nur ihre Popularität, sondern auch ihr Einfluß sind gewaltig.
Wie weit sie reichen, sieht man daran, daß die Schriftstellerin längst neben der eigenen Produktion zur »Hebamme« zahlloser Nachwuchsautorinnen und -autoren geworden ist. Als Herausgeberin von Anthologien solcher neuer Talente hat sie sich weltweit einen zweiten Namen gemacht. Beispielsweise betreut sie

eine Reihe von Sammlungen, die ausschließlich der Frauen-Fantasy gewidmet ist (»Schwertschwester«, »Wolfsschwester« und – in Vorbereitung – »Windschwester« [Sword and Sorceress I – III]), während eine Anthologie mit dem Titel »Geschichten aus dem Haus der Träume (Greyhaven)« die phantastischen Erzählungen ihres Verwandten- und Freundeskreises vereint. Die beiden Sammlungen »Der Preis des Bewahrers«, »The Keeper's Price« und »Free Amazons of Darkover« enthalten Darkover-Geschichten des Fanclubs »Freunde von Darkover«. Im Vorwort zum letzteren Buch beschreibt Marion Zimmer Bradley übrigens ihre Erfahrungen mit den Fans, die sich als Freie Amazonen unserer Zeit fühlen, in den USA tatsächlich schon Gildenhäuser gegründet und, was dort offenbar leichter möglich ist, ihre Namen legal nach darkovanischem Vorbild geändert haben.

Der Einfluß der Autorin auf ihre Gemeinde ist groß, größer, als ihr selbst manchmal lieb ist. Auch wenn nicht jede und jeder, die Spaß an ihren Büchern haben, gleich einen Amazonennamen annehmen oder sich aufs Trapez schwingen möchten – verblüffend bleiben die Macht dieser Frau und die Anzahl von Jahren, die sie nun schon an der Spitze steht. Sie hat um ihren Erfolg lange ringen müssen, hat freimütig zugegeben, daß sie manchmal tagelang mit leerem Kopf am Schreibtisch saß, alte Ideen umformte oder Motive anderer Schriftsteller aufgriff. Wer wollte es ihr verargen! Daß dabei auch Schludriges und Hingehauenes entstand, ist selbstverständlich. Es gehört in die Schublade. Die Verlage, die jetzt ihre Jugendsünden und Brotarbeiten wieder ausgraben und, mit neuen Titeln versehen, kaum oder gar nicht überarbeitet auf den Markt schleudern, tun ihr keinen guten Dienst. Das heißt nicht, daß alle ihre Frühwerke nicht mehr publikationswürdig sind. Im Gegenteil, vieles ist, wie schon gesagt, nicht nur nach wie vor aktuell, sondern hat an Brisanz sogar eher noch zugenommen.

Der Erzählungsband *LUCHSMOND* gibt einen kleinen, aber repräsentativen Querschnitt durch Marion Zimmer Bradleys Arbeiten der Jahre 1954 bis 1986. Er enthält Science-Fiction und

Science-Fantasy-Stories, Varianten der eher konventionellen Werwolf- und Vampir-Thematik und schließlich zwei Ausflüge ins Reich der reinen, spielerisch-ironischen Fantasy.

Wer die »Nebel von Avalon«, »Tochter der Nacht«, »Trapez« und andere Romane außerhalb des darkovanischen Zyklus gelesen hat, lernt in diesen Erzählungen vielleicht noch eine andere, zuerst noch junge und unfertige Autorin kennen, zugleich aber eine Marion Zimmer Bradley, die in ihren Lythande-Stories die in der Welt des Phantastischen nur allzu seltene Gabe der Selbstironie beweist.

Auch diese Fähigkeit gehört zu Marions Geheimnis, das aus dem unglaublichen Schatz ihrer Phantasie, ihrem Mut zum Beschreiten von Seitenwegen, ihrem Individualismus, der sich erfolgreich gegen alle Schablonen sperrt, ihrem Bekenntnis zur Liebe *und* zur Sexualität, ihrer Abneigung gegen alle Fesseln des literarisch, moralisch und soziologisch Vorgegebenen und der Gabe, sich selbst kritisch und distanziert zu betrachten, besteht.

Möge Evanda mit ihr sein.

QUELLEN

1. Einen guten Überblick über Marion Zimmer Bradleys Leben und Werk gibt der von H.J. Alpers herausgegebene Band *MARION ZIMMER BRADLEYS DARKOVER*, Edition Futurum 3 im Corian-Verlag (1983), mit einer hervorragenden Bibliographie, der ich manchen Hinweis verdanke.

2. Die hier wiedergegebenen eigenen Aussagen Marion Zimmer Bradleys stammen teils aus ihren Vorworten und Einführungen zu eigenen und fremden Erzählungen, teils aus dem Fernsehfilm *ABSCHIEDE VOM AMERIKANISCHEN TRAUM – DIE EROTISCHEN PHANTASIEN DER MARION ZIMMER BRADLEY*, von Susanne Müller-Hanpft und Martin Bosboom, ausgestrahlt vom ZDF am 4. 8. 1986.

3. In dem von Helmut W. Pesch herausgegebenen Buch *DIE STERNE WARTEN* (Bastei Lübbe Verlag, 1986) finden sich 19 Erzählungen, die ebenfalls einen Überblick über Marion Zimmer Bradleys Schaffen der letzten 30 Jahre geben. Enthalten sind auch – in LUCHSMOND bewußt nicht aufgenommene – Darkover-Stories und ein interessantes biographisches Nachwort des Herausgebers.

4. In der Anthologie *FEMINISTISCHE UTOPIEN – AUFBRUCH IN DIE POSTPATRIARCHALISCHE GESELLSCHAFT*, herausgegeben von Barbara Holland-Cunz, schreiben Uta Enders-Dragässer und Brigitte Sellach über *DIE FRAUEN BEI MARION ZIMMER BRADLEY* (Edition Futurum 9, Corian-Verlag, 1986).